De mères en filles

Ava

* * * *

Dominique Drouin

De mères en filles

Ava

****

ÉDITIONS FRANCE LOISIRS

Édition du Club France Loisirs,
avec l'autorisation des Éditions Hugo & Cie.

Éditions France Loisirs,
123, boulevard de Grenelle, Paris
www.franceloisirs.com

ISBN : 978-2-298-11730-1

À mes enfants, Gabrielle et Jean-Michel.
À mon amour, Bernard.
À Isabelle et aux siens.
Aux deux Louise qui m'habitent pour toujours.

À toutes ces mères qui s'efforcent de donner à leurs filles non seulement des racines, mais aussi des ailes.

Arbre généalogique

Jean-Jacques & Élise Martin

Marianne
Maurice Achard

Jeanne
Maurice Achard

Alice

Georges Deusden

Annabelle

Claudio Calvino

Ariane
Marcel Lepage

Claude

Henri

Agathe
Léon Saintonge

Anaïs
James Robert

Ava

1

Les champs aux teintes bleutées s'allongent à perte de vue, ensevelis sous la neige et désertés par les bêtes. Le visage tourné vers les prés glacés et balayés par les vents, Ava Gauthier peut rester longtemps ainsi à observer la ligne d'horizon. Elle cherche à voir ce qui se cache de l'autre côté et qui l'attire tant. *Un jour,* se promet-elle, *j'irai vers le monde qui se trouve là-bas...* Elle peste contre l'hiver qui l'oblige à rester dans la maison, dans la cuisine le plus souvent, à Saint-Georges-de-Windsor, son village où il ne se passe rien.

Depuis le début du congé scolaire des vacances de Noël 1976, elle s'est affairée à modeler quatre patineurs en pâte à sel, puis à les peindre avec de la gouache de couleurs vives. Elle respire un bon coup, satisfaite. Sa tâche accomplie, elle se sent libérée et peut entreprendre autre chose. Le projet, entamé par sa mère une dizaine d'années plus tôt, avait commencé par un père Noël bedonnant et trois lutins hauts de quelques centimètres installés sur le rebord de la fenêtre pour le plus grand ravissement des quatre enfants de la maisonnée. Au fil des hivers, les figurines se sont multipliées. Façonnées et peintes au cours de l'année, elles apparaissaient au mois de décembre. Logeant initialement au salon, elles ont gagné la salle à manger, le hall d'entrée, pour se décupler dans les escaliers et courir le long des murs jusqu'aux chambres à coucher... Catherine McCann, l'instigatrice du projet, ne se formalise pas des proportions prises par son initiative. Dans son corps de maman de quarante ans, elle garde la démesure d'une gamine. L'année durant, les personnages occupent une bonne partie du grenier dans des boîtes empilées. Et telle une armée d'êtres magiques, ils envahissent la maison pour le temps des fêtes.

Les garçons, William, dix-neuf ans, Samuel, seize ans bientôt dix-sept, et Frank, quinze ans, étant occupés à aider leur père à déneiger les toits des bâtiments, il ne reste plus qu'Ava, la benjamine et seule fille de la famille, la grande complice de Catherine, pour continuer d'aider celle-ci dans son infantile entreprise. La jeune fille a fait de son mieux pour paraître enthousiaste et contenter sa mère. Catherine, de son côté, s'est quasiment décroché la mâchoire à sourire et à réitérer son appréciation, remerciant sans cesse l'adolescente pour sa participation. Mais cette joie feinte ne dupe ni l'une ni l'autre : à presque quinze ans, Ava n'a plus l'âge de passer ses vacances à peindre des bonshommes en pâte à sel. L'année prochaine, les figurines se retrouveront à l'église, si jamais le curé en veut ; sans quoi on les distribuera aux gamins de Saint-Georges. Mais pour le moment, Catherine ne veut pas penser à ça, elle s'amuse et c'est tout ce qui compte.

Née il y a près de deux mois, le 15 février 1977, la fille du Docteur Bernard Fortier et d'Anaïs Calvino doit être baptisée au plus vite. On commence à jaser dans le village…

— Stéphanie… Ça lui va bien. Je n'ai plus de doutes.

— Si tu préfères Aude, ça me plaît aussi. Je finirai par m'habituer, répond de sa voix chaude Bernard, le poupon dans les bras. Il est encore temps de changer d'idée.

— Non, chéri, c'est entendu.

La robe de baptême, portée par les trois enfants de son mari et brodée de la main de la défunte mère de celui-ci, a été déposée sur le lit. Anaïs ne peut s'empêcher de penser à son autre fille, dont elle a perdu la trace. D'une volte-face rapide, elle se dirige vers la commode, saisit le bonnet à longs rubans assortis destiné à coiffer le crâne nu du bébé. Une larme bascule sur le satin blanc.

À quinze heures, dans le ciel du mois d'avril, les cloches de l'église de la paroisse de Sainte-Adèle sonnent à toute volée. La famille Calvino réunie quasiment au complet assiste à l'événement.

Alice, chancelante, mais toujours élégante, se présente à l'église. La doyenne du clan s'appuie sur l'avant-bras d'Ariane. Elle est entourée de ses filles qui sont toutes venues en compagnie de leur époux, de leurs enfants et de leurs petits-enfants. La journée s'annonce belle. Les réceptions chez les Fortier sont fastes et chaleureuses.

Léon Saintonge en chemise blanche, une rose à la boutonnière, s'affiche pour la première fois au bras de Mademoiselle Francine, sa complice. L'amour l'a rajeuni de dix ans et lui a rendu son sens de l'humour. Il pétille comme du champagne.

Endimanchés, Fabien, Émilienne et Lucie, respectivement âgés de dix, huit et six ans, entourent leur demi-sœur de deux mois dont ils prennent grand soin. En plus des membres des deux familles, un nombre important d'amis, ainsi que des patients du Docteur Fortier, participent à l'heureux événement.

L'entrée de Stéphanie Fortier dans la maison de Jésus sera soulignée dignement et joyeusement, pour la plus grande satisfaction de la communauté laurentienne.

Un chaton lape le fond de son écuelle. L'eau s'évapore rapidement en raison de l'intensité des rayons du soleil. Il n'est pas encore neuf heures du matin et pourtant déjà les animaux plissent les yeux et cherchent de l'ombre. Rejointe par son frère, la boule grise court se cacher dans un trou sous la grange. Les deux compères passeront là quelques heures. En cette fin du mois de septembre 1977, il fait chaud comme au début de l'été.

Ava porte son pantalon de cuir pour monter à cheval et éviter de s'écorcher l'intérieur des cuisses. Et pour ne pas trop souffrir de la chaleur, elle a mis un chemisier à carreaux à manches courtes en coton léger. C'est vendredi ! Rien ne la comble plus que ces moments intenses d'indépendance, une fois ses livres rangés dans sa chambre, lorsqu'elle se consacre entièrement à ses chevaux et à l'entretien des écuries. Autant elle adore apprendre et se prête de bonne grâce aux longues heures qu'imposent les études, autant, une fois les tâches scolaires achevées, elle passe complètement à autre chose. Sa méthode doit avoir du bon puisque ses résultats exceptionnels lui ont permis de sauter sa sixième année de primaire, puis sa cinquième secondaire, sous le regard fier de sa mère.

— J'tais bonne moi aussi à l'école. Mais j'ai arrêté en quatrième année à cause de mon père. Il disait que pour la terre, l'école, ça sert à rien. Mais toi, par exemple, tu me venges. Ava a si bien travaillé qu'elle a obtenu son diplôme d'études secondaires avec félicitations malgré deux années de moins que ses camarades de classe. De plus, elle a décroché une bourse et est parmi les premières filles admises au Séminaire de Sherbrooke[1].

Une fois la fin de semaine arrivée et enfin libre de son temps, la jeune fille passe ses week-ends aux écuries à brosser, curer, laver, mener et soigner les bêtes qu'elle a montées tout l'été. Depuis qu'elle a entamé ses études au collège, elle ne fréquente plus les animaux qu'à la sauvette, à peine une heure les jours de semaine et quatre ou cinq les samedis et les dimanches. L'année scolaire la prive de ses chevaux, ses confidents, ses compagnons généreux. *Quand je serai grande, je deviendrai jockey*, mais elle tait cette pensée qui décevrait trop sa mère.

La canicule dure depuis une bonne dizaine de jours. Le chemin menant de la maison aux bâti-

1. Le terme séminaire correspond à une université privée.

ments n'est plus qu'une fine couche de poussière s'envolant au moindre déplacement et collant sur les vêtements autant que sur les sabots des bêtes. La chaleur, tenace malgré la saison, écourte les nuits et les rend pénibles à traverser. On s'éveille au matin fourbu avec, dans le corps, une bonne dose de fatigue. Puis s'ajoute l'impatience au manque de sommeil. Les étalons piaffent dès l'aube et grattent le sol de leur box, pressés d'être nourris. Il leur tarde de sortir et de se défouler.

Ce samedi matin, Ava s'est levée de bonne heure pour seconder Monsieur Lahaie, un voisin qui a accepté de rendre service à la famille pour la journée. Homme de chevaux, il sait qu'un élevage exige une présence continuelle. Et quand Vince Gauthier lui a demandé s'il pouvait le remplacer une dizaine d'heures, l'homme n'a pas hésité. Un peu pour l'argent, mais surtout pour se retrouver dans une étable où les odeurs, les bruits, les activités incessantes lui rappellent sa vie d'autrefois.

— Ma fille va rester avec toi, j'peux pas la laisser toute seule. Elle n'a que quinze ans...

— Ne t'en fais pas, mon Vince. J'arrive ici à six heures et j'reste la journée, avait répondu le vieux Lahaie, trop fier de servir encore à quelque chose.

Une fois les stalles visitées, le crottin gratté et pelleté à l'extérieur, le bonhomme s'était mis en tête d'astiquer l'équipement de la sellerie. Bien entendu, c'est sur les épaules d'Ava qu'a fini par reposer cette tâche, car le vieux n'est plus bon à grand-chose. La jeune fille sue à grosses gouttes et noue un foulard sur son front. Elle range la pommade et s'essuie les mains. Les dernières selles remises en place, le cuir scintille dans la sellerie comme celui de bottes neuves dans un magasin.

Sam perçoit l'odeur de sa maîtresse. Il piaffe et hennit, grattant fébrilement du sabot. Le fougueux canadien de quatre ans supporte mal l'étouffante canicule et l'enfermement. Il a besoin de respirer à l'air libre dès l'aube, comme sa propriétaire lui en a donné l'habitude alors qu'il était encore un tout jeune poulain. L'adolescente se presse ; il lui tarde tout autant de sortir, de chevaucher sur les pistes, de s'en écarter, de fouler les herbes hautes, d'explorer les bois…

Une fois son cheval bridé et sellé, elle entraîne l'animal hors du box. Sam ne cesse de faire osciller sa tête de gauche à droite, exprimant son empressement. Des naseaux, il pousse Ava qui le tient par la bride. Parvenue à la hauteur de Tempête, un étalon à la robe de jais et au tempérament belliqueux, elle se presse. Les deux mâles ne se tolèrent pas. Tempête sort la tête de son box et tente de planter ses dents dans la fesse de son rival. Sam se déporte vers la droite pour éviter la morsure. Un des chatons de Minouche se sauve, effrayé, à toutes jambes pour éviter le danger. Ava gronde le fautif et emmène Sam à l'extérieur.

La jeune fille guide l'étalon jusqu'à l'enclos, le temps qu'il se calme et échauffe ses muscles. Quand elle glisse sa botte dans l'étrier pour se hisser sur le dos de son compagnon, il est midi et le soleil darde ses rayons les plus intenses. Les cigales se font entendre, alors que les degrés grimpent au thermomètre. De sa monture, Ava Gauthier voit le monde de haut. Elle se sent libre et comblée. Les vallons de la campagne environnante s'étendent à perte de vue avec, en arrière-plan, les Green Mountains américaines. Dos droit, centrée et bien en selle, elle exerce une pression légère sur les flancs de sa bête, qui ne se fait pas prier et passe du pas au petit trot. Puis elle s'enfonce dans le paradis…

Le rythme de course s'impose. Chaque mètre franchi pousse Sam à allonger ses enjambées. L'animal est un bolide bâti pour courir ; il ne sent plus le mors à sa bouche ni sa cavalière, qui fait corps avec lui. Il reconnaît ces chemins dont il a l'habitude. Il fonce droit devant pendant un bon moment, sans le moindre essoufflement, afin d'assouvir un besoin plus fort que tout. Adolescent fringuant, tout comme sa maîtresse, il se croit tout-puissant.

La voix de la raison souffle à la jeune fille de contenir les foulées de sa bête. Mais deux innocents emballés, ivres de vie et pleins d'un surcroît d'énergie n'entendent rien à ce qui est raisonnable. Stimulés par ce foisonnement d'odeurs et de sensations, ils ne peuvent que détaler de plus belle.

Ava relâche son contrôle. Une cavalière de sa trempe n'ignore pas les risques encourus. Elle imagine une piste de course défilant devant elle et se voit en tête, seule, avec Sam… Elle desserre la bride et fonce. Son canadien est de la race des résistants, il peut galoper longtemps avant d'éprouver la moindre fatigue…

La jeune fille a quitté la ferme depuis une bonne heure quand, enfin, Sam envoie les premiers signes d'une accalmie. Le rythme n'a pas changé, mais les enjambées recèlent moins de violence et de détermination. Avec un peu de patience, le cheval finira par s'apaiser et revenir de lui-même au trot. D'une voix égale, Ava s'adresse à son compagnon avec confiance et amour. La cavalcade ralentit. Encore un peu et la bête percevra l'odeur de l'herbe autour et s'arrêtera pour brouter.

Au milieu de l'étendue gazonnée, un taon butinant un bouquet de trèfles, dérangé et agacé, s'élève. L'insecte riposte à l'agression en enfonçant son dard dans la chair tendre de la patte qui a failli l'écraser. Il ne manque pas son coup. L'étalon commençait à peine à s'apaiser que le voilà de nouveau pris de folie. Il projette violemment ses pattes arrière dans les airs puis se met à courir comme un fou. La brûlure intense et. surprenante met l'animal en furie. Sam prend le grand galop. Parvenu au bout des pistes à découvert, il s'engage dans la forêt, où le bois se densifie, des branches cinglent son poitrail et obstruent la vue d'Ava, qui peine à rester en selle. Sourd au danger, le fougueux étalon se précipite avec rage, parcourt les derniers feuillus et entre dans la partie touffue du bois. Il a perdu ses repères. De l'écume ruisselle le long du mors. Poussé par la peur, il enjambe les troncs d'arbres, évite les pierres et surmonte les dénivellements imprévisibles jusqu'à ce qu'il enfonce une patte dans un terrier, l'immobilisant net. Il plonge tête la première. Sa maîtresse pousse un cri en prononçant son nom. Puis c'est le *black-out*.

L'adolescente devine à sa chaleur que du sang coule sur son front. À plat ventre sur le sol, elle entend la respiration de son cheval sans le voir. Elle referme les yeux.

Le même jour, Anaïs s'affaire, car elle entend quitter la maison de Sainte-Adèle de bonne heure. Elle prend le temps de remplir ses mangeoires à oiseaux, de nourrir les chiens et de balayer vigoureusement la galerie extérieure. En nage une fois ces tâches accomplies, elle retourne dans sa chambre pour se changer et se vêtir d'une robe plus légère que celle qu'elle avait machinalement enfilée. Ce sera étouffant en ville ! Elle se glisse sans bruit dans la pièce, évitant d'éveiller son amour encore assoupi après avoir effectué une nuit de garde à l'hôpital de Sainte-Agathe. D'habitude, quand elle descend à Montréal, elle va saluer sa mère. Elle en profite pour faire des courses, se procurer du pain et des croissants à la pâtisserie belge, faire le plein de bouquins à la librairie tout près, acheter du fil et du tissu chez Marshall's, manger dans un restaurant de la rue Sainte-Catherine avec une de ses cousines, aller au cinéma avec son frère Claude, puis, repue d'urbanité et de civilités, elle repart vers ses montagnes sauvages. Mais en ce samedi matin caniculaire, personne ne l'attend et elle n'a rien inscrit sur sa liste d'emplettes. Elle salue la gardienne, occupée à donner la bouillie à sa fille Stéphanie, âgée de sept mois. Les trois autres enfants ne sont pas encore levés quand elle met la voiture en marche et recule doucement sur le gravier. Au dernier moment, le rideau d'une chambre s'agite. Elle aperçoit Bernard qui porte une main à ses lèvres et lui souffle un baiser doux.

Anaïs regrette déjà d'avoir accepté ce rendez-vous bizarre auquel elle a été conviée avec insistance.

L'autoroute des Laurentides, quasi déserte à cette heure, offre des paysages d'une grande beauté avec les montagnes s'enlaçant et s'entrecroisant sur fond de ciel bleu limpide. Un bolide roulant à presque cent à l'heure la dépasse en klaxonnant. Anaïs sursaute. Se croyant seule, roulant à petit train et réfléchissant à ce qui l'attend, elle n'a rien vu venir sur sa gauche. Elle se ressaisit et concentre son regard sur la route.

La pâtisserie Le Duc de Lorraine sent le café au lait et les croissants chauds. Assise le long de la baie vitrée, Catherine McCann observe le majestueux oratoire Saint-Joseph, souligné d'escaliers aux mille marches que les croyants les plus fervents grimpent à genoux, les dimanches. En son for intérieur, elle prie pour que la rencontre se passe bien. Vincent, son mari, l'a déposée devant le magasin La Baie, sur la rue Sainte-Catherine, où il repassera la prendre dans trois heures quand il aura réglé ses affaires de son côté. Elle aura terminé les courses qu'elle a faussement prétendu avoir à faire. Après avoir salué son époux, du centre-ville elle a pris l'autobus pour se rendre à son rendez-vous secret. Catherine n'aime pas Montréal, et s'y retrouver seule, encore moins. D'un geste nerveux, elle joue avec son alliance. Une clochette résonne : une femme vient de pousser la porte. *C'est elle.* Catherine la reconnaît pour l'avoir vue à la télévision.

— Bonjour ! On n'aurait pas pu trouver une journée plus chaude pour se donner rendez-vous !

lance-t-elle gaiement en tendant la main. Vous êtes Catherine ? Je suis heureuse de vous rencontrer…

La fébrilité et la gêne les figent. Les deux femmes se font face et s'observent, comme cherchant à deviner les secrets qu'un visage ne peut manquer de trahir. Entre elles, une enfant, née quinze ans plus tôt…

— J'sais bien que ç'a pas trop de bon sens. J'ai rien dit de mon idée à personne. J'voulais pas déranger…

— Je suis là, répond Anaïs, déstabilisée par la situation.

— C'est parce que sœur Margaret est morte l'année passée… Elle était bien malade quand on est allés la voir. Et là, j'ai pensé qu'il fallait que j'vous retrouve. Que c'était mon devoir…

Volubile, et au fil des cigarettes qu'elle allume les unes à la suite des autres, Catherine raconte qu'elle venait tout juste de mettre au monde son troisième garçon, à l'époque, alors qu'elle voulait depuis toujours avoir une fille. Elle déprimait chaque jour un peu plus, ne parvenant pas à se remettre de sa déception. Un soir, son conjoint était rentré à la maison avec une poupée vivante juste pour elle, pour qu'elle soit contente et qu'elle cesse une bonne fois pour toutes de se plaindre. De fait, l'arrivée d'Ava l'avait remise sur les rails. Pour officialiser l'adoption, il avait fallu trafiquer l'extrait de naissance pour le baptême, et sœur Margaret, à l'orphelinat de Toronto, les avait aidés.

Les sœurs ont mis le 1er février 1962 sur les papiers. C'est la date à laquelle la p'tite est arrivée à l'orphelinat… Avec force détails, la dame approfondit ses explications, racontant que de façon régulière, pour se faire connaître des autres éleveurs, son mari se rendait à Sudbury, dans le sud-est de l'Ontario, afin de participer à des courses de chevaux. Vince Gauthier la laissait donc à la ferme avec les enfants tandis qu'il partait faire concourir leurs meilleures bêtes et tenter aussi de mettre la main sur les meilleurs poulains des autres éleveurs. Il en profitait pour offrir ses services chez les fermiers de la région, dont son beau-père, et gagner de l'argent supplémentaire.

Sans pudeur, Catherine McCann lui confesse ses instabilités. Anaïs, vaguement contrariée, découvre que cette femme qui avait semblé équilibrée et aimante dans sa lettre ne correspond pas tout à fait au tableau harmonieux de ses descriptions, pas plus que son mari et la famille qu'ils forment. Ignorant l'étonnement de son interlocutrice, l'autre poursuit, décrivant ces longs moments où elle restait seule avec ses fils tout en ayant la responsabilité de l'élevage sur le dos et cette tristesse profonde dans laquelle la situation la plongeait et dont elle émergeait chaque fois plus aigrie.

— Pour m'en sortir, je voulais une fille. J'voulais MA fille. C'est pour ça que Vince – il m'a rien dit –, il a fait un tour par Toronto.

Avec son index, Catherine tapote sa cigarette pour décrocher la cendre. Cachant mal sa fébrilité, elle relate l'arrivée de l'enfant, sa surprise, la beauté de la petite, l'amour et la fierté éprouvés.

— Et elle s'appelle comment déjà ? Je veux dire… La petite fille, quel nom vous lui avez donné ? murmure Anaïs, remuée plus qu'elle ne l'aurait cru.

— Ava, répond l'autre en ouvrant son sac à main pour en sortir une enveloppe pleine de photos, comme Ava Gardner, poursuit-elle, enthousiaste. Mais elle est encore plus belle, et gentille en plus...

— Non, je ne suis pas prête, je m'excuse. Rangez vos photos, ordonne-t-elle, sur la défensive. Comme nous en étions convenues... Je vous rencontre, vous, mais c'est tout. Vous aviez quelque chose d'important à me dire. Je veux bien vous écouter, mais pas de photos.

Pendant qu'elle acquiesce et s'excuse avec conviction, Catherine, émue et ébranlée, se laisse flotter un moment... *Dois-je aller jusqu'au bout ?* se demande-t-elle, fatiguée. Quand elle reprend le fil de la conversation, c'est pour évoquer les premières années d'Ava, les chiens, les chats, les chevaux et les bêtes des alentours avec lesquels la petite avait lié des amitiés intenses, s'inventant des histoires à n'en plus finir. Et ce sourire qu'elle avait en permanence.

— Cette enfant-là et moi, on s'lâchait pas une seconde. Elle m'suivait partout : à la grange, au poulailler, dans le jardin... Elle me lâchait pas d'un pouce. J'étais sa mère, c'était normal, j'étais heureuse, j'me sentais bien. Et l'été passé, on est allés à Sudbury, aux courses, comme chaque année. On s'est arrêtés à la ferme familiale. La dispute a démarré comme jamais. Une vraie engueulade. On est repartis vite. On s'est arrêtés à Toronto pour s'changer les idées. C'est là qu'on a su que sœur Margaret était à l'hôpital, pour son dernier voyage.

Elle m'a dit votre nom, Amy Page. Elle m'a raconté que vous étiez revenue pour chercher votre bébé, mais que mon Vince venait de partir avec, et que vous aviez bien pleuré.

À bâtons rompus, dans un discours empreint d'une nervosité causée par leur rencontre inespérée, la mère adoptive décrit le désarroi dans lequel cette information l'a plongée.

— J'vous l'avais prise ! lance-t-elle en mentionnant que son mari trouvait sa réaction de culpabilité injustifiée. C'est pourquoi j'me suis mise à vous chercher. C'est une de mes cousines qui m'a apporté une photo de vous quand vous étiez jeune. J'vous ai reconnue, parce que moi, la télévision, je l'ai bien regardé… Mais ici, votre nom c'était pas Page, c'était Calvino, et ça a été facile à trouver dans le bottin. C'est une de vos tantes à Montréal qui m'a donné votre adresse. Et j'vous ai envoyé ma lettre.

Anaïs a terminé son croissant et bu son deuxième café au lait. Midi approche et la température a grimpé de quelques degrés. Tout à coup, elle se demande quelle est la raison de cette rencontre. Pourquoi cette femme étale-t-elle ses sentiments intimes, son amour infini (elle insiste sur le mot) pour son enfant à l'imagination fertile, douée à l'école et qui a grandi dans une petite ferme ? Plus elle en apprend et plus l'inconfort la gagne. Que lui veut donc cette Catherine ?

— Si jamais il m'arrivait quelque chose… J'veux dire… Si j'étais plus là, ben, vous vous en occuperiez de la p'tite ? J'veux dire, j'voudrais qu'elle vous revienne…

La phrase tombe comme un couperet au moment

précis où Anaïs, exaspérée, allait s'enfuir en prétextant une quelconque affaire urgente.

— Si vous dites oui, ça m'rassurerait vraiment, poursuit Catherine dans un sanglot. Mon mari, il m'trouve folle avec mes idées… Mais ça m'rassurerait de savoir que, si j'partais, Ava resterait pas toute seule… Vous êtes sa mère, après tout…

Anaïs voit la trappe qui s'ouvre devant elle. Elle qui investit toutes ses forces à garder son équilibre. Tout en élevant quatre enfants, dont un bébé de quelques mois, comment pourrait-elle secourir une étrangère en détresse, fût-elle sa fille naturelle ? Servir trois repas par jour, garder le sourire, superviser les devoirs, tenir la maison : elle en a déjà plein les bras ! Pour gagner du temps, elle replie la serviette sur ses genoux. Elle se sent lasse. Épuisée. Elle veut s'en aller.

— Est-ce que vous allez bien ? lance Catherine, un peu inquiète.

Surprise de n'obtenir qu'un oui discret, elle revient à la charge et se remet à parler.

— Moi, j'ai pas une grosse santé, j'veux dire, j'suis pas forte, forte… Ava va se retrouver seule si j'suis plus là ! lance-t-elle en proie à la panique.

— OK, je veux bien prendre cette responsabilité, si jamais il vous arrivait quelque chose de grave, mais il ne vous arrivera rien. Et je ne veux pas que vous parliez de moi à votre fille ni de notre rencontre, rétorque-t-elle pour calmer l'enthousiasme de Catherine. Si vous révélez la moindre chose, je disparais. C'est clair ?

— OK, OK… J'vais pas parler, pas un mot, accepte-t-elle avec empressement, sans pouvoir s'empêcher de poursuivre. Elle vous ressemble, savez-vous…

C'en est trop. Anaïs coupe court à la conversation et se lève. Elle n'en peut plus.

— Vous pouvez continuer de m'écrire, d'accord ? Donnez-moi de vos nouvelles et des siennes, si vous le voulez.

Devinant l'agacement et craignant que son interlocutrice se rétracte, Catherine fouille fébrilement dans son sac, ressort un mouchoir en papier, essuie ses larmes et remercie Anaïs du bout des lèvres. Les deux femmes échangent un sourire poli. Une fois sur le trottoir, Catherine n'a de cesse de parler, décrivant son élevage, le courage et la force du cheval canadien, vantant son coin de pays et prolongeant un monologue vide.

— Ça m'a fait plaisir de faire votre connaissance, lui répond Anaïs tout en tendant la main et en cachant son irritation.

— Moi aussi, j'suis bien contente, bien soulagée de voir que vous n'êtes pas fâchée après moi.

Anaïs esquive sa réponse et se détourne. Elle n'a plus qu'une idée : rentrer chez elle, dans ses montagnes, et effacer ce pénible rendez-vous. Elle ne se laissera pas envahir. Elle doit d'abord s'occuper des siens.

Sur le chemin qui la ramène vers son village et son bonheur, elle ne parvient pas à retrouver l'état de plénitude qu'elle avait à l'aller. Forcée, coincée et oppressée, elle n'éprouve que de l'inconfort. Il lui faudra éventuellement mettre fin à toute communication avec cette Catherine McCann.

En ce mois de décembre 1977, le froid mordant s'immisce par tous les interstices des murs de la sellerie. Deux chaufferettes électriques aux éléments rougis peinent à maintenir une température ambiante tolérable. Dehors, les chiens s'agitent, cherchant à se réchauffer.

Avec sa couverture à carreaux de pure laine, épaisse et rigide bien enroulée autour de ses jambes, Ava lutte contre le froid qui lui glace les doigts et le nez. Depuis que ses parents ont accepté de lui aménager un coin ici, dans cette pièce exiguë, elle respire mieux et les journées lui semblent moins pénibles à traverser. Elle suit le va-et-vient de l'écurie, observe les chevaux à seller pour les cavaliers habitués, et ceux qu'il faudra dégourdir en attente d'une visite de leurs propriétaires. Il ne reste que deux ou trois paumés qui, pour une raison ou pour une autre resteront, comme elle, emprisonnés dans leur stalle et n'en bougeront pas…

Par la fenêtre, l'adolescente aperçoit les bêtes qui s'ébrouent au soleil d'hiver, caracolant dans l'enclos, hennissant du bonheur de courir sans entraves. Magnifiques, ornés de leur fourrure d'hiver, les poulains nés au printemps dernier commencent à révéler les formes des adultes qu'ils deviendront. Pour un éleveur, il n'y a pas de plus grand plaisir. Vince Gauthier, appuyé sur la clôture, admire le fruit de ses efforts. Il a, au coin de l'œil une pointe de satisfaction qui n'échappe pas à sa fille en train de l'observer. Malgré sa dureté et sa sévérité à son égard, cet homme-là lui inspire du respect. Elle sait tout le travail qu'il lui a fallu pour parvenir à obtenir, enfin, un gagnant qui rapporte. Les accouplements coûteux avec des reproducteurs de plus en plus réputés, les négociations entre éleveurs, les heures interminables, les ratés et tout ce qu'il faut remettre cent fois sur le métier… Il n'existe pas de fins de semaine, de jours ouvrables ou de congés fériés, d'heures d'ouverture ou de fermeture. Il n'y a que des levers en pleine nuit pour secourir une jument en détresse, des inquiétudes qui vous tenaillent du matin au soir, des dressages qui vous demandent toute votre adresse. Ava, désormais inutile auprès de Vince, donnerait tout au monde pour revenir à ce qu'elle était encore, quelques mois plus tôt.

L'accident lui revient par flashs, en photos qui se superposent. Elle repasse sa chute au ralenti, le sol qui s'approche, ses mains devant, son corps qui heurte la pierre. Puis le fondu au noir. Ensuite, le ciel entre les feuillus. Le regard fou de Sam. Sa fracture ouverte, son os qui émerge de sa plaie. Il faut sacrifier la bête au plus vite pour que cessent ses souffrances inutiles. Il faut du secours ! Mais elle est seule et incapable d'émettre un son. La douleur, d'une intensité inimaginable, se manifeste à une hanche. Nouvel affaissement dans le noir… Pour échapper au souvenir, Ava repousse la couverture. Son plâtre, barbouillé de blagues, de vœux de guérison et d'encouragements, se dévoile et la ramène à la fin de tous ses rêves.

À la cuisine, les crêpes, épaisses et moelleuses,

achèvent de cuire. D'un coup sec du poignet, Catherine fait glisser la galette dans l'assiette et éteint le feu. Un jus d'orange s'ajoute sur le plateau qu'elle saisit. Elle va servir le déjeuner à sa fille. À l'entrée de la grange, en dépit de la température glaciale, elle s'arrête pour épier Ava qui tente de poser sa jambe blessée au sol. Comme l'adolescente se croit seule, elle ne cache pas sa douleur. De toute évidence, même si la guérison a progressé de manière encourageante, la fracture n'est pas encore guérie. La jeune fille paye cher son entêtement. Si elle avait obéi dès les premières semaines, si elle s'était prêtée de bonne grâce aux douloureuses tractions sur son fémur au lieu de s'entêter à essayer de marcher, si elle avait suivi les recommandations… Voilà ce que Catherine avait compris, après l'intervention du Docteur Bastien, qui lui avait certifié l'absolue compétence du personnel. Le problème avait été causé par sa têtue de fille qui avait bougé en cachette, réduisant à néant tous les efforts. Il avait fallu lui promettre de l'installer dans la sellerie pour qu'enfin elle retrouve l'envie de guérir et accepte de se soumettre à l'immobilité.

Après avoir passé des jours à observer les chevaux, Ava avait eu envie de les dessiner. Le temps, jusque-là statique, s'était enfin remis en marche pour elle, d'un trait de crayon à l'autre.

— Tes crêpes…

— Pas faim.

— Commence pas. Si t'écoutes pas, j'te ramène à ta chambre.

— Zut, Maman !

Catherine pose le plateau sur la table à proximité

de sa fille et replace ses oreillers. Furtivement, elle jette un regard aux dessins et remarque qu'ils s'enchaînent en une histoire.

La beauté de ce qu'elle voit la saisit.

— Range tes cahiers, si tu veux pas tout salir, et mange.

Voilà tout ce qu'elle trouve à dire.

— Alors, comment est ta jambe, Ava ?

— Ça fait encore mal quand j'marche. J'me fatigue vite. Mais au moins, j'suis debout sans mes maudites béquilles.

— Tes muscles vont se reconstruire. Continue les exercices…

Au fil des mois, le Docteur Bastien s'est attaché à cette jeune fille d'abord résistante aux consignes de traitements, mais très collaboratrice par la suite. Dorénavant, il ne la reverra qu'occasionnellement, une fois par an. De sa chute, elle ne gardera que très peu de séquelles : sa jambe droite aura à peine quelques centimètres de moins que sa gauche. Et puis, elle a de la chance… Aucun problème neurologique ou cardio-vasculaire. Uniquement des douleurs arthritiques par temps humide ou froid. Éventuellement, son boitement léger pourra se corriger avec des chaussures sur mesure.

Pour se donner du courage en quittant le bureau du médecin, Ava repense à Sam qui, lui, n'a pas eu de seconde chance. Le coup de feu fatal résonne encore à ses oreilles. Elle n'avait jamais vu son père aussi enragé. Il avait tiré, comme pour se défouler, sur le courageux, loyal et magnifique cheval canadien. Vince et les voisins les avaient cherchés pendant douze heures avant de les retrouver, quasiment recouverts par les fougères. Si un braque allemand n'avait pas, par hasard, détecté la piste et ne l'avait pas suivie, ils seraient peut-être morts là, sur la mousse. L'arme encore chaude dans les mains, Vince Gauthier avait essuyé ses yeux sur les pans de sa chemise et vidé son nez d'un puissant jet de morve dans l'herbage. L'étoile de Sam, tachée de rouge, s'était reposée violemment sur le sol. Ava échappait au pire, mais elle devait oublier ses espoirs de devenir jockey. Ses rêves avaient éclaté en même temps que la tête de Sam.

Ava s'engage dans le couloir. À sa demande, sa mère l'attend dans le *pick-up* pour la ramener à Saint-Georges. Ses traitements sont terminés. C'est une première victoire.

Vince est satisfait de sa surprise. Avec cette charrette rafistolée et installée dans un véhicule aux allures de pousse-pousse, Ava pourra faire son parcours d'autrefois et superviser le dressage de ses poulains dans ce chariot improvisé attelé à un poney.

En descendant de la voiture, appuyée sur le montant de l'automobile, et bien décidée à prouver à sa mère qu'elle peut désormais se débrouiller seule, l'adolescente aperçoit son père posté tout à côté de l'invention. Devant cette surprise, Ava sourit à belles dents. Ses trois frères, heureux de la savoir guérie et redevenue elle-même, l'enlacent avec une certaine rudesse.

2

À trois heures du matin, Ava sent l'inquiétude de son père monter d'un cran. Big Girl, sa meilleure poulinière, affaiblie par un virus et des semaines de toux sèche, lance des regards désespérés durant sa mise bas. Elle souffre depuis trop longtemps. Ses respirations saccadées se prolongent sans que le travail s'avère efficace. La bête ne s'agite plus, garde la tête pendante, harassée, tentée de céder à l'épuisement. L'accouchement ralentit, il faut lui donner un coup de pouce. Vince invite sa fille à agir tandis qu'il s'éclipse quelques secondes. Ava caresse l'encolure de Big Girl et lui transmet du courage.

— Allez, Big Girl, vas-y. Lâche pas. On va te tirer de là, souffle-t-elle sur un ton très calme. Tu vas le sortir, ce p'tit-là, tu vas le sortir, murmure la jeune fille tout en forçant fermement l'animal à s'allonger au sol en prévision de la manœuvre qui va suivre.

Big Girl se soumet et s'agenouille avec lenteur.

L'éleveur revient avec un filin de nylon d'un jaune fluorescent. En dépit de la tournure inquiétante des événements, Ava se réjouit d'avoir eu gain de cause et de pouvoir servir de bras droit à son père dans les mises bas, un privilège que ses frères n'ont pas.

— Y a pas à dire, c'est toi la meilleure pour mettre les poulains au monde. Les garçons sont bons à rien là-dedans. Même si tu boites, et que t'es moins rapide, t'es encore la plus vive.

Ava a repris son travail à la poulinière, celui qu'elle occupait avant l'accident. Si sa claudication la ralentit, elle a vite fait de trouver des trucs pour compenser et effectuer ses tâches efficacement. Une fois son os ressoudé et sa physiothérapie complétée, elle a pu reprendre ses études, au Séminaire de Sherbrooke. Elle n'utilise ses béquilles qu'occasionnellement, seulement lorsque le temps est humide.

Vince Gauthier plonge un bras dans le vagin de la jument et noue le cordage autour des sabots du poulain prisonnier. Ava se relève pour se placer à quelques mètres derrière la bête. Elle saisit la corde de nylon des mains de son père qui, lui, pousse le fessier de l'animal pour le garder dans la position la plus efficace. Ava tire, impose la force lorsque c'est nécessaire et relâche lors des contractions. Le père et la fille agissent avec précision en un ballet bien réglé. Au moment venu, Vince se couche sur l'abdomen de la jument, et de tout son corps y exerce une pression ferme. Un renâclement douloureux strie la nuit, qui risque de se faire meurtrière. L'adolescente met toute son adresse à maintenir la tension sans trop forcer. Un sabot émerge enfin, redonnant espoir aux complices, unis dans une même respiration. La tête apparaît à la suite des deux jambes antérieures. Ava aperçoit à l'intérieur de la poche utérine l'œil du poulain s'agitant de gauche à droite. Une fois cette poussée complétée,

Big Girl s'abandonne, tentée de tout arrêter ainsi, avec le quart de son petit à l'extérieur et le reste en dedans. Mais un nouveau spasme s'amorce, entraînant la pauvre dans de nouvelles douleurs. Un suintement annonce la suite, puis un peu de sang mêlé au liquide amniotique jaunâtre coule de l'orifice. Le poulain, expulsé d'un coup jusqu'à l'épaule, garde son calme, maintenu captif par la croupe. Dans un ultime sursaut d'énergie, Big Girl se raidit et surfe sur la nouvelle vague de souffrance qui s'annonce. Aidé par la traction du cordage, un cheval miniature est enfin expulsé, projeté au sol comme un boulet.

D'instinct, la jument se relève. Tandis que Vince détache le filin, la jeune fille s'écarte, laissant le poulain à sa mère. Ava tremble intérieurement, encore émue par la scène à laquelle elle vient d'assister. Au moment de chaque mise bas, elle a une pensée pour cette femme, cette inconnue qui a dû souffrir elle aussi en lui donnant le jour. Les juments, elles, une fois qu'elles ont nettoyé leur poulain et se sont imprégnées de son odeur, ne s'en sépareront que lorsqu'il sera sevré. S'il arrive que des poulains soient privés de leur génitrice avant l'âge de six mois, ils risquent de développer des problèmes de comportement importants, des allergies et une moins bonne résistance générale. La jeune fille se demande souvent comment s'est passée sa séparation d'avec celle qui l'a mise au monde. Elle s'invente ce qu'elle veut, selon ses humeurs. Parfois le déchirement est tragique et violent, et à d'autres moments, empreint d'une douce tendresse. Catherine lui a raconté tout ce qu'elle savait de son arrivée à l'orphelinat, encore tout jeune poupon, comment son père l'a repérée et les nombreuses visites qu'il lui a faites en secret.

— Sœur Margaret l'avait appelé, racontait Catherine à sa fille qui entendait en superposition le cri déchirant des veaux appelant leur mère quand on les embarque dans le camion qui les conduit à l'abattoir. Il t'a mise dans mes bras. Et tu m'as sauvé la vie…

Big Girl déchire le placenta de ses dents et l'avale sans broncher. Ava observe ce moment miraculeux où le cheval naissant se met debout et fait ses premiers pas. À partir de là, la vie a remporté son plus gros pari.

Il est cinq heures. Catherine McCann a oublié son linge sur la corde. Les jeans et les caleçons longs pendouillent, figés par le froid de la nuit. *Grosse andouille, va falloir sécher ça à l'intérieur…* Armée de son panier à linge, elle se plante sur la petite galerie, tend le bras et fait glisser les vêtements jusqu'à elle. À mesure que les pinces se défont, elle doit donner de grands coups dans les vêtements pour les plier et les empiler à peu près correctement dans son panier de plastique d'un rose passé. Elle se sent comme eux, raide et glacée. Une fois la tâche achevée, elle repousse la vaisselle sale sur le comptoir, pose le panier de lessive et s'en retourne dans sa chambre. Il faut qu'elle s'allonge quelques minutes. Sortir du lit, se laver, faire la vaisselle, le ménage : tout lui semble une montagne. Tant que les enfants allaient et venaient de l'école à la maison, elle parvenait à surmonter le sentiment de tristesse qui l'habite depuis toujours.

Mais là, les garçons sont occupés à gauche et à droite, ils ne sont plus autant à la maison… Puis il y a eu l'accident. Ava en convalescence pendant une grosse année et qui, au retour de septembre, a pris le chemin du séminaire. Ça lui a donné un grand coup : après tout ce temps passé ensemble, sa fille, sa meilleure amie, s'envole elle aussi. Et elle ne rentre plus désormais que le soir, en coup de vent, courant à l'étable donner du grain aux chevaux puis plongeant son nez dans les livres… Catherine reste couchée des journées durant, inutile, regardant la télévision, accueillant son mari avec des reproches et des complaintes, sans voir l'agacement croissant qui se dessine sur son visage. En effet, harassé par le tempérament de plus en plus dépressif de sa compagne, Vince reste à l'écurie et ne rentre que tard, pour dormir, et les garçons font comme leur père.

Tandis qu'elle rabat les pans de sa veste de laine, Catherine constate qu'un papier plié en quatre est tombé d'une poche. Un numéro de téléphone y est griffonné. Avec un haussement d'épaules, elle l'oublie par terre. Ça lui rappelle trop la mère d'Ava qui refuse désormais ses appels.

— Il ne faut plus téléphoner chez moi, Madame Gauthier. C'est malheureux, ce qui vous arrive, mais je ne peux pas vous aider. Vous êtes en dépression et il faut vous soigner… Moi, je ne suis ni votre amie ni votre médecin, je ne veux plus que vous me contactiez à tout moment et sans raison. Si vous persistez, je vais alerter la police, je vous préviens, avait affirmé Anaïs.

Fallait-il qu'elle ait été stupide de téléphoner

comme ça ! Alors qu'elle n'a rien d'important à dire. Et d'insister en dépit des refus polis et répétés de l'autre femme ! Courbaturée comme une vieille, elle agrippe la courtepointe patiemment assemblée par sa belle-mère et se plonge entre les draps. Épuisée comme après avoir couru des milles, elle s'endort d'un sommeil sans rêves.

Vince Gauthier se fait un honneur de s'être toujours conduit en homme responsable. Depuis son mariage, il s'est montré exemplaire et a supporté, pour le meilleur et pour le pire, le tempérament en dents de scie de celle qu'il a choisie pour épouse. Mais il est arrivé au bout de son endurance. Il n'en peut plus, c'est clair comme de l'eau de roche. Sauf que chaque fois qu'il se sent proche de lui annoncer qu'il la quitte, Catherine le remercie de sa patience, promet de se ressaisir et lui fait pitié. Alors les mots se bloquent dans sa gorge. Pour se consoler de sa lâcheté, il plonge dans la boisson. Il reste que, pour lui, ça ne va plus cette vie-là, et qu'un jour ou l'autre il devra y mettre fin. Voilà les pensées qui tournent en boucle dans sa tête. Son *pick-up* avance à trop grande vitesse sur le chemin qui traverse Rock Forest. Quand il s'en rend compte et décélère, il est déjà trop tard : les lumières d'un gyrophare de la police scintillent dans son rétroviseur. Il enrage intérieurement tandis qu'il stoppe son véhicule, glisse une main dans la boîte à gants et sort ses papiers d'immatriculation. La soirée commençait bien pourtant. Il sera en retard à son rendez-vous.

Ava détourne le regard, mais l'image furtive qui est passé dans son champ de vision lui revient. Une camionnette F-150 de couleur brune passe à une trentaine de mètres d'elle, presque sous son nez. Du coup, le sandwich à la mortadelle et au fromage acheté au casse-croûte du coin lui paraît avoir un goût de plastique. Si elle n'a pas pu identifier son père au volant, les traits de la passagère à ses côtés se sont dessinés avec une précision indiscutable, tout autant que le numéro de la plaque d'immatriculation au pourtour noir qui se termine par les chiffres 999. Il n'y a pas de doute. *Non seulement papa a laissé maman toute seule, mais en plus il se trouve en compagnie d'une autre femme...* La jeune fille lance vigoureusement son repas dans la poubelle. Elle s'en retourne au campus au pas de course, invente un prétexte pour quitter ses compagnons et prend la route en direction de Saint-Georges.

Les guirlandes de Noël sont déjà accrochées un peu partout aux frontons des boutiques. La neige, encore inexistante à Montréal, encombre les trottoirs de Sainte-Adèle. La jovialité de ses habitants et les décorations de ses commerces compensent ce froid précoce. Noël est un temps béni pour tous ceux qui font de la vente. Les magasins enjolivent leur devanture, les colorent de rouge et de vert et emplissent les vitrines de produits, car l'abondance attire l'abondance. Bientôt, les touristes viendront flâner après le ski alpin ou le ski de fond et dépenseront leur pécule accumulé pour les vacances...

Anaïs a vêtu sa petite d'un habit de neige blanc immaculé et duveteux, ainsi que d'un bonnet et de mitaines en laine d'alpaga tricotées par la mère de Johanne, la plantureuse voisine. Rayés bleu et blanc, le petit bonnet et les mitaines arrondies sont du plus bel effet. Stéphanie, assoupie dans sa poussette, profite de son confort, le nez rosi par l'air frais du dernier mois de l'année 1978. Un filet de buée sort à intervalles réguliers des narines minuscules. Une pulsion viscérale attache la mère à sa fille, dont elle peine à se séparer. *Ma petite n'a pas deux ans, ça doit être normal*, pense-t-elle pour se convaincre et pour échapper aux réminiscences de l'autre naissance, celle survenue au mauvais moment et pour laquelle elle éprouve une culpabilité toujours vive.

À cette période de l'année, les femmes se mettent à la course aux emplettes. Il faut tout préparer : acheter les cadeaux pour les enfants, les proches, les amis, et commencer à cuisiner pour les réceptions familiales de manière à arriver au 24 décembre fin prête. La conjointe du Docteur Fortier n'échappe pas à la règle et dresse mentalement la liste des achats à faire. Tandis qu'elle marche d'un pas résolu dans la rue Principale, elle ne quitte pas des yeux cette enfant, la sienne, endormie et parfaitement comblée. Attentive au moindre froncement de sourcil, la mère veille sur elle comme une louve. Elle a mis sa merveille au monde, son chéri l'a posée sur son ventre, et elle a pu la cajoler, l'embrasser tout son soûl et garder ses lèvres longuement sur sa tête pour humer son odeur. Quel bonheur ! Mais depuis, un sentiment étrange l'envahit : autant tenir son trésor dans ses bras la comble, autant le bien-être de son ange l'obsède et l'épuise. *Stéphanie a-t-elle froid ? Respire-t-elle ? Est-elle bien ? Sourit-elle ? A-t-elle assez dormi, mangé, assez bu ?* Chaque nuit, Anaïs peut se lever vingt fois pour replacer une couverture, vérifier la couche, écouter si le souffle est régulier.

Contrairement aux femmes de son entourage, elle n'a pas à se soucier de l'argent à gagner, des comptes à payer et des charges à venir. Elle mesure d'autant plus sa chance que sa chambre minable à Toronto lui revient souvent en mémoire : le froid humide qui lui glaçait les os, les repas qu'il fallait sauter et cette obsession de gagner de quoi survivre qui la tenaillait nuit et jour. Jamais, de toute son existence, elle ne s'est sentie plus seule que ces soirs où, James endormi à ses côtés après une nuit blanche à écrire, elle se demandait, enceinte et désemparée, comment elle ferait pour se débrouiller, une fois le bébé au monde.

Pour dissiper ses doutes sur ses capacités à se conduire en bonne mère, le livre du Docteur Spock, qu'elle a lu du début à la fin avant la naissance de sa fille, est devenu sa bible, le guide des connaissances essentielles auquel elle se réfère sans cesse. Alors que sa mère et ses tantes prétendent que c'est aux parents d'imposer la discipline à leur progéniture, voilà qu'une sommité recommande de nourrir les nouveau-nés à la demande et de traiter chaque bébé selon ses besoins, comme une personne unique. Du coup, alors qu'elle avait pris soin à l'instinct de la marmaille grouillante et vive de son amoureux, voilà qu'avec la chair de sa chair elle a l'impression de ne pas savoir y faire. Elle se sent constamment malhabile et consulte à tout moment le célèbre pédiatre, questionnant chacun de ses gestes ou la moindre de ses décisions.

Perdue dans ses pensées, Anaïs arrive à l'épicerie et soulève la poussette pour franchir la porte d'entrée. Le soubresaut éveille la petite, qui, du coup, s'agite et se réveille. Presque en panique, Anaïs court d'une allée à l'autre pour quérir les œufs, les noix, la farine, le beurre et les fruits confits dont elle a besoin pour concocter son gâteau traditionnel. De plus en plus impatiente, l'enfant geint, puis se met carrément à pleurer. Stéphanie a faim. Ne pouvant supporter d'entendre sa gamine, la maman s'excuse auprès de l'épicier, laisse son panier en plan et repart au trot chez elle.

Arrivée à la maison, la fillette est écarlate dans sa poussette. Elle agite les bras et les pieds et hurle de colère. La pauvre mère, désemparée par cette manifestation de la crise des deux ans, expression que le Docteur Spock affectionne et qui, paraît-il, est un présage de ce que sera l'adolescence, prend sa petite dans ses bras jusqu'à la cuisine. Rapidement, elle saisit une banane qu'elle épluche et tend à la démone affamée. Trop empressée, incapable de contrôler ses pleurs, Stéphanie n'arrive pas à avaler correctement, tousse, puis semble s'étrangler. Anaïs ne sait plus que faire. Elle saisit le téléphone, compose le numéro de la clinique.

— Passez-moi Bernard, s'il vous plaît, c'est une urgence !

Bernard ne fait ni une ni deux et arrive, à bout de souffle d'avoir franchi à grandes enjambées depuis son bureau les cinq cents mètres qui le séparent de leur belle maison. Il trouve sa chérie au bord des larmes tandis que Stéphanie a retrouvé son sourire et sa bonne humeur.

— J'ai cru qu'elle s'étouffait. Elle a piqué une de ces colères !

— Elle ne semble pas en grand danger, décrète Bernard, calme et rassuré de constater qu'il n'y a rien de coincé dans la gorge et que le larynx est dégagé.

— Qu'est-ce que ça va être plus tard ? J'ai déjà peur.

— Tu sais, parfois, ce n'est pas mauvais qu'un parent mette ses limites.

Anaïs se contracte, interprétant le commentaire comme un reproche.

— Tu penses que je ne sais pas y faire, hein ?

— Pas du tout, ma chérie ! Tu es une maman consciencieuse et parfaite. Notre fille a parfois mauvais caractère et il faut alors la remettre à sa place, n'en déplaise à ton Docteur Spock. Je retourne à la clinique, annonce-t-il en l'embrassant.

Sur ces entrefaites, Émilienne, Fabien et Lucie rentrent de l'école. Affamés, ils engouffrent leur goûter puis s'installent pour faire leurs devoirs. Stéphanie rassasiée, Anaïs peut la laisser s'amuser seule dans son parc. Elle dispose d'une heure pour préparer le souper et s'occuper des trois autres. Lucie piaille comme un poussin, s'adonnant à son loisir favori, celui de décliner les uns à la suite des autres les prénoms de ses camarades de classe : Ginette, Marie-Anne, Colette, Sylvie… Émilienne chantonne en rôdant autour des casseroles tandis que Fabien mémorise ses tables de conjugaison. Au milieu de ce brouhaha, le facteur sonne à la porte déverrouillée et entre.

— Un colis, et c'est pour toi, lance Monsieur Grignon, qui attend, les bottes pleines de neige, sur le tapis de l'entrée.

Anaïs déchiffre l'adresse de l'expéditeur de loin. Clairement tracés, les mots Saint-Georges-de-Windsor se détachent. Elle s'apprête à refuser l'envoi, mais change d'avis au dernier moment parce que c'est plus simple ainsi.

Elle remercie le facteur, qui repart aussitôt, puis traverse la cuisine sous le regard intéressé des trois enfants qui pensent qu'il s'agit de cadeaux pour Noël qui approche. Dans un geste d'impatience, elle détrompe les curieux et lance la boîte dans la poubelle, prétextant une erreur. *Décidément, cette Catherine dépasse les bornes. Je n'aurais jamais dû accepter de la rencontrer une première fois.* Anaïs n'a pas d'énergie à consacrer au passé et sa limite vient d'être atteinte.

Lorsqu'il rentre, vers vingt-trois heures, épuisé par une clinique surchargée, Bernard s'étonne de trouver Anaïs détendue, rigolant même de sa mésaventure de la journée. Leur fille a de qui tenir ! Elle pose une assiette devant son mari et lui sert un verre de vin. Elle a, dans le regard, ce sourire qui lui plaît tant. Elle allonge la main et caresse la sienne. La fatigue laisse place au bonheur.

Ils se rejoignent au lit, blottis sous les draps, heureux de sentir le désir qui les lie. Même aux dernières semaines de la grossesse, et tout le long de la première année si exigeante qui a suivi, ils n'ont pas interrompu leurs échanges physiques.

Pour Bernard, cela avait été une découverte et avait ravivé sa passion déjà ardente. Le corps de sa femme, enceinte, avait allumé de nouveaux feux. Tandis qu'il la caresse, Anaïs murmure à son oreille des grivoiseries qui le font rire. Elle sourit avec lui et agite sa main sur son sexe raidi :

— Ma vraie vie a commencé avec toi. Avant, ça n'existe pas, ça ne peut pas exister.

Frank, ainsi nommé en hommage à Sinatra, peut énumérer sans difficulté tous les modèles de camions, leur marque et leur année de fabrication. C'est une seconde nature chez lui que d'identifier avec précision tous ces véhicules qu'il voit passer sur l'autoroute lorsqu'il est au volant. Depuis qu'il est enfant, les automobiles le passionnent. Pour lui, Catherine a déniché un modèle réduit d'une Bugatti des années 1930 qu'elle achève d'emballer dans un papier argenté. Pour Samuel et William, aux goûts moins spécifiques, un foulard de laine et un porte-monnaie se trouvent déjà sous l'arbre. Pour Ava, des bottes de style lunaire inspirées des explorations de la NASA. Elle emballe les présents, puis appose une étiquette ceinturée de feuilles de houx au centre de laquelle elle rédige un mot empreint d'affection : *Joyeux Noël !* Elle pousse l'ironie jusqu'à signer *De papa et maman* alors que Vince, particulièrement absent au cours des dernières semaines, n'a pas grand-chose à voir avec tous ces achats, si ce n'est qu'il les a payés. Attristée par ce constat et vannée par l'effort fourni, Catherine retourne se coucher.

Occupée par toutes les tâches à effectuer à la ferme, en plus du temps des fêtes qui approche et de sa mère qui se traîne, Ava a dû couper court à l'étude pour ses examens de fin de session. Heureusement qu'elle a pu changer de spécialisation à la dernière minute. Les études en sciences de la santé lui auraient demandé trop de travail et une présence accrue pour les laboratoires et expérimentations. Elle ne serait jamais parvenue à maintenir son travail à la maison tout en poursuivant sa scolarisation en sciences. Après avoir dû renoncer au métier de jockey, elle avait également fait une croix sur celui de vétérinaire. *Tant pis.* Il lui fallait se rabattre sur les sciences humaines. Si les efforts demandés restaient importants, ils pouvaient néanmoins être fournis plus facilement à la maison et exigeaient moins de présence au séminaire. En dépit de tous ces compromis, elle était parvenue de justesse à effectuer tous ses devoirs, à respecter les dates de remise et à mémoriser un peu la matière. La première de classe s'est donc présentée aux examens de fin de session mal préparée, après une étude bâclée. *Tant pis,* se répète-t-elle. Elle irait quand même à l'université.

La traditionnelle dinde, élément clé de tout réveillon, gît, pétrifiée, dans le congélateur. *Maman l'a oubliée...* Depuis trois jours, sous l'effet de ses médicaments, Catherine, de plus en plus déprimée, n'a pas bougé de son lit si ce n'est pour aller aux toilettes, se servir un verre d'eau, manger une pomme et se plonger de nouveau sous les couvertures. Il faut plusieurs jours à un volatile d'une quinzaine de livres pour décongeler. Ava n'a pas le temps d'aller jusqu'au village pour dégoter un autre oiseau. Elle ne fait ni une ni deux et saisit un couteau de cuisine bien effilé, attaque l'emballage glacé qu'elle jette aussitôt à la poubelle. Elle pose la pièce de viande entièrement congelée dans la lèchefrite, ajoute des oignons, des carottes, du beurre, allume le four et y blottit la volaille avec, dans son ventre, le sac d'abats qu'elle n'a pas pu retirer. *Tant pis*. La jeune fille jette un regard dehors : ses frères lui apparaissent, affairés à réparer le toit de l'étable, où le foin est engrangé, qui s'est en partie écroulé sous le poids de la neige. Elle tape des coups secs et répétés à la fenêtre :

— Ton bonnet, Frank ! On gèle ! ne peut-elle s'empêcher de lui crier comme s'il était encore un gamin.

Le jeune homme s'exécute. Tendre et plutôt soumis de nature, Frank sait égayer l'existence des autres membres de la famille. Mais depuis qu'il s'est déniché un travail et se trouve moins souvent à la maison, tout se déglingue, à Saint-Georges. Chaque jour qui passe ajoute plus de tristesse et de confusion dans cette vie familiale qu'Ava tente de maintenir. Les aînés, Samuel et William, inséparables, poussent la toiture et la maintiennent à l'aide d'une planche de bois. Vince et son benjamin pellettent la neige. Il faudra encore renforcer la charpente pour arriver au printemps. Un soleil radieux éclaire la scène, sous un ciel complètement bleu. Devant la télévision allumée, Catherine McCann, encore sous l'effet de ses médicaments, ouvre un œil, puis tombe de nouveau endormie au milieu de ses draps en bataille. Pour elle, la journée du 24 décembre 1978 se déroule exactement comme toutes les autres.

Le livre de recettes de sa mère, taché de chocolat et rendu rugueux par la farine, ouvert sur le comptoir, l'émeut. Ava regrette les réveillons magiques où les McCann s'amenaient de Toronto en voitures familiales, le coffre rempli de présents, d'alcool et de nourriture. À Saint-Georges-de-Windsor, on se préparait des mois d'avance, faisant des conserves avec les légumes du potager qui accompagneraient les viandes, les pâtés et les rôtis. On rafistolait les bâtiments, on brossait les bêtes… Fiers et motivés, les Gauthier s'organisaient pour impressionner leurs visiteurs. Mais cette époque est bien révolue.

C'est à l'été que la dernière dispute a éclaté. Cette fois, la brouille semble définitive. Toute une histoire pour une escarmouche stupide aux cartes entre Vince et son beau-frère, que l'alcool avait éméchés. L'un avait injurié l'autre, le traitant de menteur et de voleur… L'insulte avait porté, les deux hommes s'étaient bagarrés. Une des sœurs avait appelé la police, les Gauthier s'étaient enfuis et les McCann avaient définitivement coupé les ponts avec Catherine parce qu'elle avait pris le parti de son mari.

Désolée par le spectacle, les bras croisés, hésitant entre la colère et le chagrin, Ava avait osé toiser son père :

— Quelle affaire, aussi, de t'engueuler avec l'oncle Gordon ! Pour une niaiserie ! Admets-le donc, papa, puis va donc t'excuser.

— C'est ça, c'est ça. C'est toujours moi le coupable… avait-il répondu, frustré. Tu devrais prendre le parti de ton père, une fois d'temps en temps.

Vince se pointe sur ces entrefaites, secoue ses bottes sur le tapis de l'entrée et accroche son manteau. Calme et contrôlant la situation, il va au réfrigérateur. Penché, cherchant ses bières du regard, il ne peut réprimer un mouvement d'humeur : Catherine a encore oublié de mettre les bouteilles au frais. Décidément, sa femme ne fait plus rien. Il se détourne, se rend à la caisse de bières dans le corridor, extirpe deux bouteilles. Il en fait sauter les bouchons et en tend une à sa fille :

— Prends ça. Moi, j'vais aller fêter Noël au village. J'reste pas ici.

— Si t'arrangeais ça avec Gordon, on pourrait aller à Toronto, arriver à temps pour le réveillon. Passer quelques jours là-bas, et fêter Noël avec la famille, comme avant…

— Pour que ton oncle raconte à ses sœurs que je lui dois de l'argent ? Et que tes tantes en rajoutent et disent que j'suis rien qu'un perdant et un trou de cul ? Jamais.

— OK… Ça fait qu'on n'organise rien pour Noël ?

— On fait quelque chose, là : on prend une bière. Ta mère va être contente : j'serai pas là pour lui gâcher la vie. J'vais sortir avec tes frères. Toi, reste avec elle. T'aimes ça être avec elle, toi… Allez, bon courage !

En détournant les yeux, il porte la bouteille brune à sa bouche et avale une gorgée. Il a dans le regard une grande fatigue. Ava, désemparée, fait comme lui et déglutit le liquide tiède. Elle regrette. Leur vie d'avant lui manque. Sentant sa peine, il lance sans trop y croire :

— Ça va s'arranger un jour, ne t'en fais pas trop. Les disputes entre ta mère et moi, ça va finir par s'arrêter.

Les garçons rentrent affamés. Ils avalent un bol de céréales. La dinde n'est pas près d'être cuite. Samuel blague en disant que le père Noël pourra se poser sur la grange avec son traîneau ; elle est désormais assez solide… Ava ouvre le four et s'inquiète de la teinte blanchâtre arborée par son gros poulet. Tendue, elle jette un œil à l'horloge de la cuisinière : vingt heures. Son père décide de sortir tout en invitant ses fils à le suivre. Heureusement, ils déclinent l'offre. La jeune fille achève de mettre la table. Vince s'éloigne de la maison ; le cœur lui cogne et lui fait mal. Après avoir entendu la porte claquer, Catherine s'amène, la cigarette au bec, reine déchue dans sa chemise de nuit rose…

Samuel attrape sa guitare et joue des airs de Noël. William, allongé devant le téléviseur, tète une bière, les pieds sur le radiateur. Frank rejoint son aîné sur le divan avec les chiots de la portée de Mammy Blue, qui s'amènent en couinant. Le 24 décembre s'écoule péniblement pour cette petite famille de Saint-Georges-de-Windsor.

À l'aube, Vince roule à grande vitesse sur le chemin qui le ramène vers sa maison du malheur. L'effort fourni pour se détacher des bras de sa maîtresse, se rhabiller, affronter la neige et le froid lui semble surhumain. Tout ça pour être accueilli par des reproches, des cris et des crises. Il n'en peut plus de cette situation invivable. C'est décidé : il va quitter Catherine. Ce sera sa résolution du Nouvel An.

Les cadeaux sont déballés depuis longtemps et les boîtes sont ouvertes, éparses, partout dans le salon. Sur le tourne-disques, un vieux 33 tours de musique de Noël, vaguement écorché, tourne encore et tente d'égayer la maisonnée. Les trois frères ont chanté et ont bu une partie de la nuit. Samuel s'est rendu malade et a vomi dans la salle de bains. Il a nettoyé, mais mal, et ça pue encore. Craignant que Vince ne revienne plus, Ava a peu dormi. Le bruit du moteur du *pick-up* arrivant dans l'entrée l'allège d'une tonne. Son père est de retour ! Et comme Catherine a regagné sa chambre vers une heure du matin, elle pourra lui faire croire qu'il a dormi à la maison.

— Joyeux Noël, jolie fille, dit-il avec à la main une chaînette en argent qu'il lui tend.

Ava est près d'éclater en sanglots. Il a pensé à elle ! Elle lui saute au cou, le serre très fort en murmurant merci. Elle déteste les colliers et les bijoux, mais ça n'a pas d'importance, c'est l'intention qui compte.

Vince monte à l'étage pour se doucher. Il traverse la cuisine sans remarquer que la porte-fenêtre, à l'arrière de la maison, est ouverte. Ava, devant le miroir de l'entrée, accroche son cadeau à son cou.

Quand le père redescend tout frais rasé, il pressent quelque chose d'anormal : le rideau de la salle à manger bat au vent. Ava se précipite pour refermer la porte et aperçoit, dans la neige, les pas enfoncés que sa mère a laissés.

— Papa ! Maman est partie !

Vince Gauthier s'engage sur ces traces, à la recherche de son épouse. Il a eu beau mettre Mammy Blue sur la piste, après une bonne heure de recherches, il revient bredouille, bien décidé à appeler la police.

— Fais pas ça !

— Ta mère n'a plus de bon sens, Ava ! Faut que tu t'en rendes compte !

Ce sont les agents qui lui apprennent que Catherine s'est rendue, pieds nus, jusqu'au village, où des voisins l'ont reconnue et amenée au poste. Souffrant d'importantes engelures, elle a été conduite à l'hôpital. Vince sait qu'il n'aura pas le cœur de quitter sa femme alors qu'elle se trouve en si piteux état. *Les résolutions, c'est fait pour qu'on les tienne pas…*

Le soleil se lève à peine. L'étalon balance de gauche à droite sa queue épaisse d'un noir plus foncé encore que le reste de sa robe. Ce pur-sang anglais, ancien champion des hippodromes, est un de leurs pensionnaires les plus prestigieux. L'immense animal fait plus de dix-sept mains[1] au garrot et se distingue par son galop unique, très élégant. Intelligents, les parieurs ont jadis misé sur lui avec succès. Quand Flying Winds courait à Blue Bonnets,

1. Un mètre soixante-douze.

les amateurs se déplaçaient en grand nombre et misaient le gros lot, c'est du moins ce que prétend sa propriétaire, tellement fière d'avoir pu mettre la main sur une telle « machine ».

Tandis qu'elle longe Flying Winds, Ava admire son trot lorsqu'il accélère. D'un claquement de la langue, elle pousse le pas tandis que la corde se tend. À son avis, ce cheval est mûr pour être monté de nouveau. Elle devra en parler à son père. Cette pensée s'ajoute à toutes les autres dans son esprit. Elle a aussi ce roman de Dino Buzzati qu'il faut analyser pour son cours de français et qu'elle n'a pas commencé à lire. Et son travail d'histoire qu'elle remettra en retard. Elle relâche la tension et laisse de la corde à Flying Winds qui s'ébroue et caracole. Le travail est terminé.

Ava revient au box et constate qu'encore une fois son père a omis de changer le foin. Elle se met à l'ouvrage, soulevant les herbes jaunâtres malodorantes et alourdies par l'urine. Une écurie négligée constitue un paradis pour les microbes devant lesquels, malgré leur taille, les chevaux sont fragiles. Et s'il arrivait que Flying Winds tombe malade… C'est toute sa clientèle que l'écurie perdrait. Chaque geste est sûr et efficace. Ava n'a pas de temps à perdre. Un contrôle l'attend au séminaire et elle ne dispose que d'une trentaine de minutes pour terminer ses tâches et se rendre à l'école. Elle se presse, plante la fourche dans la montagne puante à la sortie de l'écurie et se dirige en courant vers son véhicule.

Sa Coccinelle bleu poudre roule à vive allure sur le chemin de terre. Ava révise mentalement sa matière. Son estomac se serre à l'idée d'un échec possible. Il lui faudrait recommencer le cours pendant l'été... Le professeur a répété maintes fois qu'aucun retardataire ne serait admis, particulièrement durant les examens. Aussi se présente-t-elle à bout de souffle et sans même un crayon dans la salle de classe.

Trop pressée, Ava a oublié Flying Winds dans le pré, broutant l'herbe printanière. Pendant que la jeune fille répond aux questions, l'animal se bourre la panse d'un aliment dont il n'a pas l'habitude et qu'il devrait ingurgiter en quantité contrôlée.

L'étalon ne s'en remettra pas et mourra quelques jours plus tard, le ventre sur le point d'exploser. Le récit de cette erreur absolument impardonnable ne mettra pas longtemps à circuler parmi tous les amoureux des chevaux et causera lentement, mais sûrement, la désertion de tous les pensionnaires.

3

Mille cinq cents mots, voilà ce qu'elle doit pondre. Ava n'a qu'une seule nuit devant elle pour y parvenir. Aucun texte remis en retard ne sera accepté, le professeur de français a été ferme sur ce point et n'en démordra pas. Elle jette un regard à sa montre : minuit… Si elle s'accorde jusqu'à sept heures du matin, qu'elle rédige deux cent cinquante mots par heure et s'en octroie une pour réviser et se relire, elle devrait y arriver. Elle s'installe donc à son bureau. Dehors, il fait nuit noire. « Mon rêve le plus fou… » Le sujet imposé, pourtant inspirant, la paralyse. Dans sa main, le stylo Bic reste immobile. La bouche et les yeux grands ouverts, une seule idée s'impose : celle de la réconciliation de ses parents. Elle veut que cessent les conflits entre Vince et Catherine, que ses frères et elle reprennent le cours de leur existence. S'il y avait une prière qu'elle puisse adresser, ce serait celle de revenir en arrière.

En un mois, la ferme Gauthier a perdu quatre de ses plus prestigieux pensionnaires. Au prix que les soins et l'hébergement de leurs chevaux leur coûtent, les propriétaires exigent une vigilance constante. L'erreur d'Ava a été fatale. La nouvelle de la mort de Flying Winds s'est répandue comme une traînée de poudre. Le vétérinaire n'a rien pu faire pour empêcher ce décès douloureux provoqué par une déchirure de l'estomac. Une quantité inhabituelle d'herbe fraîche ingurgitée trop rapidement lui a été funeste. Ava se revoit lorsque, prenant conscience de son oubli, elle est revenue à toute vitesse du campus et qu'elle a aperçu l'étalon broutant nonchalamment dans le pré. Ses espoirs se sont envolés dans le vent printanier : la chance n'a pas penché de son côté, puisque son père, occupé à l'intérieur, n'a pas vu la bête. Flying Winds était déjà moins fringant qu'au petit matin et tournait sans cesse sa tête vers son ventre dur et distendu. Les coliques n'ont pas mis longtemps à apparaître puis à s'intensifier. Sont survenus ensuite les vomissements, symptôme de la dégradation de l'état général de l'animal. Vince et le vétérinaire ont fait l'impossible pour sauver le cheval. En vain. Les souffrances de Flying Winds réapparaissent régulièrement dans sa mémoire et, chaque fois, la jeune fille ressent une douleur abdominale, comme un coup de poing dans le ventre. Par sa faute, un innocent a connu une mort lente et terriblement douloureuse. Flying Winds était sous sa garde… Quand Ava se ressaisit et reprend contact avec la réalité, une heure a passé. Elle reporte les deux cent cinquante mots de l'heure précédente à la suivante.

La ferme Gauthier s'embourbe dans les difficultés financières depuis cette perte tragique. Dans une ferme équine, ce sont les revenus tirés des pensions mensuelles qui permettent de garder les finances à flot. Les pensionnaires couvrent les frais de ce qu'il en coûte de chauffer l'écurie, nourrir les animaux, veiller à leur entretien et à leurs soins, les vacciner. Ava a tout à fait conscience de ce qu'il faut gagner pour y arriver. Depuis qu'elle est toute jeune, une fois par mois, elle s'installe à la table de la salle à manger, classe les comptes et indique les montants à payer, tandis que sa mère fait les chèques, les glisse avec le bordereau dans l'enveloppe, colle un timbre. Certains mois, les factures sont si nombreuses qu'on ne les règle pas toutes ni en entier. Il faut jongler avec les urgences et les paiements. Sans le salaire supplémentaire de Vince gagné sur des chantiers de construction à Sherbrooke, la famille ne joindrait pas les deux bouts. Aussi, ces dernières semaines, la ferme Gauthier, déjà dans le rose, s'enfonce franchement dans le rouge.

Poussée par l'urgence, constatant qu'une autre heure s'est écoulée, Ava se laisse emporter par son imagination.

Ses personnages habitent Granby, une ville assez importante pour offrir le confort et tous les services, du travail aux parents, des fins de semaine avec leurs enfants. Cent cinquante jolis mots couchés sur sa feuille et son inspiration s'enflamme. Ava respire mieux. Un bruit dans la cuisine trouble sa concentration. Son cerveau refuse l'information : elle n'a pas une minute à perdre, car il est déjà trois heures du matin. Bientôt, une odeur de toasts brûlés s'ajoute aux sons. Distraite de son travail, l'adolescente prête attention. *Merde, maman ne dort pas. Elle a encore oublié le grille-pain. Un de ces jours, elle va mettre le feu à la maison !* L'odeur de pain calciné s'intensifie. Alertée, Ava quitte sa chambre.

Souvent prise de fringales en pleine nuit, Catherine ne voit pas pour quelles raisons elle se priverait de manger. « La nourriture et la cigarette sont les seuls plaisirs qui me restent, répète-t-elle sur un ton geignard. Vince couche plus avec moi », ajoute-t-elle parfois. Il l'évite comme si elle sentait mauvais, si elle le dégoûtait. Et quand, cédant à ses complaintes, il déserte la chambre des invités pour dormir avec elle, elle trouve ces nuits-là encore plus pénibles. Sentir le corps de son homme et deviner son sexe mou dans son pyjama constitue une épreuve plus difficile que celle de la solitude. Enragée, elle tourne alors d'un côté et de l'autre, somnole à peine, puis s'éveille au beau milieu de songes désagréables. En fin de compte, plutôt que de rester aux côtés de celui qui ne la désire plus, elle se lève et va se bourrer de toasts.

— Ça brûle, tu sens pas ? demande Ava tandis qu'elle force le grille-pain à éjecter les tranches.

— J'fume...

Elle glisse le pain sur une assiette qu'elle pose sur la table. Avant de s'asseoir, sa mère lui sourit.

— Qu'est-ce que j'ferais si t'étais pas là ?

— Arrête donc... Il faut que j'y retourne. J'ai un travail à finir.

À l'air exaspéré qui se dessine sur le visage de sa fille, Catherine s'inquiète.

— J'peux t'aider ?

— Ben non, voyons.

— J'sais bien, c'est une blague ! J't'aide plus depuis longtemps. J'suis tellement fière de toi...

Ces paroles, dites d'une voix rauque et abîmée par la cigarette, galvanisent la jeune fille. Ava remonte à l'étage, gonflée à bloc. Elle s'empare du stylo et n'hésite plus. D'un seul trait, son texte s'allonge et les mots s'alignent. Les héros de son récit affrontent les dangers et résolvent les problèmes les uns après les autres. L'adolescente applique méthodiquement les règles enseignées en classe. Tant pis pour ce qu'elle aurait vraiment voulu écrire et qui l'aurait momentanément soulagée. Elle ne souhaite rien de plus que cette admiration qui se dessine sur le visage de Catherine et l'espoir qu'elle y fait renaître. Pour cela, elle donnerait tout.

L'aube annonce le temps écoulé et son père se prépare pour aller nourrir les bêtes avant de se rendre au travail. Ava appose son nom sur la première page, elle n'aura pas le temps de taper sa dissertation à la machine. Elle remet de l'ordre dans la cuisine sans refermer le sac de pain. Elle fait les sandwiches au jambon et à la mayonnaise pour ses frères et à la moutarde pour son père. Elle ouvre la boîte à lunch argentée quand une idée lui vient. À même un sac brun, elle découpe un carré de papier. Avec la pointe de son Bic elle rédige une note : « Il faut payer la note de mon école, svp. Tu as encore oublié. On a reçu un autre avis lundi. Merci ! »

Soulagée d'avoir eu le courage de rappeler son père à l'ordre, Ava conduit sa petite voiture vers le Séminaire de Sherbrooke. Dans sa poche se trouvent trois cents dollars, roulés bien serré, qu'elle compte verser à la comptabilité du collège, en paiement partiel des frais dus. Lorsque Vince se décidera enfin à envoyer un chèque pour régler la totalité, la secrétaire lui rendra ses économies accumulées d'un anniversaire à l'autre, de travaux d'été en cadeaux de la famille de Toronto.

Quand sa rédaction rejoint celles de ses camarades de classe, sur le bureau du professeur de français, Ava sent qu'une tonne de briques s'envole et soulage ses frêles épaules. Elle a réussi ! S'il lui arrive de sécher certains cours pour effectuer des tâches pressantes à la ferme, jamais elle ne néglige le français, sa matière favorite. Elle s'en fait une règle de conduite.

Tandis qu'Ava se rend à sa place habituelle, un jeune homme la suit du regard. La chevelure bouclée comme celle d'un ange, le regard brun et le sourire taquin, Gilles Giguère, bras croisés sur son pupitre, contracte le biceps droit sur lequel une paire de fesses stylisée a été grossièrement tracée au crayon-feutre. La drôlerie ne manque pas de succès auprès de ses amis de classe. Les filles font semblant de ne pas comprendre. Quand elle aperçoit le mouvement répétitif du derrière exagérément bombé, Ava se sent prise d'un spasme nerveux et irrépressible. La fatigue aidant, elle rit aux larmes sans parvenir à articuler une excuse lorsque l'enseignant réclame le silence. Ses épaules tressautent alors qu'elle tente de s'excuser et que Gilles Giguère détourne l'attention sur lui, prend tout le blâme et donne le temps à Ava de recouvrer ses esprits.

Stéphanie est adorable et déjà volubile pour ses deux ans. « Profites-en bien, répètent en chœur les voisines à la mère chaque fois qu'elles la croisent, ça passe tellement vite ! »

Anaïs, derrière la poussette, acquiesce alors qu'elle vit tout le contraire de l'ivresse et de l'épanouissement qu'annonçait la maternité. Sa crise personnelle, loin de se résorber, s'accentue. Une fois Émilienne, Fabien et Lucie habillés, nourris et en route pour l'école, elle reste seule face à sa petite poupée. Saisie d'un engourdissement généralisé, la jeune mère sent l'angoisse grandir un peu plus chaque jour qui passe à tourner en rond dans la maison avec sa fille, attendant la visite du facteur, le retour des enfants à midi ou celui de Bernard en fin de journée. Elle ne peut rien entreprendre, car Stéphanie l'interrompt sans cesse, lui réclamant de jouer avec elle ou de la prendre dans ses bras.

Heureusement, le printemps est bien entamé. Les bourgeons ont tous éclaté en même temps et la nature est passée du gris à un vert tendre qu'elle ne gardera qu'une semaine ou deux. Aujourd'hui, Anaïs n'aura pas droit à son « bien le bonjour » matinal de Saintonge. Léon a la grippe : il tousse, rougit, passe proche d'imploser, tousse de nouveau et crache. Puis, vaincu, il appuie sa tête sur le dossier de son fauteuil, attendant la prochaine quinte.

— Qu'il expectore, boive et se repose. Je passerai l'examiner après la clinique. C'est un virus. Tout le monde l'attrape en ce moment.

Quand il s'agit de ses proches, Bernard semble se refuser à éprouver de l'inquiétude. Tout va bien, quoi qu'il arrive. Et elles sont rarissimes, chez les petits Fortier, les occasions de manquer l'école pour cause de maladie. Léon n'échappe pas à la règle : s'il ne fait pas de fièvre, il n'y a rien à craindre pour le vieil homme…

— Évite de lui rendre visite avec la petite, cette semaine, ça vaut mieux.

Stéphanie dort à poings fermés sous le fin drap de flanelle qui la recouvre. Anaïs hisse la poussette sur la galerie et reste plantée là, immobile. Que doit-elle faire ? Peut-elle laisser sa fille dehors et risquer qu'on la lui vole ? Ou la rentrer et interrompre sa sieste du matin, tellement importante ? Le Docteur Spock ne donne aucune consigne à ce sujet, aussi reste-t-elle plantée là, comme une idiote, incapable de se décider. Quelle gourde !

Elle qui croyait qu'à trente-sept printemps elle aurait acquis la sagesse qui lui manquait, presque dix-huit ans plus tôt, pour tenir son rôle de mère, rencontre le même désarroi qu'avec son premier enfant. À tout moment, elle se sent gauche, maladroite et n'a aucune pulsion instinctive, aucun réflexe. Rien d'autre qu'un inconfort total. Elle suit à la lettre les indications du grand gourou de l'éducation moderne, mais elle reste quand même habitée par l'impression de ne pas agir correctement. Elle doit admettre qu'elle ne trouve pas plus de bonheur auprès de Stéphanie qu'elle n'en a eu avec sa première fille. Et pour le bien de sa petite elle-même, elle doit trouver une solution à cet inconfort envahissant.

Anaïs se décide à entrer la poussette dans la maison. Elle referme la porte et va jusqu'au téléphone. Elle compose le numéro de cette garderie privée recommandée par plusieurs patientes de Bernard.

— Bonjour, je voudrais savoir si vous auriez une place disponible pour une enfant de deux ans. Vingt-sept mois, en fait. Oui, c'est bien ça, répond-elle en se demandant si son interlocutrice fait exprès de tourner le fer dans la plaie en lui posant des questions aussi précises sur l'âge de sa fillette.

Recroquevillée, Ava souffle dans ses mains pour tenter de les réchauffer. Moins transie par le froid que par l'humidité ambiante, elle descend les gradins et va s'acheter un café à la machine. Si la partie ne commence pas bientôt, elle devra quitter le stade sans avoir vu Gilles esquisser le moindre coup de patin. Elle ingurgite le liquide au goût d'eau de vaisselle qui a au moins le mérite d'être bouillant. Interrompant trop tard son mouvement d'aspiration, elle se brûle la langue et manque, de surprise, de lâcher son gobelet tout en crachant le liquide brun.

— Merde !

— C'est toi, la nouvelle copine de Gilles ? entend-elle par-dessus son épaule, tandis qu'un joint fumant apparaît sous son nez.

— J'en veux pas.

— C'est rare qu'il parle d'une fille. Il a dit qu'il sortait avec toi…

— Ouais et alors ?

— J'viens de Granby, moi aussi. On se connaît

depuis qu'on est des enfants. Et puis on habite dans la même chambre.

Il n'ajoute rien, gardant l'air prisonnier de ses poumons. Le bougre, menu de taille, verdâtre de teint, ne plaît pas du tout à Ava. Incommodée par la fumée et pressée par le temps, elle ne se contient plus. Elle se lève d'un bloc.

— Dis à Gilles que je suis venue. Faut que j'rentre chez moi.

Le jeune homme la salue vaguement tandis que les joueurs se présentent sur la glace, effectuant des tours de patinoire pour se réchauffer. Au loin, Ava aperçoit son amoureux : la carrure de ses épaules accentuée par l'équipement de protection, sur lequel tombe sa chevelure de boucles brunes et souples tellement à la mode, lui rappelle qu'il est de loin le plus beau garçon du collège. Et c'est avec lui qu'elle a fait l'amour pas plus tard que la semaine dernière. Un frisson parcourt sa moelle épinière à l'évocation de ce moment intense.

Ce jour-là, Gilles l'attendait à la sortie du cours de français. Préoccupée et soucieuse de son résultat, elle marchait sans avoir remarqué sa présence. Il l'avait suivie et rejointe en courant, puis avait posé sa main autour de son cou comme pour signifier qu'elle lui appartenait. Elle, d'habitude farouche, ne s'était pas opposée.

— J'ai les clés de l'appartement de ma sœur. As-tu envie qu'on aille le visiter ?

Un sourire esquissé alors qu'elle replaçait une mèche rebelle avait suffi à conclure leur accord. Tant pis, elle manquerait la philo ! Le trois-pièces où ils avaient atterri ne payait pas de mine. Et cela lui avait fait un drôle d'effet d'embrasser un garçon dans un lieu inconnu, silencieux et fermé. Gilles avait glissé une main sous son chemisier et l'avait déboutonné. Plusieurs fois déjà il avait caressé ses seins, les avait léchés, sucés. Ces gestes mettaient Ava en feu et déclenchaient une fougue qu'elle ne se connaissait pas. Mais cette fois, quand il avait glissé les doigts dans son pantalon, elle s'était demandé un court instant ce qui se passait. Il avait continué de la toucher. Ava avait alors cessé de se poser des questions. Son corps entier se couvrait de braise. Le regard soudé à celui de son amoureux, le plaisir qui se révélait à elle dépassait en intensité tout ce qu'elle avait vécu jusque-là. Plus que son père, sa mère, ses frères et la ferme, elle aimait ce garçon qui lui révélait un monde. Nue, ses mamelons hérissés et son corps grand ouvert, elle n'avait plus eu conscience de sa propre existence et s'en était détachée. Gilles avait finalement plongé son sexe en elle. Elle n'aurait jamais pu imaginer cela, pas plus que la jouissance qui s'en était suivie.

Lorsqu'elle avait repris ses esprits, elle avait eu envie qu'il recommence. Au risque d'être surpris, ils avaient répété leurs ébats dans une séquence plus rapide. Si Gilles le lui avait proposé, elle aurait tout quitté sur-le-champ pour aller vivre avec lui n'importe où.

Au volant de sa voiture, Ava repense à ces doux moments et frémit de plaisir. Gilles, son corps et ses mains posées sur elle lui reviennent en flash-back. Depuis qu'elle fait l'amour, les emmerdes familiales lui pèsent moins lourd. *Heureusement*, se dit-elle, *car les dernières semaines n'ont pas manqué de rebondissements*. Son paternel a oublié de rentrer dormir à la maison et a prétendu avoir couché au travail. Sa mère n'a pas cru un mot de ses mensonges, elle l'a suivi jusque sur les lieux de son travail, a posé un million de questions aux gars et même au contremaître, qui a menacé de renvoyer Gauthier si son épouse revenait perturber son chantier.

Ses parents s'engueulent, règlent leurs comptes et ne s'en font pas pour les autres occupants de la maison. Comme son père ne lui a jamais parlé de ses frais de scolarité, Ava a demandé un délai de grâce, épongé la facture à même la somme tirée de la vente de sa selle, un cadeau reçu pour ses quinze ans mais dont elle ne se servira plus, de toute façon. Si les choses continuent ainsi, elle va devoir travailler pour payer ses études et n'aura plus de temps pour assurer la permanence à la ferme.

« On est ensemble. Je vais faire le travail avec toi. Tout va bien aller. J'aime bien aller chez vous pour t'aider », c'est le disque que Gilles lui joue en boucle.

Le jeune homme adore les chevaux. Aussi, chaque fois qu'il le peut, il rejoint Ava, prend soin des bêtes avec elle et passe la nuit à la maison. Il dort même dans son lit. Catherine a donné sa permission. Quant à Vince, il n'a pas la tête à s'opposer aux agissements de sa grande fille ; sa vie est déjà assez compliquée comme ça.

Tous les jours de la semaine, le Docteur Bernard Fortier traverse le village de Sainte-Adèle. Les habitués saluent leur médecin quand ils le croisent dans la rue. À partir de neuf heures, il reçoit ses patients. Alors que des collègues recherchent la nouveauté, lui trouve son équilibre dans le calme d'une routine. Il aurait les moyens de voyager, de s'offrir le grand luxe et une vie plus trépidante, mais il préfère aller à la chasse et à la pêche, se perdre dans les bois. Avant la naissance de Stéphanie, Anaïs l'accompagnait tous les deux, trois, même sept jours, parfois. Ils montaient loin vers le nord, jusqu'à Mistassini… *Nos escapades en amoureux me manquent*, pense-t-il tandis qu'il entre dans son bureau et se prépare à recevoir son premier patient de la journée. S'il est ravi de l'arrivée d'un quatrième enfant dans sa vie, il ne sait trop comment interpréter la réaction de sa complice. Anaïs n'affiche plus cette bonne humeur qui la distinguait. Depuis la naissance de leur fille, son épouse se révèle souvent découragée pour des broutilles. Le nouveau papa aux tempes qui commencent à grisonner s'en désole, car il aimerait avoir une grosse famille de six, sept, dix enfants. Pourquoi pas ? C'est ce qu'il se dit pendant qu'il ausculte un malade qui rechigne.

— Tu vas finir par les cracher, tes poumons, Gilbert, lance-t-il à la volée au vieux commerçant de ferraille voisin de sa clinique.

— Pas du tout ! J'me sens bien. C'est ma femme qui m'a forcé à venir ici.

Bernard hausse les épaules, sidéré par cette résistance à la science contre laquelle il a renoncé à se battre. Il griffonne une ordonnance à la hâte. Tandis qu'il raccompagne le bonhomme à la porte, il s'étonne de croiser sa secrétaire.

— Vous êtes bien matinale, ce matin, Madame Smith !

— Oui, c'est parce que j'ai une nouvelle. Je voulais vous parler, juste à vous…

— Vous n'êtes pas enceinte ! Pas vous aussi !

— Non, esquisse la femme en s'esclaffant. Mais j'ai pris ma décision. Je m'en vais habiter chez mon fils à Rawdon. Je vais attendre que vous trouviez quelqu'un pour me remplacer. Avec son divorce, il a trop besoin de moi.

Pris de court, Bernard garde le silence. Il reprend le chemin de son bureau de consultation, cette pièce où il passe la majeure partie de son existence, mais il ralentit le pas et s'arrête au milieu de la salle d'attente. Une odeur de propreté et de cuir neuf le rassure et lui permet de dominer ses émotions. Que fera-t-il sans elle ? Madame Smith l'assiste depuis si longtemps… Non seulement elle connaît tous ses malades, leur histoire et leurs problèmes, mais elle sait aussi effectuer cette multitude de gestes anodins en apparence, mais qui, mis les uns à la suite des autres, font qu'une clinique médicale fonctionne.

— Il faudrait mettre une petite annonce…

Après avoir accroché son manteau sur la patère, elle retire ses bottes de pluie et glisse ses pieds dans des souliers de travail d'un blanc immaculé. Bernard regagne son bureau. Il ignore tout des méthodes de classement souvent peu orthodoxes – elle est la première à l'admettre – de son employée. Dotée d'une mémoire phénoménale, celle qui a tendance à ne pas garder de traces écrites de ce qu'elle fait ne sera pas facile à remplacer.

Ava s'est présentée dans le couloir et a cherché son nom sur la liste des élèves inscrits à l'examen. Derrière les premiers arrivés, ceux qui récoltent les meilleures notes, elle s'est hissée sur la pointe de ses pieds. Gauthier, Ava : 75 sur 100. Devant une note aussi inespérée, elle a regardé une seconde fois pour s'assurer d'avoir bien vu. Et le chiffre sept accolé au cinq se confirme : elle a réussi l'épreuve !

Ce souvenir seul suffit à la faire sourire. Cat Stevens chante à tue-tête à la radio et Gilles entonne les paroles qu'il connaît par cœur :

It's not time to make a change,
Just relax, take it easy.
You're still young, that's your fault,
There's so much you have to know…

Il chante faux, certes, mais il chante avec ferveur. Le son de sa voix la rend heureuse.

Les garçons regardent la télévision au salon en compagnie de Catherine. Leur mère a eu une bonne journée. Elle est sortie avec une amie. Les deux femmes ont fait des courses et se sont fait couper les cheveux. Enjolivée, elle a pris un coup de jeune. La vie de famille devient plus facile quand leur père s'éloigne pendant plusieurs jours. Une routine s'installe et, même si elle croule sous les tâches, Ava se sent plus calme, plus reposée.

Sur le divan du salon, Gilles plonge sa main dans le bol de chips. Lui qui a quitté la maison de ses parents jeune pour habiter en pension et fréquenter de bonnes écoles apprécie ces frères d'adoption. Mammy Blue, le chien de la maisonnée, saute sur ses genoux comme pour suivre l'émission de télévision. Le téléphone sonne et le sort de sa rêverie.

— C'est pour toi, annonce Frank.

Gilles se lève pour prendre l'appareil et aperçoit Ava qui, de la cuisine, suit la conversation. Voilà ce qui constitue la seule ombre à son tableau : celle dont il est fou d'amour déteste son meilleur ami.

— Je peux pas sortir ce soir, murmure sa petite amie qui s'est approchée de lui, et toi non plus, OK ? Tu restes avec moi ?

Tandis que Gilles entortille le fil du téléphone autour de ses doigts et se démène comme un diable dans l'eau bénite pour trouver une excuse valable, Ava regrette son intervention : *Celui que tu aimes, laisse-le libre, s'il te revient, il t'appartient, s'il ne te revient pas, il ne t'a jamais appartenu*. Voilà la maxime qui la hante et qu'elle aimerait mettre en pratique. Mais juste d'imaginer Gilles sans elle à la fête de fin d'année du collège, entouré de filles et de ses amis fêtards, des tremblements la prennent. Assez sensible et intelligente pour mesurer l'ampleur du sacrifice imposé à son copain, elle se doute bien que ces soirées volées à la liberté éloignent Gilles chaque fois un peu plus d'elle.

Et c'est un déchirant dilemme que de se sentir coincée dans un piège sans savoir comment s'en libérer. Autrefois, elle aurait discuté de son problème avec sa mère. Mais tout est différent maintenant. Catherine n'a plus la force de l'écouter.

Dans les bras de sa gardienne, Stéphanie mange goulûment. En quelques mois, la petite s'est adaptée. Elle ne pleure plus quand vient l'heure de quitter la maison, se réjouit de retrouver ses complices et adore la responsable qui s'occupe d'elle. Seule Anaïs pâtit encore de sa décision et s'adresse des reproches. Alors qu'elle pourrait rester chez elle pour élever sa fille, elle a choisi d'abandonner la chair de sa chair pour seconder son mari dans sa clinique. Après avoir interprété des grands personnages, connu la gloire sur les écrans, Anaïs Calvino se retrouve à occuper un poste de secrétaire dans une clinique médicale de campagne. Il arrive encore à son cher Léon, qui perd un peu la boule, de lui demander sur la scène de quel théâtre elle voudrait jouer…

— J'appelle Paul Blouin et il te fera travailler demain matin, si tu veux…

— Surtout pas, Léon. Je suis heureuse loin des caméras ! affirme-t-elle tout en douceur à cet homme qu'elle regrette de décevoir.

Les dossiers de chacun des patients ont enfin été remis en ordre. Après le départ de Madame Smith, Bernard et elle ont constaté le fouillis des classeurs. Des notes prises à la sauvette sur des bouts de papier et collées d'un ruban adhésif à l'intérieur des chemises puis égarées parsemaient les tiroirs.

Anaïs s'est armée d'une patience et d'une rigueur qu'elle ne se connaissait pas et a repris chaque dossier, rédigeant proprement à la machine à écrire l'historique, le suivi et les médicaments prescrits. Elle s'est constitué un code de couleurs et une méthode systématique pour s'y retrouver dans la prise de rendez-vous, les annulations et les relances. Comme un poisson dans l'eau avec la clientèle, elle s'est tout de suite plu à mettre les patients à l'aise et à les rassurer après le départ de celle que l'on croyait irremplaçable.

Anaïs a beau s'en vouloir, elle sait qu'elle a pris la bonne décision. Toute seule à la maison à tourner en rond, elle coulait à pic. Tandis que là, en travaillant avec Bernard, elle a triplé le nombre d'heures passées avec lui en plus de se sentir utile, de gagner un salaire et de ne plus s'ennuyer.

Souvent, le midi, le docteur et sa femme partent bras dessus, bras dessous et vont manger au Mazot suisse. Souvent, Théo et Hélène Mathier, les propriétaires, des Valaisans d'origine, se joignent à eux pour partager une tartiflette ou une fondue bressane suivies de fruits plongés dans le chocolat. L'existence ne peut être plus simple et banale. Pourtant, Anaïs a la conviction qu'elle ne doit pas s'éloigner de cette simplicité si elle entend maintenir son équilibre et respecter ses limites.

— Je n'ai jamais été heureuse en tant que maman à la maison, avouera-t-elle à son époux entre deux bouchées de filet mignon, j'ai besoin de sortir chaque jour et d'avoir une vie d'adulte.

Vince prépare Championne, une jument de six ans qu'il a vendue à un éleveur concurrent. Le cœur noué, il pose une couverture sur le dos de la bête. Avec le mois de décembre qui s'achève, le temps s'est refroidi au point que la toison d'hiver ne suffit pas. Des vingt-deux chevaux qui logeaient dans l'étable, il n'en reste plus que trois. L'homme, la tête appuyée sur l'encolure, tente de recouvrer son courage. Il ne veut pas pleurer.

Ava dépose une bouillotte sur son bas-ventre. Bien qu'elle prenne la pilule, ses règles sont douloureuses. Et celles de ce mois-ci s'avèrent particulièrement pénibles. Elle a engueulé ses frères sans raison et s'est montrée impatiente envers sa mère. Avec Championne qui part dans quelques minutes, la soirée s'annonce mal. Comme Gilles travaille et que ses frères sortent au village, elle se retrouve seule, puisque Catherine est déjà couchée. Depuis quelque temps, l'état de la pauvre femme se détériore ; elle s'enferme dans son désespoir et le moindre geste lui demande un effort. Sa dépression semble incurable…

Contrariée et toujours dans l'inconfort, Ava agrippe le sac-poubelle et sort d'un bon pas pour déposer les déchets dans le coffre en bois au bout du chemin. De loin, elle constate que les lumières de l'écurie sont éteintes. Ils sont venus chercher la jument, qui roulera jusqu'en Floride où elle découvrira sa nouvelle vie. La nuit s'étend sur les bâtiments. Ava s'engage sur le chemin de terre et, avant de rentrer, fait quelques pas vers le champ, histoire de respirer un peu d'air. Un grognement semblable à celui d'un ours la tire de sa rêverie. Sur ses gardes, elle prête l'oreille. Le son guttural se répète. Elle oriente son regard en direction du bruit et s'avance prudemment. La silhouette de son père se dessine. Accroupi, les bras repliés sur sa tête, il oscille d'un côté et de l'autre. Il ne pleure pas. Pire, il râle comme une bête blessée à mort.

— Qu'est-ce que tu fais ?

— J'ai tué la marmotte. C'est elle qui nous a ravagé le jardin tout l'été, prétend-il en se relevant et en essuyant son nez sur sa manche.

— Championne est partie ?

Pour toute réponse, il toussote et fait un signe de tête en guise d'acquiescement. La jeune fille, désemparée, ne sait trop quoi dire. C'est la deuxième fois qu'elle le surprend à pleurer : une fois pour Sam et là pour Championne…

— Ça peut pas continuer. J'en peux plus !

— On pourrait peut-être acheter des chèvres. Paraît que ça donne bien et que c'est facile.

— J'en peux plus. Je vais vendre. J'suis à bout, répond-il en secouant la tête.

— Tu vas tout perdre, si tu fais ça.

— Penses-tu que j'le sais pas ?

— Et les garçons ? Et moi ? On va aller où ?

— Les garçons vont s'arranger. Et toi aussi. T'es plus un bébé. Va bien falloir que tu te débrouilles.

Vince Gauthier hausse les épaules. Des mois d'enfer l'ont harassé. Il n'aurait pas dû se marier avec Catherine. Il n'aurait pas dû avoir des enfants. Il n'aurait pas dû ramener Ava de l'orphelinat. Toute sa vie de famille, il la regrette. Toute sa vie au grand complet, il la regrette.

4

Les photographes débutants affectionnent généralement les journées ensoleillées, convaincus qu'avec une lumière abondante jetée sur leur sujet, ils obtiendront de bons clichés. Mais plus Ava acquiert de l'assurance plus elle recherche ce moment où, entre chien et loup, l'éclairage naturel offre de bien meilleures pistes d'exploration. Aussi, c'est souvent autour de dix-huit heures, une fois revenue du séminaire, les stalles nettoyées et les bêtes nourries, que, son Nikon accroché au cou, elle s'accorde un moment de création. Elle s'engage jusqu'à la butte et immortalise le soleil à demi disparu derrière la montagne. Puis elle se retourne et marche jusqu'au champ. Elle évite de regarder la pancarte « À vendre » plantée à l'entrée du chemin de terre et qui lui met la larme à l'œil. D'un clic, elle photographie les moindres détails de cette vie qui a été la sienne : l'écurie, au loin, protégée par ses chats ; un gris, un calico, un blanc tacheté de gris et un tout noir. Elle admire l'étang, où se reflète l'érable à ce moment-ci de l'été, et où elle aperçoit une tortue d'eau douce qui émerge et le coup de queue d'un poisson qui fait frémir l'eau… Au loin, la clôture installée autrefois par son père, le poteau pourri à changer et les vaches du voisin, qui loue désormais le pâturage. Ces bêtes, curieuses, tournent la tête et s'approchent de la jeune fille. La doyenne, une vieille noire ornée d'un minuscule point blanc sur son front, toujours première dans les cortèges, arbore une attitude confiante et amicale que les autres imitent. Les veaux de l'année suivent les mères aux pis chargés de lait. L'appareil photo avale ces paysages champêtres dans une tentative éperdue et inutile de l'artiste en herbe pour les garder à jamais auprès d'elle. Cette nature-là, c'est son enfance. Et elle sera bientôt vendue.

Les cours d'été ont mauvaise réputation. Parce qu'ils sont perçus comme des punitions pour cancres recalés, mais aussi parce que les profs qui les donnent sont plus souvent de jeunes enseignants inexpérimentés, embauchés le temps d'une courte session. Au moment de s'inscrire, Ava a éprouvé du chagrin. Sacrifier ce qui sera probablement son dernier été à la ferme pour user ses culottes sur un banc d'école ne l'enchantait pas. Mais elle veut à tout prix obtenir son diplôme d'études et ne se donne pas le choix. Elle doit se rattraper pendant la belle saison. Aussi s'est-elle inscrite à un cours de français, obligatoire pour la suite de ses études, et à un cours de photographie, le seul encore ouvert au moment de l'inscription. Ce rattrapage forcé compte parmi les séquelles de la convalescence imposée par son accident et elle n'en espère qu'une note passable qui ne fera pas baisser sa moyenne.

— Un journal… Voilà ce qui sera à remettre à la fin des douze semaines.

Comme les travaux de fin de session – l'un visuel, en photo, et l'autre écrit, en français – portent sur le même sujet, celui des vacances, Ava propose de fondre les deux.

— Superbe idée ! répondent d'une même voix les deux enseignants.

Les vaches quittent le clos, pressées qu'on les traie. Au loin, le voisin la salue tandis qu'elle agite une main et le mitraille de l'autre, l'œil derrière son objectif. *Un jour, je devrai devenir une adulte. Il n'y a rien de bien tragique là-dedans, ça arrive à tout le monde, mais dans mon cas, si on me demandait mon avis sur la chose, je resterais ici à tout jamais...* Voilà les pensées qu'elle imprime dans sa tête. Elle tentera de s'en souvenir au moment où elle devra pondre les légendes qui accompagneront ses clichés du jour.

Des étoiles s'allument sur l'horizon encore clair, ce sont les lumières des fermes du voisinage. Les Dubois, les Cousineau, les Poirier et les Langlois commencent à rentrer pour préparer le souper. Ils profitent de leurs dernières heures avant une courte nuit. Les journées de travail sont longues à ce moment de l'année. Et les habitants s'offrent peu de détente. La vie dans une ferme est dure. Pourtant, si elle le pouvait, Ava s'ancrerait ici et pratiquerait le métier d'éleveuse. Un dernier cliché, pour la route...

Ava marche d'un pas régulier vers la maison. Elle n'y voit pas grand-chose, mais connaît le chemin par cœur. Les frôlements d'animaux ne l'inquiètent pas. Il est tard. Elle s'en veut d'avoir perdu la notion du temps. Sa mère aura servi la soupe sans son aide. Ce soir, elle ne rejoindra pas

Gilles au village et tiendra plutôt compagnie à Catherine, qui n'en mène pas large…

Par la fenêtre se dessine cette figure maternelle, en train de parler au téléphone. À la posture adoptée par sa mère, la jeune fille devine que les choses ne tournent pas rond. À une centaine de pieds[1] de la porte d'entrée, Ava distingue parfaitement le visage vieilli et les larmes qui y coulent en rigoles de tristesse. L'envie de tourner les talons, de s'enfuir et de profiter de la liberté de sa jeunesse lui lance un cri d'alerte qu'elle n'écoute pas.

— Ton père a vendu ! Cinquante mille dollars de moins que ce qu'il demandait, annonce sa mère entre deux sanglots.

— Il la donne.

— Une chance que ton grand-père soit mort. C'est aussi bien qu'il ne sache pas ce que son garçon a fait de son bien.

— Maman, commence pas. Papa devait vendre. Il faut payer les dettes.

— Et nous autres ? On pourra plus rester ici. Où c'est qu'on va aller, hein ? Où ? Ton père, lui, il habite plus ici, il s'en fout ! Lui, il a la tête et le corps ailleurs ! Mon sort l'a jamais dérangé, de toute façon… Ce maudit-là, c'est sa queue qui pense à sa place…

Ava quitte la pièce sans attendre la fin de la phrase. Son cœur bat la chamade, ses mains tremblent. Frank, témoin des cris, intervient :

— Qu'est-ce qui se passe encore ?

— Rien. On va déménager, répond-elle en

1. Environ 30 mètres.

s'accrochant un sourire aux lèvres tandis qu'elle tourne nerveusement le robinet de l'évier et presse d'un coup sec la bouteille de liquide vaisselle.

Gilles en a assez de jouer au gars responsable. Si, au début, le rôle de gendre parfait lui plaisait, avec le temps, assumer les manquements de sa belle-mère a fini par lui peser : « Peux-tu me passer cent dollars pour payer la facture d'électricité ? J'vais te les rendre, c'est sûr. » « Viens, on s'en va faire le marché. » « Ce soir, invite tes amis à la maison pour le hockey, je peux pas sortir, il faut que je garde… ma mère. »

Ces phrases, elles reviennent sans cesse dans la bouche de sa petite amie. À un point tel qu'il a déjà l'impression de former un vieux couple avec elle. À cela s'ajoutent les querelles des parents d'Ava, en guerre perpétuelle l'un contre l'autre, et trop souvent c'est le jeune couple qui doit régler leurs conflits. Ce rôle est devenu lourd et le dérange. L'atmosphère chez les Gauthier est étouffante.

Gilles a pris sa décision : à son retour du camp de vacances où il travaille comme moniteur, il mettra fin à sa relation, quel que soit l'état dans lequel sa belle-famille se trouve. Ce n'est pas à lui de porter les conséquences de la séparation difficile.

Pour justifier sa décision, il se répète qu'il n'a rien promis à Ava. Et chaque fois qu'il lui écrit, pendant l'été, il lui rappelle qu'à dix-huit ans il ne peut pas s'engager définitivement, qu'elle ne doit pas y compter.

— Viens-tu au feu de camp ? Ils ont organisé une chasse au trésor réservée aux moniteurs.

— Oui, j'arrive, répond-il à Mireille, qui lui tend la main.

Tandis qu'il émerge de sa tente, il aperçoit les cuisses musclées, dorées par le soleil, et les fesses rebondies et fermes de sa camarade dans son short en jeans. Il se dit que la vie est trop courte pour qu'il la passe avec une seule personne. Il suit Mireille en courant jusqu'au terrain de jeu, bombant son torse musclé. Il se sent fort, puissant et magnifique. Lorsqu'il arrive sur le site, il s'inscrit comme coéquipier de cette nouvelle amie qui lui fait de l'œil depuis le début du séjour.

Aux premiers coups de sifflet qui lancent le signal du départ, Mireille l'invite à la suivre. Elle n'emprunte pas les sentiers habituels et l'entraîne de l'autre côté du campement, là où on ne pensera pas à les chercher.

Dès qu'elle stoppe sa cavale, elle lui ouvre ses bras. Gilles n'a pas un sursaut d'hésitation et se laisse doucement envelopper. Les caresses de la jeune fille achèvent de le convaincre. Son sexe fou de désir impose la suite. Les deux moniteurs se retrouvent bientôt nus dans les branchages, s'excitant joyeusement et mutuellement. Les seins de Mireille, format miniature et tellement différents de ceux d'Ava, lui offrent un univers de nouveauté. Et rien ne le tente plus que de découvrir aussi la touffe blonde cachant une ouverture dans laquelle il se plonge avec délectation. Elle mord son épaule à pleines dents pour éviter de hurler de plaisir et d'alerter tout le personnel du camp.

Anaïs a cuisiné toute la journée. Elle a pétri sa pâte à pain, l'a divisée et a glissé dans une miche des cubes de fromage et dans l'autre des morceaux de chocolat. Elle a aussi préparé une soupe aux légumes, une purée de betteraves et un bœuf bourguignon. Au dessert, elle servira des choux à la crème arrosés d'un mince filet de sauce au caramel. Avec l'automne lui revient le goût pour des repas plus lourds, plus consistants. Stéphanie s'amuse avec ses jouets tout à côté. Bernard a emmené ses trois grands au lac. Sa mère peut arriver, tout est prêt.

Au volant de sa rutilante Volvo blanche, Ariane Calvino n'en finit pas de s'extasier devant la beauté des montagnes rougies par les feux de l'été indien. « Tu en ferais un splendide tableau, mon chéri. » Maintenant que la douleur de la perte d'Eugène s'est un peu estompée, elle s'adresse fréquemment à lui comme s'il occupait le siège du passager. De fait, elle n'éprouve plus cette solitude, ce vide, cette angoisse d'avoir perdu son meilleur ami. Tranquillement, son grand amour a repris une place dans son existence. Elle a le cœur joyeux et tient à ce que cette visite chez sa fille se déroule sous le signe de la bonne humeur.

Comme Léon se joint à eux pour le repas familial, Ariane s'est offerte pour prendre son vieil ami au passage. Elle arrête le moteur devant l'ancien couvent autrefois habité par les religieuses. Un mouvement de rideau le trahit : son complice l'attend et l'observe tandis qu'elle descend du véhicule.

— Tu ne regrettes pas ton installation ici ? Remarque que je t'approuve : les chevreuils et les geais bleus doivent te changer des rapaces de la ville ! ironise-t-elle tout en posant une bise sur les joues de son interlocuteur. Non mais, sans blague, ne t'ennuies-tu pas un peu ?

— Anaïs et les enfants s'arrêtent pour me voir presque tous les jours. Bernard passe une fois par semaine pour contrôler mon diabète… Je ne manque pas de compagnie.

— De ce côté, pas d'inquiétude. Mais je parle du théâtre, des bibliothèques, des salles de cinéma que tu as tant fréquentées.

— Je me dis qu'il y a un temps pour tout. Et puis, n'en touche pas un mot à ton gendre, mais je vois de moins en moins clair. Et tant qu'à devenir aveugle, je préfère que ce soit ici, entouré des membres de ma famille.

Ces propos frappent Ariane. Oui, le sang de Léon coule dans les veines de la petite Stéphanie et de sa mère. Pour préserver l'équilibre d'Anaïs, le vieil imprésario n'a jamais eu la vanité d'obtenir la reconnaissance à laquelle il aurait eu droit.

— Tu mérites ce que tu récoltes aujourd'hui, mon bon ami. Et je comprends que ma sœur Agathe ait pu tant t'aimer…

Muet comme une carpe, Léon fait comme s'il n'avait rien entendu. Il agrippe ses cannes et s'y appuie pour se diriger vers la voiture.

— Allons nous régaler ! propose-t-il.

Et malgré ses jambes chancelantes, il ne peut

s'empêcher de lui tendre galamment son avant-bras.

Une fois devant la chaleureuse demeure où elle est attendue, Ariane prend le temps d'admirer la balustrade ceinturant la maison et les barreaux verticaux tournés. De l'ensemble se dégage une impression de stabilité et d'équilibre, à l'image du couple formé par ses propriétaires.

— Maman ! Comment vas-tu ? s'exclame Anaïs, sa gamine ancrée dans le creux de sa hanche.

Le bonheur est inscrit sur son *visage*, pense Ariane, tendrement.

— Alice ne m'a pas accompagnée finalement, mais elle m'a demandé de vous dire qu'elle va très bien et qu'elle vous embrasse tous.

En dépit du fait qu'elle ne souffre d'aucune maladie, l'aïeule de quatre-vingt-dix ans supporte de moins en moins les sorties et les rencontres familiales. Elle préfère de beaucoup regarder la télévision et lire des bandes dessinées, plus particulièrement *Les Schtroumpfs*.

William, bientôt vingt-trois ans, aide son frère Samuel, vingt ans, à boucler la valise trop pleine. Le contexte dans lequel ils quittent la pièce alourdit leurs gestes : la vente de la ferme les a obligés à choisir un camp… Ils ont opté pour celui de leur père, qui leur offre le logis et du travail sur un nouveau chantier. Les jobs sont rares, pour les jeunes, et l'argent aussi ; ils ont sauté sur l'occasion qui leur était donnée d'en faire. Tous deux savent qu'ils ne reverront plus les bâtiments, ni les chiens, ni les chats, ni les poules, ni les couchers de soleil sur la vallée. Et même s'ils sont adultes, ils ont le cœur gros. Sans compter que depuis toujours ils ont été là pour protéger leur mère, voir à son bien-être et compenser ces moments où l'existence lui devenait trop pénible. À partir de maintenant, il n'y aura plus que Frank et Ava… Et le sentiment d'avoir trahi celle qu'ils aiment…

Catherine rejoint ses fils dans leur chambre. Tout est sens dessus dessous, comme leur vie. Comment sa famille a-t-elle pu en arriver là ? Catherine a perdu le fil de son existence. Son défunt père n'avait de cesse de l'avertir qu'elle se mariait avec un bon à rien, un volage qui finirait par la planter là sans lui laisser un centime. Elle aurait dû prendre le parti de son frère, quand la bagarre a éclaté et qu'ils en sont venus aux coups. Il avait fallu déguerpir en vitesse parce qu'une de ses sœurs avait appelé la police. Ç'a été la fin des haricots avec les McCann : elle n'a plus eu de nouvelles ni de son frère, ni de ses sœurs, ni de sa mère. Elle a honte de leur donner raison : sa fidélité envers Vince ne lui a jamais apporté que des déboires. Et voilà que ses aînés la quittent pour lui… Elle ne peut que repenser au moment où son mari a officialisé la rupture.

— J'm'en vais, et c'est pour de bon, Catherine. J't'ai fait bien des menaces, mais cette fois-ci, c'est pas des blagues. Te fais pas des idées : je reviendrai pas. À partir de maintenant, on est séparés, on vit plus ensemble. J'me suis déjà loué quelque chose.

— Avec ta blonde, j'imagine ? Ta putain aux cheveux jaunes ?

— Ta gueule…

— C'est tout ce que t'es capable de me dire : ta gueule et tais-toi ! Elle sait pas encore, ta grande blonde, sur quel idiot elle est tombée…

— T'es rien qu'une frustrée ! Je serais vraiment bien sans toi !

Les parents ne se gênent pas, en fait d'injures. Toutes les insultes y passent. Pour ne pas assister au spectacle, Ava propose à ses frères d'aller manger des frites au restaurant du coin. Refus catégorique de tous : William et Frank vont faire un tour en voiture tandis que Samuel préfère rester scotché au téléviseur, se contentant de monter le son pour couvrir les échanges cruels entre les deux êtres qui l'ont mis au monde.

Ava dévale les escaliers. Son père lui manque. Elle ne l'a pas revu depuis deux mois, lorsqu'il est parti… Elle en veut à cet homme qui a brisé sa vie et dont elle s'ennuie malgré tout. Un air dur s'inscrit sur ses traits. En même temps, elle voudrait qu'il soit là, qu'il soit passé lui dire un petit bonjour, qu'il l'invite à monter dans son camion… Juste pour parler et faire une virée… Son père semble avoir tout oublié de la complicité qui les unissait autour d'une balade en camion ou d'un poulain à mettre au monde. Le passé a disparu avec la ferme vendue. Vince Gauthier n'est plus qu'un souvenir dans le cœur de sa fille.

Ava reste un moment plantée sur le trottoir, puis elle attrape la bandoulière de son sac de cuir et se dirige vers sa Coccinelle. Son cœur cogne. Elle fredonne en boucle les paroles d'une chanson de Beau Dommage :

Où est tout le monde, où est passée la noce ?
Ça fait longtemps que j'ai pas pris une vraie bonne brosse.
J'aime plus la bière, le vin est cher.
Mais ça, c'est des excuses. La vraie raison,
C'est pas la boisson, c'est pas le buveur, c'est le fun qui s'use.

Une camarade de classe l'attend. Ava file la rejoindre. Elles doivent amorcer la rédaction d'un travail sur l'histoire de la guerre de Sécession américaine. L'amie a déjà entamé la recherche lorsque Ava se présente à leur rendez-vous chez Gigi Patates, l'un des nombreux casse-croûtes du coin.

— Excuse, j'suis en retard.

— J'ai vu ton ami tout à l'heure, je pensais que c'était toi avec qui il bavardait. Mais ça n'a pas l'air…

Cette petite phrase toute bête lui tord les tripes. Ce n'est pas la première fois qu'elle l'entend. Mais quand elle l'interroge sur sa fidélité, son amoureux élude la question et change de sujet. Gilles prétend qu'il déteste les filles jalouses, celles qui pleurent et qui se donnent en spectacle. Et si Ava n'insiste pas ni ne cherche à aller au fond des choses, c'est qu'elle n'en a pas la force. Avec les tumultes que lui cause sa vie avec sa mère, il lui faut protéger cet endroit où elle trouve caresses, calme et tendresse. Elle ne peut se payer le luxe d'une rupture amoureuse. Aussi ne trahit-elle aucune émotion à l'insinuation de sa camarade de classe.

— On sort ensemble, mais on fait pas tout à deux. Il peut prendre un café avec une fille, tu sais. Et puis moi, je peux voir d'autres gars. On a le droit. On est libres.

— C'est sûr, à dix-huit ans, on est bien trop jeunes pour se marier, hein !

— De toute façon, j'me marierai jamais, déclare-t-elle, sincèrement cette fois.

Tandis que sa copine déballe le fruit de ses efforts, Ava repense au commentaire de son père :

— Si tu veux venir toi aussi, avec tes frères, tu peux. Josée t'fait dire qu'elle a hâte de te connaître.

Le problème, c'est que moi, je la déteste déjà…

Enrubannée de papier comme un cadeau de Noël, la boîte, coincée sous une paire de bottes de pluie dans le fond du placard à outils, ressurgit soudain. Bernard l'avait complètement oubliée. Il se rappelle cette soirée où ce paquet, toujours emballé mais dans la poubelle, avec dessus le nom et l'adresse d'Anaïs Calvino, l'avait intrigué. Il s'en était saisi, l'avait glissé sous son bras et s'était dirigé vers le garage, où d'autres ordures l'attendaient. Il avait rangé le colis dans l'armoire au milieu des pelles, des sarcleuses, des fourches et des râteaux accumulés dans le désordre. Et il l'avait oublié. Voilà que deux ans plus tard il aperçoit cette chose et s'en empare.

Lorsqu'il remarque le nom de Catherine McCann dans le coin supérieur gauche du carton, il comprend pourquoi Anaïs s'en est débarrassée sans même l'avoir ouvert. Sur le coup, il se fait des reproches pour l'avoir préservé à l'insu de sa femme. Puis la curiosité prend le dessus. Son imagination débordante, alimentée par toutes ces histoires qu'il entend au travail, achève de le convaincre. Il agrippe le paquet et se prépare à l'éventrer. Il se souvient du cas de ce fils adoptif souffrant d'une leucémie foudroyante et qui avait été sauvé par son père biologique, après que les parents adoptants avaient fait des pieds et des mains pour retrouver la trace du géniteur. Et si l'insistance incongrue de cette femme cachait une histoire similaire ?

Son instinct de sauveur le tenaille. Il n'a qu'à ouvrir, à vérifier de quoi il s'agit, à s'assurer que personne ne se trouve en danger, puis à refermer et poser le tout sur le monticule de rebuts. Dissimulé dans le garage, à l'abri des regards, il saisit un tournevis sur l'établi, brise le sceau de ruban adhésif. Une mèche de cheveux blonds, attachée par un ruban rose, tombe sur le sol. Touché, Bernard se penche pour ramasser la fine couette et fait malencontreusement culbuter tout le contenu par terre.

Plusieurs photos, des lettres, quelques cartes de vœux, des dessins enfantins et des bulletins scolaires gisent sur le sol. Au milieu du désordre, le médecin voit le sourire émerveillé d'une gamine qui semble heureuse et aimée. Lui qui a deux filles qu'il adore se sent interpellé par celle dont il fait accidentellement la connaissance. *La fille aînée d'Anaïs...* Il s'accroupit et passe le contenu de la boîte au peigne fin.

Une fois sa curiosité satisfaite, envahi par un sentiment de culpabilité, il regrette son indiscrétion. Aussi, en des gestes rapides, il décide de remballer les documents qui ne lui appartiennent pas. Mais d'un cliché à un autre, d'un croquis naïf à un dessin plus élaboré, cette petite personne prend forme, s'anime et devient follement vivante. Cette fillette a quelque chose dans le regard, une détermination et un amour de la vie qu'un médecin sait reconnaître. Dans sa pratique, Bernard arrive à prédire par la seule observation lesquels de ses patients malades s'en sortiront. La combativité et la volonté de s'accrocher exigent des capacités qui se traduisent dans l'attitude générale. Et cette gamine, avec ses pupilles brunes allumées, l'intelligence dans ses yeux, son corps droit et ses épaules redressées, ses pieds bien ancrés dans ses bottines, est une battante à laquelle il se sent désormais lié.

Il remet soigneusement les documents dans la boîte, qu'il replace au même endroit. Par honneur, il ne peut s'en débarrasser. Il feindra d'avoir oublié de jeter le paquet lorsqu'il le rapportera à Anaïs.

Soixante-quinze pour cent de moyenne, voilà son résultat pour la session d'automne de 1980, après un quatre-vingts pour cent pour ses deux cours d'été. Sans se prétendre fière, car elle a déjà obtenu mieux, Ava s'estime néanmoins satisfaite. Depuis la vente de la ferme et la faillite évitée de justesse, elle n'a plus le soutien financier de ses parents et doit assumer ses frais de scolarité. Elle travaille toutes les fins de semaine à l'entretien du centre hospitalier de Granby, réduisant le nombre d'heures allouées à l'étude. Elle regrette le temps où elle pouvait recopier soigneusement ses notes de cours, histoire de mieux les assimiler et de les retenir plus efficacement. Ses cahiers propres et ordonnés la rendaient fière. Aujourd'hui, elle ne les montrerait à personne ; raturés, et avec les coins écornés, ils sont souvent récupérés de l'année précédente pour économiser. Son père n'a plus les moyens de l'aider financièrement.

— T'as dix-huit ans, ma fille.

— D'accord, acquiesçait Ava même si elle n'avait pas encore tout à fait atteint l'âge de la maturité.

— Si tu veux aller au collège, très bien, mais c'est toi qui payes, lui avait annoncé son père le soir où il les avait invités, Frank et elle, à manger une crème glacée, comme dans le temps…

Oui, je veux finir mes cours au séminaire, se dit-elle intérieurement. Quelque chose la pousse à poursuivre ses études, car elle aime lire, elle aime apprendre. Et depuis qu'elle a pris conscience de ce désir, elle se sent plus concentrée et plus déterminée. La fatigue et le poids qui l'assaillaient l'ont quittée. Elle s'encourage, alors que le quotidien reprend tranquillement forme. Elle loge avec sa mère et Frank, ses deux autres frères ayant pris le parti de suivre leur père et vivant désormais chez lui. Les aînés viennent rarement à Granby. À chacune de leurs visites, Catherine les assaille de questions à propos de leur belle-mère, Josée. Et chaque réponse est l'occasion de commentaires et de critiques pleines de fiel. Elle en fait tant que les gars viennent de moins en moins et qu'elle dépérit à petit feu.

— À ce soir, Maman, on sort ! Tu te fais belle ! On va au cinéma !

Surmontant la lourdeur de chacun de ses gestes, Catherine accepte l'invitation pour faire plaisir à sa fille. Depuis qu'elle a quitté la ferme, elle ne sort que pour acheter de quoi se nourrir. Elle tente de se faire belle et de se coiffer, mais sa chevelure décolorée et trop longue lui fait honte. Dans la glace, la femme qu'elle aperçoit a vingt ans de plus que celle qu'elle était il y a à peine douze mois. Elle se maquille mais son rimmel coule, mêlé aux larmes qu'elle ne parvient pas à retenir. Loin de la réjouir, sortir de chez elle lui devient une épreuve, un fardeau.

— Si jamais il m'arrivait quelque chose…

— Si jamais il t'arrivait quoi, au juste ?

— Ben… quelque chose. Comme mourir. Des fois, j'pense que ça serait mieux pour tout le monde.

Tandis que Catherine enroule son foulard autour de son cou, Ava rumine intérieurement. Cette petite phrase assassine vient de la mettre en rogne. Alors qu'elle s'apprête à passer un moment agréable avec elle, pourquoi faut-il que sa mère lui lance cette remarque ?

— Maman, recommence pas à dire des bêtises.

— J'suis sérieuse. Si j'partais, j'énerverais plus tes frères. Et ton père et sa maudite Josée seraient en paix.

— Et moi ? Tu y penses ? J'ferais quoi, moi ?

— Toi, tu vas t'en aller à l'université. Pas t'occuper d'une bonne femme qui n'est même pas capable de se rendre présentable pour aller au cinéma.

— Arrête ! Si ça continue comme ça, tu vas nous gâcher notre soirée.

Catherine se renfrogne et enfile sa veste sans entrain. Sa fille, de bonne humeur au départ, s'est rembrunie. Elle s'efforce toutefois de blaguer, mais le cœur n'y est plus. La déprime reprend sa place, tellement puissante, tirant vers le bas tout ce qui l'approche.

Tandis qu'elle roule vers Granby, Ava regrette déjà cette soirée qu'elle aura sacrifiée. Amortie par les médicaments dont son médecin la gave, Catherine est retombée dans un état de somnolence. Elle garde les yeux fermés et le front appuyé contre la vitre.

— Parler de la mort, j'aime ça. Et ça n'a jamais tué personne, tu sais, ronchonne-t-elle.

— Maman, je t'en supplie…

— La femme qui t'a mise au monde, elle s'appelle Anaïs Calvino, et elle est pas mal plus fine que moi.

Pour ne pas l'entendre, Ava a monté le son de la radio. L'animateur revient sur l'inauguration du barrage LG-2, par René Lévesque, le premier ministre, survenue un peu plus d'une année plus tôt. Depuis, le Québec s'assure une indépendance et un contrôle quant à son énergie électrique. La jeune fille éteint l'appareil. *Il y a déjà assez d'électricité dans l'air*, pense-t-elle tandis qu'elle entend Catherine s'acharner à répéter :

— Anaïs Calvino, qu'elle s'appelle. Elle est mariée à un médecin. Elle habite à Sainte-Adèle. C'est ta mère. Ta vraie…

— Qu'est-ce que tu racontes encore ? C'est toi ma mère, Maman ! Mais on dirait que tu ne veux plus l'être ! Tout ce que tu as, tu le détruis. C'est impossible d'être juste bien avec toi ! Pourquoi tu gâches tout ?

Ava stationne sa Coccinelle bleu pâle. Quoi qu'il arrive, elle le verra ce fichu film. Elle émerge de la voiture et se rend au guichet sans se retourner. Elle règle les deux billets.

— Ma mère arrive. Elle porte un manteau rouge vin. Je paye sa place.

Elle s'assied au centre de la cinquième rangée, comme toujours. Alors qu'elle se laisse emporter par les facultés exceptionnelles de Superman, interprété par Christopher Reeves, elle ne peut s'empêcher de se sentir un peu comme ce héros hors du commun qui accourt et éteint tous les feux en même temps puis redevient anonyme une fois ses exploits réalisés. Prise par l'histoire et décidée à ne pas interrompre son plaisir, elle reste sur son siège jusqu'au générique. Catherine, dans la voiture, aura dormi durant toute la représentation.

Ravi, Gilles feuillette son livret de banque et n'en revient pas de tout cet argent qui s'accumule. Depuis qu'il travaille à plein temps à la quincaillerie Vermette, les dollars s'empilent. Au mois de mai, c'est décidé, il se loue un appartement et part pour la belle vie ! Terminé les études et leurs turpitudes ! À dix-neuf ans, il a autre chose à faire que de s'ennuyer sur les bancs d'école. Et c'est d'un pas décidé qu'il entre chez Gigi Patates et s'assied sur une banquette. Affamé, il commande rapidement un hot-dog, un Coke et une frite.

Ava ouvre l'enveloppe qui lui est adressée. Elle ne devrait pas, car elle a déjà quinze minutes de retard. Gilles manque de patience, depuis quelque temps. Il lui fera la gueule. *Mais on ne reçoit pas une lettre du secrétaire de l'Université de Montréal tous les jours !*

« Nous avons le plaisir de vous annoncer que votre candidature a été retenue par le Département de sociologie », relit Ava, fière à l'idée de toutes les étoiles que cette nouvelle va allumer dans le regard de sa mère.

— Depuis que t'es petite j'te le dis : t'es un génie.

— Prends soin de ma lettre, il faut que je parte, Gilles va être furieux.

La neige a fondu rapidement cette année. Et le mois d'avril 1981 est chaud comme l'été. Ava stationne son bolide bleu devant le casse-croûte avec une demi-heure de retard. Elle arrive juste à temps pour croiser son copain à la sortie du restaurant, sa barquette de frites salées à la main. Elle veut s'excuser, mais elle perçoit un tel agacement dans son regard qu'elle se fige. Son amoureux ne l'aime plus, c'est clair. Et elle non plus, elle vient de s'en rendre compte…

— Pas le temps de te voir aujourd'hui, finalement, lance-t-il du bout des lèvres.

— J'suis en retard. J'ai reçu la lettre que j'attendais.

— On se reverra une autre fois.

— Non, pas une autre fois ni un autre jour, parce qu'on va laisser tomber. On sort plus ensemble. Tu vas pouvoir aller avec toutes les filles que tu veux. Et moi, j'vais faire ce qui est vraiment important.

Il ne trouve rien à ajouter. Il éprouve un mélange de chagrin et de soulagement. Du coin de l'œil il observe Ava qui a les mains tremblantes et les yeux pleins de larmes. Il hausse les épaules et se détourne. Un de ses amis passe par là et lui fait signe. Il le rejoint, laissant cette blonde trop compliquée à ses problèmes.

— J'te comprends pas, et j'te comprendrai jamais…

Esseulée devant le casse-croûte, Ava retient ses larmes. À quoi bon pleurer pour un garçon qui ne pense qu'à regarder le hockey avec ses amis, à boire de la bière et à fumer des joints à la taverne de la rue Principale ? Même si tout son corps lui fait mal à l'idée de se retrouver seule, elle s'efforce de franchir les quelques pas qui la séparent de sa petite voiture. Elle s'assied, reprend le volant, met le moteur en marche, puis roule pendant une bonne heure sans but en découvrant les affres d'un premier grand chagrin d'amour.

5

Le Jardin zoologique de Granby se trouvait à deux heures en voiture de la ferme. Aussi, du temps qu'elle y vivait, Ava, que les longs trajets rebutaient, s'esquivait toujours lorsque sa mère proposait de s'y rendre. Des animaux, elle en fréquentait suffisamment à longueur de journée ! Mais maintenant qu'elle habite un appartement de quatre pièces au troisième étage d'un immeuble en béton de style « cage à poules », elle doit avouer que la suggestion de Catherine d'aller voir la nature et des bêtes lui plaît. D'autant plus que le site est tout près.

Et puis cette sortie apparaît à Ava et à son frère comme un signe de retour à un meilleur équilibre. Depuis la séparation des parents, peu d'éclaircies de cette sorte se sont manifestées. Catherine semble enthousiaste :

— On va faire un pique-nique avec des sandwiches au jambon haché, des chips, et chacun une orangeade, comme quand vous étiez petits !

Les deux aînés sont invités à se joindre à eux et promettent d'être là. Dans ce qui lui semble une embellie, Ava puise de l'espoir et de la force pour surmonter sa peine d'amour. Car vivre sans la présence de Gilles, rassurante et aimante malgré tout, n'est pas facile.

Malheureusement, la veille de l'équipée, Catherine émet certaines réserves en évoquant tantôt la météo, tantôt son état de santé général. À ce signal, sa fille sait déjà ce que laisse présager la suite.

— C'est pour toi qu'on y va, et tu m'annonces que tu viendras pas ? Tant pis ! Nous, on y va quand même ! Les garçons ont tous pris un jour de congé ! On annulera pas, c'est certain ! On te rapportera des photos, annonce-t-elle, se préparant ainsi à faire le deuil de cette journée heureuse passée avec sa famille.

Alors que les garçons s'extirpent de sa voiture et qu'elle les entraîne vers le guichet d'entrée, la jeune fille s'étonne de n'éprouver aucune colère envers celle qui la laisse toujours tomber. Quelque chose en Catherine s'est rompu. Plutôt que d'en être fâchée, Ava ressent une immense lassitude, un découragement face au tempérament dépressif de sa mère. Et surtout, elle ne veut pas être comme elle.

De découverte en découverte, elle s'extasie devant un magnifique tigre du Bengale qui marche le long des grilles. Ses frères la rejoignent. Impressionné par la taille de l'animal, Frank, de tempérament nerveux, recule de quelques pas tandis que Samuel s'amuse à lancer des morceaux de son sandwich, agaçant la bête qui s'approche avec agressivité. William s'amène, souriant. Ils sont heureux de se retrouver, de partager un bon moment ensemble, loin des parents et de leur guerre. Ils en oublient le tigre, qui tente de passer une patte à travers les barreaux. Les trois gars sursautent en riant. Un instant, ils ont retrouvé leur insouciance d'enfants. Ava pointe son appareil en direction de ses frangins et capte l'émotion au vol.

Les heures défilent à la vitesse de l'éclair. Les oiseaux exotiques, avec leurs couleurs clinquantes et leurs plumages contrastés, sont de véritables révélations et offrent une forme de voyage pour les quatre jeunes adultes fascinés. Momentanément, Frank quitte cet air triste qu'il affiche désormais en permanence. Dégingandé, il est maigre à faire peur en dépit du fait qu'il se bourre de hamburgers et de frites à la cantine où il travaille. Samuel, à l'inverse, a pris une bonne trentaine de livres[1] en une seule année. Malheureux sur les chantiers, il est venu à Granby, s'est installé en appartement avec des amis, travaillant ici et là, traînant au village avec des gars pas toujours nets. Jadis sportif et en grande forme, il est méconnaissable, avec son surpoids et son visage couvert d'acné. Ava, qui traîne sa peine d'amour comme un boulet, complète le trio des Gauthier écorchés. William, le moins sensible des quatre, reste dans le sillage de son père et semble être le seul à se remettre sans trop de peine de la dislocation familiale.

Sur le chemin du retour, juste avant que les étoiles dans ses yeux s'éteignent, Frank lance à sa sœur :

— J'détesterais pas partir à Montréal avec toi…

— T'aurais dû me le dire avant. Là, je me suis organisée : j'ai une coloc avec qui j'ai un bail. Il n'y

1. Plus de 10 kilos.

a pas de place pour un autre, et je sais pas si la fille serait d'accord que j'emmène mon frère avec moi… Je la connais même pas : je l'ai vue une fois, pour signer le bail, c'est tout.

— C'est une blague, de toutes façons. J'vais rester avec Maman, ça va être sympa !

— Je croyais que t'étais bien à Granby…

Tandis que le frère feint de rigoler, la sœur demeure silencieuse, triste à l'évocation de cette nouvelle séparation qui les attend et désolée de comprendre que Frank aurait aimé partir avec elle.

Têtue comme une mule quand il est question de son autonomie, Alice, vieille dame de quatre-vingt-onze ans, la tête plongée dans son congélateur, agite un chiffon pour décoller une croûte de myrtilles, reliquat des tartes qu'elle s'acharne à cuisiner tous les étés. Si elle n'a rien perdu de sa vivacité d'esprit, ses mains percluses d'arthrite et son corps ralenti souvent douloureux trahissent le passage du temps. Alors que ses amis, ses connaissances et toute une génération d'artistes s'éteignent, elle sait qu'elle doit se faire une fête de chaque moment, de chaque geste banal. Vivante, elle l'est toujours, et ce seul privilège l'emplit de reconnaissance. *Je ne peux pas mourir tout de suite, il me reste encore tant de choses à faire…*

La moitié de son corps plongée dans le tombeau glacé et le bout de ses doigts gelés par le froid l'avertissent qu'il est temps de se redresser et d'aller se réchauffer. Comme cela lui arrive souvent, elle n'a pas vu le temps passer. Alors qu'elle se couvre d'un châle et se frotte vigoureusement les mains pour activer sa circulation, un mal de tête violent scie son crâne en deux. Elle doit s'appuyer contre l'appareil électroménager pour éviter de s'écrouler. *J'ai encore oublié de mettre quelque chose sur ma tête,* pense-t-elle tandis qu'elle se frictionne les tempes avec vigueur. *J'aurais dû coller une note sur la porte,* rit-elle, car c'est la seule façon de ne pas oublier les choses du quotidien qui s'effacent les unes après les autres dans son esprit.

Alice referme le congélateur, laissant là, sur une chaise, les pâtés à la viande qu'elle voulait y ranger. Elle pose péniblement un pied devant l'autre, alors qu'un engourdissement s'empare de son cerveau. Les chats suivent leur maîtresse en ronronnant jusqu'au salon ensoleillé. Madame Calvino reste droite et forte devant la douleur, cette ennemie qu'elle entend bien mater. Elle s'assied dans le petit fauteuil aux bras qui s'arrondissent autour des siens et qui l'enveloppent. La peau de mouton qu'on lui a offerte à son dernier anniversaire lui réchauffe le bas des reins. Elle présente son visage sillonné de rides aux rayons du soleil d'automne et espère que la chaleur fasse son œuvre. Mais cette céphalée s'intensifie en dépit de sa rébellion et de son refus à accepter la douleur. *Je vais faire un somme…*

Quand le téléphone sonne, la dame assoupie l'entend de loin dans ses rêves. À son âge, elle a bien le droit de ne pas répondre quand elle n'en a pas envie. Ses filles l'appellent tous les jours à tour de rôle et lui rendent visite. Alice n'a pas à s'inquiéter, elle ne sera pas seule pour affronter cette mauvaise grippe qui semble avoir pris son corps d'assaut. Ses enfants la soutiennent dans son combat et ses petits-enfants lui redonnent du courage. *Il aurait fallu que je mette mon bonnet pour nettoyer le congélateur,* se reproche-t-elle encore avant de s'abandonner aux fièvres qui la font frissonner. Les félins s'agitent autour de leur maîtresse. Énervés par le timbre agaçant de l'appareil qui persiste à sonner de façon inhabituelle, les animaux désemparés s'impatientent.

Tout doit entrer dans le *pick-up* de son père pour éviter qu'ils aient à faire deux voyages. Ava doit choisir entre le coffre de cèdre hérité de son grand-père McCann et le sofa de faux cuir pour meubler son futur salon. *Tant pis pour le coffre,* décide-t-elle tandis qu'elle entend les deux coups de klaxon caractéristiques. Comme d'habitude Vince est pressé.

Elle se dépêche et saisit les sacs de vêtements accumulés à la sortie de l'ascenseur.

— William est malade. Il n'a pas pu venir. Va falloir qu'on fasse ça à deux, Ava.

— Pas grave, y a juste mon matelas, dans le cagibi en bas, et un divan en haut. Le reste est ici, déclare-t-elle tandis qu'elle englobe d'un geste tout ce qu'elle possède.

Toujours pressé, Vince s'affaire, agrippant les sacs et laissant s'échapper au passage des pièces que sa fille ramasse derrière lui.

— J'travaille à trois heures...

Nerveuse et pressée d'en finir, Ava accélère la

cadence. Si elle avait su, elle aurait demandé à Frank de se faire porter malade à son travail. Elle agit comme un automate, ne voulant pas penser à sa mère, qui a quitté l'appartement pour la journée, trop bouleversée pour assister au départ de sa benjamine, et surtout pour éviter de voir « le maudit air bête » de son ex-mari. Descendre le divan à bout de bras dans l'escalier de service, puis transporter le matelas, quasiment à la course et ensuite s'engager sur l'autoroute 10, c'est toute une équipée.

Une fois en chemin, Vince garde les yeux rivés sur la route. Il a du mal à prendre la mesure de ce qui est en train de se passer. Sa fille quitte le clan pour s'établir toute seule en ville. Il éprouve un choc, un besoin de lui raconter son histoire, sa version à lui, plutôt que celle de Catherine, où il fait systématiquement figure de méchant pourri.

— Ta mère se remettait pas de la naissance de Frank. Pendant neuf mois, elle m'avait répété qu'elle portait une fille, SA fille. Quand Frank est né, et qu'elle a vu que c'était encore un garçon, elle s'est plus arrêtée de pleurer et de se lamenter. C'est là que j'ai eu l'idée d'adopter une fille…

Tandis qu'il conduit, il raconte doucement quand il l'a vue pour la première fois, poupon aux joues roses assoupi dans son landau disposé au milieu des autres.

— J'avais averti sœur Margaret de mon envie d'avoir une fille. C'est elle, au début de l'année 1963, qui m'a demandé de passer par Toronto.

Pour la jeune fille, le récit prend des allures de fable, marqué par ce moment de magie où son père l'a identifiée, choisie, emportée, parmi mille autres toutes pareilles. Il n'y a ni avant ni après, que cet instant de conte de fées qui l'a mise au monde.

— J'me suis pas trompé : à la minute où ta mère t'a eue dans les bras, elle a retrouvé son élan. Mais ce que Catherine dit jamais, c'est que c'est pas juste pour elle que j'ai fait ça. Dès que j't'ai vue, j'ai voulu te ramener à la maison…

Le *pick-up* s'engage dans la cité. Ava se sent happée par le mouvement, la quantité phénoménale de gens, de commerces, d'affiches. Grisée, elle indique le chemin à prendre, tout en gardant un index sur la carte routière. La camionnette s'immobilise devant un immeuble coquet en briques rouges.

— C'est celui-là. Au troisième, annonce la jeune fille, fière de sa trouvaille et empressée de rejoindre sa colocataire.

Elle s'apprête à vider le contenu du camion à vitesse grand V quand Vince pose une main sur son avant-bras :

— J'ai un petit quelque chose pour toi.

Son père sort d'en dessous de la banquette arrière une boîte bleu et blanc. Ava, surprise, l'ouvre et découvre un service de vaisselle en plastique agrémentée de scènes équestres. Elle reste sans voix, décontenancée, émue, et ne sait que faire de ce cadeau. Elle est là, sur le trottoir, au milieu de ses sacs-poubelle et de ses cartons, tenant des assiettes…

— Ben… Merci. T'es adorable.

Mal à l'aise, Vince se remet en mouvement, agite la main pour lui signifier que ce n'est rien, puis il tapote sa montre de son index pour accélérer les choses. Il lui tarde de reprendre la route, gêné comme un amoureux trop orgueilleux. Il ne comprend pas pourquoi sa fille veut fréquenter l'université et encore moins étudier la sociologie. Il éprouve pour Ava des sentiments contradictoires : d'un côté, il se sent très proche, de l'autre, il a l'impression d'être à des années-lumière d'elle. Petite, sa gamine ne craignait pas les chevaux qui faisaient dix fois sa taille. Dès qu'elle a pu, et avec plus d'enthousiasme que les garçons, elle l'a suivi aux écuries, aidé de son mieux et a partagé avec lui sa passion pour l'élevage et les courses. Elle a monté, dressé et fait travailler leurs bêtes aussi bien que n'importe quel homme de sa ferme. Il en était fier et l'incluait dans le clan des *boys*. Et après avoir charrié des ballots de foin toute la journée, alors que tous les autres étaient écroulés de fatigue, il n'était pas rare qu'on la retrouve en train de jouer avec des marionnettes qu'elle avait confectionnées avec des bouts de tissu, de la laine et des rouleaux de papier hygiénique vides, parlant toute seule et s'inventant des histoires farfelues. Et là où elle se distinguait totalement, c'était à l'école où, championne toutes catégories, il n'y avait rien qu'elle aimait plus que de faire ses devoirs et d'apprendre ses leçons, pleurant même parfois de ne pas en avoir assez. Lui pour qui tout travail intellectuel s'apparentait au supplice, il se sentait gauche, bête et incapable de la superviser, de l'aider, voire de comprendre ce qu'elle apprenait. Il savait à peine lire ! Pourtant, Ava se débrouillait et rapportait de la bibliothèque des bouquins qu'elle parcourait deux, trois, vingt fois de suite… À chaque remise des bulletins scolaires, Vince ressentait autant de vanité que de honte, sachant bien qu'un jour très proche, non seulement sa gamine en saurait plus que lui, mais qu'en plus elle prendrait conscience de l'ignorance de son père. Et ça, ça le mettait en rogne.

Pourtant, jamais il n'a subi ses reproches, pas même à l'adolescence, où toutes les vacheries sont à craindre. Quand Ava lui a annoncé son admission à l'université, il n'a pas posé de questions, de peur de ne pas saisir la réponse.

— On va tout laisser dans le couloir. Ma coloc va m'aider pour entrer mes babioles. N'arrive pas en retard au travail. Pars. Merci, dit-elle en lui caressant doucement l'avant-bras.

Avec mon père, les mots doivent être utiles, pense-t-elle alors qu'au moment de tourner les talons, toujours silencieux, il la salue de la main. « *Passe-moi le pain. La margarine. Le beurre de cacahuètes.* » « *Il fait très froid.* » « *La jument est grosse…* »

Dans son regard, une grande question revient en boucle : *C'est quoi, la sociologie, et pourquoi tu veux étudier ça ?* Elle voudrait répondre qu'elle aime apprendre et que, puisque les études vétérinaires, trop exigeantes, sont éliminées, elle a choisi un peu au hasard. Elle gagne du temps, en quelque sorte, s'offrant le luxe de la liberté et de la vie en ville. Elle n'oserait jamais lui avouer franchement que son départ l'a détruite, elle, autant que sa mère et leur vie de famille. Pas plus qu'elle ne révélerait à quel point elle se sent étrangère chaque fois qu'elle lui rend visite dans sa nouvelle vie et qu'au fond elle n'a plus de repères. Alors la sociologie ou autre chose, c'est un coup de hasard…

Bien installée dans l'appartement, Louise plonge la cuillère dans un pot de crème glacée et se délecte de ce doublé au chocolat, sa saveur préférée. Elle a cuisiné des cigares au chou[1], une recette qu'elle tente pour la première fois. Au jour de son grand départ pour Montréal, sa maman lui a remis un cahier couvert de sa fine écriture contenant des recettes de petits gâteaux à la vanille pour les soirs de déprime, de soupes chaudes qui la ragaillardiront, de sauce à spaghetti et d'autres plats réconfortants qui ont ponctué les jours de son enfance.

— Chère maman, comme t'es gentille !

— Comme ça, tu m'auras un peu avec toi, avait-elle répondu en se détournant prestement.

Après un combat quasi épique avec les feuilles de chou, la cuisinière en herbe a gagné son pari et les rouleaux mijotent au four dans le jus de tomate. Cuisant depuis une bonne heure, ils auront bientôt absorbé tous les liquides.

Ava fait glisser la clé dans la serrure. Louise se débarrasse du pot vide dans les poubelles. La jeune fille lance un « salut c'est moi » à la volée, tandis que sa coloc met son couvert sur la table. À peine l'une entre-t-elle dans la petite cuisine que l'autre lui sourit.

— J'ai apporté de la bière, dit Ava en posant la bouteille sur la table. Humm ! Ça sent bon !

---

1. Recette québecoise de viande hachée dans une feuille de chou, façonnée en rouleau, cuite dans la sauce tomate.

Louise va chercher l'ouvre-bouteille et deux verres tandis qu'Ava jette un coup d'œil aux livres qu'elle vient d'acheter : *Sociologie du travail, Sociologie des religions, Statistiques, Histoire des États-Unis d'Amérique.* Elle en a pour plus de deux cents dollars. Les filles, intéressées et passionnées, feuillettent les bouquins qu'elles s'échangeront. Si leur première semaine de cours n'a servi qu'à la présentation des professeurs et des plans de cours, il reste que les deux complices n'ont pas perdu leur temps et en ont profité pour faire plus ample connaissance.

Louise apporte avec elle un calme olympien en toutes circonstances, un amour de la bouffe, du bon vin, un sens de la famille, du devoir et une grande habileté avec les chiffres. Si elle se trouve en sociologie, c'est qu'elle n'a pas été admise en architecture, son premier choix. Et elle entend éventuellement repasser l'examen. En sa compagnie, tout se simplifie : vivre, manger, boire, dormir et rigoler un bon coup, voilà le sens de l'existence retrouvé. Cette partenaire, dénichée par hasard sur un tableau d'affichage de l'université, apporte à Ava un calme, une paix et une sécurité qui la réjouissent.

Le souper répand son fumet dans la cuisine exiguë. Les jeunes filles se délectent et s'enivrent doucement. La soirée s'écoule et les deux amies discutent de leurs premières constatations en ce qui concerne les possibilités de rencontres masculines sur le campus. En socio, les garçons sont rares, certes, mais quelques-uns ne manquent pas de charme. Et puis les cours se donnent à la Faculté des sciences sociales de l'université, où on croise les étudiants en droit, en relations humaines, en histoire, en anthropologie et en criminologie, où les beaux mâles ne manquent pas.

— Tu passes dix minutes à la cafétéria et tu as vingt garçons dans ton champ de vision.

— Et si tu traverses l'École des hautes études commerciales, alors là, tu grimpes à trente !

Les rires en cascade résonnent sur les murs clairs de l'appartement. Depuis qu'elle fréquente l'université, Ava s'efforce de mieux articuler lorsqu'elle parle. Complexée par son accent, elle évite de prendre la parole en public, craignant que sa façon de s'exprimer trahisse qu'elle est une fille de la campagne, une paysanne.

Le quartier Côte-des-Neiges, avec ses librairies et ses restaurants, vit à l'heure estudiantine. Tout invite à l'étude, à l'élévation par le savoir, et les deux jeunes femmes, sous leurs airs fanfarons, se sentent inspirées par l'aventure incroyable dans laquelle elles sont plongées.

Le mois de septembre 1981 soulève de grands vents auxquels les dernières chaleurs de l'été s'emmêlent. Madame Corbeau monte les marches une à une, ramassant au passage un ballon oublié.

Tandis que la gardienne prend ses aises à l'entrée, déposant ses effets et se laissant embrasser par les enfants, Bernard achève de se changer. Comme tous les lundis et les jeudis, dès son travail à la clinique terminé, il rentre en vitesse à la maison, mange une bouchée et prend la route, Anaïs à ses côtés.

— Ma mère m'a téléphoné trois fois aujourd'hui. Alice respire difficilement, elle a de l'eau dans les poumons et elle dit qu'elle se sent comme si elle se noyait. Il faut faire quelque chose.

— Ta grand-mère souffre d'emphysème sévère, et avec la pneumonie qui s'est ajoutée, ça n'aide en rien.

— Tu peux la soulager ! Je t'en prie, trouve une solution !

Bernard a maintes fois affronté la mort. C'est une compagne qu'il connaît bien. Il n'est pas sans savoir que, pour Alice, la Faucheuse rôde et que le plus tôt elle frappera, le mieux ce sera pour la pauvre femme.

On distingue aisément la chambre de l'Hôtel-Dieu de Montréal où la matriarche des Calvino est soignée : on y entend de la musique, principalement *Les Variations Goldberg*, sur le tourne-disque qu'Ariane a pris l'initiative d'apporter. Et puis il se trouve toujours quelqu'un pour tenir la main de la malade : ses filles, leurs conjoints et ses petits-enfants, désormais adultes. Alice, le regard tourné vers les arbres du mont Royal, procède à chaque inspiration comme un combattant avançant pas à pas. Sa respiration sifflante emplit la pièce de gémissements répétitifs et de plus en plus prolongés. Jeanne apporte des fleurs ; les œillets que sa mère aime tant. Annie a couvert les murs de photos de la famille. Amélie apporte son raccommodage et coud à côté du lit tout en fredonnant d'anciennes chansons françaises que la grande dame entonne à sa suite quand elle en a la force. Angèle mitonne des petits plats, prétendant que l'odeur de la bonne chère peut redonner courage et espérant rendre à sa mère le goût de se nourrir. Adeline, la benjamine de la famille, vient elle-même changer les draps quotidiennement, veille à ce qu'ils soient fleuris et parfumés à la lavande. En tout, la famille Calvino sort du commun.

Bernard Fortier, le médecin de la famille, rend visite à la grand-mère de son épouse deux fois par semaine et fait en sorte que la vieille dame reçoive les meilleurs soins, validant avec les médecins et les infirmières les traitements à apporter pour, à défaut de guérir, au moins adoucir l'inéluctable souffrance.

Lorsqu'elle revient chez elle, tard dans la soirée, Anaïs se sent chaque fois plus attristée. Voir Ariane se débattre comme une lionne, comme elle l'avait fait pour Eugène, et tenter l'impossible pour prolonger les jours de la mourante la plonge dans une grande déprime. Comme si ce spectacle malheureux la mettait face à une finalité à laquelle elle s'était jusque-là refusé de réfléchir.

Le cours de Marcel Rioux, dans l'amphithéâtre du rez-de-chaussée, attire un nombre record d'étudiants. Cet homme petit de taille et bedonnant, dissimulé derrière d'énormes lunettes fumées, défend, dit-on, des idées révolutionnaires. C'est donc avides de découvrir ces idéologies sur le changement que, armées du livre *Les Classes sociales au Québec,* Ava et Louise pénètrent dans l'immense salle à l'éclairage tamisé. À leur plus grande surprise, le maître est absent. Elles aperçoivent plutôt un groupe d'étudiants installés sur la scène. Ils haranguent l'auditoire et rappellent le bilan des acquis à la suite de la grève de 1978 : le système de prêts et de bourses a été grandement amélioré. Il faut continuer de se battre pour contrer la hausse des droits de scolarité. Dans les minutes qui suivent, un vote à main levée pour une grève sera effectué. La tension monte au fur et à mesure que la salle s'emplit. Échaudés par les événements des années précédentes, certains étudiants exigent le retour du maître et la reprise immédiate de son cours. D'autres protestent avec véhémence. Bientôt, les opposants à la grève invectivent directement ceux qui sont pour. Une bousculade se déclenche dans l'allée inclinée, si bien qu'une jeune fille, gesticulant et hurlant, se retrouve propulsée parmi les sièges, juste au pied des deux étudiantes épouvantées. Ava tire Louise par la main.

— Viens, on sort d'ici.

Dans un réflexe de défense, Ava pousse fermement celle qui lui bloque le chemin. La militante, surprise par la force du geste, s'écarte finalement et libère le passage. Ava profite de cet instant pour s'engager vers la sortie, suivie de près par son amie Louise.

Le Café Campus regorge d'étudiants à l'heure du midi. Le vendredi, en particulier, ils sont nombreux à se réunir autour d'un verre qu'ils prolongeront jusque tard dans la soirée. Les deux sociologues en devenir s'installent à une table bondée, font connaissance avec les uns et les autres, discutant au milieu du trafic ambiant. La question de la grève soulève les passions. Impressionnée de voir tous ces gens qui s'expriment, discutent et affirment leur position avec force, Ava se tait et observe, fascinée. Une jeune femme flamboyante domine la discussion, expose ses allégeances au mouvement marxiste-léniniste et à la lutte des femmes pour l'égalité. Selon elle, le capitalisme est essentiellement basé sur l'exploitation des plus faibles et sur l'enrichissement d'un petit nombre. Elle a lu Engels, Marx et ses classiques. Tant d'injustices doivent être abolies ! Le Canada doit devenir communiste, rouge au grand complet ! Et vive la révolution des classes sociales ! Et la bataille des frais de scolarité gagnée en 1978 prouve que l'action politique peut s'avérer efficace. Soufflées par la fougue révolutionnaire de leur interlocutrice, Louise et Ava sirotent leur bière, ne sachant trop quoi penser.

— Les bourgeois, les bourgeois... De qui tu parles au juste ? ose demander Ava.

— Eh bien des demoiselles comme vous, qui ont tout, tout cuit dans le bec, et qui ne revendiquent aucun changement, répond la femme sans ménagement.

— Tu sais rien de nous ! clame Louise, insultée. Tu nous connais même pas !

— C'est pas parce qu'on vient pas de Montréal qu'on est stupides ! ajoute Ava, surprise elle-même par l'intensité de sa réaction, elle qui, jusque-là, évitait de parler en public.

La discussion risque de tourner à nouveau au

vinaigre. Pour éviter que le débat dégénère, les deux amies se lèvent, quittent leur table pour se diriger vers la sortie.

Au moment où Ava franchit les portes, un serveur l'interpelle, car une table vient de se libérer. Plus vieux de quelques années, les cheveux longs et bouclés sur ses épaules toutes en muscles, il dégage l'assurance d'un caïd. Les clientes, attirées, tournent autour de lui comme des abeilles.

— Je pense que tu as fait une touche, souffle Louise à son oreille. C'est le gérant…

— Il n'est pas moche…

Ava se sent flattée. L'homme ne la lâche pas des yeux. Mentalement, elle le photographie : le profil grec, les mains rugueuses et le sexe bombé, qu'elle devine aux usures de son jean. Les voluptés de l'amour lui reviennent et l'envoûtent.

Ariane Calvino reste au chevet de celle qui lui a donné la vie. Ce soir, elle ne repartira pas. La respiration difficile de la mourante indique que celle-ci s'accroche en dépit des eaux qui l'étouffent. Les deux femmes se tiennent la main, soudées comme des alliées indéfectibles. Par moments, un toussotement étrangle la malade, qui alors serre le poing et se cambre sur sa couche jusqu'à ce qu'enfin l'air revienne… La plus jeune voudrait prendre un peu de la douleur de la plus vieille. Mais à la naissance comme à la mort, on ne peut qu'aller seul.

Alors qu'elle a eu tant de reproches et d'aigreurs à l'égard de sa mère pendant tellement d'années,

Ariane se sent pleine d'une infinie tendresse devant son agonie. *Comme c'est difficile de faire le bien et de le reconnaître lorsque dans le feu de l'action il faut agir ! Et comme tu as dû hésiter, pauvre maman !* Aujourd'hui seulement, elle comprend l'audace dont a fait preuve la jeune femme qu'Alice était jadis pour quitter la France et suivre son grand amour. Donner à sa descendance une nouvelle chance demande un courage hors du commun. Cette bravoure n'est pas donnée à tous. Alors qu'elle doit laisser sa mère partir, elle se sent terrifiée. *Je ne veux* pas *devenir orpheline, je ne suis pas prête…* Alice souffre et, du coin de l'œil, elle semble lui dire : « J'attends ton signal, je tiendrai le temps qu'il faudra… »

Qu'elle ait soixante-sept ans n'y change rien, Ariane restera l'enfant d'Alice jusqu'au moment où, par amour, elle lui murmurera à l'oreille :

— Tu peux partir, tu peux arrêter ton combat. Je vais m'en sortir et m'occuper des autres à ta place. Ne t'en fais pas pour nous. Va rejoindre ton cher amour, ton Claudio.

L'aube approche et Alice tient toujours bon. D'un pas lent, sans se retourner, Ariane sort de la chambre pour prendre un peu d'air. La nuit calfeutre les sons dans le couloir sans fin. Ariane met un pied devant l'autre tandis qu'un feu douloureux la consume. Elle ne veut pas penser à celle qui s'épuise lentement. Elle imagine plutôt la petite Stéphanie, dans ses bras, et les trois enfants de Bernard, qui sont devenus ceux de sa fille Anaïs. Elle revoit ses deux fils aussi, Claude, avec André, et Henri, qui s'est établi en Suède, où il partage ses jours avec une femme merveilleuse et leurs deux jeunes fils aux cheveux blonds comme les blés.

Dans la chambre 1101, un corps se vide de son essence, des muscles s'affaissent. Plus un souffle ne se fait entendre. Le lever du soleil teint de rose la dépouille, en contre-jour. Quelque part entre l'Amérique et l'Europe, une âme s'envole au-dessus des villes et des frontières, pour enfin effacer le déchirement du déracinement. En ce 16 décembre 1981, quatre-vingt-onze ans d'une existence hors du commun s'achèvent dans un combat dignement mené.

Exceptionnellement, ce matin-là, Ava parcourt la *Presse* offerte en promotion et livrée aux petites heures sur son palier. Le journal, bourré de publicités, le samedi, et épais comme un bottin téléphonique, tache les doigts tellement il regorge d'annonces. *À la douce mémoire d'Alice Calvino* (1890-1981). Dans les pages nécrologiques du quotidien, cette imposante notice attire l'attention d'Ava à cause du nom de la dame : Calvino… Ce nom résonne en elle comme des cloches d'église et la secoue. D'autant plus que, parcourant la biographie, elle apprend que la défunte a une fille réalisatrice d'exception désormais à la retraite qui a fait beaucoup pour diverses causes humanitaires et une petite-fille qui a été une comédienne de grand talent. S'enchaîne ensuite l'évocation de sa carrière de pianiste et de son défunt mari, un grand chanteur d'opéra.

— Je vais au salon funéraire. Chez Alfred Dallaire, à Outremont. Tu viens avec moi ?

Dormant à poings fermés, Louise ne répond rien, grisée par un songe de luxure mettant en scène l'un de ses récents amants. Ava enfile ses bottes, son manteau, prête à se rendre à pied jusqu'au quartier chic.

Au même moment, Bernard tombe littéralement de fatigue au salon funéraire. De garde à l'hôpital, il a passé une nuit blanche, mais a quand même tenu à accompagner Anaïs et sa famille, en ces moments difficiles. Il se tient debout au milieu de tous ces gens venus nombreux témoigner de leur sympathie. Les filles Calvino entourent le cercueil comme pour protéger leur mère et rester encore un peu avec elle. Alors que sa bien-aimée remercie une fervente admiratrice et que le murmure continu de la foule amortit ses paroles, il ferme une seconde les yeux et manque s'endormir debout, comme le font les chevaux. Une jeune femme frôle son bras. Elle porte un appareil photo à son cou et, sans trop se dissimuler, prend cliché sur cliché. Encore une journaliste à potins, maugrée-t-il intérieurement. Mais alors qu'il s'apprête à détourner le regard, un dernier coup d'œil le retient. Il a déjà croisé cette personne quelque part. S'agit-il d'une patiente ? D'une reporter couvrant la scène culturelle que son épouse aurait pu lui présenter ? Il suit la jeune amazone, belle et sûre d'elle, qui franchit le cordon familial ceinturant Ariane. Elle s'approche de la fille aînée d'Alice et semble vouloir une interview. Fâché par ce manque de respect et de professionnalisme, Bernard n'hésite pas à s'approcher de l'intruse.

— Pardon, mademoiselle. Oui, vous, pardon…

En pleine tromperie, loin de se sentir menacée, Ava éprouve plutôt une ivresse indescriptible. Le lien entre elle et cette famille se ravive. Aisément, grâce à la posture, à la gestuelle, à la carrure et à l'accent, elle distingue les Calvino des autres, les badauds, les étrangers. Elle ne voit pas quelle place pourrait lui revenir dans ce monde-là, tellement différent de celui qu'elle a connu, mais il reste qu'elle y sent une résonance. Alors qu'elle a toujours prétendu le contraire, voilà que ses racines l'intéressent.

Dans un éclair fulgurant, Bernard a une révélation : les photos, dans la boîte, c'est elle ! C'est la fille d'Anaïs !

6

La musique de Creedence Clearwater Revival fait trembler les murs de l'appartement. Les petits sandwichs sans croûte ont disparu depuis longtemps et avec eux les chips, les soufflés au fromage et les biscuits. Les réserves de nourriture épuisées, il ne subsiste plus que les bières, alignées en rangs serrés dans le réfrigérateur et dont on ne risque pas de manquer puisqu'elles arrivent à pleines caisses, pour la plus grande fortune de l'épicier du coin. Louise a disparu de la circulation tandis qu'Ava sirote sa bière, emportée par les paroles qui emplissent la pièce :

Now, when I was just a little boy,
Standin to my Daddy's knee,
My poppa said, « Son, don't let the man get you
What he done to me. »

La chanson décrit bien cette sensation de venir d'un trou perdu. Ava reconnaît cette peur de demeurer prisonnière de son patelin, envoûtée par l'esprit de l'endroit. Cette crainte lui est restée, comme lovée dans ses tripes. Et si elle entend continuer d'avancer, c'est bien pour contrer cette peur de l'enlisement. La fête de fin des cours, célébrée avec une décadence ostentatoire et assumée, marque une étape. Pour éviter de retourner passer l'été chez sa mère, Ava Gauthier a préféré accepter un emploi d'entretien et de surveillance au camping des parents de Louise, sis dans le bas du fleuve.

Quelqu'un vomit dans la salle de bains.

— Est-ce que ça va ? Qui est là ?

Une réponse vague traverse la porte :

— J'ai renvoyé tous mes travaux de fin d'année ! articule la personne, non sans peine.

Comme elle identifie la voix de sa colocataire, Ava n'hésite plus et interpelle deux gros gars aux biceps de fer, appuyés sur le chambranle de l'entrée de la cuisine, en train de s'échanger les effluves d'un joint de cannabis. Les types s'approchent lentement, sourire figé aux lèvres. Une fois le problème exposé, le plus massif des deux compères, un Africain à la peau bleutée, lève un pied et le coince à la hauteur de la poignée. D'un coup sec, il brise le mécanisme. Louise apparaît dans toute sa splendeur, la jupe relevée aux fesses, les cheveux plongés dans la cuvette remplie de vomissures et la tête appuyée sur la bordure de porcelaine. Ava s'approche et tente, non sans maladresse, d'agripper son amie, tandis que les deux garçons, rassurés sur l'état de la jeune femme et remerciés par leur hôtesse, retournent à leur fumerie.

— Je sais pas ce que j'ai mangé, ça passe pas.

— Tu as rien mangé, tu as seulement bu, c'est peut-être ça le problème, répond Ava tandis qu'un fou rire s'empare d'elle et se communique à Louise, qui s'avère incapable de reprendre une position convenable.

— Hé, tu sais quoi ? Je pense que j'ai jamais été aussi paf de ma vie !

Ivre elle aussi, Ava tente tant bien que mal de maintenir d'une main la chevelure rebelle de son amie, tout en l'agrippant par le bras. Plus elles essaient de s'en sortir et plus elles s'enlisent dans leur position burlesque.

— Ben non voyons, t'es pas soûle pour de vrai, tu fais juste semblant, rétorque Ava, se penchant trop vers l'avant et piquant du nez de l'autre côté de la cuvette.

Les deux pochetronnes sont trop occupées à rire pour entendre la sonnerie de l'entrée. Un mouvement se dessine au milieu de l'appartement, tandis qu'on éteint la sono au salon. Le silence s'installe et n'incommode personne jusqu'à ce qu'une voix masculine somme les gens de quitter l'endroit. Les complices, étendues côte à côte dans la salle de bain, au fond du long couloir, ignorent tout de cette fin abrupte de leur fête de fin d'année. Les copains étudiants, sans gêne, serrent la main du papa de Louise qui, contenant sa colère, indique la sortie aux fêtards. Pour éviter de débouler les escaliers, les invités, amortis par l'alcool et les drogues, s'empilent dans l'ascenseur, au risque d'y tomber endormis et d'y finir leur nuit…

La Coccinelle tente l'impossible pour poursuivre son périple sur l'autoroute 10. Du côté passager, le fond rouillé de la voiture laisse entrevoir le bitume par les trous au plancher. Il suffirait d'une pichenette pour que le fond s'effrite, là où, en principe, le voyageur pose ses pieds. Le moteur toussote et le bolide ralentit. Dans une pétarade carabinée suivie par un nuage de fumée grise, la voiture annonce son épuisement total. À peine la conductrice a-t-elle le temps de donner un coup de volant pour rejoindre le fossé que l'automobile s'éteint, morte au bout de son souffle et de tous ces kilomètres avalés.

Ava rumine sa frustration. Tous ses plans pour l'été tombent à l'eau. Après leur visite impromptue en pleine beuverie, les parents de Louise, offusqués de constater la mauvaise influence d'Ava sur leur fille, ont annulé les projets d'été des deux colocs, refusant d'embaucher Ava sur leur camping et a fortiori de la loger.

« Louise rentre à Rimouski demain matin ! » avait déclaré Monsieur Dubé, épuisé par son combat épique pour mettre tout le monde dehors. Madame Dubé, médusée par le spectacle digne d'une orgie romaine, n'avait rien ajouté.

Comme l'appartement de Montréal a été sous-loué pour la saison estivale, Ava se voit dans l'obligation de prendre la direction des Cantons-de-l'Est. Elle n'a d'autre choix que de demander asile à sa mère et de passer l'été avec elle. Rien ne la contrarie plus.

Au cours de son année de bac, elle a peu vu sa famille, prétextant tantôt ses études, tantôt son travail à temps partiel au CEPSUM[1]. Le simple fait

1. Centre d'éducation physique et des sports de l'Université de Montréal.

de parler quelques minutes au téléphone à l'un ou l'autre de ses frères l'agaçait et la déprimait à la fois, tant ils avaient peu à lui dire. Quant à son père, il se désintéressait clairement de sa première famille pour s'en créer une seconde. Sa mère, de son côté, s'enlisait dans l'impuissance, l'aigreur et les récriminations. Les dimanches soir, quand Ava l'appelait pour prendre de ses nouvelles, Catherine ressassait constamment cette boutade : « J'suis pas une vraie mère ! Tu dois te dire que t'aurais mérité mieux que ça, tant qu'à être adoptée, hein ? L'autre, elle doit être tellement mieux que moi ! »

Shame on me, shame on me[1] sont les mots que la jeune femme a l'impression d'entendre en boucle dans sa tête…

Contrariée par ces mauvais souvenirs, Ava s'empare de ses effets personnels dans la boîte à gants, arrache sa plaque d'immatriculation et abandonne son véhicule dans le fossé. Son patelin d'origine se trouve encore à une bonne distance, qu'elle risque fort de parcourir à pied. Avançant d'un pas décidé, elle se dit qu'elle s'y prend bien trop tard pour dénicher un emploi d'été. Elle devra se serrer la ceinture, le temps de s'organiser pour la suite. Tandis qu'elle établit sa stratégie pour les mois à venir, elle maintient une cadence régulière, son allure claudicante à peine perceptible ne la ralentit pas, compensée par la colère de se trouver en situation aussi précaire. Après une demi-heure de marche, plus calme et plus positive, elle se tourne et lève son pouce en continuant son chemin à recu-

1. J'ai honte, j'ai honte.

lons. Quelques minutes suffisent pour qu'un chauffeur s'arrête et baisse la vitre de la portière.

— Je vais à Granby.

— Allez, embarque !

La jeune femme s'installe après que le conducteur eut dégagé le siège du passager de ce qu'il désigne comme des « cochonneries ». Des factures, en fait, et des livres énormes. L'homme parcourt le Québec pour vendre des encyclopédies. Ava garde ses distances, prête à se sauver à la moindre avance, mais le conducteur se révèle bon et bien intentionné.

— J'ai une grande fille de ton âge à la maison et je lui ai toujours dit de ne pas faire d'auto-stop. C'est dangereux, ma petite fille ! lance-t-il à Ava, qui opine du bonnet.

Consciente des risques, elle est soulagée de constater l'amabilité du chauffeur.

Alors qu'Ava s'était annoncée pour le début de l'après-midi, c'est avec plus de deux heures de retard que s'achève son périple. Elle salue son bon samaritain puis s'engouffre dans la boîte carrée où logent quatre familles. La porte de l'appartement s'ouvre sur une personne qu'Ava peine à reconnaître.

— Maman ! T'as bien grossi, c'est écœurant !

Signe de son appartenance montréalaise, cette manie d'accoler « c'est écœurant » à toute phrase lui est devenue une seconde nature. Catherine, nonchalante et alourdie, ne relève pas l'expression. L'odeur de sa mère a changé, a tourné au ranci, causé par la graisse agglutinée dans les plis de la peau. Ses cheveux partiellement blanchis et désordonnés qu'elle portait mi-courts s'aplatissent maintenant sur le haut du crâne et vont jusqu'à ses épaules. Elle ne s'informe pas des résultats scolaires de sa fille, alors que ses performances restaient jusque-là un point d'ancrage et de réussite par procuration. Elle ne parle plus que de ses soucis financiers, de cette facture d'électricité que, incapable de payer, elle a jeté à la poubelle et du chèque gouvernemental qu'elle touche chaque mois en maugréant.

— Si j'avais pas épousé un idiot aussi ! ronchonne-t-elle sur un ton monocorde. Si je ne lui avais pas donné ma confiance, si j'avais pas tourné le dos à ma famille à cause de lui ! J'serais pas toute seule comme un chien, aujourd'hui !

Partie sur sa lancée, Catherine ne semble plus pouvoir s'arrêter :

— Le pourri à qui j'ai dit oui a gâché ma vie, m'a volé ma jeunesse, mon innocence, m'a fait trois enfants, m'a plantée là pour une putain de dix ans plus jeune que lui ! Le trou du cul ! Le maudit imbécile ! Le pas de couilles qui sait pas baiser ! Le père nul !

Elle ne se rend pas compte du découragement de sa fille, qui tente de la ramener aux faits.

— T'as quatre enfants, Maman. Pas trois.

— Ouais… Mais toi, t'as rien hérité de lui. C'est pour ça que t'es gentille, déblatère-t-elle, assise à la table ovale cerclée de tubes argentés et au plateau bleu poudre où figurent des étoiles passées et délavées. Désormais énorme, Catherine fume cigarette sur cigarette, les coudes noircis par le journal de la semaine dernière, qu'un des garçons lui a apporté pour repartir au plus vite.

Ses frères fréquentent peu le minuscule appartement mal tenu. Frank couche un soir sur deux chez sa copine tandis que les aînés passent de temps en temps dire bonjour à leur mère. Ils s'asseyent sur le divan affaissé couvert de poils de chat. Catherine n'offre rien à boire, rien à manger, elle n'en a ni l'idée ni les moyens. Frank rêve de suivre ses amis dans les Forces armées canadiennes pour s'envoler vers une quelconque contrée lointaine. Samuel reluque Toronto et espère être embauché à la ferme de son oncle McCann. William travaille toujours avec son père sur les chantiers et a été joint pour cette unique raison au clan des pestiférés. Bref, la famille est bien morte et enterrée.

Tandis qu'elle acquiesce aux complaintes de sa mère adoptive, Ava ne peut s'empêcher de se remémorer, en contraste, l'image de sa mère naturelle, lorsqu'elle l'avait aperçue pour la première fois, au salon funéraire.

Anaïs Calvino lui était apparue comme un ange, un personnage irréel. D'une beauté à couper le souffle, elle rayonnait de tous ses feux. Tandis qu'Anaïs était occupée à accueillir les visiteurs et les membres de la famille, le Docteur Bernard Fortier, lui, avait opiné de la tête en direction d'Ava, un sourire au coin des yeux, comme s'il lui confirmait : *Oui, cette personne élégante, maquillée, coiffée et vêtue avec chic est bien celle que tu cherches à voir, Anaïs Calvino, celle qui t'a donné la vie.* Des badauds entouraient sa mère, tentaient de la réconforter, lui offrant leur soutien, lui prenant la main, la félicitant au passage pour ses rôles et lui demandant quand ils pourraient la revoir à la télévision. Dans sa façon de remercier, de s'adresser à ses admirateurs, Anaïs avait une allure royale, aux yeux d'Ava.

Son ascendance peu commune s'était révélée d'un seul coup et sans préparation. La jeune fille s'en était sentie profondément chavirée. Découvrir cette femme si différente l'avait à la fois complètement intimidée et irrésistiblement attirée, comme une lumière dans la nuit. Elle s'était approchée de la dame, avait bafouillé quelques paroles vides en serrant la main de sa génitrice :

— Mes plus sincères condoléances.

Puis, sans ajouter un mot, elle s'en était allée, se faufilant parmi les curieux et les membres de la smala. Sans l'intervention de Bernard, elle serait partie sans demander son reste.

— Mademoiselle ! Vous avez bien fait de venir. Vous avez votre place ici, parmi nous, avait-il gentiment insisté. Ne partez pas si vite… Je sais qui vous êtes, lui avait-il glissé dans un murmure, se dirigeant ensuite vers une connaissance.

Stoppée dans son élan, Ava s'était interrogée. *Il a raison*, s'était-elle dit, *je dois profiter de cette occasion unique de faire connaissance avec cette famille qui est aussi la mienne, du moins par les liens du sang. Il serait stupide de partir comme une voleuse.* Aussi était-elle revenue sur ses pas jusque dans la salle commune où les familles endeuillées se croisaient dans la même souffrance. Au loin, allongée dans le cercueil sombre, son arrière-grand-mère reposait. Ava avait décidé de profiter de cette chance de la voir avant qu'on la porte en terre. Pour se donner contenance, elle avait croisé les bras et attendu, immobile, que la paix revienne et que son cœur se calme. Des sonorités lui parvenaient au milieu du brouhaha. Les Calvino préservaient l'intonation française, dans leurs échanges verbaux. Les « t » pointus et les « a » clairs fusaient. Ces gens usaient aussi de gestes pour soutenir les mots, les appuyer, les illustrer. Une sensation d'irréel avait submergé Ava. Elle avait eu l'impression de se trouver sur une scène, au théâtre, dans une pièce décrivant un univers tellement loin de ce qu'elle avait connu.

Surmontant son sentiment d'imposture, elle s'était avancée vers la dépouille. Au-delà de la peau flétrie et translucide un peu effrayante, une grande douceur se lisait sur le visage de la morte. L'enfant inconnue, la bâtarde, s'était retenue de déposer sur le front de son ancêtre défunte un baiser tendre pour l'accompagner dans son voyage. La mort semblait moins terrifiante sur le visage d'une personne de toute évidence aimée, entourée et comblée par la vie. Ava était restée agenouillée, aussi discrète qu'immobile, le temps d'un long recueillement près de la bière.

Prise dans ses pensées, elle s'était trouvée, sans s'en rendre compte, entourée de dames agglutinées autour du coffre de bois. Toutes dans la soixantaine, elles affichaient une beauté racée que la vieillesse n'altère pas. Bien mises et élégantes, certaines les cheveux relevés en chignon et d'autres embellies de coupes courtes plus à la mode, les sœurs Calvino, unies dans la peine de perdre leur mère, semblaient toutes construites sur le même modèle, à quelques variantes près. Entourées de leurs enfants et de leurs petits-enfants, ces femmes gardaient une dignité noble malgré leur peine manifeste. L'une d'entre elles, sortant un peigne de son sac à main, avait replacé la chevelure d'Alice avec les gestes d'une maman pour sa progéniture au moment de son départ pour l'école. Une autre avait posé la main sur le cercueil et l'avait tapoté doucement. De temps à autre, un des petits venait tout près, grimpant sur l'agenouilloir, se hissant sur le bout des pieds, pour souffler un baiser en direction de leur mamie avant de repartir ensuite jouer avec les autres gamins. Tout cela dans une allure de fête et de tragédie mêlées. Ava n'avait pu détacher son attention de cette faune originale et complètement à l'opposé des gens rustres et peu expressifs qui l'avaient élevée.

Une dame vêtue d'un tailleur de laine bleu marine et coiffée d'un chapeau cloche en léopard s'était détachée du groupe et avait capté son attention. Ariane la regardait depuis un bon moment et semblait aussi fascinée que son observatrice. Plus de quarante ans les séparaient, pourtant elles se ressemblaient.

— Vous êtes de la famille ? Vous me rappelez beaucoup quelqu'un… C'est absolument étrange…

— Ava ? M'écoutes-tu quand j'te parle ou bien tu rêves, comme d'habitude ? Parce que là, c'est plus des blagues, j'vais me retrouver à la rue ! Il faut que tu te bouges le cul !

Interpellée cavalièrement par les invectives de

Catherine, Ava quitte ses réminiscences et revient dans le quatre-pièces délabré. Oui, elle va regarder tout ça, mettre les factures en ordre, téléphoner aux compagnies, quémander des délais.

Dévoilant ses doigts d'un jaune tirant sur l'orangé, Catherine déplie péniblement les factures et les empile de ses mains tremblantes. Les médicaments ont asséché sa bouche, ralenti ses gestes, sa pensée et son existence. Elle regrette de n'avoir pas dit à sa fille comme elle est heureuse de la retrouver, mais l'angoisse l'emporte sur tout le reste et l'emprisonne dans ses préoccupations financières. Elle aurait mille questions à poser sur les études, pour découvrir un peu ce qu'on apprend à l'université et quel train on mène quand on a vingt-deux ans et qu'on habite dans une grande ville. Mais comme elle n'est plus elle-même et qu'elle ne parvient pas à garder sa concentration et que cela lui fait honte, elle évite de parler.

Ayant en tête son projet de rester pour l'été, Ava entreprend de s'occuper de sa mère, de l'aider à remettre ses finances à flot. Aussi, le soir même de son arrivée, elle examine chaque dépense, aligne les chiffres d'un budget rachitique auquel Catherine jure de se tenir désormais. À la fin de cette première soirée, complètement épuisée, Ava s'endort du sommeil du juste sur le canapé du salon, croyant avoir réglé une partie des problèmes.

Quelle n'est pas sa surprise de voir les litanies reprendre dès le petit matin, à propos d'une autre marotte cette fois, celle de la médication mal ajustée et des médecins qui ne font pas leur travail. Puis, dans la journée, les critiques bifurquent vers les voisins, bruyants et impolis, puis sur les chats, leur litière et leurs mauvaises habitudes... Si bien qu'au bout de deux jours la jeune femme a compris : même si elle y consacrait toutes son énergie, elle ne pourrait pas guérir Catherine de son sentiment d'insatisfaction chronique. Et elle s'épuiserait avant d'être parvenue à l'en sortir.

— Il faut que je m'en retourne, Maman.

— Mais t'as dit que tu restais avec moi tout l'été ! Ça fait pas une semaine que t'es là !

— J'ai changé d'idée. Faut que je parte, je vais manquer mon bus, dit-elle tandis qu'elle éponge le front mouillé de sa mère, fatiguée par la chaleur.

— Tu reviens quand ?

— Bientôt, Maman. Mais là, t'es tellement cassée que je me sentirais coupable de rester ici.

— Tu vas vivre de quoi ?

— T'inquiète pas pour ça...

Dans un haussement d'épaules, elle quitte l'immeuble de carton-pâte. Il n'y a plus de place pour elle dans la vie de Catherine. Le cordon familial est rompu. Il lui faut poursuivre son chemin seule. Désemparée, dans le snack où elle attend son autobus vers Montréal, sur un coup de tête, elle plonge la main dans son sac de l'armée et en retire un carnet effiloché. Son doigt glisse jusqu'à la page des F. Elle téléphone à Sainte-Adèle.

Quand le Docteur Fortier répond à l'appareil, immédiatement il reconnaît la voix de celle qui est venue quelquefois chez eux, qui s'est assise à leur table pour partager tantôt un repas en plein air, tantôt un après-midi de ski. Il a insisté pour que cette jeune femme plutôt difficile d'approche entre dans leur famille. Mais il ne regrette rien, car de cela il est convaincu : il ne fait pas bon garder des secrets. Ils empoisonnent l'esprit comme ils détruisent le corps. Bernard n'oubliera jamais cette journée, l'été suivant le décès d'Alice, où il avait confié les enfants à la gardienne et annoncé à son aimée une petite escapade en voiture jusqu'au mont Tremblant.

Au pied de la montagne, on parlait de plus en plus de la construction d'un complexe immobilier. Bientôt, les grues s'affaireraient tandis que les hommes scieraient, cloueraient et visseraient. Des appartements pousseraient comme des champignons, puis seraient vendus. Peu à peu, le site perdrait sa sauvagerie.

— Profitons-en ! avait lancé Bernard tandis qu'agrippant la main d'Anaïs il l'avait entraînée dans les sentiers ensoleillés menant au sommet de la montagne.

Bras dessus, bras dessous, les deux tourtereaux avaient marché un bon moment sous le soleil du mois de juillet. Une fois parvenus à la cime, ils avaient observé un spectacle à couper le souffle : les Laurentides, à perte de vue, ceinturaient le lieu. Quel que soit l'angle qu'on adoptait pour admirer le paysage, on se sentait chaque fois au faîte du monde. Saisie par un sentiment de solitude immense autant que de liberté infinie, Anaïs s'était extasiée tandis que Bernard avait comparé son amour à la grandeur devant laquelle il se trouvait.

— Tu sais comme je t'aime et te respecte… Aussi, il ne faut pas te fâcher de ce que j'ai à te confesser…

Craignant le pire, Anaïs avait rejoint un rocher arrondi sur lequel elle s'était assise. Son beau docteur avait-il pu céder aux avances des femmes qui sans cesse lui tournaient autour ? Son mari ne l'avait pas quittée des yeux, lui accordant le loisir de prendre une pose confortable. Puis, de sa voix douce, il avait expliqué avoir récupéré un jour un colis porté aux rebuts et expédié par une certaine Catherine McCann. Anaïs avait laissé un long moment son regard s'alanguir vers le très loin. Devant le mutisme de son épouse, Bernard avait enchaîné en rajoutant à sa faute, puisqu'il avait confessé avoir ouvert ce paquet dans lequel il avait trouvé des documents provenant d'un orphelinat de la ville de Toronto, des lettres dans des enveloppes cachetées, mais sans adresse de l'expéditeur, et, surtout, plusieurs photographies.

— J'ai été très curieux et j'ai manqué de délicatesse. Puisque j'ai tout lu et tout regardé. L'enfance de ta fille se trouvait résumée dans cette boîte.

À peine avait-il achevé sa phrase que déjà Anaïs lui avait pardonné, puis elle avait ajouté qu'il avait bien fait de garder la boîte.

— Je me sens prête à regarder ce qu'il y a dedans, aujourd'hui. Je vais m'y plonger avec attention.

— Attends, avant de m'accorder trop vite ton pardon… Je t'ai caché autre chose au sujet de ta fille. Figure-toi qu'il m'a été donné de la croiser.

Courageusement, Bernard lui avait relaté la

visite d'Ava au salon funéraire. Non seulement il avait retenu la jeune fille, mais il lui avait posé quelques questions sur elle, d'où elle venait… De même l'avait-elle aussi interrogé. Fascinée par la famille Calvino, son interlocutrice s'était ouverte à lui sur l'idée de cette mère qu'elle s'était imaginée depuis l'enfance et qui était tellement loin de la réalité !

— En fait, je n'aurais pas pu inventer une personne comme elle, parce que je n'en ai jamais rencontré, avait confié Ava en extase. Ma mère est une reine ! J'en reviens pas !

Devant un si grand désarroi, Bernard, touché, avait insinué la possibilité de retrouvailles, en avait même pris l'engagement au moment de faire monter la jeune fille dans un taxi. Il avait promis de lui donner des nouvelles.

Sur le coup, Anaïs avait eu la désagréable impression de se sentir prise au piège. D'abord la mère adoptive, ensuite l'enfant ; toutes deux surgissaient dans sa vie sans prévenir et exigeaient une rencontre. Cela prenait les allures d'une chasse dont elle refusait de faire l'objet. Son corps s'était crispé et elle avait perdu son sourire, agacée que son époux se mette lui aussi de la partie. Pour expliquer sa contrariété, elle avait confessé la rencontre qu'elle avait eue avec Catherine McCann et l'insistance obsessive que celle-ci avait manifestée par la suite.

— C'est à cause de ça que j'avais jeté le colis. Cette femme est dérangée.

— Peut-être, mais c'est ta fille qui en pâtit, et ça me semble injuste. Des enfants adoptés, j'en ai suivi plusieurs, et la plupart, à un moment ou un autre de leur vie, entreprennent de retrouver leurs parents biologiques. Ça me semble normal de remonter le courant pour boucler la boucle, avait expliqué son amoureux de sa voix tendre. Ta fille m'a semblé être quelqu'un de bien, tu n'as rien à craindre. Au contraire, je pense que la rencontrer ne peut être que bénéfique pour toi aussi.

Anaïs l'avait laissé parler tandis qu'elle cherchait à retracer dans la cohue le visage de cette personne, sa propre enfant, qu'elle aurait croisée alors qu'Alice était exposée au salon funéraire. Comme aucun souvenir ne lui était venu, elle s'était surprise à donner raison à Bernard : il fallait qu'elle sache ce que sa petite était devenue et elle devait s'accorder une seconde chance de faire sa connaissance. Peut-être qu'une telle rencontre la libérerait du fardeau de ses remords…

Dans les semaines qui avaient suivi, un rendez-vous avait été organisé à Montréal. Dès qu'Anaïs l'avait vue, minuscule au milieu des allées, avec sa chevelure de miel pâle virevoltant jusque sur ses hanches et cette façon de vous regarder droit dans les yeux au point de vous faire oublier son léger boitement, Ava lui avait plu. Et c'est avec une tendresse sincère qu'elle l'avait enlacée. Elle avait failli lui caresser le front comme elle l'avait fait si souvent jadis, mais s'était interrompue, de peur d'intimider la jeune fille. Une fois rassuré pour la suite des choses, Bernard les avait laissées seules. Anaïs avait pris la parole et avait parlé longtemps…

— Ton histoire t'appartient et elle te revient, avait-elle affirmé, tout en relatant l'inconscience de sa vingtaine, son incapacité à prendre soin d'une enfant qu'elle aimait tendrement et l'énorme désarroi traversé après l'adoption imprévue de sa petite.

Plutôt silencieuse, cachant son émotion, Ava avait écouté, ne perdant pas un mot…

— Tu vas me trouver sotte, mais je n'avais pas pensé que quelqu'un puisse t'adopter. Ça a été une surprise complète pour moi. Je suis repassée à l'orphelinat tous les jours, n'y croyant pas… Je m'en suis voulu longtemps… Et je m'en veux de nouveau aujourd'hui…

Une partie importante de son passé enfin dévoilée, secouée par une étrange sensation de plénitude, Ava s'était sentie confuse. Cette grande dame avait raconté sa propre enfance en maintenant une distance, comme si les événements avaient appartenu à quelqu'un d'autre…

Après une bonne heure d'échanges, les deux femmes avaient commandé une pizza à la sauce bolognaise. Aucune n'était parvenue à avaler une bouchée, gênées d'être ensemble, ne sachant plus quoi se dire. Le repas ne s'était pas prolongé plus longtemps qu'il n'avait fallu. La mère et la fille, soucieuses de ne pas gâcher ce moment délicat qui s'était jusque-là plutôt bien déroulé, s'étaient quittées sans rien se promettre, repartant chacune avec son lot d'émotions à absorber.

Bernard avait eu en partie raison, puisque si la vérité les avait libérées, il reste qu'elle ne les avait pas guéries de tout.

Majestueuse bâtisse de pierre en plein cœur des montagnes, l'hôtel Le Chantecler attire des vacanciers de Montréal autant que du Canada entier. Une écurie d'une dizaine de pur-sang et de quelques poneys offre aux plaisanciers des excursions dans des sentiers aménagés. Ava retrouve les odeurs de son enfance. C'est Anaïs qui lui a proposé de venir travailler ici, lors de son appel un peu désespéré en provenance de Granby. Les chevaux sont de bonne qualité et bien traités, a constaté la jeune femme tandis qu'elle traversait les écuries. Aussi n'hésite-t-elle pas à répondre avec enthousiasme aux questions du palefrenier. Âgé d'une quarantaine d'années – et l'un des patients habituels du Docteur Fortier – le bonhomme n'a pas été difficile à convaincre de l'embaucher.

Quand elle parcourt le chemin qui descend vers le village, c'est avec la satisfaction d'une conquérante. Elle peut commencer dès le lundi suivant, si elle le veut. Elle s'approche de la confortable demeure aux volets verts. Fabien, du haut de ses seize ans, émerge en coup de vent en faisant claquer la porte. Émilienne, quatorze ans, le suit de près, tandis que Lucie, douze ans, un livre à la main, traîne la patte. Anaïs apparaît derrière eux, tenant la main de sa petite Stéphanie, et salue ses trois amours en route pour l'école qui s'achève dans quelques jours. Ava croque mentalement cette image et immortalise cette famille équilibrée qui profite de ses derniers moments avant qu'une étrangère s'y greffe parce qu'on a eu pitié d'elle.

Tout à coup, plus rien n'apparaît comme logique ni convenable. Ava imagine Catherine, là-bas, seule et souffrante, lui reprochant d'avoir joint le camp de sa rivale, certainement meilleure, et la rejetant par le fait même. La culpabilité l'étreint. Et elle se dit que non, ce qu'elle s'apprête à faire n'a pas de sens.

Ava descend au terminus, déboussolée et anxieuse. Comment a-t-elle pu laisser tomber ces gens gentils et avenants ? Bernard et Anaïs en sont restés bouche bée, et même leurs enfants semblaient déçus. Les Gauthier n'ont qu'une parole, et son père ne serait pas fier d'elle, s'il savait qu'elle a tout planté là et s'est presque enfuie en courant sans fournir d'explications satisfaisantes.

Ava pose un pied devant l'autre, tandis que la pluie s'est mise à tomber. Ses longs cheveux dégoulinent sur ses joues. La rue Saint-Denis s'allonge, avec ses boutiques et ses lumières. Les hommes ne se gênent pas pour suivre des yeux cette jolie femme au regard flou. Elle n'a plus d'endroit où aller, personne pour l'accueillir. Et elle a peur de la rue, de la nuit, des inconnus. Elle s'enferme dans une cabine téléphonique et demande un numéro à la standardiste.

— Je m'excuse, je suis désolée, trouve-t-elle à dire, ça fait cinq heures que je marche, j'ai plus d'argent, je sais pas où aller… À l'enterrement, vous m'avez dit que…

— Où es-tu ? J'arrive.

Ariane Calvino la prend dans ses bras. Sa petite-fille grelotte et claque des dents. Sa petite-fille…

— Tu es en sécurité ici. Installe-toi.

La dame l'entraîne dans le long couloir jusqu'à la petite cuisine qui donne sur la cour, tout à l'arrière de la maison. Elle craque une allumette, ravive la lumière bleutée du gaz, va au réfrigérateur et revient avec un pot de soupe qu'elle transvase dans une casserole. Elle s'adresse doucement à sa visiteuse du soir, lui dit son bonheur de la voir.

— Tu as bien fait de m'appeler ! Laisse-moi te regarder : tu es faite exactement sur le même moule que ma sœur, mais en modèle réduit ! C'est incroyable comme tu lui ressembles !

La grand-maman sourit en posant un bol de soupe chaude devant Ava, qui l'engouffre goulûment avec un morceau de pain français imbibé de beurre à l'ail. Elle observe la jeune femme tremper son croûton et se dit que la vie se charge des rendez-vous importants beaucoup mieux qu'eux-mêmes. La fille d'Anaïs a quelque chose qui l'interpelle. Dès qu'elle l'a vue au salon funéraire, Ariane a tout de suite compris qui elle était et s'est immédiatement sentie une proximité avec cette jeune âme.

« C'est une sensibilité d'artiste, que tu as en toi, le sais-tu ? avait-elle glissé à l'oreille d'Ava. Ne cherche plus ta route, je vais t'y guider… En tout temps et à toute heure, tu peux sonner à ma porte et je serai là. »

Surprise elle-même par l'étrangeté des paroles qui lui étaient venues, Ariane les avait vite regrettées. En effet, elles avaient fait fuir l'intruse, disparue en se faufilant parmi les gens.

Alors que depuis des mois elle pense à ce premier contact avec sa petite-fille et cherche par tous les moyens à la retrouver, voilà que c'est elle qui appelle et qui demande asile. Elle se réjouit de ce hasard qui ramène Ava chez elle, dans sa grande maison.

— Je vais te chercher des draps, des couvertures. Il y a une chambre en bas. Tu vas t'installer là.

Épuisée par sa journée mouvementée, Ava se laisse faire et la suit. Un bain chaud a coulé sans qu'elle ait eu à en faire la demande. Tandis qu'elle se déshabille, elle peut voir le ciel et les étoiles qui s'allument dans le carré de verre du puits de lumière au-dessus de la baignoire. Elle s'approche et aperçoit dans l'eau des boules d'huile parfumée qui achèvent de se désagréger. Incroyablement bien, Ava s'accorde la permission de déposer ses bagages. En confiance, elle s'abandonne à cette grand-mère qu'elle connaît pourtant bien peu. Elle va apprendre d'elle et se laisser guider, c'est une certitude. Ava la rebelle est prête à écouter. Amortie par la chaleur, la jeune femme s'endort un moment. *Conseillez-moi, madame, indiquez-moi la route à prendre et je deviendrai peut-être cette artiste que vous semblez voir en moi…*

Cette nuit-là, sur l'avenue Outremont, Ava Gauthier dort comme une enfant qu'elle n'a pas souvent été.

7

Dans le grand auditorium, il faut arriver tôt pour obtenir de bonnes places. La salle est immense, mais se remplit vite, au point que les derniers arrivés doivent se jucher dans les balcons sur les côtés de la salle. Heureusement que le professeur parle au micro. Cela permet à tous d'entendre la présentation.

Ava a choisi le cours *Environnement et société*, un peu au hasard, pour compléter son inscription à la maîtrise. Donnée par l'illustre écologiste Pierre Dansereau, la matière est passionnante et le maître tout autant. Cependant, ce mardi, quelque chose dérange l'existence d'Ava. Pourquoi ce matin-là et pas un autre ? Elle serait bien embêtée de le dire. Première arrivée, la jeune femme se demande ce qu'elle fait là, à prendre des notes sur la fin du monde causée par l'avidité de l'homme. Elle se demande quelle est l'utilité de connaître par cœur l'impact des décisions gouvernementales sur l'état de la planète. À quoi bon poursuivre des études tellement théoriques qui la confrontent de plus en plus à sa propre impuissance ? Ne pourrait-elle pas profiter plus efficacement de la chance qui lui est donnée de se rendre utile ? N'est-il pas temps pour elle de plonger dans l'action, de travailler, de gagner sa vie ?

Depuis le mois de juin, elle habite chez sa grand-mère. Ariane lui a généreusement offert le gîte, ce fameux soir où, de retour de Sainte-Adèle, elle lui a téléphoné.

— Tant que tu étudies et que tu avances, je ne veux pas que tu me paies ta pension, avait tranché son hôtesse. J'habite toute seule dans cette immense maison ! Je n'ai pas besoin d'argent et ça me réjouit d'avoir de la compagnie. Tu me fais une faveur en acceptant d'habiter avec moi.

Logée et installée au sous-sol, Ava dispose d'une clé et d'un accès privé, si bien qu'elle peut entrer et sortir librement en passant par la porte arrière. Pas de contraintes ni d'obligations. L'offre de sa grand-mère naturelle l'étonne encore. Cette dame croit en ses capacités au point d'agir en mécène auprès d'elle ! C'est trop beau pour durer, se répète-t-elle souvent, il doit y avoir une combine... Pourtant, Ariane ne demande rien, fait preuve envers elle d'une constance dans ses humeurs, d'une prévenance aussi attentionnée qu'inconditionnelle. À commencer par cet emploi qu'elle lui a déniché, quelques jours après qu'Ava se fut installée chez elle...

— J'ai un ami qui travaille au *TV Hebdo*, il engage des étudiants pour l'été... Je lui ai parlé de toi. Il t'attend. Aujourd'hui. Ce matin...

— Je m'habille et je pars !

L'entrevue d'embauche se déroulant dans l'est de la ville, Ava se préparait à un interminable trajet en autobus.

— Prends ma voiture, elle va rouiller si je ne m'en sers pas ! lui lance Ariane en glissant les clés de son véhicule dans la main de sa petite-fille.

— C'est vraiment gentil, mais…

— Tu sais conduire, j'espère ? File ! Ne te présente pas en retard.

— Pourquoi vous faites ça ?

— Parce que tu en vaux la peine. Et que je veux t'aider. Il me semble que c'est simple. Et puis arrête le vouvoiement, je t'en prie !

Qu'une inconnue fasse preuve d'autant de générosité constitue une nouveauté dans la vie d'Ava. Aussi, c'est un peu abasourdie qu'elle se place au volant de la Volvo de sa protectrice pour se présenter à son entrevue d'embauche.

Durant l'été 1984, le magazine TV *Hebdo* organise un grand sondage auprès de son lectorat. On engage des étudiants pour rencontrer des gens choisis au hasard et leur poser des questions sur leurs habitudes télévisuelles, compiler les réponses et rédiger un rapport. Forte de ses études en sociologie et de la recommandation de sa grand-mère, Ava a de très bonnes chances de voir sa candidature être retenue.

— Connais-tu les enfants ? Les jeunes entre six et neuf ans ? lui demande le chef d'équipe.

— Bien sûr ! J'ai trois frères plus jeunes et je les ai gardés souvent ! prétend-elle avec cran.

— Vendu ! Toi, tu vas t'occuper des jeunes !

Elle repart vite fait, avec sa pile de sondages et une liste de personnes à interroger. Alors qu'elle n'en attend pas grand-chose, cette expérience de travail la comble et lui révèle combien elle aime le contact avec les enfants. Elle apprécie leur franchise, leur candeur, leur créativité. Rapidement, elle sait trouver le mot juste pour briser les méfiances, créer un lien d'intimité et de vérité. Au fil des entretiens avec les jeunes, son enfance lui revient, les récits qu'elle racontait à voix haute aux chats, aux chiens et aux chevaux de la ferme. Les questionnaires portant sur la télévision, les émissions préférées et les personnages favoris, son travail d'intervieweuse lui permet de mesurer l'importance que les histoires peuvent prendre dans la vie des tout-petits.

— Passe-Partout, Passe-Montagne et Passe-Carreau… Quand je les vois pas une journée, je m'ennuie.

— Mon grand frère, c'est Bobino. Il porte une fleur sur son veston. Et je l'aime.

Ces phrases reviennent souvent dans la bouche des gamins, comme *Pop Citrouille* et *Samedi jeunes* avec Lison, le week-end. Répondant avec ferveur à ses questions, les enfants expriment avec leurs mots naïfs et conviction leur immense affection, le plaisir et l'attachement éprouvés pour ces héros créés pour les divertir, les instruire, les aider à se socialiser. Ava se souvient elle aussi de ces moments d'évasion apportés par les personnages de *La boîte à surprise,* de cette fois où *La ribouldingue* était venue pour de vrai à l'école de Saint-Georges ; elle avait serré la main de Paillasson après le spectacle et était restée des jours portée par la magie.

Lorsque vient le moment pour Ava de rédiger son rapport, les propos des bambins, défilant sur la bande de son enregistreuse, virevoltent comme autant d'étoiles allumées dans un ciel pas toujours clément. *Quel métier utile que celui de nourrir l'imaginaire des enfants !* S'adressant au lecteur à la première personne, empruntant l'identité et le niveau de langage d'un téléspectateur de six ans, elle dépose un exposé original qui se distingue de celui des autres interviewers. Après son exploit, le directeur du *TV Hebdo* la convoque dans son bureau pour la féliciter, mais aussi pour lui faire une offre à laquelle elle repense souvent depuis :

— Vous comprenez très bien le public jeunesse. Et ça, c'est une force… Ma femme travaille pour un éditeur de livres pour les petits. Et elle cherche toujours du monde, si jamais ça vous intéresse…

Sur le coup, Ava décline vaguement l'offre, prétextant ses études en sociologie et cette maîtrise qu'elle s'est juré d'obtenir. Mais la proposition lui revient souvent en tête…

De retour dans le grand auditorium, Ava Gauthier quitte ses rêveries et a envie de balancer son cahier de notes. À quoi ça rime d'apprendre toutes ces notions ? La sociologie ne lui dit plus rien. Ce qu'elle veut, c'est travailler, se rendre utile ! Elle perd son temps, ici ! Et cette évidence lui apparaît avec une telle intensité qu'elle se sent propulsée. L'étudiante se lève d'un trait, au risque de déranger tout le monde. Marmonnant de plates excuses, elle se glisse derrière les pupitres de la rangée. Le professeur Dansereau, au loin, récitant ses notes sur la scène, ne relève même pas la tête lorsqu'elle franchit les portes de la salle. C'est assez, elle n'en peut plus des livres, des cours théoriques, des évaluations, des notes et des bulletins. Elle a besoin de passer à l'action ! Elle grimpe jusqu'au troisième étage, où se trouve le secrétariat du département, et demande sans ménagement :

— Est-il trop tard pour annuler mon inscription sans qu'il y ait de frais ?

Trois fois par semaine, Ariane gare sa voiture devant l'appartement où habitent son fils Claude et son amoureux André. Alors que depuis leur rencontre tout roule rondement dans leur vie – ils se sont installés ensemble, ils ont redressé leurs finances, ils se sont trouvé chacun un travail satisfaisant –, il a fallu que le destin les rattrape sous forme d'une bronchite qui ne finissait plus. Ensuite, les médicaments et les tests se sont succédé sans qu'André parvienne à guérir complètement. Envoyé chez un spécialiste de l'Hôtel-Dieu de Montréal, il avait reçu un verdict plus qu'inquiétant.

— À cause de ma maladie, je n'ai pas d'anticorps. Je suis vulnérable. Il faut que je cesse de travailler, avait annoncé André à sa belle-mère, et que vous portiez un masque quand vous venez nous voir.

De l'annonce de ce terrible sida, contracté par l'amant de son fils il y a plusieurs années, Ariane ne s'est toujours pas remise. Elle craint pour Claude, qui doit se protéger avec vigilance en portant des préservatifs, et pour André, qui risque d'être emporté par la moindre grippe… Elle assiste, impuissante, à ce combat entrepris par les deux conjoints et qu'ils mènent en héros. Bon vivant de nature, le malade maintient son quotidien le plus normalement possible, sans gémir, se plaindre, ni anticiper le pire.

— Une heure à la fois, déclare-t-il sans cesse, le sourire aux lèvres.

Le traitement ne permet pas la guérison, mais ralentit la progression du virus. André avale chaque jour des poignées de pilules pour soutenir son système immunitaire. Il est loin de constituer un danger pour les autres ; en fait, ce sont plutôt les contacts avec autrui qui lui sont une menace. La thérapie qu'il doit suivre coûte une fortune, qu'Ariane assume en partie. Tout cela lui rappelle Marcel et la tuberculose, désormais supplantée par cette nouvelle maladie mortelle qui afflige surtout les homosexuels.

La matriarche pose des sacs sur le comptoir de la cuisine. Fruits à profusion, quelle que soit la saison, et légumes verts en quantité, elle veille à ce que les deux hommes se nourrissent de frais. *Big Yellow Taxi* de Joni Mitchell résonne dans le salon, tandis que Claude quitte un instant son compagnon pour aider sa mère à la cuisine. Rongé par la culpabilité d'être en pleine santé, le pauvre ne sait plus que faire pour adoucir l'existence de son amoureux.

— Encore une livre de perdue cette semaine, glisse-t-il tout bas à sa mère. L'automne le fatigue.

— Et si vous partiez au soleil ? demande Ariane, prête à tout quand il s'agit du bonheur de son fils.

Avec un haussement d'épaules, pour faire plaisir

à sa mère, Claude promet de réfléchir à sa proposition même si tous deux savent bien qu'elle n'est pas réaliste. Malgré sa combativité, son bel amant n'est plus que l'ombre de lui-même. Rachitique alors qu'il mange comme quatre, il perd chaque jour du terrain sur l'avenir et les projets que font les gens en bonne santé. En dépit de sa résistance, de ses yeux trop grands sur son visage émacié qui scintillent toujours et de son rire qui résonne encore sur les murs de l'appartement, André n'a plus la force de sortir de chez lui.

Un sauté de bœuf mijote sur le feu et un pain lève dans le four. Ariane a cuisiné pour ceux qu'elle appelle affectueusement « ses garçons » et tente de répandre un peu d'espoir dans l'air vicié par la maladie. Elle s'efforce de rire en buvant son thé et de commenter un livre sur les meubles québécois qu'elle a déniché chez une libraire. Mais quand elle quitte l'appartement, elle emporte la lourde certitude que chaque visite à André risque d'être la dernière.

Les premières neiges sont tombées sur Montréal. Ava Gauthier ne fréquente plus l'université que pour son travail à temps partiel au CEPSUM afin de gagner de quoi s'habiller et verser une pension symbolique à sa grand-mère. Depuis qu'elle habite l'avenue Outremont, elle a débarqué sur une terre nouvelle. Un peu comme ces explorateurs d'autrefois, elle consacre son énergie à découvrir un nouveau monde, celui des mots, ceux que l'on dit, que l'on lit et que l'on écrit. Installée à la bibliothèque de la grande maison, elle dévore tout ce qui lui tombe sous la main : les littéraires, les poètes, les biographes. Elle accompagne sa grand-mère à toutes les premières où on les invite, au théâtre comme au cinéma. Elle se gave de cette culture qu'elle ne connaissait pas et rattrape le temps perdu. Elle corrige son langage, ses manières. Et elle écoute Ariane, qui affiche un bonheur immense à raconter sa vie !

— Ma mère était une aventurière inconsciente du danger. Et une grande amoureuse aussi ! relate-t-elle tandis qu'elle ouvre un des albums de photographies rangés dans la bibliothèque. Pour suivre mon père, elle a tout quitté en Europe et s'est établie au Canada, à Montréal. Elle était pianiste, une très bonne pianiste. Comme ta grand-mère Agathe…

Comme s'il s'agissait d'une chose banale, voilà que sa grand-mère lui apprend que le jour où elle a perdu sa sœur, elle a pris en charge sa nièce.

— Anaïs est devenue mon enfant…

— Alors tu es ma grand-tante ?

— Et ta grand-mère. Un peu des deux, répond-elle avec un sourire qui ne dissipe pas la confusion.

Comme des amies, elles discutent doucement de cette artiste, fille de chanteur d'opéra et de pianiste, acclamée un peu partout dans le monde. Les photos montrent cette aïeule à qui Ava ressemble beaucoup physiquement, elle doit l'admettre. La jeune femme, à ce moment, se sent tellement étrangère à sa propre ascendance ! Elle se revoit à la ferme, marchant avec ses petites bottes de cow-boy derrière son père, qui parlait si peu et qui exigeait en retour que ses enfants se taisent à table comme dans leur vie et qu'ils gardent leurs sentiments pour eux. Du plus loin qu'elle se souvienne, elle s'est toujours sentie à part sans trop savoir pourquoi. Chez les Gauthier, les mots ne servaient qu'à décrire les choses du quotidien, pour le reste il n'y avait que silence et désarroi. Et ça lui fait tout drôle de se rendre compte qu'elle est issue d'une lignée d'artistes pour lesquels les mots autant que les émotions constituent une richesse, un outil essentiel.

Secouée par ces dernières révélations, elle part marcher dans le quartier, seule. Respectant son besoin de prendre du recul, Ariane n'insiste pas et évite de la retenir. Ava réfléchit et se dit que, de toutes ses forces, elle veut devenir cette autre, celle qui suit Alice, puis Ariane, puis Anaïs, dans cette lignée pourtant tellement différente de ce qu'elle a connu au cours de ses dix-huit premières années.

Ava pose un pied devant l'autre, chantonne, regarde les flocons tomber. Il n'y aura pas de Noël à Granby, cette année. Catherine le lui a appris hier : elle n'a pas le cœur à ça et ses frères non plus. Ce qui l'aurait jadis dévastée la chagrine, certes, mais sans exagération, car elle pourra passer les fêtes chez Anaïs et Bernard, qui l'ont invitée. Dans une quinzaine de jours, elle partira avec Ariane vers la belle maison de Sainte-Adèle.

Comme chaque fois qu'elle se promène, Ava s'arrête devant cette petite école, jolie comme une maison de poupée, qu'elle a découverte au hasard d'une de ses escapades dans le quartier. La cour résonnant de cris d'enfants l'attire, avec ses guirlandes le long des murs confectionnées en papier mâché bariolé. Chacune des boules se distingue par sa couleur, sa forme, ses papillotes et ses ficelles nouées. Et il y a aussi ce dessin collectif réalisé à la craie sur le mur, avec son fond de montagnes colorées sur lequel des échelles s'entrecroisent en des directions saugrenues dans un ballet joyeux. Le soleil irradie d'un rose tendre. Des lutins aux pantoufles disproportionnées semblent danser autour d'un nuage. Au centre de l'œuvre, un roi et une reine se tiennent par la main ; ils ont des patins aux pieds et des perles enjolivent leurs chevelures dorées. Devant ce dessin, Ava peut braver le froid et l'oublier, déchiffrant l'image et s'y laissant emporter. Elle y voit tant de fantaisie et de bonheur. Elle lève la tête et aperçoit, sur les fenêtres, des cristaux de neige en papier, comme autant de sourires pour saluer les passants.

N'écoutant que son intuition, Ava pousse la porte grillagée de la cour. Comme des papillons, les gamins volettent vers elle, s'arrêtent un instant puis repartent. La jeune femme se laisse porter par un sentiment de paix. Elle lève les yeux vers les nuages et reçoit les flocons qui chutent sur elle en ligne droite.

Fannie Blais ne quitte pas sa classe avant que celle-ci soit remise en ordre, que les chaises aient été poussées sous les tables et que les jeux soient rangés. Les enfants ont la bougeotte à cause de la tempête annoncée, mais ils ont inventé une chanson toute en poésie avec des lapins qui sautent jusque sur la lune. Cela suffit à combler le cœur d'une directrice d'école affairée. Elle attrape son manteau au passage et se dirige vers la sortie.

Le tambourin que l'oncle d'Annick lui a rapporté d'un voyage en Afrique dépasse de son sac de cuir. Au retour de la récréation, elle présentera l'objet à la classe et tapera quelques rythmes. Le sourire de sa petite élève lui revient, de même que les progrès accomplis dans la confiance, l'expression de la parole, son aisance dans le groupe.

Parvenue dans la cour, elle aperçoit une drôle de fée qui s'agite sur le mur de briques, dessinant avec ferveur. La tête d'un cheval est facilement identifiable, seulement des ailes ont été greffées au poitrail et la queue de l'animal s'élargit en un magnifique panache strié. Les enfants, inspirés, se sont emparés de craies et ajoutent leur grain de sel à la fresque collective. Fannie observe un moment la synergie générée par l'inconnue. *Voilà celle qui pourrait remplacer Claudette,* pense-t-elle en se dirigeant vers ses petits pantins.

Fannie se joint au groupe et observe l'improvisation :

— Le cheval galope et il traverse des nuages dans la pluie.

— C'est une licorne magique, complète un garçon tandis que l'une des jumelles annonce l'ouverture d'un nuage plein de neige…

— Pour faire doux, alors, par ici j'ajoute des ronds ! annonce la jeune femme au visage rayonnant.

Quand elle fait sonner la cloche signalant que la pause est terminée, Fannie se trouve sous le charme de sa découverte. Aussi invite-t-elle l'inconnue à entrer avec le groupe.

— Est-ce que cela te tenterait de travailler dans cette école ? Je cherche quelqu'un. Le salaire n'est pas énorme, mais je te garantis une grande liberté, tous tes étés de congé, des relations enrichissantes avec les autres professeurs et des rencontres extraordinaires avec les enfants, qui changeront ta vie.

On ne l'aurait pas payée qu'Ava aurait quand même accepté de revenir le lendemain et tous les autres jours... En son for intérieur, une lumière vient de s'allumer. Le charisme de Fannie opère : sa passion pour les jeunes, son esprit de liberté...

— Je vous dis oui, tout de suite, c'est certain !

— C'est entendu. Mais commence par me dire « tu »... Entre, je vais te montrer les classes.

Ce vendredi de décembre, une jeune femme tâte le contrat qu'elle vient de signer et qu'elle a glissé dans la poche de sa canadienne à carreaux. Depuis des semaines, Ava se sentait comme un fantôme errant dans les couloirs de sa propre existence, et voilà que tout à coup le sol sous ses pas lui semble ferme, stable et rassurant. Elle rentre chez elle de bonne humeur et pleine d'énergie, avec le sentiment d'avoir trouvé une réponse.

Alors qu'elle commence à s'inquiéter de ne pas voir Ava revenir, Ariane sort sur le balcon, cherchant à l'apercevoir au loin. À sa démarche, elle sait tout de suite que sa petite-fille est heureuse. Avec une spontanéité réjouissante, elle lui tend les bras et l'embrasse fort.

— Lundi, je commence un nouvel emploi. J'ai tellement hâte !

Lors de leur dernière rencontre, le bedonnant bonhomme portant le nom de Chaussé, assez cocasse pour un orthopédiste, avait posé mille et une questions à Ava : la course effrénée de Sam, sa chute, le temps d'attente pour les secours, les soins reçus et le cours des événements. Elle avait relaté son accident et ses suites, interrompue par d'autres questions, des spécifications, des détails, puis les soins, sa rébellion quant aux consignes, les nouveaux traitements que sa négligence avait entraînés, elle avait tout passé en revue. La précision de ses réponses avait révélé que rien ne s'était effacé, que les souvenirs étaient toujours là, tapis, prêts à bondir. Pendant plusieurs semaines après ce rendez-vous médical, la jeune femme avait rêvé de nouveau à sa chute et avait ressenti cette douleur intense causée par la fracture de son fémur. Le spécialiste l'avait questionnée également sur ses douleurs lancinantes au bas du dos qui hantent ses jours autant que ses nuits.

— Quand il pleut, c'est pire, comme une main qui me serre, ici... Je ne peux pas rester assise trop longtemps, il faut que je me lève, que je marche, que je bouge. Et ça tire dans mes os.

Le Docteur Chaussé avait tout noté. De longs silences étaient survenus, qu'il avait laissé se prolonger sans s'en incommoder. Ensuite, il avait demandé à sa patiente de s'allonger sur la table d'examen. Il avait palpé, massé, tâté et déplacé les muscles et les tendons de ses jambes, mettant Ava sur la défensive, craignant que la douleur au nerf sciatique revienne en force.

Au bout d'une bonne heure de ce cirque, Ava avait été soulagée que l'examen se termine. Le Docteur Chaussé avait coupé court à l'interrogatoire, ne cherchant plus qu'un minimum de renseignements. Elle avait remis son jean et s'était dirigée vers la sortie. Elle avait su que dans quelques semaines elle aurait des semelles dans ses chaussures.

— Et vous ne boiterez plus, je vous le promets, avait juré le Docteur Chaussé.

À La Maison des lilas, on trouve à cette heure des vieillards endormis dans tous les coins. Quatre petites dames aux cheveux presque mauves, au fard rosé posé en excès sur leurs pommettes translucides et aux yeux vifs jettent leurs cartes sur la table à tour de rôle. Elles passent l'heure de la sieste à jouer au cinq-cents et piaillent à chacune des tricheries de Margot, la plus âgée et de loin la plus astucieuse. La grosse horloge, dans la salle commune, n'a toujours pas été réparée et personne ne s'en plaint, car ici le temps a cessé de compter.

Deux étages plus haut, dans un appartement petit mais coquet, Léon Saintonge achève d'enfiler sa veste. Depuis quelque temps, il a repris goût à son élégance d'autrefois. Il s'est remis à repasser ses chemises d'un blanc impeccable. Il a commandé des cravates de soie rayées et il a perdu du poids grâce à de l'exercice régulier. Il plisse les yeux pour mieux s'apercevoir dans la glace. Satisfait, il referme la porte de son logis exigu derrière lui.

Mademoiselle Francine attend son ami sur le banc, devant le lac Rond. Fébrile à l'idée de revoir bientôt celui qui fait battre son cœur, elle s'étonne de constater qu'à l'intérieur de son enveloppe flétrie elle est restée cette jeune femme qu'elle était, il y a cinquante ans, aussi romantique, exaltée et amoureuse. Quand Léon s'avance, lui frôle la main et la porte à ses lèvres pour y déposer un baiser, elle frémit tant qu'elle manque de tomber dans les pommes. Cet homme qu'elle a tant espéré lui est apparu alors qu'elle se tenait droite comme un piquet derrière le comptoir exigu du magasin de tissus où elle a passé la majeure partie de son existence. Elle en a vendu des lainages, des jerseys, des denims, des gabardines, des cotons, des fermetures à glissière, des boutons et des patrons ! Et pour boucler ses fins de mois, elle a rapiécé des habits de neige, ourlé des milliers de pantalons, de jupes et de shorts, aussi bien ceux des touristes en vacances que ceux des habitants du village. Et puis, par un beau jour du mois de mai, il y a de cela bientôt un an, la main appuyée sur son front pour protéger ses yeux des rayons du soleil printanier, Léon l'avait observé longuement à travers la vitrine. Après avoir poussé la porte, il était entré, butant sur le chat à la queue en l'air, traversant l'allée avec nonchalance. Par son apparence, il semblait avoir dix ans de plus qu'aujourd'hui. Il l'avait regardée, s'était immobilisé, avait souri et avait demandé :

— Excusez-moi de vous déranger, mais dites-moi, est-ce que vous auriez par hasard dans votre jolie mercerie des boutons d'argent ? Vous savez, un petit objet fort utile qui ressemblerait de près à ceci.

Le sourire en coin, il avait glissé une main dans la poche de son imperméable et il s'était mis à chercher de plus en plus vigoureusement pour finalement se rendre compte qu'il avait égaré son exemplaire, ruinant ainsi ses espoirs.

— Il faut les changer tous. Apportez-la-moi, votre… redingote, et j'vais m'arranger avec.

Ils se sont revus tous les jours depuis. Si désassortis soient-ils, Mademoiselle Francine et Monsieur Léon n'en ont pas moins le cœur amoureux.

La coiffeuse saisit des mèches, les sépare de la tignasse et les enroule habilement autour de rouleaux fins. La tête d'Ava, striée de bobines serrées au point de faire mal, est ensuite aspergée de lotion aux émanations suffocantes.

— OK, c'est parfait, on garde ça une trentaine de minutes.

Croyant le supplice enfin terminé, Ava se détend, mais à peine sa tortionnaire s'est-elle retournée qu'un casque de plastique est fixé par-dessus l'installation, ajoutant au désagrément. *Il faut souffrir pour être belle !* Et la mode est aux cheveux volumineux, frisés à l'extrême, qui tiennent pratiquement à l'horizontale. Pour se donner contenance, elle se penche vers son sac de jute et prend une cigarette.

Elle inspire la fumée apaisante, la gardant le plus longtemps possible, puis l'expulse en un trait gris et droit. Fumeuse occasionnelle, elle profite néanmoins de chaque bouffée comme une vieille habituée.

Deux heures plus tard, c'est une nouvelle personne qui s'apprête à quitter le salon. Encore sous le choc de celle qui s'est dévoilée à elle dans la glace, Ava Gauthier enfile son manteau afghan brodé de dégradés de vert et d'ocre, la fourrure intérieure noire dépassant aux manches et aux bords sur un cuir penchant vers le jaune moutarde et tacheté de miroirs en paillettes. Elle passe une main contre son cou et dégage cette tignasse digne de celle des vedettes. La coiffure vaporeuse s'envole au moindre mouvement.

— Tu ressembles à Marjo[1], lance la commerçante, fière de son travail, tandis que sa cliente achève de lacer ses bottes. Bon spectacle ! Tu me raconteras, la prochaine fois.

Louise attend dans la file. Le Campus se remplira plus tôt que de coutume. Pour avoir une place devant la scène, mieux vaut se présenter en fin d'après-midi et manger sur place, de manière à être installé pour le spectacle qui débutera vers vingt heures. C'est à sa tenue qu'elle reconnaît au loin son amie, qui ne l'a pas prévenue de sa métamorphose.

— Tu t'es décidée pour une permanente ? Hé,

1. Célèbre chanteuse canadienne.

t'es belle ! Tous les gars te regardent, tu remarques pas ? C'est beau, c'est écœurant…

Les deux inséparables font leur entrée dans le café, remettent leur billet au guichetier et se laissent estampiller la main. L'une, brunette aux cheveux courts, nez en trompette, l'air effarouché et la démarche de biche, et l'autre, blonde nouvellement frisée, de l'insoumission dans le regard et un sourire qui étincelle dans la nuit…

Luc, désormais gérant de la place et amant sporadique d'Ava, sourit en apercevant la jeune beauté qu'il salue. Satisfaite de ce premier effet, la jeune fille prend place à la table du centre, face à la scène.

Captivé par l'allure de celle qui vient de s'asseoir à quelques pas de lui, Martin doit faire un effort pour détourner le regard. Il paie sa bière à la serveuse et ajoute un fort pourboire. Ses semaines de boulot s'achèvent invariablement ici, tous les vendredis, avec les collègues du cimetière, où il travaille comme fossoyeur. Le Campus, c'est comme chez lui, et il s'y trouve plus souvent que dans son appartement. Cette fille semble être une habituée de l'endroit, pourtant, c'est la première fois qu'il la voit ici… Le colosse qui se prétend immunisé contre les charmes de la gent féminine sent sa résistance fondre comme neige au soleil.

Chu un rocker, chu un rouleur
Quelqu'fois j'oublie qui je suis
Mais je r'viens toujours au rock n' roll

Le groupe Offenbach se déchaîne, emporté par le refrain que les spectateurs entonnent à sa suite. Le chanteur à la voix éraillée, donne tout ce qu'il a, soutenu par les musiciens.

Tapant la mesure sur la table et se laissant emporter par l'énergie des passionnés devant elle, Ava apprécie ces complaintes à mi-chemin entre le rock américain et la chanson à texte importée de France. Chanter dans sa langue sur des tempos rythmés est comme une victoire sur les vieux et les générations passées. De ce pays qui existe et qui s'exprime, elle se sent fière. De cette vie qu'elle est en train de se façonner à Montréal, elle se sent heureuse. Et avec sa grand-mère qui l'a prise sous son aile, elle se sent rassurée. D'un geste, elle commande deux autres bières. La soirée s'écoule dans les vapeurs d'alcool et de haschisch, puis au milieu de la fumée de cigarette.

Trois heures du matin sonnent. Près de la table d'Ava, un géant à l'allure de Jésus Christ ne la quitte pas du regard. Les lumières s'allument et lancent le signal aux couples de se former.

Martin ne sait pas comment s'y prendre. Les filles trop sûres d'elles l'effraient. Pourtant, celle-là l'attire comme un aimant… Mentalement, il s'avance, lui tend son bras et l'invite. Pas un seul de ses muscles n'obéit. Il a l'air d'un gros balourd, d'un idiot, et il voudrait pleurer de honte.

— Est-ce que je pars avec mon amie, ou tu me reconduis et on fait connaissance ?

— J'accepte ta deuxième proposition, bien sûr.

— Parfait, je dis à ma copine qu'elle peut partir. J'habitais avec elle avant, juste à côté, mais j'ai déménagé et, où j'habite maintenant, c'est plus loin, alors quand quelqu'un peut me déposer…

Il voudrait la retenir, ajouter une précision, mais elle a déjà fait quelques pas, puis est revenue vers lui.

— Le seul problème, c'est que je vais te reconduire à pied, si ça te dérange pas.

Ava éclate de rire et, de loin, elle salue Luc, le gérant, plaquant l'amant déconfit avec une certaine satisfaction. En cette nuit de janvier 1985, malgré le froid plutôt intense, elle s'engage dans la rue avec la même confiance que si elle s'était trouvée sous les Tropiques, mais enturbannée de plusieurs tours de foulard de laine et les mains au chaud dans ses mitaines de mouton. À ses côtés, ce gars timide, cet inconnu, la réchauffe de ses yeux de braise et l'escorte comme le ferait un garde du corps.

Martin le fossoyeur parle peu, d'habitude, mais pour cette fée lumineuse collée contre lui qui éclaire sa route, il est prêt à tous les compromis. De son corps immense, il la protège, en répondant docilement à ses questions. Leurs pas crissent sur la fine couche de neige durcie recouvrant les trottoirs. L'air glacial lui gèle le nez et les poumons. D'un naturel pudique, il se surprend à révéler son secret le plus intime, sa plus grande passion, la musique. Apprise à l'oreille, il joue de la guitare dans un groupe qu'il a formé avec des amis, à son travail. Les Trois-Quarts, le nom du groupe, se rencontrent une fois par semaine et font des *jams*.

Le boulevard Édouard-Montpetit, complètement désert au milieu de la nuit, se déroule sous leurs pas. Ava sent ses pieds geler dans ses bottes lacées, mais elle n'y fait pas allusion de peur de blesser son troubadour au cœur tendre et à la voix grave. En contraste, son âme est chaude, et sa main aussi, glissée dans la sienne.

Ils parviennent à la maison de l'avenue Outremont transis, mais désolés de devoir se quitter trop tôt. Alors qu'ils s'étaient tus depuis un moment, voilà qu'ils se remettent à discuter.

Elle évoque un de ses petits lutins, à l'école, qui lui a donné en cadeau le portrait de la compagne de classe dont il est amoureux, un dessin plein d'une telle tendresse qu'elle en a été émue aux larmes. Et lui de la questionner sur son emploi :

— Je suis assistante dans une école d'art, une école alternative vraiment spéciale. Et toi ? Tu fais quoi comme travail ?

— Je suis fossoyeur, laisse-t-il tomber comme un coup de massue. Je travaille au cimetière Notre-Dame-des-Neiges.

Ava se demande une seconde s'il lui fait une blague, mais il ajoute :

— J'aime ça, le silence, pour penser à mes chansons.

À ce moment, les premiers rayons du soleil apparaissent, comme si un lien céleste venait de se tisser entre eux.

8

Avec les colocs de Martin, la fête bat son plein sept jours par semaine, vingt-quatre heures sur vingt-quatre. Les Trois-Quarts partagent une harmonie que rien jusque-là n'a pu ébranler. Charlot travaille la nuit comme gardien de sécurité, Mike étudie la philosophie à temps plein et Coco est un vieux collègue du cimetière. Martin, alias Tintin, complète le quatuor au sein duquel les femmes s'arrêtent rarement pour plus que quelques tours, puis repartent, corps étrangers vite repérés puis rejetés. Une fois l'an, les copains voyagent. En auto-stop, ils ont visité la Grèce, l'Italie, l'Espagne, la France, les Pays-Bas et l'Écosse. La tête dans les nuages et le cœur à la musique, ils se promettent bien d'autres aventures. Tintin et Coco ne travaillent que l'été et passent les mois d'hiver à parcourir le monde. Ils forment le noyau dur du clan, les deux autres gravitant autour d'eux et rejoignant le duo lorsqu'ils le peuvent. Ensemble, ils font de la musique. Deux voix, une guitare et une basse, leur groupe ne joue que pour le plaisir, du folk surtout, inspiré par Neil Young, leur chanteur fétiche. Pas de carrière en vue, pas de fortune à faire, juste profiter du moment présent en peaufinant leurs harmonies et leurs créations.

Pour éviter d'effaroucher la jeune femme qui lui plaît plus que les autres, Martin Lavallière prévient Ava :

— Si tu restes dans ma chambre, personne ne va t'embêter ni te poser de questions. Mais si tu en sors et que tu te rends jusqu'au salon, alors prépare-toi à subir un interrogatoire en règle, parce que mes colocs sont des vraies fouines.

Pour toute réponse, elle rigole, prenant l'avis à la légère, et s'engage sur le pavé enneigé menant à son appartement. Elle adore son habileté à simplifier, à établir des choix clairs, évitant les enflures dramatiques et les parcours tortueux.

Comme c'est l'heure où Charlot rentre habituellement de son travail et se prépare de quoi manger avant d'aller dormir, Martin s'étonne de trouver l'endroit silencieux. Minuscule et gracile, Ava le devance dans sa chambre, la première à droite en entrant. Ému à l'idée qu'il va bientôt faire l'amour avec elle, il tremble un peu. Quand cette femme pose son regard sur lui, il se sent nu, démasqué, traversé. Il n'en est pas à ses premiers échanges physiques avec une femme, loin de là, mais c'est la première fois qu'il se dévoile autant, sans user d'humour pour se cacher, sans fanfaronner. Il se sent plus vulnérable que jamais. Ava lui fait face. Avec pour seul éclairage celui du lampadaire de la rue, filtrant entre les marches de l'escalier extérieur, le visage de l'amoureuse se révèle. Elle lui plaît tant ! Il déboutonne la canadienne, qui tombe. De ses grosses mains d'ours, il détache les boutons perlés de sa blouse indienne et dévoile ses mamelons pointant vers lui. Sa barbe rugueuse se balade dans un va-et-vient doux sur son cou. Il respire doucement les vapeurs de patchouli s'échappant de sa peau douce et blanchâtre comme de la crème veloutée. Elle ne porte ni soutien-gorge ni petite culotte. Elle est vite dénudée. Il parcourt sa peau sans entrave. Lui, habituellement intimidé et retenu dans ses rapports physiques, ne se reconnaît pas dans cet empressement qui lui avive les sens, dans cette passion qui lui fait perdre la tête. Son désir s'intensifie. Une main sur une hanche et l'autre dans son dos, il frotte son bas-ventre à l'orée du pubis d'Ava. Martin explore une terre nouvelle toute en sensualité et en finesse. Sous des dehors de détermination, son amante sait aussi se soumettre au désir et l'amplifier savamment. De ses doigts habiles, elle caresse son sexe, l'avive et l'excite, touchant les endroits les plus sensibles. Il se met à sa merci. Il consent à tout.

— Viens au Mexique avec moi, chuchote Martin comme s'il tentait sa chance.

— Oui… On part quand ? lance-t-elle sur un ton très sérieux.

— Fin février. Avec Coco et Mike, je vais te les présenter.

— Tes deux colocs ? Ils doivent être bien gentils, mais au bout d'une heure ils vont m'énerver. C'est pas possible. Merci de l'invitation.

— Je vais devoir partir sans toi. Nos billets sont achetés depuis longtemps. On voyage comme ça tous les hivers depuis pas mal d'années.

— Et vous partez combien de temps ?

— Deux mois. On revient avec la chaleur. Quand le travail reprend au cimetière.

— Ah bon ! C'est vite passé, deux mois. Tu me feras signe à ton retour, si tu as encore envie de me voir, rétorque la jeune femme, feignant l'indifférence.

— Et si tu es libre à ce moment-là.

— On s'est dit pas d'attaches.

— On s'est dit pas d'attaches, répète Martin, le cœur barbouillé.

— Bien, profitons-en pendant qu'on est ensemble, dit-elle en reprenant ses baisers.

Ça ne lui est pas arrivé souvent, mais Martin n'a plus envie de cette virée au Mexique. N'eussent été son orgueil et les frais encourus, il annulerait tout dès l'aube. L'idée de leur séparation donne plus de valeur à chaque minute passée avec elle et aiguise son désir. Il répond à ses tendresses et la gâte à son tour, s'enfouissant entre ses jambes. Il n'a plus peur, n'a plus faim que de son corps flamboyant.

Le couple s'éveille au beau milieu de l'après-midi, en sursaut. Charlot, qui tente de réparer l'amplificateur, effectue des tests. Coco s'est emparé de la guitare électrique et improvise une mélodie. Ça crache, ça gémit et ça grince.

Loin d'en être contrariée, Ava affiche une bonne humeur exemplaire. Elle se rhabille et demande s'il y a quelque chose à manger. Martin s'empresse d'acquiescer : il va faire des œufs et du bacon. Il lui sourit, elle lui répond en prenant sa main. Ils sont amoureux.

Les colocs accueillent la nouvelle venue simplement. Ils la saluent et poursuivent leur « pratique » tandis qu'Ava gagne la cuisine avec Martin. Il se met aux casseroles. Ni lui ni elle ne reviennent sur cet éloignement qui les attend…

Sur le sol de la clinique, des milliers de carrés minuscules s'éclatent en désordre. Pour passer le temps, Ariane tente mentalement de les agencer pour qu'ils forment une image cohérente. Ce jeu auquel elle s'amusait petite la distrait et la détend. Sa petite-fille est là, dans la pièce attenante, avec un médecin qui l'interroge. Bientôt, elle s'allongera et ouvrira ses jambes pour dévoiler le cœur d'elle-même, là où la vie porte ses fruits. Des bribes d'une discussion récente lui reviennent en mémoire…

— Je n'en veux pas.

— C'est une lourde affirmation. Et je suis très triste de l'entendre, ma chérie.

— Je sais, mais j'ai bien retourné tout ça dans ma tête. Et ma décision est définitive, lui déclare Ava sans broncher. Je ne veux rien te cacher. Je me fais avorter mardi.

— Alors je t'accompagne.

On ne lui a pas permis de suivre la jeune femme jusque dans la salle d'intervention. Qu'à cela ne tienne, elle reste là, assise sur une chaise de simili cuir orangé, au milieu de jeunes et de moins jeunes, en attente d'être appelées à leur tour. Les paroles d'Ava résonnent :

— C'est un accident, Mamiane. Mon stérilet a fait défaut. C'est rare, mais ça arrive.

Cette excuse livrée en guise d'explication la chamboule. Elle-même le fruit d'un accident,

Ariane ne peut s'empêcher de se demander quelle décision Alice aurait prise si un choix semblable s'était offert à elle, à l'époque. En mettant fin à sa grossesse, elle n'aurait peut-être jamais quitté son premier mari, ni même la France… Qui sait ? Ariane replie les mains sur son sac, un frisson la parcourt. Elle est transie.

Le bruit de l'aspiration, inoubliable, parvient au cerveau d'Ava, mais est amorti par les calmants. Une douleur intense suit, comme une morsure au centre de son corps, dans la partie la plus fragile. Une infirmière lui caresse doucement l'avant-bras et essuie les larmes qu'elle ne peut retenir. La jeune femme adresse aux cieux une prière pour cet enfant qu'elle ne portera pas. Était-ce un garçon, une fille ? Aurait-il eu les traits de Martin ? En un éclair, un instant, elle invente cette vie qui aurait pu voir le jour. Du sang chaud coule abondamment entre ses jambes, tandis que le médecin la rassure, prétendant que tout s'est bien passé. Elle n'ose imaginer ce que ce doit être quand ça tourne mal. Elle retombe dans les limbes. L'intervention s'achève.

Une infirmière la pousse sur une civière et la conduit dans une autre pièce. Les plafonds changent, d'une salle à l'autre, remarque la jeune patiente. Puis au-dessus de son visage apparaît celui d'Ariane, plein de compassion et de tendresse. La dame lui saisit la main et l'embrasse.

— Je suis là, ma petite fée chérie. Ils te gardent en observation une heure. Et je reste avec toi, si tu veux.

— Oui, s'il te plaît… Merci. Ne me laisse pas seule.

Comment une jeune personne comme elle, adorant les enfants et faisant des merveilles à les éduquer, peut-elle se révéler incapable d'assumer le sien ? Quelle ironie ! La tentation de s'adresser une pluie de reproches est forte. Maintenant que tout est terminé, que l'ange s'est envolé et qu'il ne menace plus la liberté de quiconque, ça devient facile de se blâmer. À quoi a-t-elle pensé ? Ava ne trouve pas de réponse. Une fois son esprit libéré du stress et du poids des responsabilités, voilà que son cœur se met à hurler qu'il a des choses à dire, mais il est trop tard pour les regrets. La jeune femme s'agite et secoue la tête de gauche à droite. Le flux du liquide chaud entre ses cuisses, loin de s'estomper, gagne en volume, au point que bientôt la civière se rougit. Ava perçoit la chaleur du sang dans son dos, mais elle n'a pas la force de prononcer le moindre mot de détresse. Ariane, affolée par la lividité de sa protégée, remarque la tache qui perce le drap et s'agrandit. L'infirmière revient enfin, s'agite et appelle du renfort. On incline la civière à la verticale, la tête de la patiente vers le bas. Prise d'un frisson qui lui parcourt la colonne vertébrale, Ava s'abandonne.

— On va la transfuser !

Ce sont les derniers mots qu'elle saisit, tandis que son regard se voile et qu'elle tombe dans le néant.

— T'es pas idiot, c'est pas ce que j'ai dit, mais tu ne comprends rien. Je veux pas qu'on se revoie. C'est tout. Ça finit là.

Ces paroles, les dernières que lui a adressées sa jolie blonde la veille de son départ pour Cozumel, reviennent souvent dans la tête de Martin. Il s'est offert ce périple beaucoup trop touristique à son goût dans une cabane louée pour deux sous avec une mer turquoise jouxtant un ciel sans taches. Il y passe son temps à lire Bukowski, les fesses dans le sable, et à fantasmer sur le corps de sa beauté qui l'a abandonné, à Montréal. Vite accoutumé au farniente, s'il a perdu la notion du temps, il garde l'esprit extraordinairement concentré sur le souvenir de ses nuits avec Ava, qu'il ne parvient pas à oublier.

Ses amis le convainquent d'acheter un tuba et de se lancer dans l'exploration des eaux environnantes, d'une clarté unique. Les récifs, d'une splendeur indescriptible, se révèlent. *Je nage dans l'air !* Se propulsant sans effort dans l'eau chaude et saline, euphorique, il aurait souhaité partager son expérience avec Ava. À tout moment, il enregistre dans sa tête la luminosité céleste des bancs de poissons tropicaux virant de cap, les paysages bonzaïs de corail rouges, jaunes, verts, bleus. C'est à elle qu'il raconte ses découvertes, constamment… *Là, une tortue à écailles avec sa carapace brune agite ses pattes comme des rames et se propulse avec élégance. Je la suis un moment, mais elle me fuit et me perd en accélérant.* Il rentre de ses équipées marines l'esprit saturé d'images surréalistes baignant dans un silence profond, et son amour pour Ava lui semble une ancre dans l'océan qui risque de l'emporter.

Quand le soleil se couche dans l'eau, les deux amis installés sur la véranda, les pieds sur une table bancale, sirotent une bière et fument un joint. Ils n'échangent pas un mot, se contentent d'écouter, de regarder. Une fois la nuit tombée, Coco et Mike se douchent et s'habillent. Ils sortent. Au village, ils ont déjà leurs habitudes ; au bar, ils n'ont pas à commander…

— Comment tu vas améliorer ton espagnol si tu viens pas rencontrer du monde ?

— Je lis un bouquin que j'ai trouvé dans la salle de bains. Ça vaut autant qu'une partie de jambes en l'air pour apprendre une langue, répond Martin, lassé par leur insistance.

— En tout cas, c'est le voyage le plus ennuyeux qu'on a jamais fait ensemble. Moi qui pensais qu'on s'amuserait…

Plutôt que de perdre son temps à les contredire, il garde le silence. Il leur demande de tout éteindre au moment de partir et reste sur le balcon dans la nuit noire. Bercé par le déferlement continu des vagues, il affronte une sensation totalement nouvelle pour lui, la douleur d'une peine d'amour. Martin Lavallière a le cœur habité par une femme qui ne l'aime plus. Si jusque-là il a fui l'engagement comme la peste, avec Ava il aurait été prêt à passer toute sa vie. Et pourtant, elle ne veut plus de lui.

Éveillé au milieu de la nuit par les rires déferlants d'une femme et les soupirs d'un Jacques enflammé, Martin se rappelle les caresses d'Ava explorant les courbes de son corps, avivant les ferveurs sur sa peau. Il aurait une fille toute nue dans son lit à cet instant précis qu'il ne ferait pas un geste. C'est Ava qui lui manque, elle et personne d'autre. Cette idée le remplit de chagrin. Son sexe se gonfle et se dresse. Il se soulage en murmurant le nom de son amoureuse.

Pour tenter d'exorciser sa douleur, il entreprend la rédaction d'un journal. Il cache bien son romantisme à Coco, qui se paierait sa gueule pendant les siècles à venir s'il tombait ne serait-ce que sur une seule des pages couvertes de rimes éculées et souvent enjolivées de dessins naïfs tels des bouquets de marguerites, des lianes entrelacées et autres motifs floraux évoquant son sentiment amoureux et la brûlure de sa déception. Il pousse son envolée jusqu'à mettre le feu aux coins des feuilles, soufflant ensuite pour éteindre les coins charbonneux.

Martin n'a jamais tant souhaité rentrer à Montréal. Alors qu'il se trouve entouré de paysages paradisiaques peuplés de femmes magnifiques qui vont quasi nues sur les plages, il aurait tout donné pour retrouver Ava et tenter de la reconquérir.

Chaque année au mois de juin, Anaïs redouble d'ardeur au travail. Avec les vacances, les patients ont plus de temps pour s'occuper de leurs bobos et se présentent en plus grand nombre à la clinique. Asthme, déshydratation, épuisement et coups de chaleur : les habitants de Sainte-Adèle, les plaisanciers et les enfants trop enthousiastes cognent à la porte du bureau du Docteur Fortier, laissant à

Anaïs le soin de coordonner les rendez-vous, d'ouvrir les nouveaux dossiers et d'organiser les divers examens et analyses tout en invitant les insatisfaits à faire preuve de patience. Elle y a mis le temps, après le départ de Madame Smith, mais tout est enfin à sa main et à son goût. Décorée dans le style Laura Ashley, élégante, fleurie et romantique, la clinique est à ce point accueillante que les gens se plaisent presque à venir se faire soigner. Bernard s'en est remis à elle tant pour la gestion générale des dossiers et de la clientèle que pour l'aménagement intérieur des lieux. Libéré de ce qui ne l'intéresse pas, il a plus de temps à consacrer à ses patients.

Et une fois la journée terminée, c'est un plaisir de les voir rentrer ensemble, Monsieur et Madame Fortier, bras dessus, bras dessous, comme des tourtereaux.

— L'anniversaire de ma mère approche et je n'ai pas pris d'avance sur la préparation du repas comme les autres années.

— Accepte l'aide de tes cousines ! Elles t'ont toutes offert d'apporter un plat ! Et de te seconder pour le service.

— Je crois que cette fois je n'aurai pas d'autre choix que de dire oui.

Une dizaine de jours plus tard, les membres de la famille Calvino – les tantes, leurs enfants, leurs petits-enfants, les maris, les amoureux et les amis – se garent, qui dans l'entrée de la maison ancestrale, qui dans la rue Morin, qui dans la descente. Les voisins et les amis se joignent à la réunion, de sorte que bien des gens dans le village se trouvent invités pour célébrer les soixante et onze ans d'Ariane. Comme le veut la tradition, Angèle fournit deux veaux que ses fils font tourner à la broche et arrosent la journée durant. Jeanne a pétri une cinquantaine de petits pains au fromage, aux herbes, au chocolat, aux raisins secs et aux canneberges qu'elle dispose par paniers sur les tables de pique-nique louées pour l'occasion et alignées sous le chapiteau, dans le champ jouxtant la demeure des Fortier. Lyne et Odette, les filles d'Annie, ont cuisiné des salades de toutes sortes.

Anaïs a coordonné le travail des uns et des autres. Avec sa volubile Stéphanie pour la seconder, elle ajuste les bouquets sur les tables et les complète de fleurs cueillies à même ses plates-bandes. Midi approche et les invités commencent à arriver. Elle met son énergie à accueillir ses gens et à prendre le temps de papoter avec les uns et les autres. Sur la galerie, micro à la main, Adeline entonne les chansons de Félix, celles qu'Ariane préfère…

— Qu'il fait bon profiter de cette nature après ces pénibles mois d'hiver ! lance tante Amélie, qui a hérité de l'horripilation pour le froid et la neige de sa mère Alice.

Fragile des chevilles, après toutes ces heures passées sur ses pointes à enseigner la danse classique, la dame se tient au bras de son fils, tellement tendre avec elle.

— Bonjour, Albert, vous avez fait bonne route ?

— Oui ! On est contents de venir. Pour rien au monde on ne manquerait votre fête !

— C'est une tradition, dans la famille, complète sa mère.

— Ça marque le début des grandes vacances ! renchérit Albert.

Sourire aux lèvres, Anaïs donne la bise à gauche et à droite, indique l'endroit où se trouvent les rafraîchissements. Claude, qui fait office de chauffeur, a promis qu'il accompagnerait la fêtée à l'heure. Mais force est de constater qu'il déroge à son engagement. *Lorsque la montre a été inventée, mon frère ne se trouvait pas dans les parages,* pense Anaïs dans un effort pour surmonter sa contrariété. Elle souhaite consacrer cette journée à Ariane, sa tutrice, sa tante protectrice.

Au même moment, dans le village de Saint-Sauveur, juste devant l'Église, une jeune femme s'assied sur un banc. Un homme la rejoint.

— Il y a cinq minutes, tu te disais malade au point de vomir, et maintenant qu'on est sortis de l'autoroute, plus rien ! Pourquoi veux-tu qu'on s'arrête ici ?

— Je me rends compte que j'aurais pas dû venir. Il va y avoir trop de gens. Je me sens pas bien, murmure Ava, la larme à l'œil, et je veux pas pleurer devant tout le monde.

— Dis-toi que tu viens pour Ariane. Elle a insisté pour que tu sois là, rétorque Claude le plus calmement possible.

— Je connais pas la moitié des invités. Ça me gêne. Continuez sans moi. Poursuivez tous les trois. Moi, je vais prendre l'autobus pour revenir à Montréal.

Claude essaie de se montrer compréhensif et de trouver les mots qui apaiseront l'âme de sa nièce, tellement tourmentée depuis quelques mois.

— Pourquoi tu fais ça ? Ma mère veille sur toi comme une louve et ne te quitte pas d'une semelle. Elle t'emmène au cinéma, au théâtre… Elle se démène tellement pour te distraire…

— Je sais, je suis insupportable, répond la jeune femme avec force.

— Ma grande, c'est à ton tour de lui rendre ce qu'elle fait pour toi en allant à la fête qui a été organisée en son honneur. Ariane nous attend dans l'auto, André est faible, on est en retard et Anaïs va m'en vouloir.

— Je n'ai rien à faire à cette fête. Moi, je viens d'une famille de péquenauds. Je sais pas parler. Je connais rien…

— Et moi, avec André maigre à faire peur, tu crois que je ne me sens pas jugé ? Allez, on relève la tête, on boit un coup et on reprend des forces avec les gens de notre clan.

— J'ai pas de clan.

— Es-tu la fille d'Anaïs, oui ou non ?

— Oui, répond-elle sans conviction.

— Alors tu as ta place dans la famille.

Encouragée par les mots de son oncle, Ava se relève et fait quelques pas en direction de l'automobile où André et Ariane attendent patiemment. Elle va s'efforcer de faire face à tous ceux qu'elle connaît peu et taire son sentiment d'imposture. Depuis son avortement, elle ne se reconnaît plus, ni son caractère ni son corps, en perpétuel manque d'énergie. Elle reprend sa place à l'arrière, aux côtés d'André, qui s'est assoupi.

— Bon, le mal de cœur m'est passé. Excuse-moi, Mamiane…

La Volvo marine passe à deux reprises devant la maison, cherchant désespérément une place pour se garer. L'attente se prolongeant, l'alcool a coulé dans les verres et sur les estomacs vides. Adeline chante toujours, mais dans sa voix éraillée perce une pointe d'impatience. Anaïs pousse un soupir de soulagement : sa mère s'est extirpée du véhicule immobilisé en double, suivie par Ava, qui tient le sac à main de la fêtée et l'aide aussi dans sa progression sans cesse interrompue par les embrassades.

Visible au premier regard, l'intense complicité entre la grand-mère et la petite-fille contrarie Anaïs. Comme si sa fille lui volait une place qu'elle aurait tellement voulu prendre auprès de sa mère… Elle le concède : il y a quelque chose d'enfantin et d'inutile dans sa jalousie. Mais le lien si fort établi par Ariane avec sa fille la confronte à l'échec du leur et lui ôte confiance en ses moyens. Léon Saintonge fait irruption derrière elle. Elle ne peut rien lui cacher… Du regard, il l'enlace pour la consoler. Ariane se présente, rayonnante, comblée…

— Bon anniversaire, Maman ! lance Anaïs en s'efforçant de sourire.

Tandis qu'Ariane la remercie et ne tarit pas d'éloges à l'égard de l'organisation de l'événement, Ava, mal à l'aise et les bras ballants, reste en plan, espérant que d'un geste bienveillant sa mère l'accueille et cautionne sa présence à la réunion familiale. Anaïs n'aurait que quelques paroles à dire, un simple « Ça me fait plaisir de te voir » ou encore un « Je suis contente que tu soies là » pour faire la différence et avaliser la présence de sa fille biologique, apaiser le malaise… Mais ni compassion ni mots de bienvenue ne sont exprimés. Depuis qu'Ariane s'est mise entre elles, la sympathie s'est brisée. Ava est devenue une ennemie, une rivale. Elle se contente d'une salutation brève tandis que Bernard rejoint le groupe, faisant ainsi diversion. La fête champêtre est lancée. Les sœurs Calvino s'agglutinent autour de leur aînée pour lui faire la bise et la féliciter de vieillir en beauté.

Ava suit sa grand-mère toute la journée, dissimulant autant que possible son inconfort, mais ruinant sans le vouloir ni le savoir tous les efforts d'Anaïs pour offrir à sa mère une journée d'insouciance. Inquiétée par l'attitude de sa petite-fille, celle que l'on fête a du mal à se réjouir autant qu'elle le voudrait.

Comme à leur habitude, après le copieux repas, les Calvino se déplacent au lac Rond, où un bivouac est installé et un feu de camp est allumé. On aiguise des bâtons pour y piquer des guimauves. Les uns sortent la guitare, les autres, les harmonicas, et on chante en buvant de la bière une bonne partie de la soirée. Quelques cousins, trop éméchés pour repartir, dorment à même le sol, la bouche grande ouverte vers les étoiles.

Enfin de retour à Montréal, épuisée, Ava regagne sa chambre, soulagée d'en avoir terminé avec les mondanités. Elle se roule en boule sous les couvertures en se demandant si un jour son corps oubliera la douleur et le bruit… celui de l'aspiration qui vous retire une parcelle de votre âme.

Le 29 juin 1985, le soir de son retour à l'aéroport de Mirabel, cette installation somptueuse qui a bouleversé la vie de milliers d'habitants de la région, Martin grimpe dans l'autobus le ramenant à Montréal. Observant les champs s'étendant à perte de vue, il est stupéfié de voir jusqu'où peut mener l'entêtement des êtres humains. Il est traversé par le doute et se demande s'il n'est pas en train, lui aussi, de s'inventer des chimères. En arrivant chez lui, il a l'intention de téléphoner à Ava et de lui donner rendez-vous. Il est incapable d'accepter leur rupture. Il veut savoir si la jeune femme a des regrets autant que lui.

Sa réponse, il l'obtient quelques jours plus tard lorsque, fou d'amour, le cœur palpitant et les mains moites, il franchit l'entrée du Café Campus. À l'heure du dîner, il faut naviguer ferme pour avoir une bonne table. Ava a prévu le coup et est arrivée avant lui. Affalée, la jeune femme regarde autour sans voir, comme à la recherche d'une issue pour s'échapper. Martin serre sous son bras le cahier qu'il est près de jeter à la poubelle, regrettant son idée enfantine de le lui donner et pressentant l'affaissement de son château de cartes. En plus, les clients, nombreux et bruyants, éliminent toute possibilité d'échange approfondi ou trop intime.

— Salut ! Ça va ? peut-il lire sur les lèvres de

cette personne qu'il reconnaît à peine, tant elle a perdu en vivacité et en bonne humeur.

Malhabile, gêné, il agrippe d'un geste brusque le dossier de sa chaise, s'assied et commande une bière, pressé d'avoir une bouteille pour occuper ses mains. Les retrouvailles ne se font pas du tout comme il se l'était imaginé. Ava a le regard dur et semble maintenir sa décision. Déçu au point que des larmes lui picotent les yeux, il se met en mode défensif et lui raconte brièvement son voyage, sachant qu'elle n'entend qu'un mot sur trois, les autres se perdant dans le hard rock jouant à tue-tête. La rencontre lui semble interminable et, au moment où il s'apprête à y mettre fin, voilà que c'est elle qui prend les devants et lui annonce qu'elle a été contente de le revoir, mais qu'elle ne souhaite pas que les choses reviennent comme avant. Elle veut qu'ils soient amis. Rien de plus. Heurté de plein fouet, il bafouille un vague accord, qu'il entrecoupe d'explications vides, et il quitte la place sans demander son reste. Elle le salue de la main. Une fois dehors, il doit prendre de profondes respirations pour retrouver son souffle, se redresser et marcher droit devant jusqu'au cimetière. Il avance parmi les arbres majestueux et, dans le silence des morts, il s'abandonne à son chagrin. Du haut de ses six pieds[1], c'est un enfant désolé et abandonné qui sanglote.

Ava pense rester, puis change d'idée et offre sa bière à sa voisine de table. *We Are the World*, la chanson de Michael Jackson et Lionel Richie, joue

1. Un mètre quatre-vingts.

à plein régime et la plonge dans un spleen douloureux…

We are the world, we are the children
We are the ones who make a brighter day
So lets start giving

Les images de ces enfants africains crevant de faim diffusées en boucle à la télévision lui reviennent et lui rappellent toute la futilité de sa peine. Elle a un toit, du travail et le choix de son destin. Quand on a tout ça, on n'a pas le droit de se plaindre. Elle se lève, ajuste son jean dans lequel elle flotte. Luc la tire par la manche et lui dit :

— Tu as oublié ça sur la table.

Un cahier relié lui est remis. Elle attrape l'objet, remercie son ancien amant, qui lui fait un clin d'œil comme une invitation. Elle sourit faussement, agacée, et s'en va, le cœur gros.

Léon Saintonge caresse la main de Mademoiselle Francine. Pas besoin d'être un génie pour deviner l'effet que Serge Dupire a sur les femmes, y compris celle dont il est amoureux. « Un bel homme », précise-t-elle dans un gloussement au moment d'entrer au cinéma Pine, alors que lui, pauvre vieux mâle décati, s'apparente plus à Egon Ratablavasky[1]. Sa complice n'a rien de Monique Spaziani, mais il se sent tout de même piqué dans son orgueil de la voir s'émouvoir pour un autre et sous ses

1. Personnage de vieil homme du film "Le Matou" incarné par Jean Carmet, dans lequel jouent Serge Dupire et Monique Spaziani.

propres yeux en plus. *Me voilà de nouveau pris au piège de l'amour,* pense-t-il au pincement ressenti. *Le Matou* défile sur l'écran, laissant Léon indifférent. Il se remémore l'élégant personnage qu'il a été jadis, parcourant le monde avec les plus grands artistes. Agathe remonte à la surface, elle lui tourne le dos sur scène, tandis que le Concerto pour piano de Liszt s'élève telle une prière divine. *J'espère que, cette fois, je saurai me montrer à la hauteur.*

Sur le rebord de la fenêtre, on a posé les albums et les livres d'images des tout-petits, pour que soient lavés les meubles de la bibliothèque. Ava tord le linge et frotte avec vigueur le bois d'érable, imaginant les petits doigts collés tantôt de chocolat, tantôt de gouache, ou gluants de bave ou de morve, furetant d'un bouquin à un autre. Un recueil aux coins racornis et aux feuilles détachées glisse d'une pile et manque de tomber dans le seau. Ava parvient à rattraper *Avec Bobinette, j'apprends l'alphabet,* un des livres fétiches de la collection. Alors que l'émission Bobino s'est à jamais éteinte, sur les ondes de la Société Radio-Canada, en juin 1985, les gamins se sont entichés comme jamais des aventures de l'espiègle marionnette. Emportée, l'assistante pense à ses petits oiseaux, envolés pour les vacances d'été. Une nouvelle nichée les remplacera bientôt, lorsque les écoles résonneront à nouveau des cris de leurs élèves.

Ava s'apprête à redéposer l'album quand elle aperçoit la collection des *Martine* qu'elle avait placée sur le paquet. Elle se laisse prendre par la lecture de *Martine fête maman*, happée par les illustrations, de magnifiques petits tableaux. Elle se reconnaît dans cette histoire de fillette qui voudrait tant faire plaisir à sa mère. S'abandonnant à ses rêveries, elle se demande si elle aurait eu une fille ou un garçon, dont elle se surprend à imaginer les traits. C'est alors que la portée de son irrévocable décision lui apparaît. Contrairement à l'histoire de Martine, la sienne ne se terminera pas bien : elle n'aura pas d'anges gardiens pour lui apporter une solution magique et ne pourra pas reprendre cette vie dont elle s'est défaite trop rapidement, ce dont elle se rend compte aujourd'hui. À quoi a-t-elle pensé ? Pourquoi a-t-elle agi sur le coup de la panique ? Aucune réponse ne lui vient. Le livre posé sur ses genoux reste ouvert à la dernière page, sur l'image d'une petite Martine heureuse de faire plaisir à sa mère. Ava déteste revenir en arrière. Mais si les regrets ne servent à rien, les pleurs, parfois, demeurent essentiels pour traverser la peine. Courbée comme une petite vieille, assise sur une chaise rouge de format réduit, elle croise les bras sur son ventre vide, sur lequel elle se plie en deux. L'album tombe sur le sol. Ava reste un long moment immobile, prenant conscience de sa peine, se liant avec elle plutôt que de la craindre et de la fuir.

À la fenêtre, les érables argentés s'agitent. Un vent se lève. Avec la chaleur s'annonce une averse, subite, tropicale, comme celles qui se déchaînent et qui s'engouffrent en torrents furieux dans les égouts surchargés. La pluie tombe dru et cogne sur les parois vitrées. Ava se relève, seule dans la pièce déserte. Si le spectacle qui se déploie devant elle a quelque chose de terrifiant, il reste que les orages sont aussi salutaires. Ces trombes d'eau nettoient, emportent avec elles les saletés, nourrissent la terre et abreuvent les racines. Il n'y a rien de tel qu'une grosse ondée pour apprécier ensuite la lumière… Et quand la pluie s'arrête, un arc-en-ciel perce le ciel. Ava le suit du regard et s'y accroche : les erreurs parfois peuvent se réparer…

9

La maman de Sylvia rédige chaque élément de la recette au tableau. Justin, gourmand de nature et très intéressé de savoir comment on fait des spaghettis, suit la démonstration avec attention. Le garçon silencieux qu'il était à son arrivée a bien changé. Il pose mille et une questions, appuyé sur le comptoir, rigolant de temps à autre avec sa grande complice.

— Il faut mettre trois quarts de tasse, les amis ! Un quart, ça veut dire quoi ? Avez-vous déjà entendu ces mots ? Avez-vous des idées ?

— C'est quand on partage quelque chose comme ça, lance Marie-Ève, brillante et vive, appuyant les deux mains en croix l'une sur l'autre.

— Et si la maman de Sylvia écrit trois quarts ? lance Ava en s'interrogeant avec eux.

Les réponses sautent comme du maïs soufflé dans une casserole. La cuisine permet naturellement et concrètement l'exploration de notions de mathématiques, de lecture et d'écriture. Les hypothèses fusent de partout, dans un désordre joyeux qu'Ava n'essaie pas de contenir.

— Maintenant qu'on a la liste de nos ingrédients, partons au magasin !

Et la flopée de gamins inscrits à l'atelier culinaire

du mercredi matin s'engage sur l'avenue Van Home, deux par deux, main dans la main, petits et grands mélangés... Au passage, l'équipée s'arrête au parc, agitant les balançoires et tournoyant à grande vitesse sur cet hexagone jaune, vert et rouge ayant un pivot en son centre. Sylvia s'agrippe aux barres de fer et hurle qu'elle va vomir... Alexis, alerté, ralentit le tourniquet et s'impose, convainquant les autres d'immobiliser le manège. Le jeu cesse. Le groupe se reforme et reprend sa lente progression vers l'épicerie. Pour l'éducatrice, le plus ardu reste encore de ne pas imposer sa discipline d'adulte, sa conception de l'ordre et la pression d'obtenir un résultat. L'apprentissage est fait d'erreurs, de tâtonnements et c'est cette démarche qu'elle entend encourager auprès de ses élèves. L'expérience a besoin de temps pour porter ses fruits.

Madame Tep accueille la classe dans son commerce, affichant son imperturbable bonne humeur en dépit de son existence plutôt ingrate. Les gamins savent qu'ils doivent toucher avec les yeux et se répètent la consigne les uns aux autres. Liste à la main, ils demandent les prix, qu'ils comparent. La marchande participe à l'activité en usant de signes, car elle parle peu le français. Elle soupèse la farine, la divise, corrige les raisonnements fautifs. Au moment où Ava paye la marchandise, tout le monde, grand sourire au visage, salue, remercie et se souhaite : « À la prochaine ! »

Une menotte se blottit dans la sienne, une autre saisit une poche de son jean et s'y replie. Ava respire à fond et observe ses lurons, ces humains en devenir auxquels elle se consacre. *C'est fou comme on peut progresser à cet âge !* Elle s'assied sur le bloc de béton dans la cour et prend un instant pour détailler les visages de Marco, Denis, Luc, Camille et Simon, qui entonnent *Brosse, brosse, brosse, j'me brosse les dents*... tandis qu'ils frottent avec vigueur le ciment coloré. Ces petites têtes, elle les imprime dans sa mémoire, car ces enfants-là sont comme les siens ! Et cet amour maternel qu'elle leur porte lui fait regretter sa décision chaque jour un peu plus. Elle respire un bon coup puis se lève :

— Allez, les amis, si on veut manger des pâtes, il faut les préparer !

Organiser les vacances... Voilà le casse-tête auquel Anaïs se prépare. Dès le printemps, il faut planifier l'été. Aucun des grands n'est disponible pour garder Stéphanie, qui a eu neuf ans cette année. Fabien a dix-neuf ans et part en Europe avec deux de ses amis. Émilienne, bientôt majeure, vient de se trouver un premier emploi d'infirmière à Montréal, et Lucie, quinze ans, a été embauchée pour l'été dans une colonie de vacances. La mère frissonne à l'idée de laisser sa petite seule à la maison, comme la jeunette s'en prétend capable.

— Lina pourrait venir me garder !

Anaïs se résigne encore moins à déléguer la surveillance de sa fille à une adolescente boutonneuse, révoltée et à peine responsable.

— J'ai bien réfléchi et je crois que j'ai trouvé une autre solution. Tu vas venir travailler à la clinique avec moi. Je vais te donner des tâches et te payer… Tu pourras t'acheter plein de choses, t'habiller à ton goût…

— Non ! Je veux aller au camp de jour avec Josée ! J'ai pas envie de passer mon été à perdre mon temps, enfermée dans un bureau ! réplique Stéphanie, bien décidée à obtenir gain de cause.

— Il est fréquenté par des bons à rien !

Bernard suit la discussion de loin, occupé comme chaque dimanche par la facturation de plus en plus compliquée de sa clinique. Le dernier mois a été surchargé et le travail de comptabilité lui retombe sur les épaules. Il vieillit et se sent souvent las de ces contraintes administratives qu'impose le gouvernement. Il aurait envie de voyager, de partir quelques jours, voire quelques semaines avec son amoureuse. Avec un hochement de tête, il revient à la facturation de ses cartes d'assurance maladie.

— Et si on l'inscrivait à Minogami ? Plusieurs collègues y envoient leurs enfants, pour la saison complète même, laisse-t-il échapper malgré lui.

Anaïs lui lance un regard noir :

— Si tes confrères abandonnent leur progéniture, ne compte pas sur moi pour faire comme eux.

À quoi bon discuter, surtout devant la gamine qui s'enrage, croise les bras et tente de nouveaux arguments pour convaincre sa mère ? Le ton monte. Stéphanie se retient encore, mais sous peu sa rage explosera, c'est à prévoir.

— Je vais pas rester enfermée dans la maison juste pour te faire plaisir ! Si ça continue, je vais partir d'ici toute seule et sans ta permission !

À bout de nerfs, la petite traverse la cuisine,

pousse la porte-moustiquaire et s'en va dehors sans se soucier de s'y retrouver en pyjama et en pantoufles.

Spontanément, Anaïs, elle aussi en chemise de nuit et peignoir, s'apprête à suivre sa rebelle au moment où, sans qu'elle l'ait vu venir, Bernard s'interpose et se poste devant elle pour lui bloquer la route.

— Laisse-la, elle n'ira pas loin. Elle a besoin d'être seule cinq minutes.

— Tu n'y penses pas ! Pousse-toi ! crie sa femme en le bousculant pour qu'il dégage le chemin.

Sidéré, il ne trouve rien à répondre. Autant Anaïs s'est montrée avec les trois plus vieux d'un équilibre exemplaire, autant envers leur cadette elle fait preuve d'une anxiété exagérée qui l'inquiète parfois. Car plus elle cherche à la maintenir dans une cage de verre et plus Stéphanie se révolte, se rebiffe et se met en danger… Sa femme reste une personne fragile, contradictoire, ambivalente. Il l'a choisie, il doit la prendre telle qu'elle est. Aussi retourne-t-il à ses chiffres sans s'opposer.

En ces derniers jours d'avril 1986, la fin de grossesse d'Ava rend toute position insupportable. Allongée sur le côté gauche, elle sommeille une heure tout au plus avant qu'une sensation d'étouffement se manifeste. Elle se relève, s'assied sur le bord du lit. Depuis quelque temps, elle doit monter à l'étage toutes les heures pour faire pipi. Le bébé dans son ventre prend beaucoup de place. Martin se retourne. Il ronchonne dans ses rêves. Ava s'appuie sur le matelas et s'apprête à se lever quand un cri lui échappe tellement la douleur est foudroyante. En sursaut, Martin s'éveille, se précipite sur sa commode, enfile un caleçon, des chaussettes…

— Qu'est-ce que tu fais ?

— Je te conduis à l'hôpital.

Elle éclate de rire et s'apprête à riposter quand elle sent une chaleur se répandre d'un seul coup entre ses jambes. Ses eaux coulent sur le tapis de la chambrette du sous-sol.

— OK. Oui, on y va, mais fais pas de bruit, je veux pas réveiller Ariane ni l'inquiéter pour rien. Tu l'appelleras quand le bébé sera là…

— Passons par la ruelle.

Pour se couvrir, Ava enfile un ensemble de velours d'un bleu roi presque fluorescent que sa grand-mère lui a acheté pour terminer sa grossesse. Comme elle a doublé de taille, elle doute qu'elle puisse passer inaperçue avec cet ensemble fluo. Elle a un peu honte de sa tenue, mais son jogging luminescent est le seul vêtement dans lequel elle entre encore. Son poupon sera énorme, elle s'en doute.

Dans la voiture confortable de sa grand-mère, elle ressent ses premières véritables contractions. Loin d'être effrayée de ce qui l'attend, elle a hâte qu'on la délivre. Elle se rappelle, à la ferme, ces accouchements où elle aidait son père, la jument enfin soulagée après des heures de travail et le poulain gambadant déjà, quelques minutes à peine après avoir vu le jour. Il n'y avait qu'à laisser faire la nature et tout irait bien.

À peine a-t-elle mis les pieds à l'hôpital Sainte-Justine qu'on lui indique la direction de l'ascenseur vers la salle des naissances. Elle aurait voulu continuer de déambuler dans les couloirs, mais l'infirmière la confine dans une pièce exiguë avec au centre un simple lit. Elle ne peut que s'allonger. Elle est couchée sur le dos, mais la position lui est inconfortable. Stressée, elle se raidit tout en sachant qu'elle ne le devrait pas. Des crampes plus puissantes se manifestent et l'étonnent. Inquiété, Martin alerte l'infirmière. Celle-ci revient armée de sangles qu'elle pose sur le ventre de la mère. Aux côtés du lit, un appareil mesure les battements de cœur du bébé. Ava n'aime pas l'attitude du personnel, qui la contient, la maintient, la confine.

— Détachez-moi. J'ai besoin de me lever.

La garde lui fait un signe de la main pour indiquer qu'elle doit se concentrer sur sa lecture du moniteur. Puis elle demande à Martin de veiller à ce que la maman ne bouge pas et sort prestement de la pièce, laissant le couple abasourdi.

— C'est une mauvaise idée d'être venus ici. Je veux rentrer chez ma grand-mère. Accoucher chez nous, dans nos affaires. Aide-moi, Lavallière. On part.

Habituellement, quand Ava adopte un ton aussi impératif, Martin obéit. Mais cette fois, par souci pour elle et le bébé, il refuse. Il garde le silence, l'enlace non sans peine, la persuade de rester allongée, retenue par les attaches de l'appareil médical. À la droite du lit, un graphique se dessine sans fin, ponctué de pics réguliers.

— On attend que le médecin t'examine, ensuite on verra, lui glisse-t-il à l'oreille. Promis.

Déchirée par une nouvelle douleur, elle serre les dents. Les contes n'évoquent jamais concrètement cette terrible souffrance, prélude à l'apparition de la vie. *C'est bête,* pense-t-elle, *les enfants devraient savoir ce que les mamans traversent...* Elle ferme les yeux et pense à cette histoire, qu'elle racontera à l'école...

Martin multiplie les caresses. Les spasmes prennent subitement une nouvelle intensité. Ava inspire et expire comme on le lui a enseigné aux cours prénataux. Le temps n'existe plus. Tandis qu'il garde les yeux rivés sur son amoureuse, Martin bénit le destin qu'ils se soient retrouvés.

Après leur rencontre, à son retour du Mexique, ils se sont croisés sans cesse. D'abord au Café Campus, ironiquement, où ils s'étaient quittés. Il s'était retrouvé de nouveau face à elle et, à sa grande surprise, elle lui avait souri et, loin de le fuir, était restée sur la piste pour danser avec lui. Puis, quelques jours plus tard, il l'avait croisée de nouveau sortant du bar La Scala où il s'apprêtait à entrer. Elle aurait facilement pu éviter de le saluer, faire mine de ne pas l'avoir vu. Au contraire, elle lui avait demandé de ses nouvelles. Ensuite, il l'avait aperçue prenant une bière avec des amies sur la terrasse du Bistro à Jojo, et il s'était décidé à lui adresser la parole. Ava s'était montrée avenante. Il la retrouvait, pareille à autrefois, pleine de projets et de détermination à les réussir, comme il l'avait connue et tellement aimée. Il ne voulait pas se faire d'illusions, mais il lui semblait voir des étincelles dans son regard.

— Est-ce que ça te tenterait que j'aille chez vous ? Bavarder…

— Les copains sont là, ce soir, ils répètent toute la nuit…

— OK. Viens chez moi alors. Ma grand-mère est partie chez sa fille pour la semaine, lui avait-elle déclaré avec du miel dans la voix.

— Si je dis oui, c'est pour qu'on ne se sépare plus. Plus jamais. C'est ma seule condition.

Lui signifiant son accord, elle avait tendu la main et acquiescé. Il avait insisté pour entendre clairement sa réponse. Elle avait déclaré qu'elle avait réfléchi et qu'elle était arrivée à la conclusion qu'elle avait fait une erreur en mettant fin à leur relation.

— En fait, j'ai eu peur de m'enfermer. Moi, je veux rester libre, je veux travailler à l'école. La maison de banlieue, la petite auto, les deux enfants avec le chien, c'est pas pour moi, avait-elle prétendu faussement, évitant de parler du cahier écrit par Martin, au Mexique, qu'elle avait lu tout d'une traite et qui l'avait touchée au point de faire basculer son cœur.

— Et qui te dit que c'est pour moi ? avait-il répondu avec un grand sourire.

Une fois les objectifs respectifs clarifiés, les sentiments étaient revenus à la surface avec plus de force encore. Rapidement après leurs retrouvailles, elle lui a annoncé qu'ils avaient conçu un enfant et qu'elle souhaitait le garder…

Et la voilà qui blasphème sans ménagement avec la douleur qui s'intensifie. Martin a oublié les conseils prodigués durant les cours prénataux. Puis il revient à ces inspirations profondes suivies d'expirations saccadées qu'il pratique avec ferveur pour tenter d'inciter la principale intéressée à l'imiter. Mais son amoureuse n'en fait qu'à sa tête. Et trouve dans les jurons un exutoire aux déchirements douloureux et de plus en plus rapprochés. L'infirmière va et vient dans la chambre, sans s'offusquer du chapelet de jurons qui sortent de la bouche d'une si gracile jeune femme. Déchaînée et enragée par le peu d'intérêt accordé à sa détresse, Ava Gauthier prend les grands moyens et tente le tout pour le tout.

— Je veux voir le médecin ! Il y a quelque chose qui ne va pas… J'ai mal, c'est écœurant !

Stoïque, la garde réitère que les signes vitaux sont normaux et que le travail se déroule comme il se doit. Ava la laisse à peine finir, ordonne qu'un docteur l'examine, menace, enrage, crie. Dans un soupir, l'infirmière fait demi-tour, accédant à la demande.

Il faut attendre et supplier encore trente bonnes minutes pour qu'une femme médecin, stéthoscope au cou, se manifeste. Ava, maintenue jambes ouvertes sous les bons soins de la garde, ne fait ni une ni deux :

— Donnez-moi n'importe quoi ! Ça fait trop mal ! J'ai dit que je refusais l'épidurale, mais j'ai changé d'idée ! Je la veux ! Je la veux ! Je la veux !

D'un calme olympien, l'intervenante plonge ses doigts gantés dans le vagin de la furie. Loin de se montrer intimidée, elle tapote amicalement la cuisse repliée.

— Trop tard pour la péridurale, madame, le travail est trop avancé, vous êtes dilatée de huit centimètres.

— De la morphine, alors ? Du gaz hilarant ? Du gin ?

— Ce n'est pas nécessaire. Je ne vois rien d'autre à faire que de continuer ce que vous avez très bien entrepris, complète-t-elle, déjà happée par des naissances plus intéressantes par leur complexité.

Un homme en sarrau blanc pénètre dans la pièce, suivi par trois collègues. À la suite de la femme médecin, il ouvre de nouveau les jambes de la patiente et plonge à son tour les doigts dans l'ouverture d'Ava avec la maladresse d'un étudiant qui n'en est qu'à ses premières armes.

Martin, ahuri par le bal d'internes en formation qui s'est succédé depuis leur arrivée, hésite à s'interposer, ne serait-ce que pour mettre en doute l'utilité de ces gestes répétés. Les dix cours prénataux bien chétifs ne l'ont pas suffisamment préparé à ce qu'impose un hôpital universitaire. De plus, il n'est pas d'un naturel agressif. Avec les cris implorants de celle qu'il voudrait protéger, le bourdonnement du personnel médical et l'impuissance ressentie, il n'a plus de repères. Les cassettes sur lesquelles il a mis des heures à enregistrer des musiques douces, des berceuses et des chants méditatifs sont restées dans la valise préparée soigneusement depuis des semaines. La salle d'accouchement s'apparente plus à une salle des tortures qu'aux scènes idylliques auxquelles il s'attendait.

Le travail s'intensifie entre les quatre murs trop étroits. Avec l'aube qui approche, l'infirmière de nuit a aussi quitté les lieux, remplacée par une matrone forte de poitrine autant que de caractère.

— Allez, ma grande, accroche-toi aux poignées de chaque côté du lit, tu vas pousser !

Ava ne se le fait pas dire deux fois. Aidée par la matronne, de toutes ses forces, elle se contracte pour éjecter l'enfant. Son visage rougi se gonfle au point que Martin craint qu'il éclate. Un instant, il a peur de la perdre dans l'aventure. Il ose discrètement questionner le personnel pour savoir si Ava se trouve en danger de mort.

— Ah ! Ah ! C'est impressionnant, mais ne vous inquiétez pas. Tout va parfaitement bien, au contraire, obtient-il comme réponse.

L'équipe se concentre sur l'arrivée imminente d'une nouvelle vie sur terre. Trois ou quatre poussées intenses suivent. Martin aperçoit la tête du nouveau-né coincée dans l'ouverture gonflée. C'est bestial, brutal comme jamais il n'aurait cru cela possible. Bouleversé, il ferme un instant les yeux pour ne plus voir ce sang, ce liquide visqueux s'échappant par vagues et tous ces gens s'agitant autour d'Ava. Il regrette presque d'assister à cette aventure. Le corps du poupon émerge enfin avec puissance, bleuté et couvert de mucus. Le médecin tend des ciseaux aux longues lames à celui qu'il désigne comme « le papa ». Martin, paralysé, se contente de faire « non » de la tête. Il ne peut pas couper cette chair qui relie la mère à son enfant. Il renonce sans hésiter à ce moment que d'autres lui avaient décrit comme merveilleux. Il a envie de vomir et de pleurer comme un veau. C'est trop.

— Asseyez-le sur une chaise, le papa va perdre connaissance.

À peine a-t-on le temps de lui glisser un tabouret sous les fesses que Lavallière tombe dans les pommes et s'affaisse sur la nurse débordée. Une minute plus tard, il recouvre ses sens, remercie brièvement son sauveur et se dégage d'elle pour apercevoir l'enfant posé encore chaud sur le ventre de la maman, épuisée mais radieuse. Tremblant et ému aux larmes, le jeune homme ébranlé s'approche de ses deux amours. Dans sa bulle, le trio devient indifférent à tout ce qui se passe autour. Les mauvais moments s'effacent comme si une bonne fée était passée…

Marie-Lune, Aimée, Marie-Soleil, Abeille… Les parents, les yeux rivés sur leur merveille, tentent tous les prénoms et se demandent lequel lui ira le mieux. Un rayon de lumière traverse la fenêtre et éclaire le front du bébé.

— C'est le premier jour du mois de mai. Appelons-la Mia ! s'exclame Ava dans cette révélation bienheureuse.

— Totalement d'accord, répond Martin sans questionner sa chérie sur le fait qu'elle pensait à mai et qu'elle a prononcé Mia…

Forte de ses quelques minutes d'existence, Mia ouvre grand les yeux. Elle pleure un peu, puis se tait, agite les mains tout proche de ses yeux comme pour les observer. Son père la prend contre lui, la maintenant avec délicatesse comme un bien fragile et de grande valeur. Faisant fi de son orgueil, il invente une berceuse et la chante dans un mélange de paroles tendres et de sonorités rock. La petite suit sans broncher la voix qu'elle semble reconnaître.

L'infirmière dépose une lourde couverture chauffée sur Ava. Du coup, tous les muscles de la nouvelle maman se détendent dans une quiétude complète après un effort exceptionnel. Elle relâche sa garde. Elle est sur le point de s'endormir quand l'infirmière s'empare du bébé.

— On la lave et la pèse. On vous la ramène toute rose…

— Pars avec la petite, lance-t-elle en quasi-panique à Martin. Suis-la ! La lâche pas des yeux, OK ?

D'un naturel confiant, Martin se dit qu'elle exagère, mais il n'ose pas la contrarier après tant d'efforts. En plus, il a passé la nuit blanche et son cerveau tourne au ralenti. Aussi s'engage-t-il à la suite de sa fille toute neuve, emballée dans des draps de flanelle et réchauffée dans un incubateur, puis poussée jusque dans la salle attenante. Il reste scotché à ce nouveau-né. La garde-malade a pitié de lui et consent à transgresser le règlement en l'invitant à entrer dans la salle pour procéder au premier bain. Avec une douceur infinie, il saisit le corps minuscule pour le plonger dans l'eau apaisante. Il sera toujours là pour cette mignonne, il s'en fait la promesse solennelle. Épuisée, molle comme un chiffon, Mia s'endort. Elle tient dans une seule des mains de son papa.

Claude Lepage ne sort plus que pour aller travailler. Il rentre en courant, achetant au passage du lait, du beurre et des œufs, de quoi tenir le coup. Il a perdu le goût de cuisiner, car André ne mange presque plus. Son amoureux a tellement maigri au cours de la dernière année qu'il fait peine à voir. Les diarrhées intermittentes se sont intensifiées ; il ne peut plus quitter l'appartement, ce dont il n'aurait pas la force de toute façon.

André agrippe les pans de sa couverture à carreaux et les replie sur lui. Qu'on soit en plein mois de juillet, il n'en a cure. Plus une once de gras ne le préserve et, comme son cœur perd chaque jour un peu plus de puissance, il a toujours froid ; ses pieds et ses mains sont glacés en permanence. Dans la casserole, le lait déborde et se répand sur la cuisinière. Claude doit éponger, sans mot dire, alors qu'il a envie de tout laisser là et de fuir loin du malheur. Il veut oublier la mort qui rôde en cercles concentriques dont le rayon rapetisse chaque jour un peu plus.

Tandis qu'il remet du lait à chauffer, Claude revoit en pensée son amant, magnifique autrefois, tout fait de muscles bombés et tapissé de poils, sur cette peau dont il ne se rassasiait pas. Ce corps-là, comme un ami disparu, lui manque intensément. Comme pressentant le drame à venir, il le caressait et l'embrassait tant ! La privation, d'autant plus cruelle, le torture alors que son compagnon est à la fois toujours vivant et bien proche de disparaître.

C'est un peu comme si André se délestait de sa carapace à la manière de ces insectes se révélant mille fois plus beaux une fois qu'ils ont quitté leur état larvaire pour s'envoler vers la lumière. Son cher amour va bientôt se délester de sa lourde armure. Il s'y prépare. De plus en plus vulnérable, André se revêt d'une splendeur surnaturelle.

— Tu as éclairé mon existence, mon chéri. Et je remercie Dieu de t'avoir mis sur mon chemin.

Pour sa part, si Claude a quelque chose à dire au Tout-Puissant, c'est toute sa rage face à l'ignominie de cette maladie, qui tue l'amour à petit feu et dont la seule évocation effraie, alors que ce sont pourtant ceux de l'entourage qui mettent le malade en danger plutôt que l'inverse. Il refuse secrètement d'endosser l'idée de cette existence divine qui aurait eu le machiavélique projet de punir les homosexuels en faisant d'eux les pestiférés de l'ère moderne. Quand il portera André en terre, ce sera dans la solitude et le rejet. Le bon Dieu ne lui sera d'aucun secours face aux quatre lettres qui s'impriment à jamais dans le granit : S.I.D.A.

La razzia au magasin Clément restera dans les annales du petit commerce. Folle de son arrière-petite-fille, Ariane ne regarde pas à la dépense pour ce qui est de la vêtir. Depuis la naissance de Mia, elle a offert pyjamas, robes à volants, shorts, t-shirts, bavoirs, pantoufles, chaussettes dentelées. Les vêtements ont peu servi, vu la vitesse à laquelle grandissent les nouveau-nés au cours des premiers mois.

— Il faut l'équiper pour l'automne ! décrète l'aïeule, ravie par toutes les jolies tenues que l'on trouve désormais. De mon temps, on ne disposait pas d'un tel choix !

Ava se laisse entraîner, habille et déshabille son bébé au rythme des essayages. De tempérament paisible, sa fille affiche un calme olympien. Rien ne semble l'inquiéter ni l'incommoder.

— Est-ce joli ? Avec le petit jean à boutons-pressions… Il te plaît ? Ou est-ce que tu préfères celui-ci ?

Devant l'hésitation de la mère les deux ensembles basculent dans le panier d'achats. Ariane volette et virevolte entre les cintres, échangeant avec la propriétaire de l'établissement, plusieurs fois grand-mère. Les deux femmes s'en donnent à cœur joie, comparant les habits de neige aux motifs qui vont aussi bien aux garçons qu'aux filles, les attaches de velcro, les doublures de polaire tellement légères et autres nouveautés en prévision de la saison froide. Alors que l'objectif de départ était de dénicher une tenue pour la visite annoncée et maintes fois reportée de sa grand-mère McCann, Mia rentre à la maison avec un nombre imposant de toilettes qu'elle parviendra à peine à étrenner. Ava ne se formalise pas de ce gaspillage, d'abord parce qu'il réjouit le cœur d'Ariane, ensuite parce que son amie Louise, nouvelle maman elle aussi et pas mal plus paumée qu'elle, récoltera les surplus pour sa petite Lili.

Cette fois, Catherine ne peut pas reporter sa visite. Elle a épuisé son lot d'excuses, a même usé deux fois des mêmes… Il faut monter dans l'autobus qui la conduira à Montréal, pour faire enfin la connaissance de la fille d'Ava. La main tremblotante, elle peine à aligner les sous sur le comptoir. La caissière la remercie puis recompte les pièces déposées devant elle.

— Il manque vingt-cinq cents, conclut l'employée d'une voix si forte qu'elle traverse la baie vitrée et se répand dans la salle d'attente.

Dans ses veines, le sang de Catherine ne fait qu'un tour. Vingt-cinq sous, cela semble si peu ! Et pourtant, comme elle ne les a pas, cela compromet sa visite annoncée depuis des semaines à Ava.

— Si j'retourne chez nous, j'vais manquer le bus. Est-ce que j'peux te les donner la prochaine fois ?

— On n'est pas une banque, ici, Madame McCann !

La guichetière lui lance un regard de glace. Immobile, implorante, Catherine ne parvient pas à bouger. Derrière elle, les gens s'impatientent.

— Reprenez votre argent. Moi je peux rien faire pour vous.

Ses cheveux attachés en une longue et mince tresse grisonnante, le visage bouffi, boutonneux et les dents abîmées et douloureuses, elle n'a plus rien de la femme qu'elle a été autrefois. Amortie par les médicaments, elle n'a plus la force de se défendre. Face aux coups, elle se recroqueville, montre le dos et se laisse rouer jusqu'à ce que l'ennemi s'épuise. Humiliée, la démarche lente, elle quitte le terminus en bousculant au passage les voyageurs en attente.

Du haut de ses sept mois, Mia n'hésite pas à tenter de se braquer sur ses jambes pour se propulser avec vigueur, les mains accrochées aux deux pouces de cette vieille dame au sourire encourageant qui ne la quitte pas des yeux.

Pendant que les deux complices s'amusent à la maison, Ava gare la Volvo au terminus voyageur. Avec cinq minutes de retard, elle se désole, car elle sait combien sa mère devient vite anxieuse lorsqu'elle se trouve seule dans une foule compacte. Or, en cette fin d'après-midi de dimanche, il ne manque pas de monde. On se faufile, on se bouscule, on s'excuse vaguement. Quelques-uns, sac au dos, sont accueillis par leurs hôtes ; ils assisteront au festival Coup de cœur francophone. L'une des nombreuses connaissances de Martin, un bassiste avec lequel son conjoint a déjà joué, reconnaît Ava et la salue. Elle répond d'un sourire et se tourne vers la salle où se trouvent les nouveaux arrivés. Cherchant sa mère du regard, elle met un moment à se rendre à l'évidence. Catherine brille par son absence. *Elle m'a encore fait le coup !* Dépassée, la jeune femme s'assied sur l'une des chaises de faux-cuir rouge bordant la salle. Les déceptions se répètent et s'accumulent. Elle pense à Mia, la lumière de sa vie, ce bébé merveilleux que sa mère ne rencontrera pas encore. Pourquoi s'annonce-t-elle chaque fois en téléphonant un mois à l'avance, prétextant son empressement à rencontrer la petite qu'elle ne connaît qu'en photos ?

Une voix nasillarde appelle le prochain départ. Ava observe les voyageurs. À la façon dont ils traînent leur valise, certains donnent l'impression de transporter des tonnes, alors que d'autres avancent avec légèreté, accordant plus d'importance à la destination qu'à ce qu'ils emportent. La jeune femme pense à cette vie qu'elle a mise au monde et dont elle se sent désormais responsable. Pour elle, il lui faut devenir adulte, la protéger contre les coups du destin et contre ceux qui ne savent pas tenir parole. Pour elle, il faut avoir le cœur léger et valeureux.

Ava doit se rendre à l'évidence : submergée par ses problèmes, Catherine ne répond plus. Il faut se résigner, cesser d'insister. Par la fenêtre, Ava voit le soleil éclairer la ville, ce qui l'incite à se redresser. *Je ne harcèlerai plus ma mère. Je m'en fais la promesse solennelle.*

Elle se mouche un bon coup, puis se remet au volant, de bonne humeur. Quand elle rentre à la maison, elle trouve Ariane et Mia, allongées sur le tapis du salon devant un livre de chiffon que la gamine dévore avec passion. Ava les rejoint sans plus d'explications. Le temps fera son œuvre...

10

Il fait bon, en ce matin ensoleillé du mois de mars. Une bande de moineaux domestiques s'en donne à cœur joie, éveillant le quartier dans une douceur nonchalante. C'est samedi et on peut traîner au lit. Ava ouvre un œil pour apercevoir le poing minuscule dans la bouche de son bébé assoupi à ses côtés. L'esprit encore embrouillé, elle ne se presse pas. Une autre nuit entrecoupée par les tétées prend fin dans le soleil de l'aube. Martin se réveille et saute du lit en constatant qu'il va arriver en retard au travail. Les services funéraires ont le plus souvent lieu les fins de semaine.

— On se voit plus tard, murmure le nouveau père comblé. Bonne journée, mes poucettes.

— Travaille bien, répond-elle mollement, occupée à observer le réveil de sa fille.

De l'index, elle caresse les doigts minuscules, la peau douce et soyeuse de son enfant.

— Ma petite merveille… Ma poupée, s'entend-elle répéter souvent, comme pour se prouver qu'elle ne rêve pas. Car depuis qu'elle est au monde, Mia lui semble la plus merveilleuse, la plus splendide, la plus extraordinaire des enfants.

Un amour infini et très puissant croît en elle jour après jour et gagne en puissance, en intensité et en magie. L'image de Jack et de son haricot magique lui vient en tête, la surprise éprouvée par le personnage lorsque émergent de la terre une pousse, un tronc, des branches, des feuilles et qu'il se sent porté et propulsé par la force d'une nature qui lui échappe. Oui, pense-t-elle, le regard posé sur son bébé, tu es mon petit haricot magique... Comme si elle avait compris, Mia s'éveille complètement et se met à gigoter.

— Allez, viens, on va rejoindre ta plus grande fan.

Ariane Calvino ne se lasse pas : elle peut passer des heures à observer chaque mimique de son arrière-petite-fille. C'est une véritable fascination.

— Oh ! Elle sourit ! Et regarde ses petites mains, ses petits pieds. Quelle splendeur ! lance-t-elle avec l'ébahissement d'une jeune femme, malgré ses soixante-douze ans bien sonnés.

Ava s'abandonne à la tendresse de les voir toutes les deux, sa grand-mère et sa fille, réunies dans un amour qui transcende le quotidien et qui donne un sens au sien.

— Garde-la dans tes bras, si tu veux. Je te mets un coussin ici, comme ça, sur le ventre. J'allume l'interphone. Si tu te sens fatiguée, ou si t'as besoin, appelle-moi.

— OK, murmure l'aïeule, le visage extatique, les yeux toujours rivés sur Mia, sur le point de s'assoupir pour faire sa sieste de la matinée.

Tandis qu'elle s'engage dans le couloir et se dirige vers l'escalier qui mène en haut, Ava se jure de donner à sa fille ce qu'elle-même n'a pas eu : l'accès aux livres et à la culture. *Mon manque d'éducation ne déteindra pas sur elle...* Parvenue dans le grand bureau, à l'étage, Ava s'installe à la table de travail. Comme Ariane lui a offert de s'occuper de la petite quelques heures par jour, Ava profite de ses moments de liberté pour meubler son esprit. À sa demande, sa grand-mère a empilé sur le meuble, à l'entrée, des ouvrages de toutes sortes, depuis les grands classiques jusqu'aux livres de référence sur la peinture, la nature, la géographie. Il y a tant de choses qu'elle ignore et qu'elle veut apprendre ! De plus, elle s'est entendue avec Ariane pour que celle-ci l'aide à corriger sa diction de façon plus intensive, afin qu'elle articule correctement au lieu d'avaler les syllabes comme elle le fait trop souvent. Une fois par jour, elle s'astreint à ses exercices d'élocution. Petit à petit, elle espère continuer à s'améliorer et repousser ses propres limites.

Les coudes posés de chaque côté du livre, Ava dévore *La Détresse et l'Enchantement*, de Gabrielle Roy, découvrant l'enfance de l'auteure au Manitoba, se passionnant pour ses années d'enseignement et se laissant emporter par les années passées en Europe qui ont transfiguré l'existence de la jeune femme. *Je terminerai mes jours en France*, se surprend-elle à penser furtivement et contre toute logique. Aussi, qu'un écrivain de si grand talent ait pu publier *La Petite Poule d'eau* l'inspire. Car si Ava voue le plus grand respect aux romanciers qui s'adressent à un public adulte, elle se surprend à rêver d'écrire pour les enfants. Il lui semble que les jeunes ont besoin de récits pour se nourrir. Et si elle avait eu accès à la lecture, peut-être le fossé aurait-il été moins énorme à franchir, une fois adulte !

Oui, le désir d'écrire pour les jeunes l'allume ! D'autant plus que sa fille lui inspire un personnage. Et que Gabrielle Roy lui fournit l'audace qu'il lui faut pour se mettre à son projet…

Martin Lavallière pose la pelle sur le monticule de terre tout juste dégelée qui s'est accumulée. Encore une demi-heure et le trou sera dégagé, prêt à recevoir son pensionnaire pour l'éternité. Il met la main dans la poche de sa chemise à carreaux, en sort une blague à tabac en plastique ainsi que du papier à rouler. *Une bonne cigarette…* Tandis qu'il tasse les feuilles séchées et brunies entre ses doigts, il savoure ce moment de silence parfait qui lui est donné et qu'il considère comme le plus grand bénéfice de son emploi. Avant la paye, avant les avantages et les congés, c'est la paix, la sainte paix qu'il trouve ici, en plein cœur d'une ville grouillante et animée. Îlot encore sauvage et préservé, le mont Royal, au centre de Montréal, offre un peu de nature à ses citoyens. Martin craque une allumette et aspire la fumée bienfaitrice. Des écureuils plongent dans les poubelles publiques puis s'enfuient en courant avec leur butin. Et le soleil, levé depuis un bon moment déjà, chauffe d'un trait de lumière les vallons hérissés de pierres tombales en rangées ordonnées. Depuis cinq bonnes années qu'il creuse des tombes, rarement a-t-il sérieusement pensé à la mort ; à la sienne, à son corps sans vie dans une boîte qu'un autre que lui recouvrerait à grandes pelletées franches et heureuses. Mettre un enfant au monde, voilà ce que ça change pour lui : il se dit qu'il faut désormais songer à ce qu'il laissera derrière, ce qu'il léguera comme héritage. Et tout à coup, il se prend à regretter sa révolte adolescente, son abandon de l'école pour narguer ses parents. En cinq années, il a bien dû transporter des tonnes et des tonnes de terre, creusant des trous puis les remplissant, en dégorgeant sa colère et sa frustration contre le monde entier. Voilà qu'il ne se retrouve, au bout de ses efforts, qu'avec des muscles volumineux mais de plus en plus endoloris et la montagne, plate et verte de ce gazon avalant les tombes…

L'article a fait la une de *La Presse* le 1er avril dernier. Il a été soigneusement découpé, puis collé sur le réfrigérateur : « "Baby M" confiée à ses parents adoptifs ». Ces quelques mots, Catherine McCann les relit souvent, car ils la réconfortent. Devant les tribunaux, ce sont les Stem qui ont obtenu la garde de l'enfant, plutôt que la femme qui avait été payée pour le porter. Elle revient souvent à ce papier vantant les qualités parentales des Stem, de purs inconnus dont elle se sent pourtant si proche.

— Les vrais parents, c'est eux, les Stem, parce qu'ils s'occupent bien de leur petite… Et moi, j'suis la vraie mère d'Ava, c'est moi qui lui a donné son nom, qui a changé ses couches, ronchonne la femme tout en nettoyant du revers de la main sa table de cuisine.

Avec l'approche de l'été, Catherine retombe dans ses mauvais jours. Chaque année, à pareille date, elle traverse des moments de tristesse intense qu'elle parvient mal à surmonter.

— Personne dit le contraire, Maman, murmure Frank. T'es la mère d'Ava, y a pas de problème là-dessus.

— Pourquoi elle vient pas m'voir d'abord ?

— Elle est venue, Maman. Elle est venue, mais tu t'es enfuie, cette journée-là. On t'a cherchée toute la journée… Quand tu es revenue, Ava était repartie avec sa fille.

— Ferme-la, le rabroue-t-elle sèchement.

Frank se tait, sachant bien que dans ces moments-là il vaut mieux éviter de contrarier sa mère, attendre qu'elle s'épuise et finisse par demander qu'on lui vienne en aide pour se rendre au bout de sa journée. Depuis que Vince est définitivement parti vivre en Floride avec sa belle et qu'il travaille là-bas pour un éleveur qui le paie bien, Catherine s'est effritée. Comme une statue rongée par le sel, sa pauvre mère se désagrège lentement mais sûrement sur son socle.

— Allez, Maman, aide-moi. Il faut qu'tu te lèves. Ta valise est prête.

— J'veux plus y aller, dit-elle en se croisant les bras.

Le jeune homme se demande comment il fera pour la convaincre, cette fois. L'envie lui prend de la laisser là et de rentrer chez lui, dans son nouvel appartement, avec son amie, balayant du revers de la main tous les efforts qu'il a mis pour alerter le médecin, qui s'est démené corps et âme pour lui trouver une place à l'hôpital alors qu'on est en plein été et que tout le monde est en vacances. Frank n'en est pas à une contrariété près avec sa mère…

— Maman, c'est toi qui m'as appelé, c'est toi qui m'as demandé d'aller te reconduire… J'suis là. J'suis parti du travail. Ne me dis pas qu't'as changé d'idée ?

— OK, j'y vais, mais juste si tu postes ça. J'te regarde par la fenêtre, tu vas dans la rue, tu postes ça, tu reviens, et j'y vais, lance-t-elle bien décidée, en le regardant droit dans les yeux.

Frank, las, se résigne. Il saisit l'enveloppe, reconnaît l'adresse de sa sœur chez sa grand-mère à Outremont. Il se doute bien du contenu aigre de la missive, mais consent… S'il respecte sa part du contrat, sa mère le suivra jusqu'à l'hôpital, où elle sera en sécurité, du moins pour un temps. *Maman est devenue un danger pour elle et pour les autres,* pense-t-il en déposant l'enveloppe dans la boîte aux lettres.

« T'avais pas le droit d'abandonner ta mère ! C'est certain ! Et reste donc avec tes maudits Français ! Si j'me tue un jour, ça sera à cause de toi. J'aurais jamais dû t'adopter… » Tels sont les mots, cruels à souhait et plus coupant que du verre, qu'Ava recevra quelques jours plus tard, dégoulinant comme sur une corde ployant sous le poids de la hargne qu'ils portent. Attristée, blessée, dépassée, la jeune femme opte rapidement pour la voie du pardon : Catherine dérape, elle a perdu l'esprit, et Ava refuse de lui en vouloir.

— Martin a trouvé une maison : blanche, avec des volets noirs aux fenêtres. Une petite demeure, mais avec un immense érable devant qui, de ses branches, couvre le stationnement.

Ariane a le cœur serré. Même si elle s'explique la décision de sa petite-fille et comprend tout à fait son besoin d'intimité, elle souffre quand même à l'idée qu'elle vivra désormais seule dans son immense maison vide. Et surtout, la petite Mia va lui manquer : ses pas sur les carreaux du couloir, ses cris de joie, ses babillements heureux. L'oiseau enchanteur va s'envoler et la laisser plus vieille, plus vide.

— Je me suis trouvé un travail, à côté… six jours par semaine, sur un chantier de construction. Mon salaire va doubler, annonce Martin, tout fier de sa victoire.

— Bravo ! Fantastique ! Je suis tellement fière de toi, s'entend-elle déclarer.

— Au début, on va la louer. Mais je vais mettre de l'argent de côté. Un jour, on l'achètera.

Ava a la larme à l'œil, constate l'aïeule, heureuse de lire autant d'amour dans le regard de la jeune femme. Elle reconnaît les qualités humaines de ce colosse au cœur tendre, bon père et bon compagnon. *Martin prend son rôle de chef de famille au sérieux et assume les responsabilités qui l'accompagnent…* Ariane félicite le jeune homme, sourit à la mère pour lui donner confiance. « Tout ira bien » est le message qu'elle entend transmettre, et ce, même si au fond d'elle-même elle sent que tout s'écroule. *Comment ferai-je pour vivre sans eux ?* se demande-t-elle. Cette question l'obsède. Elle voudrait déménager, s'installer dans cette banlieue, à une vingtaine de kilomètres de chez elle, habiter dans cet ancien chalet transformé en maison de ville, sise sur les rives de la rivière des Mille Îles. Mais elle doit réprimer son désir, d'abord parce que la maison d'Ava n'est pas assez grande pour la recevoir, mais aussi parce qu'elle doit respecter le besoin de la jeune femme et de son complice de s'éloigner un peu d'elle pour s'ancrer dans leur vie.

— On a décidé de s'acheter une voiture d'occasion. Comme ça, on va pouvoir venir te voir avec la petite. Une fois par semaine, promis, annonce Ava, la main levée comme pour jurer sur la Bible.

— Moi aussi, je vais vous rendre visite souvent ! Si vous pensez que vous allez vous débarrasser de moi !

Cette pointe d'ironie, échappée par mégarde, trahit le chagrin et l'inquiétude de se voir séparée de ceux qui étaient devenus son rempart contre l'isolement et qu'elle avait cru, à tort, à jamais installés chez elle.

Léon reste coquet pour sa belle Francine. Comme autrefois, il repasse méticuleusement ses chemises importées, qu'il enjolive de nœuds papillons colorés. À la demande de son amoureuse, il s'est rasé la moustache et porte le cheveu longuet, à la limite du col. Il peine à admettre que l'on puisse encore, à son âge, éprouver du désir pour une personne aussi vieille que lui.

Pourtant, depuis qu'il fait l'amour avec « sa chère amie », il se sent heureux, revigoré. Lui qui jugeait son corps dégoûtant, avec ses chairs blanchies, tombantes, son ventre mou camouflant son sexe décati au milieu d'une couronne clairsemée de poils pâlots, s'est surpris à lire dans les yeux de sa maîtresse un attrait si fort que, du coup, il s'en est trouvé beau. Ainsi donc, la vie lui gardait une surprise pour la fin ? Car passé soixante-dix ans, il considère qu'il peut paraître tout de même étonnant, voire inconvenant de se conduire comme un Roméo épris et fou de sa Juliette.

— J'aimerais qu'on vive ensemble, Léon... Ça dérangerait nos habitudes, c'est bien certain, mais moi, habiter avec toi, ça me plairait ! lance-t-elle en le regardant de ses grands yeux d'un bleu profond sur lesquels le temps n'a pas de prise.

Étonné par la demande, Léon répond avec prudence. Il invoque son diabète, ses routines de vieux garçon, sa collection de disques qui prend toute la place. Il gagne du temps, en proie à l'angoisse.

Francine n'est pas dupe. Tandis que son bonhomme se débat comme un diable, elle achève de replier les napperons, les range stoïquement dans la commode de la cuisinette.

— Je te laisse deux semaines pour te décider. Mon bail finit le 1er juillet. Tu as jusqu'au 15 de juin pour me donner ta réponse. Penses-y comme il faut, j'attendrai de tes nouvelles, lance-t-elle en ultimatum.

Le jour fatidique approche. Léon ressasse ses hésitations et ne parvient pas à trancher. Son trois-pièces, déjà plein à craquer, ne peut pas s'agrandir à l'infini. Si sa demoiselle s'installe ici, il devra élaguer, classer, jeter et donner pour lui faire de la place. Il faudra en quelque sorte se détourner du passé pour que le présent ait de quoi prendre ses aises.

Il décide de demander conseil, ce qu'il fait rarement, et invite Anaïs à L'Eau à la bouche, classé « Relais et Châteaux », où l'on sert un steak de wapiti inégalable, pour lui exposer son problème.

— Mon Dieu, Léon, tu m'as fait peur ! À ta tête, on jurerait que tu allais m'annoncer une mauvaise nouvelle !

— Parce que tu trouves que ça n'en est pas une ?

— Partager tes jours avec la femme que tu aimes, je crois qu'il y a pire, dit son interlocutrice en rigolant. Au contraire, il me semble plutôt qu'on doit célébrer ça !

Et elle lève son verre pour trinquer avec lui, sincèrement heureuse de son bonheur. Cette réaction le console et le rassure un peu. Il n'ose pas s'avouer qu'en acceptant la proposition de Francine il se sent coupable de tromper Agathe et très inquiet de briser un serment qui l'avait protégé sa vie durant contre les angoisses de l'amour.

Chaque fois que sa petite ferme un œil, Ava se précipite à la salle à manger, ouvre son porte-documents, ressort ses feuilles sur lesquelles ses textes raturés s'améliorent jour après jour. Zoanette, le personnage qu'elle a créé, est une fillette qui aime le sport et qui rêve de devenir pompière. Zoanette a la bougeotte, et les aventures qu'elle s'invente n'ont rien d'ordinaire : elle parle aux animaux, qui lui obéissent et la suivent dans ses péripéties. De plus, Zoanette ne connaît pas la peur. Ce trait particulier lui vaut mille et une équipées. Quand elle se met à écrire, Ava oublie le temps, les longues absences de son cher Martin, travaillant douze heures par jour sur les chantiers, où l'on profite de la saison chaude pour en faire le plus possible. Si leur maisonnette ne paye pas de mine, avec sa cuisine aux armoires défraîchies et aux comptoirs vert olive d'un faux marbre quasi hallucinant, il reste que la grande fenêtre devant la table donne sur un terrain immense avec, au centre, un épicéa majestueux sur lequel tous les oiseaux du quartier viennent se poser. *Et cela constitue un grand luxe,* se dit Ava. Cet arbre bleuté qui l'inspire tant, elle l'insère à tout moment dans ses histoires. Toujours, ce résineux magique offre un refuge à tous pour se réunir, comploter, s'abriter, trouver un repos. C'est au pied de cet arbre que l'amie Chatonne a été enterrée, là que Zoanette se blottit lorsqu'elle doit disparaître pour échapper aux monstres qui peuplent son imaginaire…

Ava ne compte plus les heures consacrées à l'élaboration de son récit. Elle a dû reprendre cent fois l'histoire, cherchant à traduire son intention. Depuis que la famille s'est installée ici, son ouvrage a fait des pas de géant. Elle veut que Zoanette puisse donner libre cours à ses colères, à ses joies, à ses aspirations, et qu'elle s'adresse directement aux jeunes lecteurs. Elle cherche le ton juste…

Une sonnerie à la porte la déconcentre. Il est quinze heures, c'est Mimi, la voisine, qui rentre de l'école. Pour gagner un peu d'argent, Ava garde la gamine jusqu'au retour de ses parents, à dix-huit heures. La jeune femme range ses feuilles : une fois la diablesse dans la maison, il n'y a plus moyen d'écrire. Elle ouvre la porte, et la chevelure en broussaille de sa protégée lui apparaît. Mimi, comme bien des fillettes, a un peu de Zoanette en elle ! Au même moment, Mia se met à pleurer dans son lit de la chambre du fond. Elle réclame qu'on vienne la chercher.

— Entre, Mimi, assieds-toi à la table, tes biscuits et ton verre de lait t'attendent. Je vais chercher Mia.

— OK, répond la voisine, sourire en coin, se précipitant vers les biscuits, qu'elle dévore en deux bouchées.

Dans sa tête, Ava entend Zoanette qui rigole, et elle sourit à son tour tandis qu'elle pose un baiser tendre sur le front de sa poupée, qui sautille de joie dans son lit de bébé.

C'est Anaïs qui a eu l'idée d'organiser un *baby-shower*[1] pour le futur enfant d'Émilienne, la fille de Bernard. À peine quelques mois après son arrivée à Montréal, la jeune infirmière a rencontré l'homme de sa vie. Quelques semaines plus tard, lors d'un

1. Fête prénatale.

des soupers du dimanche chez les Fortier, à Sainte-Adèle, elle a annoncé sa grossesse surprise. Bernard va être grand-père ! Il est fou de joie. Anaïs, saisie par le coup de vieux qu'elle a pris depuis qu'elle est devenue grand-mère, met plus de temps à passer en mode réjouissances. Finalement, elle se fait à l'idée que leur famille s'agrandit. Pour aider sa belle-fille, elle pense réunir ses cousines, très nombreuses, et ses tantes, en précisant qu'il s'agit d'une rencontre destinée à appuyer les nouveaux parents et veillant à faire en sorte que chaque convive apporte un présent pour le nouvel enfant.

Ariane, bien sûr conviée, est proche d'annuler sa visite, hésitant à laisser seul à la maison Claude, en deuil tout récent de son cher André.

— Allez... Tu m'accompagnes, décrète-t-elle tout en aidant son fils, pitoyable de chagrin, à s'habiller, à se raser, à se rendre présentable.

Fatigués, la mère et le fils arrivent avec une trentaine de minutes de retard, ce qui a l'heur d'agacer Anaïs. Alors qu'Ariane se démène sans compter pour Ava, quand il s'agit de ses affaires à elle, toutes les raisons sont bonnes pour se dérober.

— On a failli se mettre à table sans vous ! ne peut-elle s'empêcher de lancer.

— Ton frère n'a pas le moral, il ne mange pas depuis des jours, il est fragile comme un oiseau. J'ai dû me battre avec lui pour le convaincre de venir, bredouille Ariane, confuse et contrariée par le ton sec adopté par sa fille.

Anaïs, déjà ailleurs, n'écoute pas la réponse donnée, voletant d'un convive à l'autre, l'œil noir. Bernard prend le relais, entraîne sa belle-mère et son beau-frère vers les tables, en plein air. Ariane pose son présent dans la pièce prévue à cet effet et retrouve ses sœurs avec plaisir. On l'assied aux côtés de Jeanne, trop heureuse de renouer avec son aînée. Elle qui souffre depuis des années de troubles intestinaux graves ne s'en plaint jamais et semble, au contraire, avide d'écouter les nouvelles des autres.

— Ma chérie, qu'est-ce qui te tracasse ? lance Jeanne, devinant l'inconfort de sa sœur.

— Mon retard contrarie ma fille. Elle s'énerve souvent contre moi. Ce n'est pas facile entre nous...

Loin de se dissiper, l'agacement d'Anaïs perdure tout l'après-midi. En dépit des efforts de sa mère pour se montrer gentille et avenante envers Émilienne et son conjoint, rien n'y fait. Entre Claude, la larme à l'œil, et Anaïs, toutes griffes dehors, la journée s'avère longue et plutôt pénible pour Ariane.

Au moment du départ des invités, Anaïs ne peut s'empêcher de glisser à l'oreille de sa mère un reproche bien senti :

— Tu n'en as que pour Ava et sa fille. Émilienne ne t'intéresse pas. Quant à ma Stéphanie, elle compte pour des prunes.

Ce sentiment de jalousie d'Anaïs envers sa propre enfant lui semble tellement irrationnel et injustifié qu'Ariane ne trouve rien à répondre. Elle quitte la maison le cœur en charpie, avec son fils triste comme les pierres et silencieux tout le long du trajet de retour.

Les dernières feuilles de l'automne 1987 tombent en vrille alors que le sol est déjà couvert des premières neiges. Une fois tombés, les flocons s'accumulent et forment une boue glacée et bleuâtre. L'enveloppe dans ses mains, Ava referme lentement la boîte aux lettres et rentre en courant. Dans le coin gauche de la missive, le logo des Éditions de la Courte Échelle ne laisse aucun doute sur la provenance de l'expéditeur.

Mia déguste un quartier de pomme. Au milieu de ses jouets, elle s'occupe, discutant dans ce langage étrange, à mi-chemin entre celui des bébés qu'elle oubliera à jamais et celui qu'elle est en train d'apprendre.

— Tiens, mon bébé : ta poupée, tes tétines, ton doudou rose.

Ava ne peut attendre une minute de plus. Elle décachette l'enveloppe. Au dernier moment, elle s'interrompt et se demande si elle aura la force d'affronter un refus. Ce texte qu'elle a tant travaillé doit trouver un appui. « Nous avons le plaisir… » Elle prend une pause. Les refus commencent habituellement par « Malgré des qualités évidentes, nous avons le regret… » Voilà ce qu'elle a déjà reçu comme réponse et qui chaque fois détruit ses espoirs, mais elle en a presque l'habitude. Fébrile, elle poursuit sa lecture. « Nous aimerions vous convoquer pour une rencontre… » Elle ne retient pas son cri de joie.

— Wow ! Mon texte est retenu ! Oh là là ! Mon texte est retenu !

Mia, surprise que sa maman hausse la voix ainsi, dans la maison habituellement calme et silencieuse, relève la tête en sursaut et, du coup, avale sa bouchée de travers. Un bon morceau de fruit se loge dans sa gorge et bloque sa respiration. Elle essaie de déglutir une première fois, puis une seconde, sans y parvenir. Privée d'air, elle tourne le regard vers sa protectrice, toute souriante qui trépigne de joie en lisant encore et encore la missive. *Que faut-il faire ? Il n'y a pas d'air qui vient…*

Une raideur dans la posture, une blancheur de la peau du visage, un mouvement de panique dans le regard ; Ava note tous ces signaux qui lui parviennent en rafale.

— Mia ? Qu'est-ce qui se passe, ma chérie ? demande-t-elle tout en tentant de rester calme et d'éviter de transmettre sa panique à l'enfant.

D'un geste, elle agrippe la jambe dodue de sa fille et la retourne pour la propulser la tête en bas. Elle donne un coup sec dans son dos, entre les omoplates. La bouchée de pomme est expulsée. Mia respire à fond et, de surprise, se met à hurler.

Ava serre son enfant de toutes ses forces contre son cœur. Aucun succès sur terre, aucune réussite ne peut égaler cette vie dont elle mesure la fragilité. Au moment où elle se croyait si forte, voilà que la vulnérabilité frappe à sa porte. Couvrant de baisers le front de sa fille, elle murmure des mots tendres sur un ton égal. Mia se sent rassurée et bientôt elle tente d'échapper aux bras de sa mère pour reprendre le cours de ses jeux.

Personne ne sait comment elle s'est rendue jusqu'à Montréal. Ce qui est certain, c'est qu'elle aurait bien pu y rester, roulée en boule dans une ruelle pour échapper aux policiers alertés par des passants. Catherine McCann a toujours eu du mal avec le temps des fêtes. Mais le 10 décembre 1987 est à marquer d'une croix rouge dans l'évolution de sa maladie. Conduite à l'hôpital Royal Victoria tout proche, elle a été gardée et médicamentée au point de perdre la notion du temps. Le jour, la nuit, manger, se laver, communiquer : tout lui devenait de plus en plus étranger, au fil des comprimés ingurgités et des jours s'écoulant sans elle.

Frank, le premier, a été avisé par les autorités : sa mère séjourne à l'aile psychiatrique. Il n'en peut plus, ce nouveau chapitre s'ajoutant à tant d'autres qui ruinent sa propre vie. Sa pauvre mère se suicide à petit feu, voilà la vérité ! Et il se sent absolument impuissant, désemparé, triste.

— On va la voir ensemble, OK ? demande-t-il à sa sœur en tentant de cacher son désarroi.

— D'accord. Je quitterai Laval vers cinq heures, quand Martin rentrera du travail, et je te retrouverai là-bas. Au deuxième étage ?

— Chambre 205.

Contenue dans une camisole de force, les bras liés, la malade est allongée sur une couchette étroite. Elle n'a pas bougé depuis la veille. Dehors, il fait un froid glacial qui a couvert de givre les vitres de la chambre, si bien que la lumière d'un lampadaire parvient tamisée et filtrée, comme dans un film en noir et blanc.

Ava entoure les épaules du pauvre Frank

désemparé. Elle garde le silence. C'est comme si, devant eux, leur mère se momifiait, vivante et morte à la fois. L'infirmière à leurs côtés explique que la patiente refuse de s'alimenter, il faut donc la gaver. La pauvre Catherine ne semble pas reconnaître la voix de ses propres enfants lorsqu'ils l'interpellent.

— Qu'est-ce qui t'arrive, Maman ? questionne Ava.

Pour toute réponse, un grognement parvient, de loin, du plus profond de l'âme. Frank s'approche. Ava replace avec tendresse la chevelure grisâtre de sa mère, ajustant sa frange pour qu'elle tombe comme autrefois. Cette personne méconnaissable n'a plus rien de ce qu'elle a été. Devant la maladie qui menace de tout détruire, Ava se fait la promesse qu'elle ira au bout de ses rêves et que jamais elle ne se laissera abattre. Pour Catherine, elle deviendra quelqu'un. Rassurés par l'attitude amicale du personnel médical et leur souci d'assurer le confort physique de leurs patients, Frank et Ava quittent l'institution en début de soirée.

La boîte trône au milieu de la table, cartonnée et entourée de papier collant. Martin a acheté du champagne et a sorti deux flûtes. Émue aux larmes, Ava est impatiente d'ouvrir le carton. Une trentaine d'exemplaires de son premier album empilés et entourés de papier brun se révèle.

— C'est Zoanette, Mia ! Regarde !

La petite, surexcitée, tend la main, réclame un

livre et applaudit. Le colis, égaré à la poste pendant la période des fêtes, avait enfin été retracé, puis récupéré par Martin en rentrant du travail. Le mois de mars 1988 commence en grand !

Ava tend un livre à sa fille, qui ne met pas longtemps à le glisser dans sa bouche, ce qu'elle fait systématiquement avec tout ce qu'elle agrippe. Martin emplit les coupes de champagne et tend la sienne à son amoureuse. L'alcool, qu'Ava boit rarement, coule et échauffe sa gorge.

— C'est MON livre ! Je le tiens dans mes mains ! Je n'ai pas rêvé !

— Tu as l'art de raconter des histoires aux enfants.

— J'en reviens pas !

— Les illustrations sont magnifiques, observe son compagnon. Les images, les couleurs, le papier glacé…

Elle acquiesce d'un signe de tête, cherchant à éviter l'évocation du travail du dessinateur doté d'un charme aussi immense que son talent et auquel elle a failli succomber. Le souvenir de ses rencontres avec l'homme, intelligent, cultivé, sûr de lui, éveille de nouveau les tremblements de son âme. Elle n'en a touché mot à personne. C'est son secret. Pas même le principal concerné n'a été mis au courant. *Quoique,* se dit-elle, *il ne peut pas ignorer les frissons qu'il me cause…* Elle chasse cette pensée dérangeante et termine son verre.

— Viens te coucher, toi ! Tu as vu papa, maintenant, au dodo ! lance-t-elle en enroulant son bras autour de sa fillette.

Après avoir entonné une berceuse pour endormir

Mia, Ava prend son temps pour ranger la cuisine. Une fois tout en place pour le lendemain, elle éteint, plongeant leur petite maison de banlieue dans le noir.

Quand elle rejoint Martin et le découvre nu entre leurs draps, elle sent son sexe, dur et tendu contre son corps. Immédiatement lui vient une pensée pour l'autre, le dessinateur, et cela lui procure une excitation vive. Elle surfe sur la vague de son fantasme. Ses sens aiguisés, elle imagine les mains de son bel illustrateur posées sur ses seins et s'affolant sur son ventre. L'habileté de Martin achève d'amplifier son désir. Un orgasme la surprend par sa puissance. Elle s'y abandonne. Martin, ravi, jouit à son tour…

— Hé, j'espère que tu vas en publier, des livres ! Si ça te met en feu comme ça, moi, je ne peux qu'être pour !

11

Mia, dans la poussette, s'agite et montre du doigt chacune des mouettes qui volent à tire-d'aile, attirées par les poubelles débordant des restes du restaurant McDonald's de la ville de Rosemère. Le week-end, la rivière des Mille Îles accueille une foule de gens de Laval et de Montréal venus se distraire le temps d'un après-midi. Son chien en laisse, Ava confie la poussette à Martin tandis qu'elle hume les odeurs du printemps enfin annoncé. La récente et brusque fonte des neiges en a incommodé plusieurs, inondant les maisons riveraines et même les routes. Du haut de ses presque trois ans, leur fille veut tout essayer, tout explorer, tout commenter.

— C'est un vrai moulin à paroles…

Ava ne répond pas à la boutade de son compagnon. Plongée dans ses pensées, elle est habitée par cette mauvaise nouvelle qu'elle a apprise la veille et par l'échange qui s'est ensuivi :

— Les propriétaires veulent vendre la maison. Il va falloir qu'on déménage.

Martin, qui a mis un nombre incalculable d'heures à retaper leur logis et qui a refait les placards de la cuisine, changé les carreaux de la salle de bain, éventré les murs et refait l'électricité, avait accusé le coup.

— Mais ils avaient promis de nous la proposer en premier !

— C'est exactement pour ça qu'ils sont venus me voir. Ils sont prêts à nous la vendre, mais leur prix est trop élevé pour ce qu'on a économisé. Il nous faudrait dix mille dollars de plus.

— On va les trouver. Elle est à nous ! avait lancé Martin, qui s'était offusqué, révolté, puis désolé. Il faut qu'elle soit à nous ! Il faut qu'on trouve un moyen.

— Mes livres se vendent et t'as un bon emploi. Allons à la banque lundi. Peut-être qu'on pourra les convaincre de nous prêter…

La promenade n'est pas aussi joyeuse que d'habitude. Une fois de retour chez eux, Martin va rejoindre ses amis à une brasserie. Les Canadiens affrontent les Penguins de Pittsburgh, ce soir-là, et Martin et ses copains ont l'habitude de se retrouver pour regarder le match ensemble tout en buvant une bière.

Habituellement, Ava profite de ces soirées de solitude pour travailler et avancer ses textes. C'est ce qu'elle devrait faire, car elle a pris du retard sur la nouvelle collection à lancer pour les vacances d'été. Une fois sa fille baignée, les histoires racontées et les berceuses chantonnées, plutôt que de s'installer à la table de la cuisine, la jeune femme va à la salle de bains et récupère, cachée derrière les serviettes, une petite boîte qu'elle éventre. D'un geste rapide, elle saisit le bâtonnet et urine. Il ne faut que quelques secondes pour déceler le signe positif un peu flou au départ, mais qui se précise définitivement.

— Merde…

Cette chaude nuit où elle avait laissé les préservatifs dans le tiroir lui revient. Le souhaite-t-elle vraiment, ce deuxième enfant ? Elle serait bien embêtée de répondre à la question. N'empêche qu'avec un petit en route leur situation financière, déjà incertaine, vient de basculer pour de bon…

Avec une bonne quinzaine de minutes de retard, le banquier se présente, serré dans un complet deux-pièces mal coupé et d'un bleu poudreux. Il affiche néanmoins beaucoup d'assurance, rajustant sa cravate à rayures et grattant compulsivement son cou à la hauteur du col de sa chemise.

— Monsieur et Madame Lavallière, suivez-moi, dit-il avec un sérieux exagéré.

Tandis qu'il s'avance vers son bureau, recouvert d'un plaqué de mauvaise qualité, il regarde par terre et frotte du bout du soulier une quelconque saleté sur le tapis.

— Alors, on veut acheter une maison ?

Le gérant de la banque ne s'adresse qu'à Martin. Il sort ses dossiers, pose mille et une questions sur la maison, sur l'année de sa construction, sa localisation, l'évaluation de la Ville… Comme c'est Ava qui se charge de la tenue des comptes, c'est souvent elle qui répond. Elle a beau dire et faire, l'homme évite systématiquement son regard.

La jeune femme fait état de son travail d'auteure de livres pour enfants et des revenus touchés au cours des trois dernières années. Documents à l'appui, elle dévoile ses rentrées d'argent.

— Malheureusement, comme ce n'est pas dans le cadre d'un emploi permanent, la banque ne peut considérer ces sommes comme un salaire. Donc, ça ne compte pas dans votre revenu familial, pas plus que dans l'estimation du prêt que nous pouvons vous accorder.

Humiliée, Ava se retient de sortir en claquant la porte. Elle se sent comme autrefois, lorsque son père les éliminait systématiquement des discussions, sa mère et elle, réclamant le silence des femmes et prétextant qu'il valait mieux décider entre hommes. Elle serre la main de son compagnon et y enfonce les doigts de rage.

— Je travaille comme journalier sur un chantier de construction, explique Martin tout en exhibant son contrat d'embauche.

— D'accord, c'est un emploi saisonnier, si je vois bien. Ça vous enlève quelques points. Et je doute que votre salaire suffise à vous qualifier pour le montant que vous voulez emprunter. Mais on peut essayer et faire la demande.

Pour une fois, Lavallière fait profil bas. Il écoute poliment le laïus du bonhomme au sujet du montant de l'hypothèque et du calcul des emprunts acceptables par la banque.

— J'ai aussi un petit studio de son attenant à la maison. Je le loue à des musiciens qui viennent enregistrer, les soirs et les week-ends. Ça complète les fins de mois et occupe les temps morts sur les chantiers.

— D'accord, je prends note. En cas de refus, on pourra toujours penser à un garant. C'est malheureux, mais c'est la norme pour les gens qui représentent un trop gros risque pour l'institution financière, vous comprenez, dit-il avec condescendance.

— Très bien, Monsieur, ne peut s'empêcher de répliquer Ava.

En fait, vous nous expliquez que pour pouvoir s'enrichir, il faut déjà être riche, pense la jeune femme, un sourire ironique accroché au visage. *Et c'est profondément injuste. Mais ce n'est pas la première injustice qu'on rencontre ! Vous ne nous arrêterez pas, monsieur bleu. Nous allons acheter cette maison ! Avant de vous rencontrer, je n'étais pas certaine de vouloir cette maison, mais à partir de maintenant, il n'y a rien que je souhaite plus. Et elle nous appartiendra, je vous en donne ma parole.*

La rencontre se termine civilement. Ava quitte la pièce sans demander son reste, suivie de près par Martin, immense dans son corps rompu aux travaux manuels. Il a dans les yeux des étoiles d'amour pour ce petit bout de femme qu'il défendra toujours.

Le Musée Marc-Aurèle Fortin prépare une exposition pour rendre hommage aux femmes peintres du Québec. Ariane n'est pas étrangère à l'initiative. Pour aider les amis qui organisent l'événement, elle consulte les portfolios des exposantes et fait ensuite ses recommandations. Les œuvres révèlent une variété foisonnante qui témoigne de la vivacité de la perspective féminine. Tellement curieuse et avide d'apprendre, de découvrir, Ava prend connaissance des dossiers, fascinée par ces talents flamboyants et ces carrières menées tambour battant par ces femmes fortes, à l'égal des hommes.

— Personne ne m'a jamais soufflé mot à propos de ces grandes artistes !

— C'est dommage, en effet. Les femmes restent dans l'ombre, au fil de l'histoire.

— À Saint-Georges, il n'y avait pas de livres. Même pas pour cuisiner… J'ai vécu à des milles de tout ce que j'apprends avec toi… C'est incroyable !

Ava porte la main à son bas-ventre. Déjà, les rondeurs la trahissent. Mia s'est assoupie. Elle profite de ce moment de liberté pour flâner à son aise aux côtés de celle qui l'inspire tant. Elle ne regrette pas cet après-midi volé à son travail.

— Je vais vous aider, lance la vieille dame.

Ariane prend place sur un banc du parc. Elle a bien réfléchi et, à choisir, elle préfère que son argent serve de son vivant.

— On n'emporte rien dans sa tombe. J'ai toujours trouvé ridicule l'idée de distribuer ses biens à sa mort. Pourquoi s'empêcher d'assister au plaisir qu'on donne aux autres en offrant ce qu'on possède de son vivant ? Avec le petit qui vient, ce n'est pas le moment de déménager. Je vais vous aider à acheter cet endroit que vous avez si bien arrangé, lance-t-elle sur un ton sans appel.

— Quand elle apprendra que tu m'as aidée, Anaïs va t'en vouloir encore plus. Et Claude criera à l'usurpation du capital familial, répond Ava en faisant de grands non de la tête. Je ne veux pas te mettre dans une situation fâcheuse.

— Moi qui me suis battue toute ma vie pour la liberté des femmes, j'accepterais de me trouver à la merci des caprices de mes enfants ? Je fais ce que je veux de mon argent. Tu es ma petite-fille…

— Pas tout à fait…

— Qu'est-ce que tu racontes ? Anaïs est ma fille et tu es la sienne ! rétorque l'aïeule, têtue comme une mule, car plus rien ne lui fera changer d'avis.

Quelques jours après cette sortie, Ariane se rend à sa banque et prend les obligations d'épargne qu'elle réservait dans un compte à part. Car pour tout le reste de ses fonds, il lui aurait fallu la signature de son fils, lequel a tenu à s'occuper de ses finances, surtout depuis qu'il est en couple avec le comptable qu'elle avait engagé au moment de produire sa déclaration de revenus. « Ma pauvre maman, tes finances sont dans un tel état ! Tu n'as pas les moyens d'être aussi négligente. Tu finiras dans la rue si tu ne réagis pas », avait-il décrété sur un ton alarmiste.

Qu'il est pénible de sentir son corps se fatiguer et vieillir ! Et qu'il devient tentant de cesser le combat, de lâcher prise et de s'abandonner à la bienveillance des autres. Elle avait cédé, puis regretté une fois la charge attribuée.

Dès les virements de fonds complétés, elle repart satisfaite : Ava et sa famille continueront d'habiter la petite maison tout près du bord de l'eau.

Le Salon de la femme de 1989 connaît un beau succès. Satisfaite, Ava quitte le stand, emportant avec elle le souvenir inoubliable de ces gens la félicitant pour avoir mis au monde une Zoanette différente des petites filles soumises d'autrefois. « Continuez d'offrir autre chose à nos enfants ! » En cette fin d'après-midi d'un dimanche d'avril, Ava se sent épuisée mais radieuse. Elle rentre chez elle après avoir traversé quelques jours tellement intenses et exigeants. Elle se revoit le vendredi soir précédent, dans l'immense vélodrome, en compagnie de sa grand-mère, invitée elle aussi à assister au gala du Salon. Une jeune comédienne, Marina Orsini, avait triomphé, recevant la Rose d'or, un prix de popularité décerné par le public. *Zoanette a la même énergie que cette jeune femme passionnée, amoureuse, fonceuse,* avait-elle pensé alors, tandis que l'honorée, dans une candeur touchante, avait accepté son prix. *Lorsqu'elles seront grandes, les filles pourront choisir autre chose que le silence et la soumission, car elles auront des modèles pour les inspirer...* Voilà son souhait le plus cher et l'évolution vers laquelle elle tend à développer son œuvre.

— Le visage des femmes, à la télévision, a tellement changé en si peu de temps ! C'est incroyable ! Et je suis très heureuse d'assister de mon vivant à cette évolution fantastique, lui glisse Ariane à l'oreille.

— Les personnages et les histoires qu'on crée pour les enfants soutiennent cette mouvance.

En dépit de parcours professionnels très différents, elles se rejoignent...

— Je me demande bien ce que ma fille fera lorsque viendra son tour...

— Je ne serai plus là pour voir ça, mais elle réalisera de grandes choses, c'est certain !

À l'évocation de la finalité de sa vie, la septuagénaire sent son cœur se serrer. *Comment le temps a-t-il pu passer aussi vite ?* Elle qui se surprend encore parfois à avoir envie de faire une balade à bicyclette comme si elle avait dix ans peine à croire qu'elle se rapproche du bout de sa route…

Ava rentre chez elle. Le bas de son ventre s'est alourdi avec la fatigue et elle doit le soutenir de la main. Alors que sa relation avec sa mère biologique s'est détériorée avec les années, celle établie avec sa grand-mère a gagné en force et en vérité. Étranges chemins que ceux que l'existence choisit parfois pour permettre aux uns et aux autres de se rejoindre en dépit de tout…

Elle quitte donc Montréal pour retrouver sa banlieue. La nuit tombe doucement. Elle gare sa voiture devant cette maison qui deviendra légalement la leur d'ici quelques jours. Un sentiment de gratitude l'étreint. Heureuse. Elle est immensément heureuse !

Au cœur de Sainte-Agathe-des-Monts s'élève l'imposante église du village, tout en pierre, œuvre de « Monsieur Siméon », un paroissien de Saint-Jérôme. Léon Saintonge s'engage dans l'allée qui mène à l'autel de pierre, au centre du chœur. En arrière-plan, un Jésus-Christ peint dans le sanctuaire et entouré par les douze apôtres. C'est vraiment pour faire plaisir à sa chère Francine qu'il accepte de se prêter à la cérémonie. Lui qui a toujours détesté les bigoteries épouse une femme qui se révèle une croyante fervente et passionnée et qui, sa vie durant, a trouvé grâce à Dieu un sens à son existence pauvre et difficile.

— Jésus, c'est le frère que j'aurais aimé avoir. C'est une personne qui m'habite et me porte, lui avait-elle confié dès les premiers temps de leurs fréquentations. Je l'impose à personne, il fait partie de ma vie privée…

Loin de le repousser, cette explication l'avait séduit. Chacun a droit à ses secrets, voilà comment il avait admis le sentiment de son aimée. Et il s'était dit qu'une femme qui fixe, en quelque sorte, les limites de son intimité à ceux qu'elle aime aurait ce qu'il faut pour le comprendre. Lui, tellement pudique, déteste plus que tout les familiarités et le manque de retenue. Alors qu'en public il est toujours de bonne humeur, peut se montrer blagueur, il a parfois besoin de silence et de solitude pour soigner les blessures profondes de son âme. Mademoiselle Francine l'a compris rapidement, ainsi ils pourront partager harmonieusement leurs jours. Et depuis qu'il fait vie commune avec elle, un tout nouveau pan de l'existence se révèle : on peut aimer sans pièges ni attentes. Fort de cette découverte, il s'était rendu à la bijouterie de Saint-Jérôme pour y acheter une bague et il lui avait fait sa grande demande, les larmes aux yeux et le cœur en fête.

Sur le coup, Francine avait décliné :

— Si je me marie, ce sera une seule fois dans ma vie. Et puis pour moi, ça peut juste être à l'église… Alors c'est mieux de laisser les choses comme ça.

— Non. Allons à l'église, avait-il décrété, précisant qu'aucune contre-indication biblique n'interdisait l'accès à la maison de Dieu aux athées…

Léon ne la quitte pas des yeux, tandis qu'elle pose solennellement un pied devant l'autre. Il n'y a pas une femme au monde qui soit plus belle à ses yeux. Entourant la mariée, Émilienne, Lucie, Stéphanie et Ava jouent les demoiselles d'honneur, toutes de bleu vêtues. Elles sont magnifiques ! Au parterre, la famille Calvino au grand complet est présente, heureuse pour celui qui fait partie de la famille et qui a enfin trouvé son âme sœur.

Anaïs constitue la seule ombre à son tableau.

Quand Léon lui avait appris qu'il avait envoyé une invitation à sa fille biologique, Anaïs s'était offusquée :

— Sainte-Adèle au complet va savoir que la femme du Docteur Fortier a abandonné son enfant ! J'ai pas envie, Léon ! Tu aurais dû m'en parler avant de l'inviter !

— C'est ton sang qui coule dans ses veines, avait-il répondu, *et aussi le mien,* avait-il pensé. Cette petite-là a sa place avec nous.

— C'est le mariage qui te donne le droit de me dire ce que je dois faire avec ma vie ? Bien, si c'est comme ça, tu te marieras sans moi !

Sur ces paroles, ils s'étaient laissés. Après cette rugueuse altercation, ils s'étaient évités l'un et l'autre quelques semaines. Il avait fallu l'intervention de Bernard pour qu'Anaïs s'adoucisse.

— Ma chérie, je connais les gens du patelin et personne ne te jugera aussi durement que tu le fais toi-même. Ne reste pas impitoyable et inflexible.

— Je ne ressemble plus à celle que j'ai été ! Et je n'ai pas envie que cette personne m'impose un passé avec lequel je n'ai plus rien à voir !

— Léon l'aime bien et désire qu'elle assiste à son mariage. Ava ne te demande rien. Et elle ne t'a rien fait ! Pourquoi t'acharnes-tu constamment contre elle !

— Je l'ignore... Elle m'agace, c'est tout !

— Crains-tu qu'elle prenne ta place auprès de ta mère ?

Ces quelques mots envolés avaient déclenché des sanglots. Bernard, saisi, avait aussitôt regretté ses paroles. Il avait touché un point fragile de cette relation qu'il devinait complexe entre sa femme adorée et celle qui l'a aimée, chérie, protégée. Il savait que derrière la hargne et la jalousie se cachait beaucoup de peine.

— Tu adores ta mère autant que tu lui en veux. Mais il me semble que c'est injuste qu'une innocente doive payer pour ça.

— Tu as raison, avait-elle répondu non sans hésitation. Si je n'ai pas pu être l'enfant que j'aurais voulu, c'est qu'il m'est arrivé quelque chose...

Anaïs lui avait tout raconté. L'oncle Gaétan dans la chambre, allongé sur elle, fiévreuse, trop faible pour réagir et même pour comprendre ce qui lui arrivait. Puis cette rage, les années passant, qu'elle avait ressentie envers Ariane pour l'avoir laissée seule dans le chalet.

— Ma pauvre chérie...

— Pendant des années, j'ai cru que c'était oncle Eugène qui m'avait agressée. J'ai fui la maison, j'ai fui ma famille. Ava est arrivée au milieu de ma tempête. Quand je suis revenue à Montréal, des années plus tard, plus rien n'était comme avant. Une partie de moi n'existait plus.

— Ne crois-tu pas que tu as payé assez cher déjà ? Ne mérites-tu pas que tout cela s'arrête enfin ? Ne laisse pas ce terrible événement te priver de ta fille en plus de te mettre en froid avec Léon. Il est comme un père pour toi.

Bernard l'avait enlacée et l'avait serrée fort contre lui. Il venait de lui faire voir les choses sous un angle nouveau. Dans les semaines qui avaient suivi la discussion, elle était allée trouver Léon et s'était excusée.

— Léon Saintonge, acceptez-vous de prendre pour épouse Francine Dupré, ici présente, et de la chérir devant Dieu et devant les hommes pour le meilleur et pour le pire ?

— Oui, je le veux…

Touchée d'assister au spectacle de ces deux vieillards chancelants, mais amoureux comme des collégiens, Ariane jette un regard en direction d'Anaïs, radieuse au bras de son mari, tandis que lui vient une pensée tendre pour sa chère Agathe, que cet homme avait tant aimée…

L'émission *Sesame Street*[1] a connu un triomphe aux États-Unis et même au Québec, où elle a été traduite à partir de 1975. Elle a aussi inspiré Passe-Partout, pour le plus grand bonheur des jeunes téléspectateurs. Depuis quelques années, les péripéties de Passe-Partout, Passe-Montagne et Passe-Carreau séduisent les parents autant que leurs enfants. Cette série populaire et innovatrice est le rêve de quiconque voulant écrire pour les jeunes.

1. Adaptée en France sous le nom de *1, rue Sésame.*

Décidée à tenter sa chance, Ava a fait parvenir deux de ses derniers albums au producteur et les a accompagnés d'une lettre présentant son point de vue sur l'enfance. Sa démarche se voit récompensée par une sollicitation à une entrevue. L'un des initiateurs de la série l'a convoquée et l'attend. « Vos livres m'ont charmé », déclare-t-il tout de go au téléphone.

Sur son trente-un, les cheveux fraîchement coupés et vêtue d'un chemisier ample et d'un jean, Ava s'inquiète du fait qu'on voit son ventre, son ballon de football. Aussi tente-t-elle de le dissimuler sous une cape de laine qu'elle garde entrouverte.

Elle décide qu'elle ne fera aucune mention de sa grossesse. Après tout, elle n'est ni malade ni contagieuse ! Et puis le travail de scénariste est un métier qu'elle peut exécuter de chez elle ! Pourquoi aller au-devant des coups, annoncer qu'elle est enceinte, risquant ainsi de perdre une occasion de gagner de l'argent à un moment où elle en a bien besoin ? Martin, qui s'est blessé sérieusement au dos, n'a pas travaillé depuis la fin de l'été. Deux bons mois de souffrances ponctuées de traitements sans grand effet.

— Tu vas réussir ! lui murmure son amoureux à l'oreille au moment de son départ.

Mia, dans ses bras musclés, imite son père et fait un gros câlin à sa maman, qui quitte la maison l'esprit tranquille.

Une fois la voiture garée, Ava s'engage vers les bureaux du ministère de l'Éducation, où elle est attendue.

D'une simplicité charmante et l'esprit vif comme l'éclair, l'homme qui l'accueille n'y va pas par quatre chemins. Les producteurs veulent faire des aventures de Zoanette une série pour la télévision et ils sont prêts à commander à Ava l'écriture des premiers épisodes. S'il a probablement tout deviné de l'état de la jeune femme, il a la délicatesse de n'en pas faire mention.

— Nous aurons besoin d'un document général faisant la présentation de l'histoire et des personnages, puis des trois premiers textes…

Les cachets offerts sont faramineux et n'ont pas de commune mesure avec ce qu'un auteur peut gagner avec la publication de ses livres, fussent-ils à succès. Aussi Ava n'hésite-t-elle pas longtemps. *Je travaillerai nuit et jour pendant les semaines qu'il me reste avant la naissance du bébé et je pourrai continuer ensuite plus doucement le premier mois, et reprendrai le rythme ensuite.*

— C'est entendu. Mon conjoint est à la maison actuellement. J'aurai beaucoup d'aide… Je pourrai respecter votre échéancier.

Les négociations ne sont pas longues. Ava se réjouit de ce travail qui va lui permettre de régler ses dettes, de s'assurer quelques mois d'avance sur le paiement de l'emprunt et, surtout, qui va faire de Zoanette une héroïne célèbre…

L'infirmière pénètre dans la chambre. Elle a ordre d'y rester tant que les comprimés, dans le gobelet de papier, ne seront pas avalés.

— Pas le choix, madame McCann, votre psychiatre vous les a prescrits. Il faut que vous les preniez.

— J'ai la bouche sèche, sèche…

— Je vous ai apporté de l'eau, déclare la garde, immobilisée devant le lit de sa patiente. Avec ça, les hallucinations vont diminuer puis vous allez vous sentir mieux…

Un complot se trame, Catherine en a la certitude. Cette femme qui se dit aide-malade est en fait une espionne payée par le gouvernement russe. Oui, car elle a la stature de ces femmes costaudes des films de James Bond qui parlent avec un accent à couper au couteau. Catherine est terrifiée : on l'empoisonne lentement mais sûrement dans cette prison où les fenêtres sont striées de barreaux. *Ça peut pas être un hôpital ! Tout est contrôlé et y a des gardiens à tous les couloirs.* Elle laisse glisser la pilule puis, bondissant comme une lionne, elle assène un solide coup de poing en dessous du plateau éclaboussant le visage de l'infirmière, qui pousse un cri.

Catherine se précipite hors de la pièce et cavale vers les portes capitonnées. La chance lui sourit : l'un des derniers visiteurs de la soirée s'y engage et lui permet de passer. Elle court droit devant, fournissant un effort surhumain pour bouger sa grosse carcasse. Mais l'enjeu en vaut la chandelle. Bientôt, elle sera au centre-ville, dans l'anonymat d'une foule affairée.

— Ava ! C'est moi ! Faut qu'tu viennes me chercher ! Faut qu'tu m'aides à me sauver de cet endroit-là ! Ils vont m'tuer, sinon !

Sans l'aide de Martin, Ava sait bien qu'elle n'y

arrivera pas. Sa mère peut se révéler d'une force étonnante quand elle délire et qu'elle a peur.

— Martin, j'appelle la petite voisine pour qu'elle vienne garder Mia. Catherine s'est sauvée de l'hôpital. Elle est en chemise de nuit en centre-ville. Elle se cache dans les toilettes d'un restaurant. Elle m'attend.

— Tu préfères pas appeler la police ?

— Je peux pas lui faire ça. Puis j'ai besoin que tu m'aides pour la ramener ici.

— Ce sera pas facile.

— Je le sais bien. S'il te plaît, accompagne-moi…

Enrhumé, il s'était mis en pyjama de bonne heure, mais il ne peut pas refuser ce service. Tandis qu'Ava appelle Sophie, la nounou favorite de Mia, il se dirige vers la chambre pour enfiler des vêtements. Le parfum d'Ava flotte dans la pièce, se dégageant des draps où elle dort avec lui. L'évocation de son corps chaud et de ce ventre plein de vie qu'il se plaît à caresser suffit à dissiper sa contrariété. Tant qu'il est avec elle et tant qu'ils s'aiment, rien de grave ne peut arriver.

Catherine attend Ava. Elle est la dernière personne sur terre à qui elle fait encore confiance. Elle lui a téléphoné et, depuis, elle se cache dans ces toilettes. Elle a peur et chaque minute qui passe lui semble des heures. Quand elle reconnaît la voix de celle qui s'engage dans la pièce et l'appelle, elle se demande un instant si c'est bien sa fille, car son cerveau lui joue parfois des tours.

— J'ouvre, mais juste à toi. J'veux personne d'autre.

Ava donne sa parole. Elle fait l'impossible pour rassurer sa mère et jure pour cela qu'elle ne la conduira pas à l'hôpital. Mais quand elle la voit, méconnaissable, le visage hargneux et méfiant, la chevelure en bataille, les ongles presque orange à force d'avoir absorbé la fumée de cigarette, en chemise d'hôpital et les pieds abîmés dans ses pantoufles décousues, elle se dit que c'est trop pour elle seule, qu'elle ne parviendra pas à tenir sa promesse.

— Ma montre ? Pourquoi veux-tu que je l'enlève ? C'est un micro, tu crois ? questionne-t-elle fébrilement au rythme des hochements de tête qui s'enchaînent.

Et Catherine de continuer avec une histoire aussi terrifiante qu'incroyable de tueurs qui la poursuivent. Martin attend depuis presque une heure à la sortie des toilettes pour femmes tandis qu'Ava, à l'intérieur, essaie en vain de convaincre sa mère de la suivre. Lassée par cette histoire de montre et de micro caché que la malade répète en boucle, la jeune femme a une idée :

— J'ai un ami à qui tu pourras expliquer tout ça. C'est un expert, il prétend qu'il est médecin, mais en fait il travaille pour le gouvernement…

Amadouée, rassurée, Catherine accepte enfin de quitter son refuge et de se laisser conduire en voiture jusqu'à cet individu qui sera en mesure de l'aider. Sa fille lui a donné sa parole et elle lui fait confiance.

C'est ainsi qu'à trois heures du matin Ava s'est présentée avec sa mère à l'urgence de l'hôpital Royal Victoria. Épuisée par sa cavale, Catherine n'a pas semblé reconnaître l'institution qu'elle avait quittée quelques heures plus tôt. Elle allait rencontrer un savant qui écouterait enfin son histoire…

— Maman, c'est l'ami dont je t'ai parlé tout à l'heure. Tu peux lui faire confiance. Raconte-lui ce que tu sais. Je te laisse la montre…

Martin prend sa douce par la main. Ava pleure à chaudes larmes, honteuse. Il l'entraîne vers l'auto et met le moteur en marche. Tandis que la voiture s'éloigne dans la nuit, Catherine explique les raisons de sa terreur à un jeune interne qui l'écoute calmement avant de prescrire une injection massive de calmants et d'antipsychotiques.

— Ça y est, le travail a commencé !

Ariane raccroche le téléphone et remarque que ses mains tremblent. Même si plus rien n'est comme autrefois, mettre un enfant au monde comporte toujours sa part de risques. Elle ne veut pas penser à ça. Tout ira bien… À quoi bon rester à la maison à tourner en rond pendant des heures ? Elle n'annule pas ses plans pour la soirée. Elle attend Claude ; ils vont au théâtre. Alors qu'Ariane vieillit, le théâtre lui apporte ses plus grandes joies. Et elle s'y rend une ou deux fois par mois, parfois plus…

Guillerette et enjouée, elle se laisse guider par son fils, tellement prévenant avec elle qu'il exagère.

— Je suis encore capable de marcher, tu sais ! lui rappelle-t-elle souvent.

Leurs sièges sont au centre de la salle. Lorsqu'elle le constate, Ariane a un moment d'hésitation. Une petite voix lui dit de faire marche arrière, qu'Ava l'appelle au secours. Mais elle ne croit pas aux prémonitions, à la télépathie et à toutes ces fadaises. Décidée à passer une belle soirée, elle prend place, saluant de la main un vieux collègue comédien avec lequel elle a déjà travaillé. Son fils, de bonne humeur, raconte les ventes qu'il a faites à son magasin de meubles qui, après un démarrage difficile, semble en bonne voie de connaître du succès.

— Ça m'aide que mon nouvel ami soit comptable. Parce qu'avec les banques, moi, je suis comme un oiseau tombé du nid…

Le silence s'impose dans la salle. Claude se penche vers sa mère et lui demande, sur le ton qu'il prendrait pour s'adresser à une enfant, si elle n'a pas froid. D'un signe de la main, elle lui répond de ne pas s'inquiéter. Et c'est une fois qu'Ariane est plongée dans le noir complet qu'une certitude s'impose avec intensité : Ava est en danger !

De fait, le pouls du bébé n'ayant pas été décelé à l'arrivée de la patiente, une échographie est demandée. Les contractions se rapprochent, exactement comme s'il s'agissait d'une naissance normale. Mais le gynécologue est formel : le cœur de l'enfant ne bat plus. Entre la dernière visite de routine, où tout semblait parfaitement en ordre, et le déclenchement du travail, aujourd'hui, un drame s'est produit. La nature a interrompu cette vie qu'Ava portait. Avec beaucoup de courage, la jeune femme devra tout de même mettre cet enfant au monde et supporter les douleurs que son corps lui impose pour expulser le bébé.

— Si on est au troisième étage, c'est parce que l'accouchement risque de mal se passer.

Ava détourne le regard. La douleur, parfaitement inutile, lui semble encore plus intolérable. Elle ne retient pas ses larmes quand, arrivée au bout de ses peines, elle doit faire face à cette séparation définitive avec ce petit garçon qu'elle attendait depuis des mois et qu'elle souhaitait appeler Alexis, prénom d'un de ses anciens élèves qu'elle avait particulièrement aimé…

De retour de dix jours de repos et d'un voyage au soleil du Mexique, après un Noël complètement atypique passé sur des plages sablonneuses, Ava reprend son travail avec ardeur.

Elle n'a pas de nouvelles du document général ni des épisodes de sa série télévisée intitulée *Zoanette et les monstres pas vrais* déposés juste avant les tristes événements. Plutôt que de se laisser paralyser par l'attente, elle réagit en entreprenant une nouvelle série de livres. Aussi se remet-elle à son bureau avec la ferme intention d'écrire de courts romans, avec un petit garçon cette fois, qui s'appellera Alex. *Alex pieds dans les plats* prend vie dans une école primaire différente des autres où l'on apprend tout ce qui ne se trouve pas écrit dans les livres. Rapidement, les feuilles se noircissent. Son Alex prend vie et elle se plaît à imaginer ce touche-à-tout aventurier habitant un monde heureux. Au fil des jours, elle oublie les heures et cette chambre vide à l'étage…

— On a beaucoup aimé ta proposition. Cette façon de t'adresser directement aux enfants, de faire d'eux des personnages agissant dans l'histoire, ça correspond à ce qu'on cherche à faire, annonce le producteur, duquel elle n'espérait plus rien.

Alors qu'elle croyait tout perdu, voilà qu'on lui propose une suite à son contrat d'écriture pour une trentaine d'épisodes ! Pour la seconder dans son travail, des pédagogues et des documentalistes vont alimenter sa réflexion, nourrir les fictions qu'elle va imaginer. Sa Zoanette va devenir une héroïne en chair et en os ! Elle rencontre le réalisateur, qui lui expose sa vision, lui explique comment il imagine les décors, les costumes, la musique. L'univers qu'elle met au monde s'enrichit peu à peu de la créativité de chacun. Au sein de l'équipe règne une communauté de pensée : tous cherchent à offrir aux enfants un territoire où ils se sentent accueillis, où ils peuvent prendre la parole, s'exprimer, ressentir et occuper leur place en toute sécurité. Cette proposition, dans la mouvance de *Passe-Partout*, diffère de ce qui a été présenté jusque-là. Éduquer, ce n'est plus faire la morale et donner des consignes. Il s'agit plutôt d'exprimer le monde de l'enfance et de permettre que celle-ci occupe une place à part entière. Grisée par cette mission, portée par une équipe et un travail passionnants, Ava ne compte plus les heures.

Et si, de temps à autre, son cœur se serre au souvenir de son petit garçon mort-né, elle élimine ces pensées qui la chagrinent. À l'intérieur, elle ne veut plus ressasser.

12

Ava est en route vers Saint-Joseph-du-Lac. Il fait bon voir la neige fondre et se diluer dans les sols des vastes terres agricoles. Bientôt, on pourra semer. Après les longs mois d'hiver, c'est un plaisir intense que de sentir l'arrivée de temps plus cléments. Sous peu, on ne mettra plus de bottes, plus de mitaines, plus de bonnets et l'on se plaindra de la chaleur ! Ava se souvient des chevaux, au printemps, et de leur impatience, dont il fallait se méfier. Dans leur enthousiasme, les bêtes risquaient de s'engager sur des terrains boueux et de se blesser.

Après quelques mois d'un deuil difficile, elle aussi doit se montrer prudente, se préserver… Le séjour au Mexique, entièrement payé par sa chère Ariane, l'avait sortie de sa peine et de son quotidien, mais le retour n'en avait été que plus dur. Elle avait fui dans le travail, assise à son bureau du matin au soir, rédigeant, corrigeant et écrivant de nouveau. Après l'accord sur sa série télévisée, le signal de la production avait été donné.

En septembre prochain, on diffusera les premiers épisodes, pour lesquels Ava a signé dix textes, ce qui constitue une charge de travail considérable effectuée en très peu de temps. Ava s'était retrouvée en panne d'inspiration, complètement vidée, avec la sensation désagréable de ne plus rien avoir à dire. Le producteur, inquiet, lui avait imposé un changement.

— Je te propose un essai. Une collaboratrice…

— C'est tellement difficile de trouver la bonne personne, celle qui va comprendre exactement…

— Je crois l'avoir dénichée.

Il avait vu juste. Avec Marie Trépanier, cette ancienne enseignante à la maternelle, chez qui Ava se rend ce jour-là, la complicité s'était établie instantanément. À tel point que les deux auteures, après quelques échanges approfondis, avaient convenu de revoir ensemble les épisodes déjà écrits.

— Si je puis me permettre, il me semble qu'il faudrait qu'on retrouve dans la série télévisée la même audace que dans tes livres, avait risqué Marie.

— J'ai traversé des moments difficiles et je n'avais peut-être pas autant d'inspiration, avait avoué l'auteure.

Travaillant chez l'une et chez l'autre, elles avaient modifié certains thèmes et ajusté les personnages. Et loin de regretter cette collaboration, la créatrice de Zoanette se sentait plus légère d'avoir trouvé une source d'émulation et de complicité dans ce travail si solitaire de conceptrice et de scénariste.

Jamais, jusque-là, elle n'avait eu le plaisir de partager l'écriture. Au cours des quelques expériences de collaboration en tandem, elle s'était vite sentie envahie, menacée, et avait détesté tous les compromis forcés. Mais Marie est d'une gentillesse et d'une délicatesse extrême, et jamais elle n'impose ni ne bouscule. Dans un tel contexte, l'idée de tout reprendre à zéro et d'écrire de nouveau jusqu'à ce que les deux soient entièrement satisfaites du résultat ne heurte personne. Au contraire, Ava se sent plutôt rassurée.

Qu'est-ce qui se passe ? Il y a beaucoup de voitures de police sur la route. Ce n'est pas normal, pense Ava alors qu'elle se gare dans l'entrée de la maison de sa partenaire.

La jeune femme est loin de se douter de l'importance des événements qui se mettent en place et auxquels elle assistera chaque fois qu'elle rendra visite à sa collègue, tout au long de l'été. Ce 11 mars s'enclenche un conflit opposant le maire d'Oka, qui a pour projet d'agrandir le golf de sa municipalité, et la communauté mohawk de Kanesatake qui occupe déjà la terre en question. Pour manifester leur opposition, les autochtones ont érigé une barricade. Celle-ci ne perturbe pas la circulation, mais est construite de façon bien visible à l'entrée de la pinède. Marie connaît bien le coin et explique clairement les causes des divergences.

— Les Indiens ont peur qu'on rogne leur territoire. Et ils ont raison, si tu veux mon avis. Ça fait des années que les deux communautés se font la vie dure… Un jour, ça va péter. Tout le monde le sait.

Les deux femmes se mettent à l'ouvrage. Les aventures de Zoanette des trois premiers mois de diffusion se dessinent. Elles ont un plaisir fou à échanger. Marie est une manuelle, une touche-à-tout hyperactive, une épicurienne qui adore rire et prendre du bon temps. L'esprit alerte, mais un peu brouillon, elle ne craint pas de lancer des idées dans tous les sens…

— On dit tout ce qu'on pense ! On fait le ménage après !

Le thème central sera la gestion des conflits. Elles développent sur le sujet une histoire complète qu'elles subdivisent ensuite en épisodes. Ava repart chez elle satisfaite des chapitres qui se dessinent. Le travail s'en trouve grandement facilité lorsqu'elle rentre chez elle.

De semaine en semaine, en parallèle, la crise d'Oka enfle et s'intensifie à une douzaine de kilomètres de chez Marie. Les deux femmes sont impressionnées par la tournure des événements. L'intransigeance des deux parties et leur attitude butée frappent les créatrices. Les mois d'avril, mai et juin s'avèrent houleux. On va d'injonction en injonction, et personne ne semble vouloir négocier. La barricade, inoffensive au départ, s'élève et s'agrandit un peu plus chaque jour, au point de bloquer complètement la circulation. Les habitants du coin se retrouvent sérieusement incommodés par la situation. Le conflit s'envenime, on menace de faire intervenir la police, on craint les échanges armés. Les médias font grand cas du conflit. Les femmes de la nation mohawk s'interposent et interviennent à titre de force non armée pour négocier… L'escalade se poursuit et connaît son apogée le 11 juillet, alors que des tirs nourris sont échangés. Un jeune caporal est tué au cours de la fusillade. Impressionnées par cette mort tragique et inutile, les deux scénaristes croient plus que jamais à l'importance d'inculquer aux tout-petits le respect en dépit de la divergence de points de vue.

Leur écriture est inspirée. Les enfants de l'avenir apprendront à exprimer leurs émotions et négocieront avec des mots plutôt qu'avec des coups. Un personnage autochtone est créé et intégré à la série. Les deux collaboratrices se laissent porter par les valeurs de respect des différences sur lesquelles elles entendent asseoir leur récit. Marie et Ava relisent à voix haute chacun des textes, qu'elles peaufinent de façon maniaque. Elles présenteront aux jeunes une histoire digne de leur intelligence.

Dans un marathon fou, en même temps qu'elle se consacre à l'écriture, Ava doit donner son avis sur le choix des comédiens qui personnifieront ses petits héros, elle travaille de concert avec le réalisateur pour établir les décors, les costumes, la musique. Le travail, bien que passionnant, est exigeant. Aussi est-elle heureuse de trouver en Marie une complice efficace et douée sur qui elle peut s'appuyer pour assurer la continuité de l'écriture, ce qui constitue le plus grand défi pour une scénariste de séries télévisées.

L'été se déroule à un train d'enfer, si bien qu'en septembre 1990 les premiers épisodes des aventures de Zoanette sont diffusés. Radio-Québec espère beaucoup de cette nouvelle production qui a demandé des investissements considérables.

Avec les premières images et les premières

critiques, les deux auteures récoltent les fruits de leur labeur. La série propose un ton réaliste qu'on a peu vu dans les émissions pour enfants. On aborde les questions difficiles sans détour et du point de vue des gamins. Tout de suite, la mayonnaise prend avec les téléspectateurs, et Zoanette récolte un public fervent et assidu.

Comme l'émission invite les jeunes à faire parvenir des dessins et des lettres à la station, Ava se retrouve vite ensevelie sous des tonnes de courrier qu'il faut ouvrir, classer et auquel elle entend répondre personnellement. Ce qui la frappe, dès les premiers envois, c'est la solitude extrême à laquelle font face les petits. Comme les parents travaillent, les enfants à la clé dans le cou[1] rentrent seuls à la maison. Ils passent des heures qui leur semblent trop longues à attendre… Tous les chagrins et toutes les angoisses de la journée refont surface pendant ce moment d'isolement, et c'est souvent à Zoanette que les petits confient leurs troubles.

Ava croyait naïvement qu'avec le lancement de son émission elle pourrait souffler un peu. Mais elle prend au contraire la mesure de la responsabilité qui tombe sur ses épaules. Le thème de la gestion des conflits, judicieux, donne lieu à des centaines d'appels au secours, car elles sont nombreuses, les disputes mal gérées entre les parents ou même entre les enfants. La souffrance

1. Expression pour nommer les enfants qui rentrent seuls de l'école et restent seuls en attendant le retour de leurs parents.

des cœurs s'exprime par les dessins, les lettres et les appels téléphoniques. Zoanette a ouvert une porte qui ne peut plus se refermer. Aidée par un psychologue qui la conseille, Ava répond aux messages et tente de suggérer des solutions positives. Mais il y a tant et tant de tristesse dans les mots des enfants que, certains jours, elle en vient presque à regretter son initiative.

Les chiffres d'audience confirment le succès de la série. Bientôt, les prix et les récompenses s'annoncent. Ava n'espérait pas autant de l'aventure. Le pouvoir de la télévision s'impose et lui offre visibilité et notoriété. Pourtant, la réussite a pour elle une conséquence amère : plus rassurée sur le plan professionnel, elle relâche sa garde, et voilà que le souvenir de son petit ange mort à la naissance lui revient de façon insistante. Elle qui a tant rêvé de reconnaissance se rend compte que celle-ci ne lui apporte pas le bonheur. *C'est l'histoire de ma vie, ça, de ne jamais me sentir à ma place. Je resterai donc à jamais un vilain petit canard…* Pour fuir la tristesse et l'inconfort, elle accepte la proposition d'un éditeur de chapeauter la rédaction d'une série d'albums sur la cuisine de tous les pays.

— On t'a pas vue de l'été ! Comment tu vas faire, avec cette commande en plus ?

— J'écrirai la nuit ! Mais tu as raison, Martin, je suis cinglée.

Il se tourne vers elle et la soulève. Elle, qui ne pesait déjà pas grand-chose, a perdu du poids au cours de ces mois de travail acharné. Tandis qu'il l'embrasse avec douceur, ses inquiétudes l'assaillent et lui plombent le moral. Pourquoi s'en fait-il ainsi alors que tout va bien entre eux ? Il ne saurait le dire. Il l'emporte jusqu'à leur chambre, l'allonge sur le lit et lui fait l'amour avec tendresse. Vannée par une journée d'un labeur exigeant, elle s'abandonne, gardant les yeux clos, mais frémissant de plaisir. Il passe doucement les lèvres sur son ventre, la lèche sans se presser et descend lentement entre ses jambes. Elle caresse ses cheveux, et la tendresse du geste incite Martin à continuer. Il ne la lâche plus, passant la langue sur son clitoris gonflé et frémissant. Et son excitation à elle raidit son membre qui s'affirme.

— Tu vas me faire jouir, murmure-t-elle pour l'inciter à s'arrêter.

Mais il persévère, embrasse et suce de plus belle. Loin de s'esquiver, elle écarte les jambes plus grand encore, s'appuie sur ses coudes, bombe la poitrine et penche la tête vers l'arrière. Totalement abandonnée, elle émet un son guttural. Une fois qu'il l'a satisfaite, il s'occupe de sa propre jouissance, plonge son pénis en elle et s'agite avec vigueur. Il impose un rythme qu'elle suit, et cela fait monter de nouveau le plaisir. Ils jouissent ensemble, enlacés, perdus, oubliés du monde.

— Waouh... Ça faisait longtemps qu'on s'était pas amusés autant, lance-t-il, ravi.

— Je me rends compte que ça m'a manqué.

— Il ne faut plus qu'on s'oublie aussi longtemps. C'est mauvais pour nous...

Elle en convient. Ils se sont toujours donné des rendez-vous réguliers pour faire l'amour, s'efforçant même un peu, parfois, lorsque la fatigue menaçait d'emporter le désir. Les rendez-vous physiques avaient cimenté leur relation, mis un baume sur leurs différends, réglé les tensions. Depuis leurs débuts, ils s'étaient toujours touchés beaucoup, cajolés beaucoup, aimés beaucoup…

— Ça n'est pas très bon qu'on travaille autant tous les deux, suggère Martin.

— J'ai eu une passe difficile. J'imagine que ça va se calmer, de mon côté…

— Il me semble aussi qu'il faut qu'il y en ait un des deux qui soit plus présent pour Mia… Elle s'ennuie. Elle ne rit plus.

— Je suis d'accord. D'autant plus que j'aimerais qu'on réessaye, pour notre petit deuxième. Les médecins ont dit qu'il n'y avait pas d'explications médicales à notre échec et qu'on pouvait recommencer…

— Et si je lâchais les chantiers, que je faisais juste du son à la maison ? Je gagnerais moins, mais j'aurais plus de temps ici.

— Ça serait un très bon moyen de tout concilier !

— Pendant que toi, tu gagnes de l'argent avec la télévision, il me semble que ça serait le moment d'essayer…

— Prenons le temps d'y penser, mais je crois que c'est une bonne idée.

À soixante-seize ans sonnés, Ariane doit admettre que la mise en route du corps se fait de plus en plus lentement. N'empêche, comme elle le fait tous les matins depuis un demi-siècle, elle s'adonne à une routine d'exercices pour cultiver et maintenir tant la souplesse que la puissance musculaire et l'équilibre. Sa pratique, acquise avec l'expérience et la connaissance de son corps, lui va comme un gant. Elle tend les bras vers le haut, inspire et expire. Cette nuit, Eugène est venu lui rendre visite. Joyeux et amoureux, fougueux comme un tout jeune... Des bribes de sa nuit la font sourire.

Avant même de déjeuner, elle s'assied à son bureau. Mentalement, elle réfléchit une trentaine de minutes, puis elle se lance. Elle noircit les pages de ses souvenirs. Curieusement, le passé lui apparaît beaucoup plus clairement que les souvenirs récents. Au quatrième chapitre de son projet, elle se concentre sur son voyage dans le Nord qui a suivi la mort de son amour... Cela l'étonne de ressentir le même isolement, parfois, lorsqu'elle flâne entre les murs de sa grande maison. Depuis le départ d'Ava, l'absence d'Eugène lui est revenue en plein cœur. Ce n'est pas facile de vieillir, d'être seule et de rester forte... Je vais écrire mes souvenirs ! Cette idée lui avait rendu son enthousiasme et offert un objectif au commencement de ses journées. Consacrées à l'écriture, ses matinées ont pris un sens et s'écoulent depuis avec plus de bonheur.

Une fois le sentiment du devoir accompli, Ariane part en cavale. Régulièrement, elle se rend dans les centres commerciaux, où tout est plus facile pour une personne de son âge, et elle achète des babioles à ceux qu'elle aime, le plus souvent pour Ava et sa fille. Trois soirs par semaine, elle achève sa journée à Laval, passant à la garderie prendre Mia, la ramenant à la maison, préparant à souper et mangeant avec elle, la baignant, la couchant… Ava, qui assiste aux tournages, et Martin, qui dirige un chantier, rentrent souvent tard et épuisés, mais heureux de partager avec elle les bons et les mauvais coups de leur journée. Une fois la soirée bien avancée, la vieille dame reprend le chemin de Montréal, vannée tout autant que les deux autres, mais comblée de se sentir utile. Elle aime tant ces trois êtres qui lui vouent un amour sincère…

Quand elle pose sa tête sur l'oreiller, elle s'endort sans plus attendre. À la fin de la vie, il ne reste pas grand-chose des honneurs, des victoires et des réussites. Il n'y a plus que la tendresse des proches. Et sur ce plan, la sincérité et l'affection d'Ava et de sa famille ne se démentent pas. Ariane s'assoupit en imaginant le visage de Mia, ses réflexions sur la logique des choses, ses bras qui se tendent vers sa maminette et les câlins à n'en plus finir que l'enfant et la vieille se font en catimini.

— Maman a toute sa tête ! Tu ne peux pas intervenir comme ça dans sa vie, lui dire ce qu'elle peut faire ou ne pas faire, lance Anaïs sans ménagement à son frère.

Incommodés par la tournure de l'échange, Bernard et Stéphanie ont quitté la table depuis un bon moment. Claude, pour se donner contenance, émiette un croûton de pain et dispose les parcelles en rangées qu'il aligne et réaligne nerveusement, très contrarié.

— Elle dépense des fortunes ! Des fortunes ! Qui

sait si elle n'aura pas besoin de cet argent-là un beau jour !

— Si elle savait que tu me dévoiles l'état de ses finances, elle te retirerait la gestion de son argent vite fait !

Anaïs achève de placer les assiettes dans le lave-vaisselle. Les morceaux du casse-tête se mettent en place : son frère, débarqué pour le week-end alors qu'il y a des lustres qu'il ne lui avait pas donné un coup de fil, s'affaire, au dîner du dimanche, à déballer le détail des achats, outranciers de son point de vue, effectués par leur mère, des prêts d'argent, des sorties et des voyages pour gâter Ava et sa famille. Il expose son intention de mettre Ariane sous tutelle, prétextant qu'au rythme où elle va il ne lui restera bientôt plus un sou pour assurer ses vieux jours.

Anaïs est immensément déçue par l'attitude de ce frère qu'elle a toujours adoré, constatant la déplorable influence qu'a sur lui son nouvel amant, un comptable de profession aussi charmant que dépensier. Elle est jalouse d'apprendre qu'Ariane favorise Ava démesurément et blessée par cette injustice aux dépens de Stéphanie. Elle est aussi fâchée que sa mère n'éprouve pas grand intérêt pour les enfants de Bernard, alors qu'il la soigne avec diligence et veille sur elle sans compter ses heures. En dépit de tout cela, elle essaie de ne pas se laisser influencer. Anaïs s'est construit une existence heureuse que plusieurs lui envient. Elle a un travail qui lui plaît et son époux la traite comme son associée. Elle n'a aucune inquiétude pour son avenir financier. Elle a élevé avec succès trois jeunes aujourd'hui adultes, et même la petite dernière semble pas mal sortie d'affaire. Qu'Ariane se soit entichée immensément de sa fille Ava ne lui enlève rien. Mais ça la blesse tout de même. Si Agathe l'a abandonnée en mourant, Ariane l'abandonne cette fois en la délaissant pour lui préférer celle avec qui elle ne parvient pas à créer de liens.

Claude s'attendait à plus de collaboration de la part de sa sœur aînée. Alors qu'elle aurait de bonnes raisons de contester les agissements maternels, voilà qu'elle refuse de s'en mêler. Sans l'appui d'Anaïs, son projet tombe à l'eau. Il va devoir trouver un autre moyen que la tutelle pour parvenir à obtenir de quoi soutenir son train de vie excessif des dernières années. Car si Francis, son amoureux, sait imposer la plus grande rigueur aux finances de ses clients, il n'a pas de limites en ce qui concerne les siennes.

— Notre famille, quelquefois, c'est pas une aubaine, murmure tristement l'hôtesse.

Et alors que ça ne lui était pas arrivé depuis des années, Anaïs sent une envie de pleurer qui la prend, un besoin d'échapper à sa vie…

Le temps a passé à une vitesse folle. L'automne, l'hiver ont défilé sans Ava, prise dans une course entre les *brainstorming*[1], les textes à écrire, les enre-

1. Réunions de réflexion.

gistrements à suivre, les visionnages… La télévision l'éloigne de sa maisonnée et de sa vie tranquille d'auteure d'albums pour enfants. Heureusement, avec la mise sur pied de son studio, dans le garage, Martin peut assurer une présence continue auprès de leur fille.

En mai, Mia a célébré ses cinq ans en compagnie de ses copains de la garderie et d'Ève, sa meilleure amie. Ça a donné un fichu coup aux parents : eux qui voulaient plusieurs enfants, ils allaient devoir s'y remettre ! Aussi, après avoir reçu la confirmation des médecins que la mort à la naissance de leur petit avait été accidentelle, probablement en raison d'une malchance de la nature plutôt qu'une cause génétique, le couple se remet à son projet d'offrir un frère ou une sœur à leur fille.

— Un enfant unique, c'est triste, dit-elle à Martin, qui en convient.

Sa passion pour son travail et le bonheur de son conjoint de renouer avec la musique gardent Ava dans une attitude positive. Zoanette marche à fond. Les premiers livres de recettes pour jeunes sont distribués en librairie et les ventes s'annoncent prometteuses. Martin peut continuer à se bâtir une clientèle au studio sans trop avoir à se préoccuper de questions financières.

La bonne nouvelle se déclare en plein milieu du mois de juillet. En vacances depuis une dizaine de jours, Ava et Martin sont détendus. Ils profitent de leur séjour sur les rives du lac Masson, dans les Laurentides, où ils ont loué un chalet. Ce mois de vacances à la campagne leur a été offert par Ariane, qui vient de temps à autre les rejoindre durant un jour ou deux puis repart vers Montréal. Folle de l'eau, Mia apprend à nager et rigole, radieuse, du matin jusqu'à la fin du jour.

— Je suis enceinte, mais je ne veux pas qu'on l'annonce.

— Cette fois-ci, ce sera la bonne, dit Martin en lui prenant la main pour l'entraîner vers leur lit et l'enlacer, lui insufflant son courage.

Sous de bons augures, les vacances filent et dissipent les angoisses. Avec l'automne, Mia prend le chemin de la maternelle. D'une intelligence particulièrement vive et nourrie par les efforts de ses parents, elle connaît ses lettres, ses chiffres et sait lire.

— Y a rien de pire qu'une enfant qui sait tout ! déclare tout de go la responsable de la classe à qui Ava confie ce qu'elle a de plus précieux.

Comme Mia tient mordicus à faire sa maternelle avec Ève, dont elle est inséparable, sa mère cède et la laisse aux mains de cette enseignante rustaude et mal dégrossie. Elle s'efforce de faire confiance et de garder une attitude détachée.

— Moi, je finis de travailler à 15 h 30. Pas 15 h 35, on se comprend ?

— Très bien, avait répondu Ava lors de leur première rencontre.

Cet échange, ponctué de consignes absurdes et de bricolages en série, l'avait achevée. En désaccord sur l'approche pédagogique trop traditionnelle et insatisfaite de la piètre qualité des enseignements, la jeune femme mesure rapidement à quel point la réalité scolaire peut s'avérer décevante et combien, entre la théorie et les faits, il existe parfois tout un monde. Alors que dans sa série télévisée elle défend la parole des enfants dans les décisions prises, pour eux, par les parents, et considère les bienfaits de l'école de quartier comme une extension naturelle de la maison pour les tout-petits, elle doit se rendre à l'évidence : laisser sa fille dans une mauvaise école heurte ses propres principes. Elle se met donc à la recherche d'une institution qui lui convient, espérant changer Mia d'école dès que possible, et ce, contre le gré de la gamine, absolument ravie de sa classe et de son enseignante.

Happée par le travail, Ava ne dispose pas de suffisamment d'heures dans une journée pour parvenir à tout faire. Tout l'épuise.

En septembre, elle assiste à son premier Gala des prix Gémeaux et, à titre de conceptrice et de scénariste d'émissions pour enfants, avec *Les aventures de Zoanette,* elle est nominée. Tout un honneur ! Peut-être, en prime, grimpera-t-elle sur la scène pour aller chercher son prix ? Avec son ventre qui grossit, elle n'a plus rien de chic à se mettre. Et son cavalier doit acheter son premier complet ! Ils courent tous les deux les magasins et se préparent pour le grand soir.

La divulgation des gagnants pour le secteur jeunesse a lieu l'après-midi, alors que celui des feuilletons télévisés et des séries populaires avec les têtes d'affiche se déroule en soirée. L'âme gonflée de fierté, Ariane a assisté au départ des deux tourtereaux, Ava dans sa robe bustier turquoise ajustée sur les côtés du corps, plissée sur le ventre et avec un pan replié à l'avant qui descend jusqu'au sol, et Martin, sobre, en smoking aux revers de cuir assortis au nœud papillon sur sa chemise blanche. La vieille dame pense à tout le chemin parcouru par Ava, qu'elle revoit toute jeune femme si gauche et mal embouchée, à l'enterrement d'Alice.

La cérémonie de l'après-midi, plus discrète et moins clinquante que celle du soir, comporte néanmoins son lot de rencontres et de contacts importants. Ava fait de son mieux, tente d'afficher assurance et humilité dans le bon dosage. Elle prend place dans cette salle où producteurs, diffuseurs, comédiens, auteurs et réalisateurs sont réunis.

— Dans la catégorie « Meilleur texte, série pour la jeunesse », les nominés sont…

Le cœur battant, elle glisse sa main menue dans la grosse patte de son amoureux qui, de joie et de fierté, affiche un sourire immense.

— Et la gagnante est Ava Gauthier pour l'épisode *Zoanette règle la dispute.*

Quelques secondes lui sont nécessaires pour retrouver son calme et la force de se rendre sur la scène. Une fois là-haut, elle s'étonne de ne distinguer aucun visage dans la salle. Elle n'aperçoit qu'une toile noire et sans profondeur. Un micro devant elle est ajusté à sa petite taille. Voilà le moment venu de prononcer le discours qu'elle a rédigé, mémorisé, répété. Rien ne lui vient, qu'un blanc total, une absence de mémoire. Elle doit se faire violence pour surmonter son stress. Les mots qu'elle enchaîne n'ont rien à voir avec ceux qu'elle avait préparés.

— J'aimerais remercier ma mère, Catherine. Même si elle n'est pas à l'écoute, c'est elle qui m'a appris la saveur de l'enfance et qui m'en a donné une. Et j'aimerais remercier ma grand-mère, Ariane, qui a cru en moi et m'a enseigné ce qui me manquait pour accéder à mes rêves. Et j'aimerais remercier ma fille, Mia, pour l'inspiration qu'elle me fournit chaque jour. Pour elle, j'ai envie de donner la parole aux enfants.

Un air au piano se fait entendre, tandis que dans la foule on applaudit. Après avoir embrassé son trophée, Ava s'en saisit et s'engage dans le sillage de l'hôtesse qui l'invite à la suivre. Peu à peu, elle reprend contact avec le réel. Son corps, épuisé par l'effort, se met à trembler.

— Venez par ici, en coulisse, pour prendre la photo officielle.

La jeune femme acquiesce, mais dans le bas de son corps elle sent une chaleur. Elle en a la certitude : un liquide chaud se répand et gagne rapidement en volume. Une pression entre ses cuisses l'alerte. Jambes croisées serré, elle prend la pause, sourit, se laisse photographier. Quand elle aperçoit Martin, venu la rejoindre à l'arrière-scène, elle s'esquive et se précipite vers lui.

— Il faut que tu me conduises à l'hôpital.

Dans leur petite voiture rouillée, ils parcourent les quelques kilomètres qui les séparent du centre hospitalier le plus proche. Une fois devant l'entrée, Martin abandonne la voiture de travers et court, affolé, chercher un fauteuil roulant. Blanche comme un drap, Ava sent qu'elle va tourner de l'œil. Martin est à un doigt de faire de même quand, en ouvrant la portière, il voit la robe turquoise devenue rouge sang depuis la taille jusqu'aux élégants souliers. Il glisse ses bras sous les jambes et derrière le dos d'Ava, puis l'installe sur le fauteuil qu'il pousse à toute vitesse en appelant au secours.

À peine le couple a-t-il fait irruption dans la salle d'urgence qu'une infirmière prend le relais et entraîne la patiente vers les salles préopératoires. Rapidement, on transfère Ava sur une civière dotée d'une bascule. En moins de temps qu'il ne faut pour le dire, la patiente se retrouve la tête en bas et les jambes vers le haut.

— On va vous faire une transfusion. Ça va vous aider, entend-elle vaguement.

Les murs de la pièce semblent s'éloigner. Ouvrir les yeux demande un effort surhumain. Ava cherche Martin du regard. On lui prend un bras. On la pique, on s'affaire autour d'elle. Elle se demande si elle est en train de mourir. Elle attend, se prépare.

Puis le miracle se produit. Le sang qu'on lui injecte la rappelle à la vie. Une lueur se rallume et elle l'aperçoit, si loin. Un clignement de plus et la chandelle s'éteignait. Martin est passé dans son champ de vision, elle s'accroche à sa voix qui lui insuffle de l'espoir…

Dans la chambre aux couleurs pastel décorée d'un lit à barreaux vide, Ava se berce, le ventre également vide, dans la chaise à bascule destinée à l'allaitement. Même si cette fois la grossesse s'est interrompue beaucoup plus tôt, elle cause étrangement plus de tort, éveillant des fantômes endormis. Mise au repos forcé pour quelques semaines, Ava trouve tout lourd, pénible, difficile. La maman joyeuse et enthousiaste ne parvient pas à reprendre le dessus.

— Occupe-toi de Mia, Martin… Moi, je ne peux pas.

Martin fait de son mieux et entraîne leur fille avec lui dans ce studio qu'il a aménagé et dans lequel il reçoit des groupes de musiciens. Le pauvre se trouve fort occupé et la grande déprime de son aimée ne peut tomber plus mal. Lui-même fatigué par un automne exigeant et stressant, il patauge entre les repas, les tests de son, les histoires du soir à raconter, les enregistrements à préparer pour le lendemain…

Ava se désole de cette déception qu'elle lit souvent dans les yeux de sa fille. Elle est bien placée pour savoir combien il est frustrant de devoir composer avec une maman paralysée dans son âme.

— Il y a quelque chose d'intéressant sur Canal Famille ! s'entend-elle annoncer à Mia.

Ne dupant ni sa fille ni elle-même, elle l'abandonne devant le téléviseur et se déteste pour cela. Mais elle n'a pas la force d'être une maman et elle ne s'en sortira pas sans aide. Un jour, lors d'une visite de sa grand-mère, elle s'entend lui demander :

— Ne pars pas, s'il te plaît…

Surprise, Ariane se tourne vers elle et enlève le manteau qu'elle venait de poser sur ses épaules.

— Prends-moi dans tes bras.

Et l'aïeule, sans hésiter, répond à la requête,

enlace cette femme menue qui appelle si rarement à l'aide. Elles restent un long moment, debout, l'une caressant tendrement le front de l'autre et y posant des baisers.

Dans ce moment de grande vulnérabilité, Ariane se sent en confiance et assez forte pour partager un passé sur lequel elle craignait de revenir.

— J'ai perdu un enfant, très jeune, moi aussi. Une petite Maïs…

La difformité de son bébé, l'amour tellement difficile, la mort, absurde, du nouveau-né, elle lui raconte tout d'un trait, ne s'arrêtant que pour reprendre son souffle.

— Peut-être y a-t-il un peu d'héritage génétique qui a pu causer ton triste destin, car ma fille n'était pas viable non plus. Elle est morte peu après sa naissance.

Plus proche que jamais de cette femme, Ava, en plus de se sentir comprise, trouve un réconfort dans l'idée qu'elle n'est pas la seule responsable de ses échecs et que son hérédité peut fournir une part d'explication.

— La vérité, c'est que j'avais besoin de ta mère autant qu'elle avait besoin de moi. En l'adoptant, je me consolais, du moins en partie, de mon immense peine. Je n'ai jamais oublié la première Maïs, mais la seconde m'a sauvé la vie… L'existence est mieux faite qu'on le pense, tu sais. Elle nous réserve de belles surprises quand on continue d'espérer.

Alors qu'Ava voyait tout en noir, une éclaircie lointaine se dessine pour elle. L'horizon reprend ses couleurs et l'invite à croire en son avenir.

13

Sur le visage ébahi de sa fille, les images se reflètent. La bouche ouverte, la tête inclinée vers l'arrière, Mia ne manque rien de ce qui se passe sur l'écran devant elle. L'histoire de ce valeureux jeune garçon, orphelin de surcroît, tombé amoureux de la fille du sultan a de quoi la captiver. L'animation, vive, colorée et rapide achève de capter son attention. Aux côtés de la fillette, Ariane, sa grande complice de soixante-dix-huit ans, garde les yeux rivés sur l'écran, tout aussi fascinée. Ava veille sur ses deux trésors comme une louve sur ses petits. L'une au crépuscule de l'existence et l'autre à l'aube se rejoignent néanmoins dans son cœur et constituent ce qu'elle a de plus précieux au monde.

Une fois sorties du cinéma, main dans la main, elles arpentent la rue Sainte-Catherine. Madame Calvino, en dépit de son âge, est d'une grande élégance et, coiffée d'une toque de renard roux flamboyante, laquelle est assortie à son manteau, elle avance lentement dans la neige fraîchement tombée. Patiente avec son aïeule, Mia marche à pas de souris, la main accrochée à la sienne. Et tandis que la vieille dame chemine, la jeunette chantonne, de mémoire, les airs du film.

— Elle a de l'oreille, ta petite, c'est stupéfiant !

s'exclame Ariane, émerveillée. Elle chante juste et avec une voix naturellement placée.

— Tu manques peut-être d'un peu d'objectivité, non ? répond Ava, non sans un sourire.

— Elle a quelque chose, je te jure…

La mère sourit à sa fille et lui fait un clin d'œil en coin : avec Ariane, tout ce qui concerne Mia est toujours exceptionnel. C'est peut-être à ça que servent les gens âgés auprès des enfants : leur faire croire qu'ils sont les êtres les plus merveilleux sur terre afin de leur donner la confiance nécessaire en prévision des combats à venir…

Soudain, la toque lustrée s'éclipse et disparaît du champ de vision d'Ava. Mia pousse un cri de surprise. Ariane est tombée et, loin de se ressaisir, elle semble au contraire s'abandonner à sa chute. Ava se précipite, agrippe le bras de sa grand-mère, molle comme une guenille, alerte les passants et demande du secours. La vieille dame maintient les yeux fermés et ne peut répondre aux questions de sa petite-fille. Un attroupement se forme, et les uns et les autres y vont de leurs hypothèses et de leurs pronostics. Compacte, la masse empêche bientôt les ambulanciers appelés sur les lieux de se rendre jusqu'à la personne en détresse.

— S'il vous plaît, dégagez…

Ava, les genoux au sol servant d'appui pour la tête d'Ariane, toujours inconsciente, caresse la peau douce et translucide. S'il fallait qu'il lui arrive quelque chose, s'il fallait qu'elle la perde… Cette seule évocation suffit à ce que ses mains se mettent à trembler et à ce que son cœur tressaute dans sa poitrine. *Non, c'est impossible, j'ai trop besoin d'elle…*

Sa fille trottinant derrière elle, Ava s'assied dans l'ambulance alors qu'on pose sur le visage de la malade un masque à oxygène. La sirène se fait entendre et le bolide se met en marche.

L'Hôtel-Dieu se dessine au loin. Magnifique immeuble de pierre de taille, plus majestueux et imposant qu'une église, imprégné de piété, cet hôpital est le plus vieux de la ville.

En ce dimanche après-midi, ils sont nombreux, les visiteurs venus saluer leurs proches, aussi la circulation est-elle plus difficile aux abords de l'édifice. L'ambulancier s'affaire et s'agite. Il ajuste le masque et prend une nouvelle fois le pouls de sa patiente, à qui il parle constamment. L'auguste dame a repris connaissance et garde les yeux rivés à ceux de sa petite-fille. Elles ne veulent pas se quitter.

Dans les couloirs de couleur vert pomme, la civière avance à grande vitesse. Les néons au plafond défilent... Ariane garde les yeux ouverts.

Après avoir tenté de suivre les infirmiers, Ava s'arrête, avec sa fillette en pleurs à ses côtés. Il n'y a plus rien qu'elles puissent faire que d'attendre. La bâtisse trahit son âge et semble, tout comme Ariane, en proie à une immense fatigue. Des malades, allongés sur des civières jusque dans les couloirs de la salle d'urgence, attendent qu'on les libère de la souffrance. Mais contre la maladie, on ne peut pas grand-chose... Ava, folle d'inquiétude, tourne en rond quelques instants.

Au même moment, à Sainte-Adèle, les mains sur les poignées d'un plateau d'argent, Bernard se dirige jusqu'au bow-window installé l'année dernière. La vue qu'il offre sur les montagnes récompense la dépense et les efforts. Ainsi, ils ont pris l'habitude, sa femme et lui, de s'installer devant pour boire une tassé de thé, comme les Anglais, vers les seize heures. Le soleil est en train de se coucher, mais avec le froid intense les montagnes prennent une belle couleur bleutée que le couple ne se lasse pas d'admirer. Anaïs adore ce moment du week-end, entre chien et loup, qu'ils passent seule à seul, puisque leur benjamine et dernière à habiter avec eux travaille au restaurant au bout de la rue. Mais cet après-midi-là, au moment où le médecin pose ses fesses sur le coussin duveteux, la sonnerie stridente du téléphone le fait sursauter.

— Attends… Maintenant ? Mais où ça ?

Bernard reste bouche bée. L'autre personne fournit un minimum d'information tout en appelant à l'aide. Pour éviter d'effrayer sa femme, il feint de compléter l'échange passablement chaotique…

Quand il raccroche, Anaïs le questionne.

— Émilienne ?

— Non. Ava… Elle se trouve avec ta mère… à l'hôpital. Et elle me demande de la rejoindre là-bas. Tout de suite.

— Je le savais, affirme-t-elle, déjà debout et prête à s'habiller pour partir. J'ai dit à maman qu'elle devait se reposer ! Mais bon, moi, elle ne m'écoute pas ! Elle y est allée, en fin de compte, voir *Aladdin !*

— Je vais appeler Claude. Il arrivera là-bas avant nous…

— On préviendra Stéphanie en passant devant le Spago.

À son bureau, Ava voit l'érable *negundo,* qui ploie sous la neige mouillée. Le printemps 1993 fait son ouvrage tandis qu'Ava rédige les dernières lignes d'un scénario d'aventures pour les enfants de sept ans et plus, exactement l'âge que sa fille aura en mai. Elle ne peut empêcher son esprit de revenir à cette scène, trois mois plus tôt, où elle s'est sentie totalement inutile.

Anaïs et son mari s'étaient présentés au chevet d'Ariane. Bernard avait rapidement disparu dans les couloirs, cherchant à parler au personnel de garde. Appelé par son beau-frère, Claude était arrivé ensuite accompagné par son cavalier, qui le suit comme une ombre. « Je me nomme Claude, je suis le fils de Madame Calvino », répétait-il à qui voulait l'entendre, comme pour tromper son inquiétude.

Ava avait demandé à Martin de venir chercher Mia et était restée toute la nuit dans la salle d'urgence à attendre et à tenter de deviner ce qui se passait derrière les portes de la chambre des soins intensifs. Folle d'inquiétude, Anaïs avait gardé le silence tandis qu'à l'inverse Claude avait beaucoup parlé avec son compagnon. Ava s'était fait des reproches : c'est elle qui avait encouragé sa protectrice à les accompagner au cinéma. Aussi, trop malheureuse et pitoyable, s'était-elle surprise à adresser une prière : *Mon Dieu, si tu permets qu'Ariane s'en sorte, je te jure qu'en échange je renouerai avec Catherine et que je prendrai soin d'elle.* Il avait fallu attendre jusqu'au petit matin pour qu'enfin Bernard rejoigne les siens et puisse les rassurer : le cœur d'Ariane était fatigué et il avait fait des folies.

— Elle fait de l'arythmie. Son cas est assez sévère. On va lui poser un *pacemaker*. C'est un appareil qui fournit des impulsions électriques et qui stimule le cœur lorsqu'il se montre paresseux.

— Va-t-elle garder des séquelles de ce qui s'est passé ?

— Non, aucune, et l'appareil va se charger d'éviter que ça se reproduise.

Après avoir remercié chaleureusement Bernard, Ava avait enfin pu rentrer chez elle un peu plus rassurée.

Les personnages de son scénario achèvent de s'agiter dans sa tête. Ava se détourne de son ordinateur, pose un instant les mains sur les cuisses et se demande si elle osera faire fi des consignes formelles adressées par Claude à son intention : « Ma mère est trop vieille pour sortir de chez elle, avait-il décrété, et je t'interdis de l'emmener où que ce soit. »

Oui, Ava osera braver l'interdiction parce que c'est sa grand-mère qui l'en a implorée et qu'elle ne peut lui refuser ça.

Ariane s'est maquillée et habillée chic pour sa première sortie depuis cette journée de janvier où elle s'est écroulée. Sa petite-fille l'emmène au cinéma Le Parisien ! Ensemble, elles iront voir

Agaguk, signé Jacques Dorfmann, qui cartonne sur les écrans. Elle a dû supplier Ava pour que celle-ci accepte de l'accompagner à la séance, car depuis qu'elle est tombée Claude ne la lâche plus d'une semelle. Il s'enquiert de la prise de ses médicaments, il la conduit à ses rendez-vous médicaux et il dort régulièrement à la maison. Il la traite comme une grande malade. Bien qu'elle soit touchée par autant de prévenance, il reste qu'elle a parfois l'impression d'avoir vieilli d'un coup net. L'existence de femme fragile ne lui plaît pas. Au point que certains jours elle pense sérieusement à prendre ses jambes à son cou et à s'enfuir le plus loin possible, jusque dans le Grand Nord s'il le faut, où elle retrouvera Eugène.

Ava agrippe sa veste, prête pour aller chercher Ariane chez elle.

Martin fait trois fois le tour du quartier avant de trouver une pharmacie encore ouverte. Alors que le commerçant s'apprête à fermer boutique, Martin l'implore de le laisser entrer et se dirige immédiatement vers la section qu'il connaît bien. Il saisit un test de grossesse. Le pharmacien ne cache pas son étonnement devant la boîte rectangulaire s'avançant sur le tapis de caisse. Martin paie, le remercie et repart. Il veut tant que cette fois soit la bonne ! Et que cessent les attentes, les déceptions, les frustrations qui minent, à la longue, l'humeur de son couple.

— C'est un plus ou un moins ? demande Ava, fébrile.

— Un plus… s'entend-il répondre, un peu hésitant et inquiet qu'à nouveau les choses tournent mal.

En dépit des statistiques et du passé jalonné de deux fausses couches, la jeune femme veut tenter une dernière fois sa chance.

— Je consacre ma vie aux enfants ! Ça n'a pas de sens que je ne puisse pas en avoir d'autres.

— Mais tu en as une ! Mia est là, avec nous ! Ne l'oublie pas.

— C'est que je lui souhaite un frère ou une sœur, Martin, une vraie famille avec au moins deux enfants, rétorque-t-elle avec détermination.

Ava caresse tendrement le bas de son ventre. Cette fois, il faut que ça fonctionne, que la vie prenne racine en elle et qu'elle s'accroche. L'idée de ce deuxième enfant a pris des allures d'obsession. Au point que même dans ses albums, l'arrivée de la petite sœur ou du petit frère est devenue un thème récurrent, incontournable. À l'occasion de cette nouvelle tentative, elle compte mettre toutes les chances de son côté et se donne l'été de congé !

Martin ne s'oppose pas à cette idée. Il peut subvenir aux besoins de la famille. Son studio de son attenant à la maison s'est rapidement gagné une solide réputation auprès des musiciens et lui assure un revenu régulier. Des groupes, de rock surtout, sont venus enregistrer au Sono Tube et ont connu un certain succès qui a rejailli sur la petite entreprise. Tranquillement, mais sûrement, des rumeurs positives se sont mises à circuler.

— Ma grand-mère me propose d'aller passer une partie de l'été avec elle et Mia dans un chalet qu'elle compte louer pour nous.

— Claude ne la laissera pas s'échapper si facilement.

— On verra bien. Aurais-tu des objections, de ton côté ?

— Aucune. Profite de ton été, c'est une bonne idée. Je vous rejoindrai dès que j'aurai des moments libres.

Tandis qu'il acquiesce pour signifier son approbation, il s'interroge sur la nature de ce lien si fort entre la vieille dame et Ava. Comme un coup de foudre, comme si deux âmes s'étaient rejointes après tout un chemin parcouru. Comme si l'une avait attendu l'autre pour lui transmettre son héritage et boucler la boucle du destin. Sa femme et sa fille quitteront donc la maison à la fin du mois de juin et ne reviendront qu'en juillet. Il passera la belle saison en solitaire, pour ainsi dire, avec son carnet de réservations plein et de nombreux enregistrements à superviser. Une part de lui-même se réjouit à l'idée de ce moment de solitude, mais une autre s'assombrit et s'inquiète, car parfois, il se demande si Ava trouve encore du plaisir à passer du temps en sa compagnie et si elle l'aime toujours… De temps à autre, un doute l'envahit et le tient éveillé trop longtemps.

Bien en évidence, le caleçon de Léon, blanc strié de rouge foncé, a été rangé au deuxième rayon du réfrigérateur. Soigneusement. Francine ne peut plus ignorer ces indices, placés par son tendre époux, tout au long de ses journées. Il n'y a pas de doute : Léon a des trous de mémoire !

— Maintenant, ma belle Francine, nous allons rendre visite à Anaïs. J'ai quelque chose de très important à lui dire.

— Il est six heures du matin, Léon, on va attendre un peu, OK ?

— Non, non, c'est tout de suite…

Comme elle devine qu'il entend se montrer déraisonnable, la pauvre femme est proche de se mettre en colère à son tour, mais reprend le dessus.

— Tu te rappelles que nous avons rendez-vous chez le coiffeur, toi et moi, ce matin ? Après, on ira voir Anaïs à la clinique.

Elle l'observe un instant et, éberluée par son absence de réaction, enchaîne :

— T'as oublié notre rendez-vous chez le coiffeur ? Ça s'peut pas ! Léon, tu deviens fou ou quoi ?

Jusque-là, Léon a toujours nié ses faiblesses. Mais en ce début du mois de juin, alors qu'il observe le soleil se lever, voilà qu'il garde le silence. *Elle a raison, je perds la boule. Qu'est-ce qui m'arrive ?*

— On s'arrêtera à la clinique et on parlera de tout ça à Bernard. Tu as besoin d'aide.

De retour du déjeuner, Anaïs sélectionne les dossiers. Son époux ne cesse d'accepter de nouveaux patients et sa clinique est de plus en plus imposante. Bientôt, il faudra qu'il se résigne à mettre un frein. Mais elle connaît la passion de son homme pour son métier, sa dévotion pour ses malades… Tandis qu'elle enregistre leur premier rendez-vous de l'après-midi, elle observe, le regard en coin, son bel homme aux tempes grisonnantes. La cinquantaine lui va si bien ! Quand on l'interpelle brusquement, elle sursaute :

— Excuse-moi de te déranger, Anaïs, mais Léon veut absolument te voir… Et il ne veut plus attendre.

Elle reconnaît la voix de Francine. Elle s'étonne de la trouver là avec Léon à son bras, toujours aussi impeccablement tiré à quatre épingles. En la voyant, Léon affiche un sourire rayonnant et lui adresse le bonjour, mais pendant une seconde furtive il la regarde fixement sans sembler la reconnaître. Son épouse, un peu décontenancée, sent le besoin de provoquer les choses.

— Alors, Léon, tu voulais la voir ? Elle est là. Tu demandais à lui parler. Ça pressait ! Tu râlais comme un perdu, au salon de coiffure…

— Oui, tout à fait, répond-il avec un flegme et un sérieux inébranlables.

— Est-ce que tout va bien ? Te sens-tu malade ? Veux-tu que Bernard t'examine ?

Depuis un certain temps, quelque chose cloche dans le comportement du vieil homme. Il perd un peu de cette lucidité et de cet humour qui le caractérisaient… Il est parfois taciturne, son humeur est devenue plus changeante, tournant avec le vent. Anaïs se doute bien qu'elle devra se préparer à de mauvais passages…

— Oui, si cela peut te faire plaisir, rétorque-t-il sans hésiter.

Allongée sur sa chaise longue, Mia à ses côtés, Ava raconte pour la énième fois un album signé Babette Cole, délicieux comme tous les autres…

— « J'ai un problème avec ma mère », entame-t-elle tout en suivant, de l'index pointé de sa fille, le titre inscrit sur la couverture.

Bientôt, Mia double la voix de sa lectrice et feint de lire cet ouvrage qu'en fait elle connaît par cœur. Au fil de l'activité, Ava rit de bon cœur des gamineries de sa fille. Elle-même aime amuser autant les parents que ses tout jeunes lecteurs, insérer dans le texte des blagues à leur intention, des devinettes, des énigmes, et s'adresser subtilement à eux sans que les petits s'en aperçoivent. Elle aussi adore vanter la marginalité de certains parents, voire leur inadéquation. De fil en aiguille, le récit la ramène vers sa mère adoptive. Elle voudrait tant pouvoir l'aider ! Mais Catherine McCann n'est plus que l'ombre d'elle-même. Les doigts jaunis par les cigarettes qu'elle fume les unes après les autres, la démarche chaloupée et le corps légèrement incliné vers l'avant, elle semble tournée sur elle-même. Depuis son divorce, elle est brisée. Elle s'est laissée couler. À quoi bon vivre ? Cette question semble revenir dans chacun de ses gestes, au grand désarroi de sa fille.

Ava tient sa promesse : elle s'assure que sa mère reçoive la visite régulière d'une infirmière pour ses soins et d'une voisine pour le ménage de son minuscule appartement. Pourtant, Catherine trouve le temps long et morne, à Granby. Son sourire s'est à jamais envolé. Elle n'a plus de contacts avec ses amies d'autrefois. Assise à la table chromée de sa cuisine, elle fixe le cendrier au-dessus duquel sa cigarette oscille sans cesse. Au moindre signe de faim, elle mange. Et cela, même si elle pèse près de cent kilos. Ava lui rend visite quand elle le peut, mais c'est difficile de la voir ainsi.

Mia secoue vigoureusement le bras de sa maman.

— Tu ris pas ?

À l'air catastrophé de sa petite, Ava s'esclaffe et revient à la réalité. Rassurée, c'est une Mia affairée qui referme le premier bouquin, va à la bibliothèque, revient, s'installe de nouveau, pose sur leurs genoux un livre surdimensionné qu'Ariane lui a offert et qui s'intitule *La Belle Lisse Poire du prince de Motordu*. La gamine ne se lasse pas de savourer les jeux de mots et d'observer les détails de chacune des pages illustrées. Rien au monde ne lui semble plus comique, et son rire en cascade réjouit l'âme de sa mère.

Dans le bas de son ventre, Ava perçoit un pincement léger qui la tire de son plaisir. Elle fait celle qui n'a rien ressenti et se replonge dans les détails des dessins. Mais son cerveau a enregistré le signal d'alarme qu'il reconnaît trop bien. Une chaleur aqueuse complète le portrait et intensifie l'alerte. Ariane, endormie dans le hamac sur la galerie, ne se doute de rien et ne serait d'aucune aide de toute façon. Pour protéger celles qu'elle aime, Ava ne montre pas son bouleversement. Elle trouve la force de se lever, de prétendre une envie pressante d'aller aux toilettes… La main de son enfant dans la sienne, elle rentre au chalet en prenant soin de ne pas réveiller l'aïeule assoupie. Elle installe Mia devant Bibi *et Geneviève,* son émission préférée, et se dirige calmement jusqu'à la salle de bains.

Une douleur intense la scie en deux et la force à s'asseoir sur le siège. Les contractions s'accélèrent rapidement. Elle reconnaît les spasmes de l'accouchement, les crampes rythmées… Au loin, sa fille rigole et lui pose une question à propos de Bibi.

— Oui, ma chouette, il va trouver, t'inquiète pas !

Rien dans sa voix ne trahit l'inquiétude et la souffrance qu'elle traverse. Du sang s'échappe de son ventre et emplit la cuvette. *Est-ce que je vais mourir ?* Elle chasse cette pensée folle. À trente et un ans, ce n'est pas possible. Elle inspire, expire, pousse sur son abdomen. Une lueur lui traverse le cerveau en même temps qu'elle expulse quelque chose…

Dans le bassin blanc, elle entrevoit caillots et liquides sanglants. Mais ce qui la heurte jusqu'au plus profond d'elle-même, c'est la vision de son fœtus, long de quelques centimètres, blanchâtre et translucide comme ces pâtes fluorescentes qui amusent les gamins. Cette partie d'elle qui s'est détachée de son utérus, qui a parcouru trop tôt le chemin de la naissance, flotte dans un bain de sang. Elle ne parvient pas à retenir sa peine. Elle sanglote sur son nouvel échec. Puis, affaiblie et attristée, elle passe l'avant-bras sur son front, replace ses cheveux pour voir bien en face son petit ange disparaître dans le tourbillon alors qu'elle tire la chasse d'eau. Elle reste un moment immobile. Bibi et Geneviève entonnent la fin de l'épisode du jour… Il est temps de se relever.

Ava se regarde dans la glace. Sur son visage, la peine qu'elle déchiffre lui fait mal. Elle a pitié d'elle, de son impuissance et des échecs qu'elle s'entête à répéter depuis cinq ans. Il n'y a que soi pour savoir quand la limite de ses forces est atteinte, quand on en a assez, quand on ne peut plus continuer. Elle admet que ce point de non-retour est atteint. Elle doit rendre les armes.

Mia court dans le couloir, bousculant la grosse chatte Ronronne au passage. Inquiète de ne pas entendre sa mère depuis trop longtemps, elle rejoint les toilettes.

— Maman ? Qu'est-ce qu'ils ont, tes yeux ? Tu as pleuré ? Pourquoi ? Tu as de la peine ?

Tant bien que mal, Ava dissimule son désarroi. Elle accroche un sourire au milieu de son visage. Une décision absolument irréversible vient de s'imposer…

— C'est terminé, Martin. À partir d'aujourd'hui, je vais prendre la pilule. Je ne veux plus tomber enceinte.

Martin ne s'attendait pas à ce double deuil qu'elle lui annonce d'une voix neutre alors qu'elle l'accueille sur le perron de la galerie fleurie du chalet. Comme tous les vendredis, il a conduit, le cœur léger, heureux de rejoindre sa famille pour le week-end. Il aime tant cette gaieté qui s'inscrit dans le regard de sa chérie, alors qu'elle porte l'espoir. Contre toute attente, il vient d'apprendre non seulement l'échec de leur nouvelle tentative, mais qu'en plus elle constitue la dernière.

La grande maison de l'avenue Outremont se dégrade. Claude s'affaire à décrocher des cadres et à les installer dans l'ancien studio de cousin Eugène.

— Si tu en vendais un ou deux, tu pourrais effectuer les travaux et te payer un séjour en Europe.

— Attends encore un peu et tu pourras te défaire de toutes ces toiles, répond Ariane sur un ton sec. À l'âge que j'ai, ça ne devrait plus trop tarder.

— Pas la peine de le prendre comme ça, rétorque son fils, froissé. J'essaie seulement de veiller à ce que ton bien ne se détériore pas.

— C'est toi qui as envie de voyager, Claude. Pas moi.

Entre la mère et le fils, les relations se sont assombries depuis qu'ils vivent à nouveau sous le même toit. Les circonstances de leur cohabitation expliquent en partie l'inconfort mutuel. En effet, après avoir emprunté une somme assez considérable à Ariane, Claude et son amoureux comptable se sont lancés tête première dans un projet d'importation de meubles africains. Persuadés du succès de leur initiative, les deux comparses ont englouti une petite fortune qu'ils ont perdue entre le port de Dakar et celui de Montréal. Et quand ça va mal en affaires, ça va souvent mal en amour. Si bien que le couple s'est étiolé rapidement, l'un blâmant l'autre pour ses mauvais coups. Le comptable a fini par mettre un terme à la relation et est parti avec la vaisselle, les meubles, l'électroménager, laissant à son ex-amant six mois de loyer en souffrance. Contrarié, trahi et humilié, Claude n'a eu d'autre choix que de revenir chez sa mère, à quarante-neuf ans bien sonnés, avec une faillite en poche et absolument incapable de rembourser un sou de sa dette.

— Il m'a tout pris…

Il y a parfois des limites à l'adoration qu'une mère peut éprouver pour son fils. Non seulement Ariane a perdu une somme rondelette par l'entremise de celui qui prétendait veiller à ses intérêts, mais en plus elle a dû ramasser les pots cassés en accueillant Claude chez elle. Et si son fils reprend du poil de la bête depuis quelque temps, elle supporte de moins en moins le mode de vie décadent qu'il mène, particulièrement cette habitude gênante qu'il a de fréquenter des hommes beaucoup plus jeunes que lui.

— Je suis homosexuel, je n'y peux rien…

— Ce n'est pas ça…

— C'est quoi, alors ? Dis-le, maman…

— Le dernier que tu as ramené à la maison était à peine majeur.

— Et…

— Il m'a semblé plutôt démuni. Je veux dire, vulnérable.

— Et…

— Ça me donne l'impression que tu l'as exploité, que tu as abusé d'une personne plus fragile, et je n'aime pas ça.

Après cet échange plutôt acerbe, ils ont cessé de se parler pendant plusieurs jours. Puis l'atmosphère s'était radoucie, mais il est resté sur le cœur de l'un comme de l'autre une amertume. Entre Claude et Ariane, les rapports se gâtent. Claude s'en veut de dépendre d'elle alors qu'elle n'ose pas lui demander de quitter sa demeure et de voler de ses propres ailes comme ça lui semble normal pour un homme de son âge.

Un morceau de nylon recouvre le micro ajusté à la hauteur de la bouche de la chanteuse. La lumière feutrée du studio incite à l'émotion. Martin Lavallière ajuste ses appareils après le test de son qu'il vient de faire. Concentré, il met la trame sonore en marche, et la voix de la soprano, amortie par les feutres noirs qui couvrent les murs, se fait entendre.

Comme chaque fois qu'elle traverse une épreuve, Ava était revenue de son séjour à la campagne inspirée et gonflée à bloc, prête à travailler jour et nuit. D'une traite, elle avait composé une histoire de lutins et de forêt. Alors qu'il lisait sa dernière création, Martin avait entendu une musique dans sa tête, un peu comme le thème d'une valse, qu'il avait décliné mentalement en plusieurs tonalités et rythmes variés. Spontanément, il s'était accompagné à la guitare et lui avait chanté la composition que son texte lui avait suggéré.

— Ça ferait un disque magnifique. Enregistrons-le. On verra bien ce qui arrivera ensuite, avait-elle déclaré.

Et voilà que Martin procède aux premières prises sonores. Ava fait son entrée dans le studio. Mince comme un fil, elle se glisse derrière la console et s'assied. Ce qu'elle entend ne lui plaît pas. Elle s'agite sur la chaise et grimace.

— Il faut que je revoie les textes du début, lui souffle-t-elle à l'oreille, parce que les premières chansons ne sont pas aussi fortes que les suivantes...

Il acquiesce et tente autant que possible de cacher sa contrariété. Car s'il faut reprendre, cela signifie qu'il faudra payer la chanteuse de nouveau et assumer les frais d'une nouvelle session d'enregistrement. C'est la première fois qu'il travaille avec Ava, et la professionnelle qu'il découvre se révèle beaucoup plus exigeante que la femme avec qui il partage sa vie. Perfectionniste et pointilleuse, elle ne laisse rien passer. Ce trait de caractère impose à Martin une rigueur à laquelle il n'est pas habitué.

Au fil des semaines, le couple constate néanmoins qu'il forme une équipe efficace et complémentaire. L'éternelle insatisfaction d'Ava est nuancée par la vision d'ensemble acquise par Martin et par la grande qualité de ses arrangements sonores. Aussi, le démo qu'ils obtiennent au bout du compte les satisfait grandement. L'œuvre qu'ils présentent suscite rapidement une réaction positive.

— Ils acceptent de produire notre disque ! Et les éditeurs proposent qu'un illustrateur exécute une série de dessins pour qu'on puisse glisser le disque dans la pochette d'un livre pour compléter le concept !

Fiers comme des paons, Martin et Ava ne peuvent que se réjouir de cette belle réussite.

— J'ai adoré mon expérience. Je veux dire...

travailler avec toi, ça a été vraiment bien, déclare Martin, heureux.

— Pareil pour moi. Entreprenons autre chose…

Enthousiastes, ils se retrouvent comme autrefois, lorsqu'ils meublaient leur vie de projets fous et de chimères. Ava se surprend à ressentir une émotion intense quand elle plonge son regard dans celui de cet homme qui partage ses jours. L'amour peut-il survivre à l'infertilité qui les afflige ? Peut-on surmonter ces deuils successifs, ces pertes invariablement renouvelées ? Voilà ce que l'un et l'autre semblent oublier un moment au profit de l'enthousiasme qui les unit.

Au Salon du livre de Montréal de 1994, un foisonnement d'auteurs, d'illustrateurs et d'éditeurs pour la jeunesse témoigne de l'épanouissement de ce secteur d'activité qui s'est amorcé au Québec il y a quelques années auprès du jeune lectorat. Ava participe à l'euphorie collective et célèbre la littérature chez les sept à soixante-dix-sept ans. Bien décidée à tourner la page sur ses ennuis physiques, la jeune femme entend savourer chaque rencontre avec les fervents lecteurs qui la suivent au fil des ouvrages parus.

De fait, à son stand, la file est déjà imposante et grouillante à souhait. Zoanette, le personnage qui l'a mise au monde dans le cœur des enfants, emporte toujours la palme d'amour des jeunes lecteurs. Généreux et reconnaissants, les adeptes ne lésinent pas sur les mots de tendresse et sur les réflexions bouleversantes qu'Ava note dans le calepin fleuri qu'elle traîne partout. Mais les autres personnages qu'elle a créés ont aussi leur lot de fans. Alex et Bibabou prennent beaucoup de place dans le cœur de ces petits qui sont mignons à croquer dans leurs habits de neige boursouflés et qui tiennent dans leurs mains un exemplaire cartonné des aventures de leurs héros. Ava dédicace les livres alors qu'à ses côtés un Bibabou en peluche attire les gamins comme un aimant. Il faut les voir se coller à la mascotte, l'embrasser, danser et taper ses grosses fesses, lui faire des confidences… Ava se sent privilégiée de cet amour gratuit, naïf et pur qu'on lui donne et qui la guérit.

Après une journée de signatures, Ava fait un détour chez sa grand-mère, qu'elle devine, aux ombres chinoises, derrière le grand rideau du salon. Claude est sorti pour la soirée, ce qui explique qu'Ariane ait tant insisté pour qu'elle s'arrête. Les deux femmes veulent profiter de ce précieux moment d'intimité. Ava raconte brièvement sa journée. Ariane ne manque pas un mot, pas une phrase. Et la réussite de celle qu'elle a façonnée la comble…

— Tu as beaucoup de talent, ma chérie. Le sais-tu ? Et quand je mourrai, il faudra que tu continues ce que tu as entrepris et que tu ailles jusqu'au bout de ton œuvre.

À la seule évocation du départ de sa complice, Ava se sent prise d'une envie de pleurer. Mais elle sait qu'il leur faut aborder cette question de séparation définitive qui approche, elles le savent bien toutes les deux.

— Et j'aimerais que tu me promettes de veiller sur Anaïs lorsque je serai partie.

Épuisée par sa journée, oscillant entre la colère devant une demande aussi farfelue que lourde de conséquences et l'attendrissement devant la difficulté d'une mère à lâcher prise, d'un reniflement sec Ava manifeste son hésitation.

— Elle et moi, ce n'est pas tout à fait facile, comme tu sais… Anaïs ne me laissera pas faire.

— Si tu me donnes ta parole, je partirai plus tranquille, déclare-t-elle avec sincérité tout en tendant à sa petite-fille une enveloppe bombée et scellée. Pour quand je partirai… Et pour t'éviter des moments pénibles.

— Essaies-tu de m'acheter ? demande Ava, sourire en coin. Parce que le problème, c'est que je ne suis pas à vendre.

— Je le sais très bien…

— Alors c'est d'accord. Si ça peut te rassurer, je te le promets. Mais garde ton argent.

Pour toute réponse, Ariane repousse fermement l'enveloppe qu'Ava tente de lui rendre.

— C'est tout ce que tu auras de moi, alors je t'en prie, accepte.

14

En dépit du temps plutôt frisquet, Ariane y tient mordicus : elle entend assister à la manifestation. Claude a bien essayé de raisonner sa mère, de lui faire comprendre qu'elle n'a plus l'âge de sortir dans la rue pour protester. En vain.

— Les vieux n'ont plus rien à perdre et n'ont donc peur de rien. Nous sommes au contraire les mieux placés pour mener les combats.

— On y va avec elle, lance Ava en réponse à son oncle quand, en catimini, il lui demande d'intercéder auprès de sa grand-mère afin qu'elle lui fasse entendre le bon sens.

— Vous êtes aussi folles l'une que l'autre, grogne Claude, contrarié. Il va y avoir du grabuge. S'il lui arrive quelque chose, ça sera ta faute ! dit-il en pointant Ava du doigt.

— On mettra le fauteuil roulant d'Eugène dans la voiture. Quand elle se sentira fatiguée, elle s'y assiéra, décrète la jeune femme sans mordre à la lourde accusation.

Aussi, au soir du 19 avril, Ariane se trouve là, debout et droite comme un piquet. Du haut de ses quatre-vingt-un ans, revitalisée par l'action au milieu des protestataires sur le parvis de la basilique Notre-Dame avec sa pancarte à la main, elle crie avec vigueur pour joindre sa voix à celle des autres. Homosexuels, femmes et gens des milieux communautaires : ils sont près de deux mille à affronter le temps frais pour exprimer leur opposition au groupe Human Life International, un groupe catholique ultraconservateur d'origine américaine. Réputé pour son intolérance et ses prises de position antisémites, racistes, pro-vie et homophobes, le mouvement préconise un retour aux lois fondamentales de la Bible. En ce soir de messe d'ouverture inaugurant leur congrès à Montréal, l'organisation se dit fière de ses appuis et des sept mille membres qu'elle prétend compter au Canada.

Alors qu'il approche vingt et une heures, les militants émergent de la basilique, un cierge à la main. La manifestation reste jusque-là plutôt pacifique. Ava, accompagnée par Martin à sa droite et Ariane à sa gauche, répète avec les autres : « Vos rosaires loin de nos ovaires… » À une centaine de mètres, des manifestants se font bousculer par deux policiers… Le coup d'envoi des hostilités est donné. Les invectives pleuvent.

D'un regard échangé avec Martin, Ava agrippe sa grand-mère sous les aisselles et ensemble ils soulèvent la dame, qui se laisse porter jusqu'à la voiture. Martin doit bousculer les manifestants pour parvenir à passer, car les policiers encerclent la foule et la contiennent.

— Ouf ! Je suis épuisée ! Mais tellement contente d'avoir pu être là ! Merci à vous deux, déclare Ariane, rayonnante.

Elle n'a pas le temps de poursuivre qu'une quinte

de toux lui coupe le souffle. Tandis qu'elle essaie de retrouver son calme, elle lâche un instant sa garde. Une immense fatigue peut se lire sur ses traits. L'espace d'une seconde, on jurerait qu'elle a cent ans.

Les Canadiens ne participeront pas aux séries éliminatoires de la coupe Stanley. Une première en vingt-cinq ans ! Martin digère encore l'humiliante nouvelle… Ses amis de toujours resteront chez eux cette année. Il doit l'avouer, il a le cœur gros et rumine sa déception tandis que, de la banquette arrière, Mia lui chatouille la nuque pour le faire sourire un peu. La petite rigole avec Ariane, sa « grande copine », assise à ses côtés. Claude, la tête appuyée contre la vitre, reste en retrait.

L'autoroute des Laurentides est empruntée par bien du monde, en ce samedi matin ensoleillé, au beau milieu des chaleurs annonçant l'été. Les rigueurs de l'hiver sont presque oubliées, on ne se souvient plus du temps où l'on pestait contre le froid et bientôt, comme d'habitude, on se plaindra de la chaleur accablante.

Bernard s'affaire et ne perd pas une minute. Ses grands enfants sont là pour l'aider. Stéphanie, la benjamine de dix-huit ans, achève de mettre la table et d'enlever les sacs de plastique des salades. Lucie, vingt-quatre ans, pour amuser les enfants, organise une chasse au trésor dans la cour. Fabien, vingt-huit ans, accueille les invités et les soulage de leurs effets qu'il va porter dans la chambre du haut. Émilienne, vingt-six ans, veille à ce que les plateaux de hors-d'œuvre circulent. Le papa a de quoi être fier : les quatre ont fait de belles études et occupent des emplois qu'ils aiment. Si Stéphanie a eu de quoi l'inquiéter un moment, ses problèmes d'adolescence se sont estompés et la jeunesse a repris le chemin d'un avenir prometteur.

Ariane, Ava, Martin, Mia et Claude se présentent bons derniers. La petite a le mal des transports et a vomi sur sa belle robe. Il a fallu s'arrêter en chemin pour en acheter une nouvelle. Dès leur arrivée, ils se pressent pour rejoindre les autres au salon. La mort de Jeanne, survenue l'année précédente, a imperceptiblement changé la dynamique entre les sœurs Calvino : au décès de la première d'entre elles, toutes ont compris quel terrible compte à rebours avait débuté... Du coup, les liens déjà solides entre elles se sont resserrés.

— Surprise ! s'exclament tous ensemble les tantes, les oncles, les cousins, les cousines, les amis, les voisins.

Anaïs, bouche bée, est incapable d'émettre un son. Du regard, elle interroge ses visiteurs. Immobile quelques instants, elle se laisse ensuite aller à sa joie :

— Comme vous êtes gentils ! Mais ce n'est pas mon anniversaire !

— Pour que tu ne te doutes de rien, on a décidé de le célébrer plus tôt, cette année !

— Comme vous me faites plaisir ! s'exclame-t-elle en allant de l'un à l'autre et posant un baiser sur les deux joues de chacun.

Parvenue à la hauteur de sa première fille, Anaïs esquisse un sourire sincère auquel Ava répond avec tout autant d'amabilité. Depuis que toutes les deux savent les jours d'Ariane comptés, elles ont mutuellement décidé de faire un effort. Tandis que les tantes s'affairent à mettre la nappe sur la grande table de la salle à manger, laquelle se trouve rapidement recouverte des plats cuisinés, les hommes débouchent les bouteilles de vin et emplissent les verres. La fête bat son plein et réjouit le cœur d'Anaïs.

Au moment du départ, Ava monte dans la chambre d'amis pour reprendre son sac et Anaïs en profite pour la suivre.

— Tiens, j'ai retrouvé ça en faisant mon ménage du printemps, la semaine dernière, dit-elle à sa fille en lui tendant une enveloppe. Peut-être que si tu lisais, ça t'aiderait à comprendre un peu dans quel état d'esprit je me trouvais... Mais tu n'es pas obligée.

— Merci, répond Ava, hésitante à se plonger dans un passé qui risque de la heurter.

Au salon, Ariane est prise d'une nouvelle faiblesse. Le cœur lui saute dans la poitrine. Elle doit s'allonger, mais elle ne parvient pas à recouvrer ses forces suffisamment pour se remettre sur pieds.

— Elle n'est pas en état de faire la route, déclare Bernard après un examen sommaire.

Ava doit repartir sans sa grand-mère et s'en désole, sachant que la vieille dame déteste dormir ailleurs que dans son lit.

— Si je les écoutais, mes enfants m'emballeraient

dans un tube d'ouate pour m'éviter la moindre faiblesse. Ils me voient comme une impotente. Ne les laisse pas faire, Ava, je t'en prie…

Ces engagements lui laissent un sentiment d'amertume sur le cœur. Après avoir fait entendre raison à Ariane, Ava quitte Sainte-Adèle en jurant de revenir pour la ramener chez elle au plus vite. C'est donc avec un passager en moins qu'ils reprennent la route en direction de Montréal.

Assis sur la banquette arrière de la voiture, Claude se plaint d'avoir la tête qui tourne. Il supporte mal l'alcool. Il reproche aux hôtes d'avoir servi trop de vin. Il ronchonne, tête penchée vers l'arrière, sous le regard médusé de Mia. Il ajoute qu'il y a une chose dont il voudrait parler à sa nièce pendant qu'ils sont ensemble…

— Plus tard, Claude. Tu devrais dormir un peu, ce n'est pas grave si tu ronfles, lance Ava avec un clin d'œil à sa petite pour la faire sourire.

Mais l'oncle persiste et, parlant d'une voix forte, il se lance. Il relate cet article qu'il a lu dans *La Presse* et qui annonce une baisse à prévoir du prix des maisons à Montréal.

— Quelqu'un qui ne voudrait pas trop risquer ferait mieux de vendre dès maintenant. Car plus on attendra et plus ça sera possible d'y perdre sa chemise… On annonce une montée des taux d'intérêt.

Sur le coup, la jeune femme ne saisit pas trop où il veut en venir. Elle croit à des élucubrations d'homme soûl. Mais comme le bougre insiste, elle finit par comprendre.

— Est-ce la maison de l'avenue Outremont que tu souhaites mettre sur le marché ?

— Précisément. Je dois veiller au bien de la famille. On prévoit des chutes assez radicales en immobilier pour cette année.

— Le problème majeur, c'est qu'Ariane adore cette maison et qu'elle y est bien.

— Le jour approche où elle ne pourra plus y vivre. Je suis bien désolé de devoir te le dire, mais… il faut s'ouvrir les yeux et l'aider à accepter.

Ava Gauthier reste sans voix. Elle déteste cet homme, qui lui ramène la vérité en face. Mais à quoi bon se mettre en colère ? Il a raison : sa grand-mère tant aimée atteint le bout de sa route. Et quelle que soit l'intensité avec laquelle elle l'aime, il lui faut se préparer à la voir partir.

— Chaque fois que j'essaie de lui suggérer de vendre sa grande maison, Ariane se met en rogne et me traite de tous les noms. Mais toi, Ava, peut-être pourrais-tu me donner un coup de pouce, auquel cas, bien entendu, je pourrais te dédommager… Bien que tu ne sois pas à proprement parler de la famille… Ariane t'écoute et, pour son bien à elle, et pour le tien, ce serait une bonne chose que ma mère se décide à vendre.

— Claude, à proprement parler, comme tu dis, je suis de la famille. Et c'est précisément pour cette raison que j'essaierai de raisonner Ariane, mais surtout de l'aider et de la soutenir.

Catherine McCann a annoncé son suicide. À trois heures du matin, au beau milieu du mois de mai, elle a décidé qu'elle en finissait là avec sa vie de misère. Elle a téléphoné chez sa fille qui, endormie, a laissé sonner longtemps avant de répondre. Cette sonnerie a résonné dans la tête de Catherine, tournant en cercles concentriques tout comme ses idées noires.

— Allô ?

— Ava, c'est ta mère. J'veux juste te dire que j'ai avalé tout ce qu'il y avait dans mon tiroir. Il y a plus une seule pilule.

— J'arrive…

La réponse qu'elle espérait n'a pas mis de temps à venir. Catherine, satisfaite, presque rassurée, a raccroché l'appareil. Sa fille fera le mieux pour elle. Elle va la sortir de ce mauvais pas, la ramener, l'aider, la soutenir…

C'est Samuel qui est entré dans l'appartement bordélique en premier. Établi depuis peu sur un bout de terre qu'il a acheté dans la région de Bromont, il est le seul que sa sœur a pu rejoindre. Frank devait bambocher dans un bar, car il n'a pas répondu quand elle a appelé chez lui. Quant à William, il était quelque part à Sudbury pour des courses.

— Eh ! Maman… lance le grand bonhomme de trente-cinq ans, gras comme un voleur.

Catherine peine à reconnaître son fils. Il la relève dans son lit, l'assied et retient sa tête qui roule comme une boule sur ses épaules. De très loin, elle l'entend qui appelle la police. Elle ne veut pas les « bœufs ». Elle veut ses enfants autour d'elle. Elle veut que se taisent les voix dans sa tête. Elle veut que ça s'arrête. Elle veut en finir une bonne fois pour toutes avec ces fantômes qui s'emparent de son esprit.

— T'es toute nue, Maman. J'vais te mettre une couverture.

— Ava…

Catherine esquisse un sourire, un des rares depuis longtemps. Tandis que les ambulanciers s'affairent, elle leur raconte de ses phrases bancales comment, toute petite, cette enfant réussissait à l'école, combien elle a toujours été brillante, plus intelligente que ses frères… En arrière-plan, le pauvre Samuel fait comme s'il n'entendait pas ce que sa mère délirante raconte.

Le fils monte dans l'ambulance qui les conduit à l'hôpital. Ava le rejoint, une trentaine de minutes plus tard, non sans avoir conduit comme une folle. Le frère et la sœur tournent en rond dans la salle d'attente, ne sachant pas trop quoi se dire, comme les étrangers qu'ils sont devenus.

— J'ai lu le livre que t'as envoyé à mon fils. Il a pas trop compris, mais j'pense qu'il l'a bien aimé. Sauf la fin…

Elle le remercie en dépit de la maladresse. Cela n'a aucune importance. Toutes ses pensées vont vers Catherine, qui a passé sa vie à se détruire sans jamais y arriver complètement. N'est-ce pas le comble de l'échec ? Et il lui vient cette idée, inadmissible, d'espérer que pour une fois sa mère parvienne à réussir quelque chose jusqu'au bout, quitte à ce que cela soit son suicide.

Martin, lui, n'a pas pu se rendormir après le départ précipité de sa douce. Il pense à l'organisation de la matinée, qu'il devra assumer seul, alors qu'un nouveau groupe arrive pour enregistrer à dix heures. D'ici leur arrivée, il devra précipiter l'horaire de Mia, aller la conduire plus tôt au service de garde de son école, que la fillette n'aime pas fréquenter et encore moins lorsqu'elle n'y a pas été préparée la veille. La colère et les refus vont lui retomber sur les épaules. D'un naturel patient et compréhensif, il sent parfois que sa gamine dépasse les limites, tant elle veut tout contrôler et tant la moindre dérogation à ce qui a été convenu la contrarie. Mais il ne sait pas comment mettre des limites sans se sentir coupable. Il éprouve de la colère envers Catherine qui, en plus de profiter de sa fille et de ses fils, leur fait vivre de grands coups d'éclat en pleine nuit… Rien à faire, il ne se rendormira pas. Autant profiter de son insomnie pour aller au studio et préparer le local pour la session d'enregistrement.

Attendre… Espérer des nouvelles, tourner en rond dans un appartement de deux pièces où trois chats règnent en maîtres. Vider les litières en évitant de respirer le contenu tellement ça pue la merde et l'urine. Attendre encore… Se résigner à faire du ménage. Se rendre à l'épicerie du coin pour acheter des produits nettoyants, des chiffons, de quoi désinfecter. Une fois le ménage terminé, retourner à l'hôpital pour rien : Catherine est toujours inconsciente. Revenir et frotter de nouveau en espérant que le destin bascule, dans un sens ou dans l'autre.

— Si je rentre chez nous, ma mère va choisir ce

moment-là pour aller mieux, c'est certain, et il va falloir que je reprenne la route en sens inverse, déclare-t-elle à Martin, exaspéré.

— Merde ! T'es partie depuis trois jours !

— Je sais, Martin. Mais ma mère a tenté de se suicider. Et bon, je ne sais pas quand elle reprendra connaissance.

— Elle te fait toujours des menaces. Il faut que tu t'en rendes compte. Elle te manipule. Elle veut que tu viennes la voir. Et c'est le moyen qu'elle utilise. Ce n'est pas la première fois.

— Elle est inconsciente, Martin ! Je m'excuse, mais je ne peux pas rentrer. Dis à Mia que je m'ennuie d'elle, répond-elle fermement.

À peine Martin a-t-il reposé l'appareil que celui-ci sonne à nouveau. La nouvelle qu'il n'attendait plus lui tombe dessus, comme un coup de masse, alors que sa fillette se trouve sur le point de se fâcher parce que la raie sur sa tête n'est pas droite et que ses couettes ne sont pas égales.

— Oui, oui, Monsieur Bernier. Bien sûr que je me souviens de vous. Vous avez un enfant à nous proposer ? Quel âge a-t-il ? Aujourd'hui ? Oui, d'accord, oui, nous allons y penser. Vous aurez notre réponse avant dix-sept heures.

Mia saisit la brosse et entreprend de se coiffer elle-même. Mais plus elle y fait, moins elle réussit. La gamine enrage et blâme son père. Un court moment, Martin est tenté de faire comme si cet appel des services sociaux n'avait jamais eu lieu. Sa chérie rentrera, dans un jour ou deux, et elle n'aura pas connaissance du fait que les services d'accueil en vue d'adoption auxquels ils s'étaient inscrits deux ans plus tôt leur offre un bébé… Un petit garçon de quelques mois en parfaite santé.

Dans sa chambre, ramenée du monde des morts, la malade récupère. Le personnel médical vérifie les signes vitaux. Catherine reprend connaissance. Ava glisse sa main dans celle de sa mère. Le temps passe lentement. Chaque fois qu'elle tente de s'échapper pour aller aux toilettes ou boire un verre d'eau, Catherine se crispe et fait en sorte de la retenir à son chevet. Ava peut à peine bouger. Elle doit rester avec elle, car son frère Samuel doit aller travailler. Elle est à la merci de cette femme qui l'embobine.

Martin voit les heures s'écouler. Il lui faut impérativement joindre Ava, discuter avec elle de cet enfant qu'on leur propose. Il appelle à l'hôpital de Granby, demande le numéro de chambre donné par son amoureuse. Mais le téléphone sonne sans que jamais personne n'y réponde. Tandis qu'il s'agite et qu'il laisse des messages au poste des infirmières pour qu'Ava le rappelle, il poursuit sa réflexion de son côté. Leur enfant est à l'âge où elle est plus indépendante. Elle peut s'habiller, patienter, comprendre. Mia a des amis et est de plus en plus autonome, ce qui laisse à ses parents une liberté fort appréciée après les années de la petite enfance. Martin se demande s'il a la force de recommencer avec un bébé qu'on pourrait de surcroît leur enlever à n'importe quel moment. En effet, par le service d'accueil, l'État confie à des familles qui désirent adopter un enfant à haut risque d'être abandonné par ses parents biologiques, mais qui ne l'est pas encore…

Les musiciens ragent. La journée ne se déroule pas à leur goût. Le batteur s'est présenté avec une heure de retard et sans maîtriser la partition. Les membres du groupe ont tenté de faire comme s'il n'en était rien, jusqu'au moment où le chanteur a explosé, menaçant le fautif d'expulsion. Le musicien a répondu vertement à son compagnon, lui soulignant qu'il chantait faux. L'échange acerbe s'est poursuivi et a bien failli dégénérer en bagarre.

Martin a dû appeler la voisine en catastrophe pour lui demander si elle pouvait aller chercher Mia au service de garde à sa place. Quand, pour la première fois de la journée, il a regardé sa montre, ça a été pour lire : seize heures quarante. De nouveau, il a téléphoné chez Catherine à Granby, mais n'a toujours pas obtenu de réponse. Il doit rappeler le travailleur social pour lui faire part de leur choix. Peut-il prendre cette décision sans en avoir parlé à sa conjointe ? Certes, après avoir définitivement abandonné l'idée d'une naissance naturelle, Ava et lui ont discuté longuement de leur projet d'adoption, de leur désir persistant d'avoir un deuxième enfant, de leur souhait de l'adopter en bas âge, ce que ce service d'accueil en vue d'adoption permettait plus aisément. Ils sont en attente depuis des mois. Et voilà que cet appel survient enfin… Déterminant pour l'avenir de sa famille et celui de cet enfant en attente de placement…

Il réfléchit encore un peu, absent aux discussions

acrimonieuses des gars du groupe. Bientôt, Mia sera là et exigera qu'on s'occupe d'elle. Il ne s'appartiendra plus. Il devra cuisiner, écouter, répondre… Quelque chose se fige dans son esprit : il faut accepter, capter au vol cette chance qui ne se présentera pas deux fois.

— Nous allons le prendre. Il faut aller le chercher ? Au centre des services sociaux ? Maintenant ?

Quand il comprend que le bébé a attendu toute la journée dans une famille de transition, chez des gens qu'il ne connaît pas, qu'il n'a jamais vus, Martin a la gorge nouée. Il ne peut plus reculer : il aime déjà ce petit garçon. Il annonce à Mia qu'il a reçu une excellente nouvelle, que son petit frère les attend, qu'il faut aller le chercher…

Mia saute et gambade tandis que son père essaie de rassembler ses idées, de concevoir un plan. Dans une heure, il y aura un nourrisson dans la maison. La chambre d'enfant est prête depuis des années. Mais pour les besoins de base, il n'est pas certain de disposer de ce qu'il faut…

— On va s'arrêter à la pharmacie en passant…

Décidément, Ava a raison : elle ne se trouve jamais à la bonne place au bon moment, ne peut-il s'empêcher de penser.

Vingt-cinq mille exemplaires du premier livre-disque se sont envolés et dix mille du deuxième. Le couple n'en revient pas de ces chiffres de vente. Il n'en aurait jamais espéré autant. Et comme il faut saisir la chance tandis qu'elle passe, Martin et Ava s'affairent à une troisième production. Ils ont enregistré le tiers des pistes et en sont plus que satisfaits.

— D'une fois à l'autre, on s'améliore, constate-t-il.

Elle acquiesce et lui sourit. En dépit de la fatigue qui la tenaille et qui lui assombrit les esprits, elle sait qu'il leur faut aller jusqu'au bout de ce projet quand le public redemande de leurs créations.

Elle voudrait disposer de plus de temps pour cajoler son petit garçon tout neuf. Ava se remémore souvent ce jour de mai où elle l'a vu pour la première fois, magnifique, avec son regard bleu d'espoir, dans les bras de Martin. Elle était rentrée de chez Catherine, épuisée, après une semaine de veille incessante. Déjà confuse à cause de la fatigue, elle avait eu besoin d'un moment pour comprendre que la situation s'avérant un cas exceptionnel, le bébé avait atterri en toute urgence à la maison. Maxime leur était confié par les services sociaux à titre de famille d'accueil en vue d'adoption. La mère, toxicomane, avait caché sa rechute autant que possible au travailleur social responsable de son dossier, mais dans le cadre d'une visite surprise le professionnel avait découvert le pot aux roses. Maxime avait été laissé seul dans l'appartement délabré. Le travailleur social avait débarqué, alerté les policiers et placé l'enfant en urgence. Inapte à prendre soin de quiconque, la jeune mère ne s'était présentée qu'en fin de journée, intoxiquée et tenant à peine sur ses jambes.

Ava n'en était pas revenue de trouver, une fois

de retour chez elle, ce bébé adorable âgé de quatre mois et encore sous le choc de son déplacement récent. La famille s'était agrandie… En accéléré, Ava avait dû refaire son apprentissage, devenir mère d'un deuxième enfant à apprivoiser. Espéré depuis des années, ce poupon dans ses bras lui avait semblé pourtant irréel. Elle n'était pas allée le chercher avec Martin et Mia. Il avait été parachuté dans leur maison. Elle n'avait pas vu son ventre grossir, elle n'avait pas caressé son dos sous sa peau, ne lui avait pas chantonné de berceuses en garnissant ses tiroirs de pyjamas aux couleurs pastel. Le petit garçon qu'elle tenait avait tout d'un pur étranger. Elle ne le reconnaissait pas encore comme le sien, ni son odeur, ni ses traits. *Je voudrais avoir l'été de congé et me donner du temps avec lui…*

Mais elle s'était vite rendu compte que ce souhait allait être difficile à réaliser. Sa vie professionnelle n'avait pas été préparée à ce changement auquel elle ne s'attendait pas. Le studio avait été réservé pour eux, techniciens et musiciens avaient été embauchés. Il leur fallait livrer le travail attendu par l'éditeur pour le début de l'automne. De plus, elle s'était engagée à écrire une série de livres éducatifs sur le corps humain et ne pouvait laisser tomber l'illustrateur avec lequel la collection avait été élaborée. Un congé à ce moment-ci de sa carrière aurait eu des conséquences désastreuses.

Aussi s'était-elle résolue à embaucher une aide à la maison qui prendrait soin de son fils pendant qu'elle travaillerait le jour à son bureau. Pas de garderie pour Maxime, qui avait impérativement besoin de se créer des racines dans son nouvel environnement. Car si le petit semblait sociable et à l'aise avec les membres de sa famille, il s'inquiétait et s'agitait devant toute perturbation de sa routine et toute personne qu'il ne connaissait pas.

— Il faut donner une chance à la bouture de s'enraciner, avait expliqué le travailleur social, s'il reçoit des soins chez lui, avec constance, et qu'il voit toujours les mêmes visages, il s'intégrera.

Mia pourrait elle aussi profiter du confort de la maison et rester tout l'été à jouer chez elle.

Une petite annonce écrite à la main et accrochée au tableau d'affichage à l'entrée de l'épicerie avait attiré son attention. Ce n'avait pas tant été la composition du mot qui l'avait interpellée, mais plutôt l'écriture soignée, ronde et douce comme une caresse de grand-maman. Elle avait pris le numéro en note avec ce sentiment étrange d'avoir résolu son problème.

À peine avait-elle aperçu Madame Gabrielle descendant de la voiture ronflante de son mari venu la conduire qu'Ava avait su qu'elle avait déniché la perle rare. En âge d'être grand-mère, la dame avait manifesté un intérêt sincère pour les deux petits à garder. Elle s'était adressée à Mia directement, sans passer par les parents :

— Tu viens d'avoir neuf ans ? Tu es bien grande. Aimes-tu l'école ? Montre-moi tes livres… Oh ! Celui-là, je ne le connais pas. Veux-tu me le lire ?

Séduite, Mia s'était exprimée sans gêne. Et Maxime avait plié et déplié les jambes, poussant des cris aigus depuis sa chaise haute, pointant ses jouets pour les montrer lui aussi. Ava avait apprécié la dynamique qui s'était installée entre les trois.

Pour la première fois depuis l'arrivée de son fils, des sourires s'étaient dessinés sur son visage et avaient brisé sa méfiance.

— Pouvez-vous commencer tout de suite et rester cet après-midi ?

Madame Gabrielle ne s'était pas fait prier. Interpellée par Maxime, elle l'avait saisi à bras-le-corps, extirpé de sa chaise et coincé sur sa hanche en un mouvement naturel. Entraînée par Mia, qui l'avait tirée par la main, elle s'était dirigée vers la salle de jeux. Elles s'étaient mises à jouer à la dînette : la gamine s'était affairée aux casseroles et à la cuisson de faux aliments de plastique et avait joué à la maman, tandis que l'invitée s'était installée à la table basse, attendant qu'on la serve en discutant avec son petit protégé qui tenait un camion.

Ravie et inspirée par ce qu'elle voyait, Ava s'était attardée à observer les échanges. Sa fille adoptait naturellement les comportements traditionnels féminins. Elle servait, soignait et parlait… Et la jeune mère s'était demandée ce qu'elle pouvait faire de plus pour que les rôles changent, que les enfants adoptent des comportements qui ne soient pas dictés par la tradition, quant à leur identité sexuelle. Convaincue que l'enfance constituait l'une des directions sur lesquelles il fallait œuvrer pour changer le monde de demain, Ava s'en était retournée au studio l'esprit tranquille et investie plus que jamais de cette mission qu'elle s'était donnée de permettre aux petites filles et aux petits garçons de vivre plus librement et d'adopter de nouveaux modèles. Elle n'avait pas osé se l'avouer, mais son travail et la présence de Madame Gabrielle la rassuraient. Elle avait besoin de prendre une distance, d'entrer dans sa nouvelle vie plus doucement, d'y établir ses prises…

Léon Saintonge est très fatigué. D'autant plus depuis l'absence de sa Francine, jusque-là dévouée et présente, qui se remet difficilement d'une récente fracture à la hanche. Elle requiert des soins hospitaliers avant d'être envoyée en maison de convalescence. Si bien que le pauvre homme se retrouve seul chez lui, désorienté… Il écoute de la musique : des airs d'opéra et des cantates au piano qu'il chante haut et fort, comme si lui-même se trouvait sur scène. Et le soir, quand vient le temps de se coucher, il ne parvient pas à trouver le sommeil, invoquant ce voisin qu'il croit entendre jouer du cor anglais.

— Mais, Léon, tu n'as pas de voisin, pour le moment… Personne n'habite à côté !

Le bougre s'entête et se met en colère contre Anaïs parce qu'elle met sa parole en doute.

— Ce n'est pas parce qu'on est vieux qu'on devient con ! lance-t-il en bombant le torse, avec fierté.

Depuis peu, le bonhomme s'est mis à discourir à propos de scènes et de spectacles à Paris, à Londres et même à Moscou. Certains moments, il semble très lucide, comme traversé par un souvenir précis. Alors que d'autres fois, ce n'est plus le même homme…

— Nous nous trouvions à Montreux. Elle y

jouait. Je l'ai conduite au château de Chillon. Et nous avons visité cette merveille ! Le Moyen Âge et ses chevaliers revivaient devant nous ! Qu'elle était belle, ma pianiste, et comme nous étions amoureux !

Avec l'âge, le passé récent s'estompe alors que les souvenirs lointains remontent à la surface. Anaïs, qui vient faire la bise à Léon deux fois par jour, s'affaire à passer l'aspirateur dans le trois-pièces occupé par son vieil ami imprésario. Plus qu'un complice, cet homme est devenu un confident précieux et de confiance, car il oublie tout ce qu'il écoute avec pourtant très grande attention… C'est contre lui qu'elle se blottit, les soirs où un réconfort paternel lui manque.

— Allez, allez, petite fille, viens dans les bras de ton vieux Léon.

Le mois de septembre s'achève et le froid s'installe, en prélude à l'hiver. Au Québec, on ne parle plus que de ce second référendum, annoncé le 30 octobre, où on posera de nouveau la question de leur indépendance aux gens de la belle province. Pour faire suite au premier plébiscite tenu en 1980 et perdu par le camp du Oui, les nationalistes tentent encore une fois de proposer la séparation de la province du reste du Canada. Ainsi, chaque fois qu'elle rend visite à Léon, Anaïs se fait un devoir de lui lire les journaux à voix haute, soucieuse qu'il garde l'esprit actif et allumé. Mais ce jour-là, il n'a aucune concentration et ne parle que de cette femme qu'il dit avoir tant aimée.

— Cette bague ! lance-t-il dans un souffle tragique, montrant la main de sa lectrice.

— Oui, une agate montée sur un jonc d'or blanc. Ma mère la portait…

— Je me souviens. C'est moi qui la lui ai offerte, murmure-t-il tandis qu'Anaïs, se préparant à son départ, empile les journaux éparpillés sur la table et achève de ramasser les restes d'un repas frugal.

— Qu'est-ce que tu racontes, Léon ?

— Hein ?… Rien.

Octobre souffle ses dernières feuilles, celles qui s'accrochent ont beau y faire, mais la nature, plus forte qu'elles, les emporte pour une dernière valse. Elles tombent rejoindre les autres sur le sol, craquant sous les vestiges de leur beauté.

Ariane Calvino se met au lit. Ses gestes trop lents l'incommodent. Elle n'aime pas cette dernière partie de la vieillesse, celle où l'on parle de sa santé, celle où l'on tousse, on crache, où l'on s'agrippe aux rampes de l'escalier et où son corps n'est plus un allié. Claude est parti à Boston avec des amis pour deux jours. C'est elle qui a insisté pour qu'il parte et jouisse de cette escapade. Elle se trouve donc seule dans cette grande maison qu'elle a tant aimée, qui l'a abritée tels les bras d'une mère. Comme sa santé lui offre un répit, elle entend en profiter. Elle a fait le tour de chacune des pièces, s'appuyant sur le chambranle, repassant les moments heureux, revivant l'amour, les rires, et oubliant les chagrins.

Son seul regret concerne sa petite-fille à qui elle souhaiterait servir de guide un peu plus longtemps.

En dépit de ses forces, Ava garde une faille, une fragilité contre laquelle elle se bat encore et toujours. *Mais n'est-ce pas le propre des enfants adoptés que de chercher à convaincre les autres qu'ils en valent la peine ?* Elle voudrait accompagner encore un peu sa protégée dans son combat. Mais loin de l'aider et de la soutenir, elle a plutôt l'impression d'être devenue un poids que l'on traîne…

Allongée, confortable sous son duvet fleuri, elle laisse la fenêtre entrouverte, si bien qu'un filet de froidure envahit la chambre. Les bruits de la ville lui parviennent au loin. Elle a une pensée pour sa descendance, ceux qui lui survivront. Elle espère qu'ils vivront égaux, hommes et femmes, parce que l'amour ne naît pas dans la soumission, dans la peur et dans l'iniquité. Avant de fermer les yeux, elle plonge son regard dans le tableau d'Eugène Boyer, devant elle, faiblement éclairé par un rayon de lune. Les chiens du Grand Nord jappent pour manifester leur excitation. Le traîneau, chargé de l'essentiel, est sanglé et enrubanné serré comme un sarcophage. Les pas d'un homme s'enfoncent dans la neige qui craque, il vérifie une dernière fois l'équipage. Ariane pousse un cri : cet Inuit à la peau tannée, c'est Eugène qui sourit à belles dents et qui l'invite à prendre place. Elle saisit sa main et s'installe, telle une reine des neiges. Le froid lui pique les joues. Il est temps de partir. Les chiens sautent et tendent le poitrail tandis que le conducteur donne une poussée et signale le départ. Ariane s'abandonne à cette nouvelle aventure qui l'attend et serre fort la main de son homme dans la sienne. Le traîneau s'ébranle vers l'infini…

15

— L'enfant est une personne à part entière. Il ressent et comprend le monde à sa manière en tant qu'individu actif dans son évolution. L'image du réceptacle que l'adulte prétend pouvoir remplir selon ses volontés et façonner à son image est dépassée et ne tient pas compte des conclusions de la psychologie moderne. Et c'est la raison pour laquelle mes personnages s'adressent directement au lecteur. J'essaie d'établir un contact d'égal à égal…

La conférence va bon train. Invitée par le Salon du livre de Montréal à prononcer une allocution, Ava énonce les principes qui guident son approche.

— De plus, j'aimerais que les enfants, garçons et filles, se sentent libres d'éprouver les émotions qui les habitent. Que si une Julie ou une Camille désire devenir pompier, elle ait droit à ses rêves, et que les Simon et les Nicolas de ce monde qui aiment la danse ou la couture puissent assouvir leur passion sans essuyer la moindre injure. Pour moi, l'égalité entre les hommes et les femmes commence dans l'enfance. Aussi, j'essaie d'aller à contre-courant en racontant, par exemple, l'histoire d'Alex qui fait la cuisine avec sa maman…

Depuis la mort d'Ariane, la jeune femme ne se sent bien que lorsqu'elle travaille. Un immense vide l'habite. C'est la morsure de l'absence. De toutes ses forces, elle tente de reprendre confiance. Il n'y a que le travail qui parvienne à la rassurer, un peu…

Martin, accompagné de Mia et de Maxime, revient de la tournée des stands. Il la salue de la main depuis le fond de la salle. Tandis qu'Ava poursuit son exposé, l'amour pour ces trois-là lui brûle les entrailles. Pourtant, lorsqu'elle se trouve avec eux, elle a du mal à exprimer sa tendresse, comme si tout s'était figé en elle. Comme si la mort d'Ariane lui avait glacé l'intérieur.

Dans la salle, une dame s'approche d'un pas altier. Avec sa chevelure blanche bien coiffée, elle se trouve de biais par rapport à la scène. *C'est elle ! C'est Ariane !* Sans raison apparente, la conférencière s'interrompt et manque de se mettre à courir pour rejoindre l'auditrice. Mais celle-ci, en se retournant, dévoile son visage et rompt le charme. *Non, ce n'est pas elle. Non, je n'ai pas rêvé sa mort.*

Assise aux côtés de son petit frère endormi dans sa poussette, Mia suit vaguement les propos de sa mère sur la scène. Mentalement, elle exécute les positions et les pas qu'elle a appris. Elle a toujours aimé danser, et depuis qu'elle fréquente cette nouvelle école de Montréal orientée sur le ballet jazz, c'est devenu une véritable passion, une obsession.

Les applaudissements terminent en beauté l'allocution d'Ava, qui salue les uns et les autres. Jamais aussi à l'aise avec les adultes, elle s'efforce de se montrer avenante et reconnaissante comme lorsqu'elle se trouve en compagnie de ses jeunes lecteurs. Elle sait bien que sans le soutien de tous ces gens sa carrière ne connaîtrait pas la même ascension : il faut des parents pour que les livres destinés aux petits soient achetés. De plus, l'essor phénoménal de l'édition destinée à la jeunesse n'aurait pu se produire sans le soutien de l'État, lequel a été élu par des gens qui ont exigé une littérature québécoise et qui se sont procuré ses publications par la suite.

— Allez, on passe à l'hôtel, on met les bagages dans la voiture et on rentre à la maison.

La famille se presse. Le lendemain matin, Maxime a rendez-vous avec sa mère biologique. Élevé par les Gauthier-Lavallière, sa famille d'accueil, le petit Maxime appartient toujours légalement à Sophie Bérubé qui, malgré ses incapacités parentales, détient tous les droits devant la loi.

D'une séparation à une autre, Ava devrait s'être habituée. Et pourtant non, elle n'y parvient pas. Son fils lui est rendu au bout de quelques jours, tout bouleversé. Son môme, celui qu'elle berce quand il pleure la nuit, qu'elle lave, qu'elle nourrit et qu'elle protège, s'en va dans les bras de cette femme irresponsable, agitée, fébrile et dépendante. Maxime part confiant et joyeux. Mais Ava ne sait jamais dans quel état il lui sera rendu. Les premières visites se passaient bien. Mais depuis quelque temps, le gamin revient la couche souillée, les vêtements malpropres et affamé, mais surtout il a le regard fuyant et plus qu'une idée : dormir, tout le jour… Il en a pour plusieurs nuits, par la suite, à s'éveiller en sursaut, craignant le noir et criant pour qu'on ne le laisse pas seul.

Ava tente de répondre à ses appels à l'aide, le

prend contre elle, chante, lui raconte des histoires… Et elle ressort complètement épuisée par ces crises d'insécurité. Elle a beau vouloir chérir ce garçon, elle en vient à chercher à se protéger de cet amour si douloureux fait de ruptures répétées qui lui arrachent les tripes. Parfois, elle se demande si la décision d'accepter un enfant en famille d'accueil, loin d'assouvir son désir de maternité, ne le heurte pas au point de le mettre en péril. Elle qui répète sur toutes les tribunes qu'il faut donner la parole aux jeunes se demande si elle écoute la voix de celui qui lui a été confié et qui lui crie qu'il faut que ces déracinements répétés cessent, mais contre lesquels elle ne peut rien.

Catherine McCann s'est assise sur le balcon de la maison de santé où elle loge désormais. Elle a attendu le départ des autres pensionnaires avant de s'y rendre, car elle n'aime pas la compagnie. Une couverture à carreaux sur les genoux, elle tousse à s'en arracher les poumons. Rien ne la fera déroger de sa routine matinale : fumer une cigarette en regardant passer les voitures sur la rue Principale. Le samedi matin est son moment sacré. Catherine ne se sent plus comme un légume, tellement amortie par les médicaments que la vie n'a plus aucune saveur. Les aliments ont, à nouveau du goût. La paix revient tranquillement dans son esprit. Ses nouveaux médicaments lui apportent un bonheur auquel elle ne croyait plus.

La Toyota rouge pompier se gare. Ava en descend,

à la course comme toujours. Elle grimpe les escaliers deux par deux. Bientôt, elle la rejoindra sur le carré de bois suspendu. Catherine agite la main, petite fille souriante prisonnière d'un corps d'obèse.

— L'infirmière m'a raconté ta sortie de cette semaine. Tu es bien ici, hein ? lui demande sa fille en posant tendrement un baiser sur sa joue.

Ava n'obtiendra pas de réponse, car sa mère semble avoir perdu l'usage de la parole dès qu'il est question d'établir une conversation avec elle. Le psychiatre prétend que cet enfermement n'est que temporaire, car sa patiente se montre positive, calme et réagit bien à la médication.

— Elle sort tous les jours, s'alimente, communique de mieux en mieux.

Si Ava n'obtient pas de réponse directe à ses interrogations, elle lit tout de même dans les yeux de Catherine une ouverture au dialogue. Et cet espoir seul suffit à l'encourager à persévérer dans ses visites.

Les États généraux sur l'éducation déposent leur rapport. En ce mois d'octobre 1996, Ava Gauthier y voit un signe : en ce premier anniversaire de sa mort, Ariane aurait été ravie par certaines des propositions, dont la déconfessionnalisation du système scolaire, un investissement dans la petite enfance et le renforcement de la formation de base des élèves. Ces recommandations vont tout à fait dans le sens de ce qu'elle a soutenu. Bravo, Ariane, pense sa petite-fille.

En ce qui concerne l'exécution de ses dernières volontés, la grande dame ne trouverait pas autant de fierté… Ava, désignée exécutrice testamentaire, ne sait plus à quel saint se vouer. Elle a accepté la tâche pour honorer la promesse faite à sa grand-mère sans se douter qu'elle plongerait dans un tel panier de crabes. Anaïs, Claude et Henri ne s'entendent sur rien. L'un veut vendre la maison au plus vite pour pouvoir repartir en France où il s'est installé avec ses trois enfants et sa conjointe. L'autre souhaite entreprendre des travaux d'envergure financés à même l'héritage commun et faire en sorte de donner beaucoup plus de valeur à la maison de l'avenue Outremont, tellement négligée au fil des années. Entre les deux, Anaïs se montre beaucoup plus hésitante, attachée aux objets qui constituent des souvenirs qu'elle aimerait préserver. À ces hésitations et ces affrontements s'ajoutent des notes manuscrites et signées de la main d'Ariane, un peu partout derrière les tableaux, sous les tables, les chaises, ou carrément collées ici et là sur les fauteuils, dans les livres et les vêtements, et qui désignent un destinataire, tantôt un neveu, une sœur, une amie, le fils d'une voisine, un ancien collègue, mais souvent en contradiction avec ce qui a été écrit dans le testament. Ariane Calvino a nommé Ava comme agent neutre, car elle n'hérite de rien, pour que ses volontés soient respectées.

— Tu devrais te retirer de ces histoires de fous, tu ne peux pas faire ton deuil au milieu de tous ces problèmes, suggère souvent Martin, inquiet. Tu n'as qu'à te désister de tes fonctions… Tu ne dois rien à personne.

— Comment peux-tu dire ça ? Elle a tellement fait pour moi ! Je vais effectuer ma mission jusqu'au bout, répond-elle invariablement, et ce, même si au fond elle sait bien qu'il a mille fois raison et qu'elle a tort de s'entêter.

La gestion des biens de la défunte s'annonce complexe. Si les dispositions légales de l'époux d'Ariane semblaient à tous claires et limpides, les deux frères Lester, fils de Marcel Lepage, ont compliqué le partage. Apprenant la mort d'Ariane, les Lester ont invoqué un document surprise signé de la main de leur père et indiquant qu'une part des fruits de la vente de la maison d'Outremont leur revenait de droit. Car si Marcel avait cédé une demeure à Minnie Lester, sa maîtresse, et l'usufruit de ses biens à Ariane, il reste qu'une fois celle-ci décédée l'ensemble des possessions reviendrait en parts égales « à chacun de ses enfants ». Ainsi, deux nouveaux prétendants s'ajouteraient à la mêlée, au milieu de laquelle Ava doit s'assurer que justice soit faite. Mais les Calvino contestent les prétentions des Lester…

Un écureuil s'avance et gagne tranquillement en hauteur. Il n'y voit plus clair et manque souvent de tomber de la branche. La plante de ses pattes est enserrée sur l'écorce de l'immense érable aux branches recourbées au-dessus de la première neige, tombée la veille sur le sol gelé. L'écureuil gagne le trou ouvert au centre de l'arbre et s'y glisse. Enroulé, sa chaude fourrure autour du ventre, il salue les étoiles et la lune, comme chaque soir. Il s'endort d'un sommeil profond. Dans ses songes, il fait la découverte d'un tunnel. Et ce passage l'attire comme un aimant. Il s'y engage. Il n'a plus peur ni des chiens ni des hommes. Il n'a plus froid et n'a plus faim. Il est passé du côté des jours sans fin, des noisettes bien grosses et gonflées de soleil.

Les écureuils des alentours, s'inquiétant de son absence, comprennent qu'ils ne reverront plus leur vieil ami. Ils se réunissent autour de l'arbre creux et se souviennent de tout ce que leur joyeux luron leur a appris. Ils se promettent de ne jamais oublier cet écureuil valeureux qui avait égayé la vie des autres.

Le récit lui est venu d'un seul jet. Ava esquisse même les croquis qu'elle détaillera plus tard au dessinateur. Dans chaque image, elle place une grenouille affublée de lunettes, qui s'accroche aux pages et qui interpelle le lecteur, le consolant de sa peine et l'incitant à continuer de lire l'histoire, même si elle est triste et qu'elle pince un coin du cœur… Grenouille invite les jeunes à conseiller les personnages trop chagrinés. Elle pose des questions, demande des avis, laisse tomber des incongruités à corriger…

Intitulé *Salut Pépé !*, le mini-roman, abondamment illustré de personnages animaliers saisissants d'émotion et de vérité est publié au début du mois de mai 1997. Dès sa sortie en librairie, le livre accroche l'intérêt des jeunes. Pépé l'écureuil, courbé sous le poids des ans, mais le regard encore bien alerte et blagueur, séduit… Les enfants aiment ce récit qui offre aux parents l'occasion de parler de la mort.

Alors qu'elle n'espérait rien de cet ouvrage écrit sur le coup de sa peine toujours présente, Ava se retrouve avec un succès de librairie. Bientôt, l'éditeur organise une tournée dans les écoles avec l'image cartonnée de Pépé l'écureuil qui l'accompagne partout. Les confidences qu'elle récolte dans le cadre de cette tournée la bouleversent. Des petits lui confient les multiples images du deuil : l'abandon d'une mère, le suicide d'un grand-père, un déménagement douloureux et toutes ces pertes qui jalonnent l'existence.

Et d'entendre ces voix cristallines parler du désespoir sous toutes ses coutures lui permet d'avancer dans le sien et de trouver un certain réconfort.

Parfaitement bilingue et élégant dans son costume de laine grise, Jack Lester affiche une assurance qui frôle l'impertinence. Son bureau, riche de boiseries, de tableaux, de bronzes et d'œuvres d'art magnifiques, reflète l'aisance et le confort matériel d'un homme d'affaires qui a réussi. Ava ne s'attendait pas à être reçue avec autant de décorum. Elle connaît peu ce quartier cossu de l'ouest de la ville et comprend trop tard que le fait d'avoir accepté de se déplacer pour que la rencontre ait lieu dans un territoire inconnu la place en position de faiblesse. Intimidée, désarçonnée, elle met un temps à se ressaisir.

— Jack Lester. Voici mon frère aîné, Jim, annonce-t-il en l'invitant à s'asseoir sur un fauteuil de cuir de qualité.

La jeune femme salue l'homme, en retrait. Décidée à s'imposer, elle enchaîne, explique qu'elle est la petite-fille d'Ariane Calvino et que celle-ci l'a désignée pour veiller à ce que ses dernières volontés soient exécutées conformément aux dispositions de son testament. Voilà la raison pour laquelle elle a organisé cette rencontre.

— Le testament de ma grand-mère ne fait aucune mention de vous ou de votre frère, monsieur Lester. Vos interventions légales ne font que bloquer un processus de liquidation déjà assez complexe. Vous intervenez inutilement. Il faut parfois faire preuve de raison…

Jack Lester ne bronche pas. Le regard bien planté dans celui de son interlocutrice, il se met à parler de Minnie, sa mère, une femme remarquable tant par sa beauté que par sa force de caractère.

— Je lui dois mes réussites scolaires et les diplômes que vous voyez accrochés sur ces murs. Ma mère s'est saignée à blanc et s'est entêtée à me faire la preuve qu'un homme, peu importe sa couleur, peut obtenir le respect.

À cette évocation, Jim renifle un bon coup et se signe en jetant un coup d'œil vers le ciel, à la fenêtre. Jack poursuit avec l'histoire d'amour entre Minnie et Marcel. Et cette volonté holographe que l'homme a rédigée quelques jours avant sa crise cardiaque stipule noir sur blanc qu'au décès d'Ariane Calvino les enfants nés de son union avec Minnie Lester auront droit, à titre d'héritiers légaux, à leur juste part des biens de Marcel Lepage, biens parmi lesquels est spécifiquement mentionnée la maison de l'avenue Outremont.

— Ma mère avait un grand respect pour Madame Calvino et nous a demandé de taire l'existence de ce document tant que cette dernière serait vivante, précise Jim.

— Mais elle m'a fait promettre de le ressortir lors de son décès et de faire valoir nos droits, complète Jack.

— Comment pouvez-vous ? Vous n'êtes pas vraiment de la famille, s'entend-elle répondre alors qu'elle-même a tant détesté que Claude lui serve cet argument fallacieux.

— À ce compte-là, vous non plus.

Blessée par cette réplique, Ava est limite de lancer des insultes et de se montrer désobligeante.

— Vous ne manquez pas de culot.

Vif comme l'éclair, Jack Lester rétorque à son interlocutrice qu'elle omet peut-être des renseignements. Et d'un seul souffle, voilà qu'il lui rappelle son abandon par Anaïs, elle-même orpheline d'Agathe et non d'Ariane…

— Voilà probablement pourquoi elle vous a totalement écartée de l'héritage, auquel mon frère et moi sommes plus liés par le sang que votre mère naturelle elle-même.

Une année entière a passé sans qu'aucune évolution significative ne se produise chez les héritiers d'Ariane et de Marcel. Blotti tout contre sa grande sœur, Maxime achève de dévorer son bol de macaronis au fromage à la cuillère. Mia est la gardienne officielle de son petit frère. L'amour mutuel qu'ils se portent en dépit des quelques années qui les séparent a de quoi charmer. Il s'essuie les mains à la demande de son aînée. Ils accompagnent leur mère, en visite à Sainte-Adèle.

Tandis que ses enfants grignotent sur le bord de la piscine nouvellement creusée à l'arrière, Ava s'assoit avec sa mère sur la terrasse illuminée de soleil, en cette belle journée de juin 1998.

— Ton fiston est devenu tellement mignon. D'année en année, il embellit, constate Anaïs en plissant les yeux.

— Je n'attends que le jour où nous pourrons enfin l'adopter officiellement. Mais si la mère maintient ses visites une fois tous les six mois, il n'y a rien de possible.

— C'est assez incroyable, déclare Anaïs, sincèrement désolée. La mère pourrait vraiment décider de le reprendre ?

— Oui, à tout moment…

Les deux femmes restent unies dans le silence. La douleur de se faire arracher son enfant, Anaïs la connaît bien pour ne s'en être jamais totalement remise.

— Un cœur de mère, c'est très solide et très fragile à la fois. La douleur de te perdre a été si intense que j'ai cherché à m'en protéger par la suite. Ç'a été plus fort que moi… J'espère que tu me pardonnes.

— J'ai compris, Anaïs, ne t'en fais pas.

Venue avec la ferme intention d'annoncer à sa

mère qu'elle comptait se désister de ses fonctions dans la succession d'Ariane, la jeune femme répète mentalement les mots qu'elle a longuement préparés. Fragilisée par le décès récent de Léon, Anaïs a cessé de travailler, le temps de refaire ses forces. À cinquante-sept ans, si sa beauté ne s'est pas dissipée, il reste qu'elle cache mal une fatigue dans son attitude. Plus encore que la perte d'Ariane, celle de Léon l'a mise K.-O.

— C'est à ton tour de m'accorder ton pardon. Je suis arrivée au bout de ce que je pouvais faire pour honorer mon engagement envers ma grand-mère et envers toi, d'une certaine manière.

— Tu as fait plus que ta part. Cette succession n'aura jamais de fin. Je me suis résignée à cette idée. Ne t'en fais pas.

Elle aurait préféré que sa mère se mette en colère, qu'elle l'implore de ne pas démissionner. C'est le contraire qui se produit, et cela la déstabilise complètement.

— Je vais tenir encore l'été, mais si rien ne bouge d'ici septembre, je me retirerai de mes fonctions.

— Je comprends, tu as bien peu à voir dans cette histoire de cinglés.

Ava était venue pour s'alléger, se libérer. C'est la tête pleine de questions qu'elle reprend l'autoroute des Laurentides en direction de Montréal. En effet, c'est au moment de lâcher son rôle d'exécutrice testamentaire qu'elle se rend compte de ce qu'elle a à perdre, c'est-à-dire une place dans la famille Calvino, une place à laquelle elle tient…

Depuis longtemps, la fête de Noël divise le monde en deux clans : ceux qui la vénèrent comme un rendez-vous sacré avec l'enfance et ceux qui l'exècrent, la fuyant comme la peste. Ava a longtemps flirté avec le second groupe. Si bien qu'avec la fin du mois de décembre, lorsque ses moyens le lui permettaient, elle disparaissait, de préférence à la chaleur, histoire d'oublier la neige, le petit renne au nez rouge, les sapins vert et blanc, le bonhomme bedonnant se pointant en traîneau avec ses cadeaux dans sa besace. Jusque-là, elle avait copieusement détesté ce temps de l'année synonyme de chagrin, depuis la séparation des parents Gauthier.

Elle a couru comme une folle, submergée par le travail, les séances de signature, les visites dans les écoles, les livres à écrire, les scénarios à pondre, la supervision des séances d'enregistrement au studio pour le quatrième livre-disque de chansons, en anglais cette fois. Arrivée à la mi-décembre, elle réalise que non seulement il est trop tard pour organiser sa fuite vers les pays chauds, mais qu'en plus elle n'en a aucune envie. Cette année, les choses s'annoncent différemment et, pour une fois, elle se sent prête à s'abandonner et à feindre de croire au père Noël.

Une fois parcourue la route menant à Granby, qu'elle connaît par cœur, Ava se présente devant la maison de soins où loge sa mère et esquisse un sourire. Catherine est là, sur le balcon, le feutre placé de travers sur le coin de la tête, elle fume une cigarette et rigole avec une compagne de chambre. De la main, elle la salue lorsqu'elle reconnaît la voiture.

— C'est ma fille ! lance-t-elle avec toute la fierté possible et en criant son nom à pleins poumons sans aucune crainte du ridicule. Ava ! Ava ! Ava !

Catherine s'est sortie de sa dépression profonde. Elle n'est plus cette morte vivante des dernières années. Et si les médicaments atténuent ses hauts et ses bas, ils lui permettent tout de même de mener une vie relativement autonome, d'échanger de bons mots avec les autres, d'apprécier les petites choses. Et pour Ava, cela constitue une immense victoire. Tandis que sa mère l'accueille et l'enlace en lui montrant le bricolage exécuté la veille, elle pense à tous ces moments de désespoir où elle a cru la partie perdue. Elle a eu raison de ne pas lâcher la main de Catherine et se félicite d'avoir tenu le coup.

— Lundi, on est allés en bus au centre commercial, et j't'ai acheté un cadeau.

Elle tend un paquet maladroitement emballé. Sautillant comme une gamine, elle presse sa fille de l'ouvrir.

Médiocre, le papier se fend au toucher. Ava ne met pas longtemps à dévoiler une petite figurine en porcelaine de mauvaise qualité.

— Une licorne !

— C'est toi ! C'est toi ! crie Catherine, fière de sa trouvaille.

Elle a peut-être raison, pense Ava en la remerciant. Et s'il faut donner un sens à la perte d'Ariane, si douloureuse et pénible, c'est probablement du côté de Catherine qu'elle doit chercher. Car en dépit de sa maladie, sa mère adoptive affiche un visage paisible et elle est parvenue à une certaine normalité. Et en cela, Ava peut se sentir libérée de cette promesse qu'elle s'était faite à elle-même. Dans sa tête, le galop de la licorne se fait entendre…

Cette fête de Noël toute simple qu'elle passe en compagnie de Catherine et de ses amies sera marquée d'une croix. Il y a eu des blagues, des rires édentés mais joyeux, et un repas copieux. Et quand elle est repartie pour rejoindre les siens, Ava a senti qu'une lueur se rallumait dans l'âme de sa mère adoptive.

Des mois s'écoulent encore sans que les choses bougent beaucoup du côté de la succession d'Ariane. Contrairement à ce qu'elle avait annoncé à Anaïs, Ava, prise par ses enfants qui grandissent et ses obligations professionnelles, remet constamment son projet de se désister de ses fonctions d'exécutrice. De toute façon, il ne se passe rien de nouveau, puisque les héritiers ne s'adressent pour ainsi dire plus la parole…

La maison de l'avenue Outremont respire le calme avant la tempête et, dans une dernière tentative de conciliation, le samedi 15 mai 1999, Ava organise une ultime rencontre avec les prétendants à l'héritage. Le temps s'écoulant, la situation devient ridicule : en mal d'entretien, la bâtisse se détériore et perd de sa valeur, ce qui pénalise tout le monde. Claude ne prend plus soin de l'immeuble, puisqu'il a été évincé par Jack Lester, lequel a invoqué qu'aucune spécification testamentaire n'autorise quiconque à habiter les lieux et gratuitement en plus… Profitant du passage d'Henri à Montréal, la gardienne des volontés de la défunte saisit la balle au bond et invite toutes les parties à discuter calmement entre elles afin de trouver un moyen de régler définitivement le conflit.

Anaïs se présente la première. Ahurie par la circulation en ville et incommodée par la chaleur, elle tente néanmoins de faire preuve de bonne foi. Avec Claude, les rapports se sont détériorés et elle anticipe une brouille. De fait, Claude et Henri se pointent à la porte ensemble, les traits durcis. Ils saluent poliment Ava, mais n'adressent pas un seul mot à Anaïs. Les frères Lester arrivent en retard, comme c'est leur stratégie. Depuis le début, Jack retient les documents, ralentit le processus, garde le contrôle en empêchant toute avancée.

Ava respire un bon coup. Elle prend la peine d'offrir de l'eau, du café, des jus et des muffins. Elle entend donner toutes les chances à cette ultime tentative.

— Je tiens d'abord à vous remercier de me faire confiance et d'avoir accepté de venir ici, dans la maison qu'Ariane aimait tant et qu'elle était si fière d'avoir acquise avec votre père, Marcel.

Claude ronchonne : ce sont eux, les enfants, qui en ont payé le prix, leur mère étant toujours au travail pour gagner de quoi payer cette demeure de luxe. À ce reproche, Anaïs rétorque à son frère qu'il a toujours su user de la culpabilité auprès de leur mère pour obtenir d'elle le maximum. Henri prend la défense de son allié et demande à sa sœur de retirer ce qu'elle vient d'insinuer. Jim reproche aux trois autres de n'être que des enfants gâtés tandis que Jack, après être resté un moment en silence à observer le grabuge, se lève tout de go et somme son frère de le suivre. Il n'a pas l'intention d'assister plus longtemps à ce cirque. Ils se reverront tous au tribunal. Henri s'interpose et bloque le chemin aux Lester. Jim a le réflexe de défendre Jack et le repousse agressivement. La bagarre éclate, les hommes en viennent aux coups. Dépassée, Ava se précipite sur le téléphone et demande l'aide de la police.

— Envoyez des agents immédiatement, s'il vous plaît. Je vous donne l'adresse…

Jim frappe comme une bête enragée. Henri, couché au sol, semble avoir perdu connaissance. Anaïs essaie de s'approcher de son frère pour éponger la plaie béante sur son front.

Témoin impuissant, et dévastée par ce pitoyable spectacle, Ava se dit qu'elle ne peut aller plus loin dans ce naufrage.

Martin Lavallière est amoureux, encore et toujours, comme aux premiers jours. Il n'a rien oublié de leur première rencontre et se sent aujourd'hui tout aussi emporté par ce sentiment étrange qu'il ne porte à aucune autre. Depuis qu'Ava s'est retirée de la succession de sa grand-mère, elle a retrouvé son équilibre. Leurs rapports ont repris une allure plus normale. Ils se sont remis à faire l'amour.

À sa demande, Mia gardera son petit frère pour la soirée, car Martin sort avec son amoureuse. D'abord au cinéma, puis au restaurant, un très cher où il a réservé une place près d'une fenêtre, pour qu'ils puissent apercevoir le bord de l'eau.

— Et si on se mariait ? Ça rendrait les choses plus officielles… Qu'est-ce que t'en dis ? lui demande-t-il un peu timidement.

— Pourquoi veux-tu m'attacher ? As-tu peur de me perdre ? rétorque-t-elle sans réfléchir.

Et lui, pour ne pas perdre la face, tente une réponse, plus défensive que ce qu'il aurait souhaité :

— Si on doit entreprendre les démarches légales pour adopter Maxime, il me semble que ce serait mieux…

Sur cet argument auquel elle n'avait pas songé, elle lui donne raison. Mais elle n'éclate pas en cris hystériques ni ne fond en larmes lorsqu'il sort le boîtier carré tout ce qu'il y a de plus classique de sa poche.

— Et tu avais préparé ton coup ? Tu m'étonnes, là.

Il essaie de glisser l'anneau à son doigt. N'y parvenant pas, Ava doit procéder elle-même à l'opération, forcer un peu à la hauteur de l'articulation, brisant le charme. Déçu par le déroulement des choses, il garde sur le cœur une ombre qui ne se dissipe pas tandis qu'il règle l'addition. Il parle plus que de coutume, un peu pour calmer sa déception.

— Le travailleur social a dit qu'on avait de bonnes chances. Ça va faire bientôt un an que Sophie Bérubé ne s'est pas présentée aux rencontres. Si on peut tomber sur un juge qui n'est pas trop du côté des parents biologiques, ça devrait fonctionner, dit-elle en lui souriant.

Il acquiesce, cachant sa déception devant le manque de romantisme de sa compagne. Il aurait tant espéré que sa demande soulève plus d'émotions, plus de joie, plus d'amour.

Martin gare la voiture dans l'entrée, sous la branche alourdie de l'érable centenaire. Les lumières encore allumées l'alertent. Il est près de minuit et Mia devrait dormir, car elle a cours le lendemain.

À peine la porte est-elle entrouverte qu'il aperçoit leur grande fille, les larmes aux yeux, qui vient les accueillir. Sophie Bérubé, la maman de Maxime, s'est présentée vers vingt heures sans prévenir. Ne sachant ce qu'elle devait faire, Mia l'a laissée entrer…

— Une fois qu'elle a été dans la maison, j'ai eu peur. Maxime l'a reconnue même si ça faisait longtemps qu'il l'avait vue. Elle est restée avec lui dans sa chambre, il lui a montré ses jouets. Quand elle a fini par se décider à partir, elle m'a dit qu'elle avait cessé de consommer et qu'elle avait quitté son mec.

Sobre depuis deux mois, Sophie Bérubé avait l'intention de reprendre son fils. Cette soirée heureuse du mois de mai se termine sur une note tragique et ramène tous les espoirs de la famille à la case départ.

Le vingt-deuxième Salon du livre de Montréal s'est ouvert la veille, le 18 novembre 1999. Parmi les huit cent cinquante auteurs invités à rencontrer les visiteurs, Ava doit être présente aux trois stands des maisons d'édition qui l'ont publiée au cours de l'année. Si Zoanette remporte toujours un franc succès, il reste que sa nouvelle série, Bambino, se taille une place de choix. Les livres-disques font aussi bonne figure au palmarès des ventes. D'ici peu, elle aura trente-huit ans. Le chemin parcouru depuis ses premières lectures jusqu'à ce jour la satisfait. Et c'est précisément le sujet de sa conférence publique de l'après-midi.

Elle déteste faire attendre les gens. Ce serait le comble que de se présenter en retard à sa propre conférence, aussi elle court et s'impatiente lorsqu'elle se perd dans les dédales du Salon. Parvenue à un attroupement alors qu'elle demande son chemin, on lui répond qu'elle se trouve loin de la tribune. Affolée, elle s'apprête à repartir quand quelqu'un l'agrippe par le bras et l'interpelle d'une voix très grave, mais sensuelle, avec un accent français prononcé.

— Laissez-moi vous conduire...

Entraînée par son guide, elle marche d'un bon pas sans poser de questions. Cet homme, avec son élégance, sa prestance et son odeur, l'attise. Ava ne comprend pas ce qui se passe en elle. Elle a envie de séduire cet inconnu, de l'embrasser, de se donner à lui. Des images folles la grisent. Pour reprendre contenance, elle doit faire un effort. Cet homme, elle a l'impression qu'elle l'attendait, qu'elle le connaît depuis toujours.

Arrivée juste à temps sur le podium, elle remercie son bon samaritain et pose ses notes soigneusement revues la veille. Son sujet de prédilection, celui de la place de l'enfant dans le discours, se trouve au cœur de son allocution. Portée par la fougue de ses convictions, elle relie ses propres expériences de vie au fait qu'elle tient tant à s'adresser directement au lecteur, de tenter de le surprendre et d'établir avec lui une communication sans filtre.

— Chez moi, lorsque j'étais petite, nous n'avions pas le droit de parler à table. Les filles encore moins que les garçons. Nous mangions en silence. Et je crois que c'est ce qui m'a poussée à vouloir changer les choses.

Au fil de sa démonstration, elle s'emporte, enchaînant sur les illustrations qui, elles aussi, doivent susciter l'expression chez l'enfant. Sous cet éclairage, les aventures de Bambino constituent le meilleur exemple, puisqu'elles permettent à des petits d'à peine dix-huit mois d'exprimer leurs émotions.

À la fin de son allocution, au moment de répondre aux questions, Ava aperçoit son sauveur, appuyé sur l'une des colonnes, qui lui sourit à belles dents. Cette vision lui enlève tous ses moyens et lui fait perdre le souffle. Quelques secondes de silence s'imposent dans la salle et suspendent la phrase qu'elle a amorcée. Elle qui aurait normalement eu le réflexe de refuser fermement les avances de ce prétendant se surprend à les accepter, signifiant d'un sourire son attirance réciproque. Elle achève de répondre aux interrogations. Quand elle relève la tête, l'inconnu a disparu. Un peu plus et elle en pleurerait, tellement elle est déçue. Reverra-t-elle cet homme un jour ? Comment le retrouver ? Elle n'en a pas la moindre idée.

16

Après avoir passé cinq heures debout derrière l'un ou l'autre des stands, à dédicacer des albums, à échanger quelques mots avec chacun de ses lecteurs, à saluer les parents et à les remercier d'acheter ses livres, Ava devrait en avoir assez des curieux et du tourbillon incessant de cet événement. Habituellement, c'est presque à la course et complètement vidée qu'elle rentre chez elle, trouvant tout juste la force de se faire couler un bain, de s'y plonger, le regard fixe, rivé sur la chandelle éclairant faiblement les carreaux blancs. Il n'est pas rare qu'en ces moments de fatigue elle s'assoupisse dans l'eau. Alors qu'elle termine ses séances de signature, qu'elle n'a rien mangé de la journée et qu'elle se sent affamée, c'est pourtant sans se presser qu'elle passe au vestiaire et récupère son manteau. L'année dernière, à pareille date, elle croisait cet inconnu, un homme auquel elle a pensé tous les jours depuis, sans parvenir à calmer son esprit ni à réprimer ses fantasmes.

La dureté du béton enflamme la plante de ses pieds et la sécheresse de l'air irrite sa gorge, aussi est-il étonnant qu'elle tarde à se diriger vers sa voiture… Mais la jeune femme ne se résigne pas à quitter les lieux et persiste à sillonner la foule, de plus en plus compacte, attirée par les vedettes de la soirée qui feront leur tour de piste sur la Place Bonaventure. La vérité, elle ne se l'avoue pas. Qu'espère-t-elle, à tourner en rond ainsi ? Elle va d'un attroupement à un autre, revient à la salle des exposants, feuillette distraitement les romans, les biographies et les livres de recettes sans que son attention se concentre sur quoi que ce soit. Dans la foule, elle cherche quelqu'un, un homme, qui reste caché.

Comme une âme en peine, elle erre au milieu de tous ces étrangers depuis un bon moment déjà quand soudain l'angoisse l'étreint. *Mia !* Elle ne fait ni une ni deux et s'engage au pas de course vers la sortie tout en enfilant sa canadienne marine. Sa fille avait un cours de danse classique en matinée et un atelier de ballet jazz auquel elle l'avait elle-même inscrite ! Il était entendu qu'Ava passerait la prendre devant les portes de l'école vers dix-sept heures, à la fin de sa journée. *Il est vingt heures ! Vingt heures !* Elle a oublié sa gamine de quatorze ans, jolie comme un cœur, innocente et naïve, toute seule dans une ville qu'elle connaît peu. La mère, affolée, quitte le Salon en trombe.

Mia a marché de long en large sur l'avenue du Mont-Royal, revenant à intervalles réguliers devant l'école de danse, espérant chaque fois apercevoir la Toyota rouge de sa mère. Peu aventurière de nature, la jeune fille, d'abord contrariée, passe vite à la peur. Comme elle a oublié son porte-monnaie à la maison, elle n'a pas un sou pour appeler son père à sa rescousse. La nuit est tombée et la faune urbaine de la rue Saint-Denis l'affole. Elle craint ces hommes qui tantôt la regardent avec insistance, tantôt lui offrent leur aide et auxquels elle n'adresse pas un mot. Quand elle pense à retourner à l'école pour y trouver refuge, elle bute sur des portes fermées et des locaux désertés. Il est vingt heures et, c'est difficile de l'admettre, sa mère l'a oubliée. Une voiture de police s'engage sur l'avenue du Mont-Royal. Elle prend sa décision rapidement, rejoint le véhicule au feu rouge. Fermement, elle cogne sur la vitre avec insistance.

— J'ai besoin d'aide…

Quand Ava se présente avec plus de trois heures de retard à la porte du local, celui-ci est désert et fermé à clé. Elle a envie de hurler. Comment a-t-elle pu ? Où est sa petite fille ? Elle se précipite vers la cabine téléphonique, insère d'une main tremblante quelques sous dans la fente, compose le numéro de la maison. Elle n'obtient pas de réponse.

La disparition inexpliquée d'une magnifique jeune femme de seize ans descendue de l'autobus à quelques mètres de chez elle et qu'on n'a plus revue depuis une année déjà, a alerté et ému les gens, leur rappelant tristement l'horreur des crimes et leur réalité. Perdre un enfant constitue sans doute la plus lourde épreuve pour un être humain. Ava ne peut s'empêcher de penser à l'adolescente toujours disparue et à prier pour que sa fille soit saine et sauve.

Au volant de la voiture qu'il a empruntée à la hâte à un voisin, Martin ramène sa grande fille vers leur maison, qui s'est agrandie et a gagné en confort au fil des ans et des améliorations. L'adolescente s'est remise de ses émotions, car les policiers ont été gentils et prévenants avec elle. Martin dissimule autant qu'il le peut son tracas. Il se demande ce qui a pu arriver à sa femme. A-t-elle eu un accident de voiture ? Une crise cardiaque ? L'a-t-on enlevée ? Il faut un événement d'une gravité hors du commun pour qu'Ava ait pu commettre un tel oubli… À peine a-t-il garé le véhicule, rendu ses clés au voisin, remercié sa conjointe d'avoir pris soin de leur fils, qu'il aperçoit avec grand soulagement la petite voiture rouge s'engageant dans l'entrée de leur parking…

— Tu ne le croiras pas. J'ai quitté le Salon à cinq heures mais la voiture est tombée en panne. Même si je me trouvais en plein centre-ville, j'ai mis une heure à trouver une remorqueuse, qui m'a traînée jusqu'à un garage qui était fermé… Il a fallu attendre une deuxième remorqueuse… Et pas question de laisser le chauffeur en plan pour que je puisse aller récupérer ma fille ! Non ! Il fallait payer ! Et sur place ! Un dimanche soir, comme ça, toutes les banques fermées et alors que je n'avais pas un sou sur moi.

Tandis qu'elle s'enlise dans son mensonge, qu'elle investit son énergie à maquiller la réalité, elle ne voit pas Mia s'avançant vers elle et qui lui lance la vérité en plein visage :

— Tu m'as oubliée…

Alors qu'Ava réfute et nie tant qu'elle le peut, usant de son imagination débridée pour couvrir son crime, une petite voix en elle lui murmure qu'elle connaît très bien la cause de sa faute maternelle. Un homme l'a charmée, il y a une année, et elle donnerait tout pour le revoir. C'était lui qu'elle cherchait tandis qu'elle tentait de forcer le hasard au milieu des allées. Et si une partie d'elle s'inonde de reproches, une autre savoure le sentiment amoureux qui se faufile dans tout son être et qui lui fait perdre la raison, le sens des responsabilités et du temps qui passe.

Ils sont tous les quatre à table, bien qu'incapables d'avaler quoi que ce soit. Les Gauthier-Lavallière ont le cœur serré : d'ici quelques heures, la place occupée par leur fils Maxime restera vide et silencieuse. Probablement pour toujours… Sophie Bérubé, en dépit du non-respect des horaires de visite, a prouvé sa sobriété et ses bonnes intentions, et est parvenue à convaincre le juge de sa bonne foi. La mère biologique reprend la garde de son rejeton et viendra le chercher en début d'après-midi. Elle veut se donner une seconde chance. Elle passera Noël avec son gamin et, si tout se déroule bien, elle le gardera définitivement avec elle. Ava contient mal sa rage. Systématiquement, on favorise les parents biologiques lors de l'octroi de la garde légale. Même si c'est injuste et même si, dans certaines circonstances, la décision est contraire au bonheur et à l'équilibre de l'enfant. Tel est le cas de Maxime, qu'un nouveau déracinement risque de détruire. *Sophie Bérubé ne pense qu'à son bien-être*, pense Ava, envahie par un sentiment d'impuissance.

Martin accompagne Maxime sur le bord de la

rivière des Mille Îles comme ils en ont l'habitude, les dimanches matin. Il s'efforce de laisser gagner le petit en lançant moins loin que lui les cailloux ramassés à même le sol sur le point de geler. Il se rappelle l'enfant au regard vide qu'ils avaient accueilli quatre ans et demi plus tôt et qui n'a plus rien à voir avec cet être lumineux et gai que l'amour et les bons soins ont fait de lui. Maintenant qu'il est mignon, bien vêtu et bien nourri, qu'il s'exprime avec intelligence, qu'il a gagné en confiance et en beauté, bien sûr que sa mère désire le reprendre ! Qui ne voudrait pas d'un garçon aussi charmant et aimable ?

Ava se résigne à plier les vêtements dans la valise rouge achetée la semaine dernière en prévision du départ. Cent fois, elle a imaginé la scène, cent fois, elle l'a interrompue avant la fin. Trop pénible. Comment pourra-t-elle de nouveau se soumettre au supplice d'une séparation dont elle ignore l'issue ? Elle espère un revirement de dernière minute : l'intervention des services sociaux, l'arrivée in *extremis* du responsable de leur dossier…

— Vous connaissiez les termes du contrat. Vous saviez qu'il était possible que la garde physique vous soit retirée. Vous connaissiez les probabilités, nous vous avions prévenus, leur avait rappelé la fonctionnaire désolée, lors d'une ultime tentative.

— Nous avons misé sur la chance et elle nous a laissé tomber, avait répondu Martin d'une voix éteinte.

— Nous souhaitions désespérément agrandir notre famille. Nous désirions un autre enfant ! À n'importe quel prix ! Vous avez abusé de nous !

Avec sa petite valise, un beagle en peluche en guise de sac à dos plein à ras bord de collations, de livres-jeux, de marionnettes et de gâteries, Maxime Bérubé quitte la banlieue comme il y était arrivé : dans l'improvisation la plus complète. Il a presque cinq ans et déjà il traîne une valise bien trop pleine. Avec trois heures de retard sur le rendez-vous fixé, sa mère se présente sans siège-auto pour la voiture empruntée à un vague ami. Les parents d'accueil n'hésitent pas, ajoutant le siège-auto aux jouets, accessoires d'entretien, vêtements qu'ils donnent pour assurer une meilleure transition au garçonnet.

— On aimerait avoir de ses nouvelles, savoir s'il va bien...

— Dès que j'aurai déménagé, j'verrai…

Cette voix, éraillée par la cigarette, cette démarche chaloupée sur des talons trop hauts, cette insouciance quant aux besoins d'un gamin, tout cela ramène Ava à sa mère, Catherine, et à la négligence qu'elle a parfois trop bien connue. Par quelle stupide logique fallait-il que son enfant soit condamné, cautionnée par une loi absurde ? C'était révoltant ! Mais les bambins sont parmi les plus vulnérables et n'ont pas de voix pour se défendre…

Par amour pour son fils, elle surmonte son indignation, enlace ce petit être qu'elle a eu la naïveté d'aimer comme s'il avait été le sien. Mais c'est envahie d'une grande colère qu'elle referme la porte de son foyer. Comme Mia n'est pas là – elle a trouvé refuge chez une amie pour éviter d'assister à la scène –, Ava se retrouve seule avec Martin. Un terrible silence s'installe entre les murs et dans leurs coeurs. Sur le sol, un camion de pompier rouge bordé de blanc gît sur le côté ; long de deux pouces à peine[1], il occupe néanmoins tout l'espace…

Le bogue de l'an 2000 a alerté tout le monde, l'année précédente. Les gens se sont préparés… Pour contrer la menace, il a fallu enregistrer les fichiers informatiques, générer des doubles, conserver… Ava n'a pas échappé à cette vague d'inquiétude. Depuis le passage au nouveau millénaire, elle garde une copie de tous ses écrits et reste consciente des failles possibles.

Si l'informatique et les ordinateurs en rebutent plus d'un, Ava, elle, s'y est vite adaptée. Depuis quelques années, elle a plus que triplé sa capacité de travail, grâce à son iMac de couleur mandarine qui se transporte dans une mallette légère, mais qui contient des centaines de textes littéraires, de notes, de bilans de rencontres, de scénarios. Installée à son bureau, elle met une dernière touche à un épisode d'une série pour jeunes adolescents qu'elle doit remettre le 10 janvier prochain. Il est rare qu'elle arrive à une telle avance, mais cette année elle a passé le temps des fêtes à travailler. Ni voyage au soleil ni réjouissances avec des amis ne la tentaient. Maxime lui manquait trop pour qu'elle puisse avoir le coeur aux festivités.

Martin et sa fille ont préparé un repas pour le Premier de l'an 2001. Ils ont cuisiné toute la journée

1. Environ 5 centimètres.

en tentant de garder leur bonne humeur et en se répétant que ça serait délicieux. Leur fameux canard laqué trônerait au milieu de la table. Et tous feraient des efforts surhumains pour s'en réjouir.

Ava éteint son ordinateur et la lumière sur son bureau. Avant de quitter la pièce pour rejoindre les deux autres, elle met un peu d'ordre, classant des documents dans des dossiers et replaçant en piles les journaux de la semaine qu'elle parcourt avant de se mettre à l'écriture. Soudain, au milieu de la paperasse, un visage se dessine, en noir et blanc sur le papier sali par l'encre. C'est lui… On raconte qu'il a vendu plus d'un million d'exemplaires de sa plus récente bande dessinée en France. Elle s'attarde sur l'article qui lui avait échappé. Tout ce qu'elle apprend au sujet de cet original lui plaît, sa nonchalance face au succès, son regard critique à propos de ceux qui s'adressent aux jeunes lecteurs. L'article conclut sur la passion de l'auteur pour la musique de James Robert, ce Canadien désormais naturalisé britannique. En voilà trop. James Robert ? Son père naturel ? Cet homme dont Anaïs lui a finalement révélé le nom ? Ce père dont elle ne souhaite pas retrouver la trace ? Voilà qu'il lui revient par l'entremise de cet homme. Ava replace le journal dans le paquet. Elle donnerait tout ce qu'elle possède pour obtenir le numéro de téléphone de ce dessinateur afin de pouvoir lui parler ne serait-ce que quelques minutes, lui confier sa peine. *On m'a enlevé mon petit garçon de cinq ans. Et je n'ai plus rien*. C'est ce qu'elle lui dirait. Ces mots, elle ne réussit pas à les communiquer à Martin, ni à Mia, avec lesquels elle partage pourtant son quotidien.

La voix de sa fille lui parvient du bas de l'escalier.

— Le repas est servi, maman !

Ava inspire un bon coup. Manger lui semble contre nature. Elle prend son courage à deux mains. Puis elle descend au combat…

Les dernières giboulées de mars 2001 annoncent la fin de l'hiver. Le temps des sucres s'amorce. Depuis qu'elle est toute petite, Mia ne manquerait pour rien au monde son pèlerinage annuel à la forêt d'érables où, dans la cabane à sucres, elle se délecte d'œufs dans le sirop, de jambon sucré et de toutes les recettes traditionnelles. La récolte d'eau d'érable en traîneau tiré par deux chevaux de labour énormes, puis la dégustation de sucettes de sirop sur la neige ont de quoi la fasciner. Et même si elle a grandi, qu'elle est devenue une adolescente aux formes bien développées, Mia aurait le cœur chagrin de se priver de son équipée à la cabane. Aussi, les deux parents font un effort et se préparent ce matin-là à passer la journée dans les Laurentides. Ils ont réservé leur table chez l'habitant où les recettes se transmettent comme de précieux secrets depuis trois générations.

La grande fille porte un jean taille basse et étrenne des bottes à talons. Si elle n'a pas une once de gras, elle arbore quand même des rondeurs de femme aux hanches. Son chemisier entrouvert laisse deviner un sein formé et affirmé. *Comme le temps de l'enfance a filé en flèche !* ne peut s'empêcher de penser Ava. La maturité physique autant qu'émotive de sa fille la prend souvent par surprise. Occupée à gagner de l'argent, à grimper les échelons d'une carrière pleine d'embûches et happée par le quotidien, la mère se rend compte qu'il est déjà trop tard pour rattraper les minutes dont elle n'a pas mesuré le prix.

— Grouillez-vous, on a réservé pour midi ! crie joyeusement l'adolescente pour inciter ses parents à se mettre en mouvement.

Alors qu'elle ouvre la porte, elle se trouve face à Sophie Bérubé, avec Maxime dans les bras. Surprise et bouleversée,

Mia se tourne vers Ava et Martin, comme les appelant au secours... Maxime a perdu son air coquin. Rembruni, il semble indifférent à tout ce qui se passe.

— Faites pas cette tête-là ! J'vous le rapporte !

Un rire nerveux interrompt sa réplique.

— Vous aviez bien raison, j'suis pas capable de m'en occuper. Et là, j'm'en vais à Vancouver quelques semaines, parce que... C'est une sorte d'affaire pas prévue.

Machinalement, Ava ouvre ses bras au petit garçon. Pour lui embrasser le dessus de la tête, comme autrefois, elle pose ses lèvres sur son crâne et remarque qu'il a perdu son odeur, celle qu'elle lui connaissait. De plus, alors qu'elle l'a quitté blond, voilà qu'il lui revient brun, comme si sa chevelure avait foncé d'un seul coup. Quatre mois ont suffi pour faire de Maxime un inconnu, quelqu'un qu'il leur faudra apprivoiser de nouveau et pour qui ils devront parcourir le long et éraillé chemin de la confiance. Elle se demande si elle aura ce courage, pour risquer de perdre le petit de nouveau. Comme si elle lisait dans ses pensées, Sophie enchaîne sur un ton ferme, élevant la main comme si elle jurait sur un livre sacré :

— Là, si tu le prends, tu le gardes. J'remplis tous les papiers, je retourne devant le juge. Il va être à vous. J'peux signer tout d'suite. Si vous le prenez pas, j'le donne pas… Il y a personne d'autre qui va l'avoir, décrète-t-elle avec dans la voix la pointe d'une menace.

Ava ne dispose que d'une seconde, deux tout au plus, pour se décider. Plus incertaine que jamais quant à son amour pour Martin, peut-elle imposer une nouvelle adaptation à son couple ? Elle imagine sans peine la force qu'il va lui falloir pour rassurer son fils, apaiser les crises d'angoisse, calmer les insomnies, remettre l'enfant sur les rails de la paix intérieure. Tellement de travail l'attend alors qu'elle traverse elle-même une période de questionnement majeur. D'un autre côté, comment pourrait-elle abandonner un être sans défense et qu'elle aime de tout cœur à un destin qui ne peut être que malheureux et tragique ? Accepter la proposition lui offrira peut-être l'occasion de se définir en se consacrant à ses fonctions maternelles. Tandis qu'elle se questionne, Maxime pose une main autour de son cou et agrippe l'autre à sa taille, mettant un terme aux tergiversations.

— D'accord, Sophie, d'accord. Mais tu vas suivre

Martin à la cuisine et nous le signer, ce papier. Tout de suite. Maintenant.

Excitée comme une folle, Mia se déhanche sur *Lady Marmalade*, chantée par Christina Aguilera. Dans quelques heures, elle va à Montréal rejoindre les trois autres danseuses qui ont été sélectionnées par leur école. Elles partent pour New York, accompagnées de leur professeur, et suivront un stage intensif de trois semaines en jazz, une spécialité qui s'enseigne peu au Québec. Reconnaissante envers ses parents, qui ont déboursé une petite fortune pour lui offrir son rêve, elle compte profiter de chaque minute et donner le meilleur d'elle-même.

Dans sa valise, elle a glissé des photos de sa famille : son père, sa mère et son petit frère prodigue. Elle n'a pas oublié son journal rempli de ses pensées, de ses dessins et de ses critiques de spectacles. Mais la chose la plus importante, elle emporte un toutou chien de dix centimètres, celui que son amoureux lui a offert la veille en lui faisant promettre de penser à lui.

Hier, il s'est passé quelque chose d'extraordinaire. Par flashs, elle repasse ces moments d'une intensité telle qu'ils semblent irréels. Elle s'était déshabillée devant lui, surmontant la gêne et la peur. Il avait fait de même, à son tour, dévoilant cet organe mystérieux dont elle allait découvrir les vertus. Ils s'étaient caressés, embrassés, enlacés, murmuré des mots tendres, promis fidélité éternelle. Puis le silence s'était imposé, et avec lui l'irrésistible désir. Le souvenir de l'instant où il avait plongé son sexe en elle réveille de nouveaux frissons. Comme c'est merveilleux d'avoir fait l'amour ! Elle a quinze ans et pourtant elle a l'impression d'avoir rejoint le clan des adultes, ce dont elle est fière. Et comme il est extraordinaire de penser qu'elle pourra répéter cette extase physique encore et encore ! Elle ne demande que ça ! Bien sûr qu'elle pensera à lui, toutes les heures, elle le reverra, jouissant et comblé. Les fermoirs de la valise claquent tous deux en même temps.

Pour le moment, elle garde son secret pour elle, craignant la réaction de ses parents, à peine remis du retour de Maxime. Mais c'est une jeune femme qui quitte la chambre rose ce jour-là…

En escapade d'amoureux, Martin et Ava ont opté pour la ville de Québec, où ils vont passer trois jours loin des enfants, du studio, des textes à écrire… Le petit Maxime, au prix de grands efforts de patience, s'est remis peu à peu de la séparation imposée par sa mère biologique, qui l'a ramené loin en arrière. Il a réappris la propreté et à s'exprimer normalement. Sophie Bérubé ayant cédé définitivement la garde cette fois, il est possible d'espérer que cette régression soit la dernière.

— Il est temps qu'on se paye des petites vacances, avait décrété Martin.

Hésitante, Ava s'était d'abord rabattue sur les prétextes les plus faciles : est-ce qu'on a l'argent, qui gardera Max, avons-nous le temps ?… Une fois les comptes balancés, une gardienne embauchée et les contrats achevés, assise à son bureau devant son agenda, elle avait jonglé avec une seule vraie question : ai-je envie de passer trois jours seule avec lui ? Pour toute réponse, elle avait pensé à Vincent, son père, et à Catherine, sa mère, à la douleur causée par leur divorce, et cela avait suffi pour qu'elle se ressaisisse.

— Partons avant la rentrée scolaire…

Installé dans leur grand lit du Holiday Inn à l'entrée de la ville, Martin repousse le plateau qui reposait sur ses genoux. Deux poitrines de poulet et deux frites ont constitué leur festin du soir.

— C'est ce qu'on commandait, à nos débuts, quand on se pointait au Laurier BBQ à minuit, après nos soirées au Café Campus.

L'évocation de leurs premiers émois amoureux met Ava dans un état de tendresse. Les souvenirs des premières fois où ils ont fait l'amour lui reviennent. Ce désir qu'elle éprouvait pour lui n'a cependant rien à voir avec l'intensité de ce qu'elle ressent pour l'autre homme. Si ces réminiscences ont pour effet de raviver son désir, elles ramènent aussi une nostalgie qu'elle tente de chasser et, avec elle, l'évidence que leurs rapports se sont affadis. Sa main se pose sur le ventre de son complice, s'agite avec douceur et descend jusqu'à son sexe. Martin répond à son initiative et la caresse aussi. Elle doit se concentrer, repousser mentalement la facture d'électricité oubliée sur la table de l'entrée et qu'il faudra régler en rentrant, les vêtements à acheter pour la rentrée scolaire de Maxime, les chaussons de ballet promis à Mia.

— Il me semble qu'on n'est pas concentrés…

— C'est normal qu'on soit un peu fatigués, après trois heures de route.

Et pour donner raison à ses dires, elle se remet à la tâche. De nouveau, elle trace de grands cercles sur sa bedaine plus molle et plus grasse que jadis et, du bout du doigt, elle frôle son sexe et tente de l'exciter. En vain. L'organe se ramollit, se ratatine. Ava s'entête néanmoins et rend les choses encore plus gênantes.

— Arrête… Ça marchera pas.

Confuse, elle se résigne et interrompt ses caresses. Elle ne sait comment combler le vide entre eux. Pour tromper son malaise, elle saisit la main de celui qui garde le silence. Décidément, leur escapade d'amoureux commence sous de bien mauvais augures.

Le lendemain, bras dessus, bras dessous, ils sillonnent le Vieux-Québec et parcourent les fortifications, dégustent un sandwich et une soupe hors de prix sur la terrasse Dufferin, s'appuient sur les balustrades de fer forgé devant le fleuve Saint-Laurent, prennent des photos du Château Frontenac. Tout semble conforme à ce périple sans nuages qu'ils s'étaient promis. Le mois d'août s'achève et, avec lui – ils ne se l'avouent pas encore –, la passion d'un couple, emportée par le vent dans un tourbillon de feuilles désséchées. Une fois de retour à l'hôtel, ils ne reprennent pas leur tentative de faire l'amour. Épuisés par une journée de marche passée en plein air, ils soupent comme deux vieux amis, partagent une bonne bouteille de vin et s'endorment en cuillère, sagement et de bonne heure.

Ava rapporte de son séjour une figurine de Leonardo, la tortue Ninja, pour Maxime et, pour sa fille, un anneau en argent réalisé par un sympathique artisan de la rue Saint-Jean. Reposée et d'attaque pour reprendre le travail et les obligations familiales, elle s'étonne d'afficher malgré son angoisse l'image de la bonne humeur.

Mia tourne en rond. Elle attend le moment propice où, son frère assoupi et son père encore au studio, Ava sera disponible. Un problème s'impose et, dans sa tête d'adolescente, elle ne peut le régler sans aide.

— Il faut que je prenne la pilule, balance-t-elle sans préavis, exaspérée et sachant son temps seule à seule avec sa mère compté.

— Tu as le temps. À quinze ans, comment savoir si ton Jérémie est le bon ?

— Non, maman, tu ne comprends pas.

Ses oreilles bourdonnent. Ava s'appuie sur la desserte, inspire à fond, plonge son regard par la fenêtre. On va la réveiller. Mia va lui avouer qu'elle blaguait, qu'elle a voulu attirer son attention. Elle espère la voix de sa fille et l'attend pour rectifier la situation.

— Je l'ai fait. Mais là, est-ce que je dois me rendre à la clinique ? Quelle clinique ? Je sais rien... Aide-moi, s'il te plaît !

L'information, affolante, paralyse Ava. Doit-elle se mettre en colère ? Faire la morale ? Le visage de sa grand-mère lui revient. Ariane s'était montrée compréhensive et l'avait accompagnée à la clinique d'avortement sans poser de questions. Elle l'avait traitée comme une adulte, une personne responsable, intelligente et capable de décider. Voilà venu son tour de faire de même.

— On va prendre rendez-vous avec un gynécologue dans une clinique spécialisée pour les jeunes.

— D'accord.

— Je t'accompagne…

— J'ai peur, avoue-t-elle en saisissant la main de sa mère.

— Tu n'as rien à craindre. J'irai avec toi jusque dans la salle d'examen si ça peut te rassurer.

Toutes deux s'engagent dans le couloir de la clinique. Évaporées, les années de l'enfance résonnent encore. Il lui faut bien malgré elle avancer vers l'avenir…

Le Salon du livre de Montréal de 2001 s'ouvre sous la présidence d'honneur de l'auteure adorée des jeunes Dominique Demers. Quiconque la croise remarque la gentillesse de la dame et la tendresse profonde qu'elle porte à ses lecteurs. Le fait d'honorer une écrivaine pour la jeunesse constitue une reconnaissance de l'explosion connue par le livre pour enfants ces trente dernières années. Le Québec est passé d'une production famélique à un foisonnement de romans et d'albums. Les Québécois ont pris la parole en ce domaine longtemps réservé aux livres étrangers.

En retard pour sa séance de signature, car

encombrée par son lourd manteau de laine et ses bottes qu'elle n'a pas eu le temps de laisser au vestiaire, Ava court dans la vaste entrée. Les matinées, très prisées des écoles, apportent leur flot d'élèves agités, mais intéressés, armés d'un carnet et d'un crayon, prenant en note les titres qu'ils demanderont ensuite pour Noël ou leur anniversaire. L'auteure, émue de voir ces lecteurs avides, les pousse et les bouscule doucement pour se frayer un chemin jusqu'à son stand.

— Pardon, dit-elle machinalement.

Quand elle tourne la tête, elle fait face à cet homme, celui dont elle essaie d'effacer le souvenir, de nier l'existence. Ce 17 novembre 2001, elle revient exactement au même point que deux années plus tôt à pareille date. Un sourire s'esquisse sur son visage, mais il sonne faux. Au loin, Amélie Nothomb interpelle l'homme et l'invite à la rejoindre, lui indiquant du doigt un recueil. Il se détourne et lui échappe encore une fois.

Tremblante, secouée, Ava se sent ridicule de s'émouvoir autant pour un inconnu. À presque quarante ans, elle se répète qu'elle doit redouter l'amour-passion, celui qui emporte tout sur son passage. Et elle entend bien y résister.

À peine s'assied-elle sur sa chaise que les gamins l'assaillent. Ils lui posent mille et une questions sur ses personnages, ce que le prochain album leur réserve. Ava se veut généreuse : elle répond calmement à tous, donne des signets, dévoile des pans des intrigues futures, échange sans réserve. Quand elle retombe sur ses pattes, deux bonnes heures se sont écoulées. Elle reprend son manteau. Il lui faut un café…

Au fond de l'édifice, une salle réservée aux auteurs lui promet le repos qu'il lui faut. Elle commande un café au lait, un croissant, puis se retourne : il est là. Assis juste à côté de la seule table libre. En voilà trop, des hasards… *Cesse tes enfantillages*, pense-t-elle tandis qu'elle s'engage résolument en direction de ce bédéiste à la chevelure en bataille, vêtu d'une chemise blanche légèrement ouverte. Il porte à son poignet une gourmette d'argent. Plus elle s'avance vers lui et plus son cœur s'emballe, ses mains se mouillent, sa gorge se serre. L'attirance physique l'emporte. Elle bascule vers la confiance et s'approche, se présente, lui tend la main. Quand il la touche, son souffle se bloque et elle s'empresse de s'asseoir. Elle ne pourra pas résister à la pulsion qui l'emporte loin des siens, de son quotidien, de ce qu'elle a construit.

Son hôtel se trouve à un jet de pierre du Salon. Ava le suit et s'engouffre dans l'ascenseur avec lui. Main dans la main, ils préservent ce silence quasi religieux. On pourrait croire qu'ils forment un vieux couple pour qui les mots ne sont plus requis.

Une fois dans la chambre, ils se font face. Il glisse la chaîne de sécurité sur la porte et se rapproche lentement d'elle. Il caresse son visage et Ava, beaucoup plus petite, doit se casser le cou pour que son regard ne quitte pas le sien.

— Je suis mariée. J'ai deux enfants, l'entend-il murmurer en faisant non de la tête.

— Moi aussi…

Ava sent le mouvement de ses doigts sur son chemisier. Les boutons se détachent un à un tandis qu'elle fait de même et le dévêt. Loin d'être incommodée, elle sent son corps s'affoler et s'exciter. Nus tous les deux, ils se rapprochent du lit.

Cette scène, rêvée tant de fois, espérée, implorée et recherchée, est sur le point de se produire. Elle peine à y croire. Pour se rassurer, elle tend ses bras vers lui alors qu'il pose ses mains sur sa taille menue.

Ils tombent sur le lit. La fin du jour les embrase. Un échange fou de baisers, de caresses et de mots tendres les emporte loin des obligations, des enfants et des réalités. Plus rien n'existe que ces plaisirs qu'ils partagent, cette passion brûlante. Les amants sont pressés d'atteindre la jouissance tout autant qu'ils veulent faire durer chaque instant. La tension qui s'impose entre leurs pulsions avive l'excitation. Ils ne sont plus ici ni ailleurs…

Quand ils reviennent sur terre, la chambre a endossé un éclairage de nuit. Le centre-ville s'active, envahi par la faune du samedi soir.

— Je dois rentrer.

Il n'essaie pas de la retenir. Il ne cherche pas à la garder. Mais quand il ouvre les draps et ferme les yeux pour éviter de la voir partir, il sait qu'elle lui reviendra. Elle se rhabille tandis qu'il l'observe, tapi dans le noir. À peine Ava a-t-elle refermé la porte de la chambre que le visage de Martin s'impose à elle. Comme la douleur qu'elle va lui causer : *Je ne t'aime plus. J'ai rencontré quelqu'un. Je pense à lui depuis deux ans. Et j'ai fait l'amour avec lui...* Elle s'engage dans le couloir, se détache et s'éloigne pour éventuellement mieux revenir.

Une fois dans sa voiture, une pluie gelée vient se fracasser sur le pare-brise. Ses yeux restent secs. Elle conduit. Les sabots de son cheval, Sam, se fracassent sur le sol. Cette fois, elle va reprendre le contrôle, serrer les rennes, calmer la frayeur. Elle regroupe tout ce qu'elle a d'énergie pour se donner mentalement l'impulsion, arquer son corps et contracter ses muscles sur le dos du cheval fou... Calmer la course, calmer la course, calmer la course...

17

— Ch'suis habillé chic ! lance dans un chuintement irrésistible le gamin aux deux dents manquantes.

Sa mère acquiesce en passant une main dans la chevelure épaisse du garçon. Il a une bonne année de retard dans son développement, résultat des trop nombreux déracinements, mais tranquillement il le rattrape. « Avec de la stabilité, il finira par rejoindre les enfants de son âge », a promis le pédiatre.

— C'est comme un mariage, hein, maman ? Comme si j'me mariais avec vous…

— Exactement ! Sauf que les gens mariés, ils peuvent se séparer lorsqu'ils ne sont plus heureux ensemble. Mais quand on adopte un enfant, on ne peut pas briser l'adoption. C'est pour toujours, toujours.

— Ch'suis beau, hein, maman ?

— Magnifique, mon ange !

Un jour, il perdra peut-être cette manie de terminer ses phrases par une interrogation comme s'il cherchait sans cesse à vérifier ses impressions. Pour l'heure, il reste un garçon inquiet, validant chacune de ses idées, de ses initiatives, de manière à éviter tout faux pas.

Le 16 mars 2002 marquera l'entrée officielle de

Maxime dans la famille Gauthier-Lavallière. Ce moment longtemps espéré est arrivé. Ava a déniché un nœud papillon miniature moucheté de taches de couleurs. Elle a agrafé sa trouvaille au col de la chemisette et défroissé d'un geste le tissu. Puis elle a invité son fils à enfiler son veston et l'a aidé tandis qu'il y glissait une main, puis l'autre. Le cœur gonflé de tendresse, elle est là, postée devant le miroir avec son fils à ses côtés, dans le couloir d'entrée. Le courage de ce petit homme la chavire.

Mia s'extasie en apercevant son frère fringué comme une revue de mode. Elle ne peut s'empêcher de le prendre dans ses bras et de lui coller un baiser sur la joue. Les larmes aux yeux de voir son vœu enfin exaucé, l'adolescente babille comme si elle avait sept ans elle aussi.

Martin parade dans son costume des grandes occasions. Invariablement habillé d'un t-shirt et d'une chemise ample qui cache les replis de gras s'accumulant au fil des ans sur sa bedaine, il affiche une prestance nouvelle dans un complet qui dissimule ses rondeurs.

— Je te croiserais dans la rue, je ne suis pas certaine que je te reconnaîtrais, chic comme ça, lui souffle Ava en blaguant tandis qu'il lui prend la main.

Le cortège se met en branle dans la Volkswagen Fox bordeaux qu'ils viennent d'acheter. Il n'y a pas une minute à perdre. Le juge les attend.

Le tribunal de la jeunesse ressemble à n'importe quelle salle grise d'un bureau gouvernemental ordinaire. Les procédures se déroulant à huis clos, il se trouve peu de badauds pour observer le va-et-vient. Assise sur l'une des chaises rembourrées, Sophie Bérubé se ronge un ongle au sang. Elle a signé tous les documents. Impossible pour elle de reculer. Le verdict confirmera la cession définitive de ses droits sur son fils. Elle a consenti à céder la garde complète à deux conditions : qu'elle puisse choisir les parents adoptifs et que ceux-ci lui accordent un droit de visite une fois par an. Voilà ce que, avec aplomb, elle avait annoncé au travailleur social. Et en dépit de tous les manquements de Sophie, de son inconstance et de son irresponsabilité, Ava et Martin avaient accepté.

Le juge s'avance. Tous se lèvent avec respect comme à l'église. Ava se souvient de la messe du dimanche, des mouvements des mains du curé de Saint-Georges : *levez-vous, chantez, asseyez-vous, relevez-vous...* Tête penchée, les ouailles se soumettaient. Cette fois, elle se conforme pour sceller le portrait de cette famille qu'elle a tant espérée et qu'elle va pourtant briser. Elle concrétise son vieux rêve. Les engagements établis par le travailleur social, confirmés à voix haute, figureront désormais dans un document légal que plus personne ne pourra dénier. Nouvelle maman devant la loi, Ava contient néanmoins sa joie, par pudeur pour celle qui a perdu son statut.

Nerveuse, inconfortable dans ses cuissardes noires, Sophie la dominatrice porte bien mal son nom de scène. Maxime lui échappe par sa très grande faute. Désormais étrangère à son fils, elle espère que ces gens qui l'élèveront feront de lui un homme respectable et plus éduqué que ne l'est sa pitoyable génitrice. Nerveusement, elle rajuste l'élastique qui tient ses cheveux fins et décolorés, puis glisse son chandail dans son jean serré. Avant d'apposer son nom au bas du document, elle lance vers celui qui était malgré tout sa raison de vivre un dernier regard maternel. *Salut, mon p'tit gars, j'espère que t'auras plus de chance que moi…* Voilà, elle a signé et peut disposer. Comme un déchet, elle peut disparaître, s'effacer, retourner à ses poubelles. Pour cacher son émotion, elle bouscule les sièges et se glisse telle une couleuvre entre les pierres.

Tandis que le juge entame l'énoncé du jugement d'adoption, Ava suit du regard la femme qui va quitter la salle en traînant son énorme balluchon de cuir plein de misères. Elle part en courant derrière elle, incapable de se retenir. Une fois dans le corridor, elle agrippe la veste décolorée, stoppant net la mère éplorée et la forçant à se retourner. Sophie porte des lunettes fumées à la monture rouge en forme de fleur. Ava lui ouvre ses bras et la prend contre son cœur. Elles referment leurs vies fragiles l'une sur l'autre, sans cacher combien l'amour d'un enfant peut parfois se faire lourd.

L'exécuteur testamentaire a non seulement des devoirs, mais il a surtout la responsabilité de protéger les possessions de la défunte et de veiller au respect de ses volontés. Si ma mère avait souhaité laisser des biens aux fils Lester, elle en aurait fait mention ! Quant au document, prétendument rédigé et signé par Marcel, il ne peut qu'être un faux créé de toutes pièces par les frères Lester. C'est à cela que Claude pense quand il gare la camionnette devant la somptueuse, mais de plus en plus décatie, maison de l'avenue Outremont. Sylvain, son jeune amoureux, l'accompagne dans son équipée nocturne. La clé tourne dans la serrure. Il ouvre la porte, et une odeur d'humidité l'agresse et l'indispose. Une inondation s'est produite au sous-sol au printemps l'année précédente et même les canicules de l'été ne sont pas parvenues à assécher complètement les tapis souillés.

En principe, il n'a pas l'autorisation de circuler dans la demeure sans raison valable ni sans l'approbation des autres héritiers. Claude fait entorse à la règle. Après avoir repassé mentalement la liste des objets de valeur encore sur les lieux, il a déterminé quels tableaux et œuvres d'art il compte emporter cette fois-ci. *Ariane aurait voulu qu'on protège ses trésors*. Et là, avec le temps et le manque d'entretien, toutes les belles choses de sa mère n'en finissent plus de s'abîmer. Ça lui brise le cœur et ça le tient éveillé la nuit. Aussi, c'est avec le sentiment du devoir à accomplir qu'il veut charger la camionnette des pièces de valeur accumulées par la défunte, morte depuis bientôt sept ans. Puisqu'il endosse les fonctions d'exécuteur testamentaire en remplacement d'Ava, qui s'est désistée, et pour rembourser ses heures travaillées sur le dossier complexe, il lui arrive de vendre à des amis tantôt un vase Lalique, tantôt un ensemble de couteaux aux manches nacrés, ou encore une des sculptures en pierre à savon rapportées du Grand Nord, ou d'autres petites choses ici et là, qui lui permettent de boucler ses fins de mois difficiles. Ce soir, il se concentre sur une table de jeu au salon, des chandeliers en argent massif, des plateaux, un ensemble à café, et toute la verrerie en cristal de Bohême ciselé. Ce qu'il montre du doigt, son copain l'emballe et le place tout près de la porte. Au moment de partir, ils déménageront tout prestement et sans bruit…

Jack Lester circule quelques rues plus au sud. Il remonte l'avenue du Parc, de retour d'une soirée bien arrosée, quand tout à coup l'idée de faire un détour par l'avenue Outremont le prend. Quel n'est pas son étonnement d'apercevoir de l'agitation derrière les rideaux du salon de l'ancienne résidence de son père. Une lampe oubliée aurait pu s'expliquer, mais le halo de lampes de poche l'incite à redoubler de prudence. Méfiant, l'homme pense d'abord à des voleurs et à stopper son véhicule à la hauteur d'une cabine téléphonique puis à alerter la police. Il entreprend un second tour du pâté de maisons, ralentissant devant la demeure. Une lumière s'allume et, l'espace de quelques secondes, Lester reconnaît le profil de son demi-frère Claude Lepage. C'en est trop ! La colère jaillit comme un geyser. Il ne réfléchit pas une seconde, laisse sa Chevrolet Monza dorée au milieu de la ruelle, ouvre la portière et surgit comme une bête enragée toutes griffes dehors.

Claude tient une boîte remplie d'un élégant service à thé anglais. Sans que Sylvain ait le temps de s'interposer, Jack assène un puissant coup sur la boîte qui vole dans les airs et s'écrase en mille éclats de porcelaine sur le sol.

— Qu'est-ce que tu fais ici ? Maudit voleur !

La réponse ne se fait pas attendre. Y mettant toute sa puissance, Claude y va d'un uppercut qui atterrit directement sur la mâchoire de son adversaire. Jack s'est mordu la langue et saigne abondamment. Sylvain saute sur l'intrus. Jack répond à l'attaque des deux lascars en les poussant violemment contre le mur. Sylvain tombe mal et se cogne l'arrière de la tête sur le coin du bahut dans l'entrée. Une faible plainte s'échappe de sa bouche, comme un gémissement, puis il perd connaissance. Il faut plusieurs minutes aux deux combattants avant qu'ils mesurent l'état de détresse dans lequel se trouve le blessé.

— Il faut le conduire à l'hôpital ! Dépêche ! Il saigne !

Les deux ennemis en trêve se précipitent à l'Hôtel-Dieu. Les préposés aux urgences n'oublieront pas de sitôt ces prétendus frères, le plus grand, basané et aux traits négroïdes, et l'autre, blanc comme un linge, qui se sont présentés avec un homme amoché saignant abondamment. Les deux porteurs sont en colère, le premier réclamant au second de payer pour le nettoyage du tissu de la banquette de sa voiture, qui, lui, l'envoie paître sans retenue. Tandis que le médecin de garde fait une dizaine de points au blessé, les hommes vont poursuivre leur engueulade sur le parking.

— Nous devons le garder en observation. Il a une légère commotion cérébrale.

Inquiet pour son ami de cœur et enragé, le fils d'Ariane revient en taxi à la maison de sa mère pour y récupérer la camionnette. Jack le suit de près et veille à ce que le véhicule ne reparte qu'une fois vidé de son contenu.

— Il n'y a pas d'excuses pour ce que tu as fait. On se retrouvera au tribunal.

Humilié autant qu'inquiété par les menaces proférées par l'avocat, en quête de réconfort, Claude s'engage sur l'autoroute des Laurentides. À l'aube, il débarque chez sa sœur, à peine sortie du lit.

— Commence par boire un café et manger un peu. Et calme-toi !

— Les Lester sont des vipères. Jack m'espionne, tu te rends compte ! C'est un malade, un dangereux malade. Il m'a suivi en pleine nuit !

— Oui, mais si je comprends bien, toi, tu étais en train de dévaliser la place…

— Ah ! si tu préfères te mettre de son côté, dis-le ! Et je pars d'ici au plus vite.

Anaïs tente de reprendre ses esprits. Son frère, comme un feu de bois sec, pétille à gauche et à droite, lance une flamme, puis une autre, et ça ne finit pas… Depuis des années que cette querelle de succession dure et perdure, elle n'en peut plus. Surtout depuis que Bernard, très affaibli par les traitements contre un cancer de la prostate, a dû cesser de travailler. Il garde espoir et entend reprendre ses activités une fois guéri, mais il n'en est absolument pas là.

— On doit trouver une façon de s'entendre, ne crois-tu pas ? J'espère que de là-haut maman ne nous voit pas… Elle aurait honte.

Blessé, Claude se ressaisit. Il n'aime pas penser que sa mère ne se trouverait pas fière du tour pris par sa succession.

— Quand Henri est reparti en France, la dernière fois, rappelle Anaïs, il m'a dit qu'il ne voulait plus entendre parler ni de nous ni de l'héritage. Il dit qu'on se comporte comme des enfants et il a raison.

— Je me fous de ce qu'Henri prétend ! rétorque Claude en croisant les bras et en regardant fixement le sol. Critiquer, c'est trop facile ! Il vit en Europe depuis trente ans et n'a plus de liens avec nous !

Fatiguée, Anaïs se perd dans ses pensées. La plus sage, la plus lucide, c'est encore sa fille, à qui elle en a tout de même voulu lorsqu'elle lui a annoncé sa décision de se retirer de cette pagaille. C'est elle qui a raison : l'héritage d'Ariane n'apporte que chagrins et déchirements par la faute de ceux qu'il implique. *Ava a été clairvoyante et je me suis montrée injuste avec elle…* « Ariane t'adorait ! Elle t'aimait plus, que nous, ses propres enfants ! Et tu as bien profité de ses largesses. Elle t'a confié la tâche de faire respecter ses volontés et, maintenant qu'elle est morte, tu te désistes de tes responsabilités ? C'est honteux ! »

Cette tirade qu'elle avait lancée au visage de sa fille, elle la regrette amèrement aujourd'hui…

La page pliée du calendrier se trouve là, appuyée contre le mur, sur sa table de nuit. Mia a tout juste ouvert un œil qu'elle se sent déjà la star de la journée. De loin, elle devine le cri d'un geai bleu. Le soleil perce les nuages. L'air frisquet n'empêchera pas ce mercredi de mai d'être joyeux. En ce matin tout clair, elle célèbre son seizième anniversaire.

Son école secondaire a tout de ces poulaillers industriels qu'on aperçoit le long des routes de campagne : carrée et percée d'ouvertures minuscules en guise de fenêtres, bondée d'étudiants piaillant et conditionnés comme dans 1984, ce roman déprimant. À part l'amitié, Mia ne trouve rien de passionnant à l'école où elle ne reste que pour rassurer sa mère.

— Termine ton secondaire, exige Ava.

L'adolescente se presse. Ses nombreux comparses, massés sur le parvis bétonné, l'accueillent dans le groupe, l'embrassant et lui souhaitant bonne fête. Elle, elle pense à Jérémie, qui la rejoindra à la fin de la journée.

Comme chaque année, Ava organise un dîner à la maison, invitant les copines, les copains, les danseurs et les danseuses qui partagent le quotidien de sa fille, ainsi que les voisins qui se sont attachés à elle. Partout où Mia passe, on se souvient d'elle, on veut la garder dans son entourage, car elle est ce qu'on désigne comme « une fille populaire ». La mère a pris congé pour cuisiner. Elle servira une soupe aux poivrons rouges, des lasagnes et un énorme gâteau au chocolat. Ava espère que sa fille appréciera ses efforts.

Martin circule à petite vitesse dans le quartier de banlieue aux maisons toutes irrémédiablement semblables. Il imagine ce travailleur fourbu, rentrant à la mauvaise adresse, saluant la mauvaise épouse, les mauvais enfants, machinalement, sans s'en rendre compte et s'endormant dans le mauvais lit conjugal. Il se sent un peu comme ça, lui aussi, avec sa femme. Il devine bien que quelque chose cloche dans cette façon robotisée qu'ils ont de prolonger leur vie quotidienne ensemble, mais il ne veut ni le savoir ni en discuter. Il aime Ava depuis toujours et refuse de risquer de la perdre en parlant trop et inutilement. Le seizième anniversaire de leur fille est aussi celui de leur amour raccommodé, jadis, dans la conception de cette vie nouvelle qui soignait la perte de la précédente. Il tient à en rester là. Il s'arrête devant l'école où sa grande l'attend.

La soirée s'achève comme la journée s'est déroulée : aux couleurs de Mia. On a mangé, on a bu, on a applaudi, on a embrassé et on a donné les cadeaux… Jérémie n'a pas lâché sa blonde d'une semelle, comme soudé à sa main, la suivant du salon à la salle à manger. Une fois les nombreux invités raccompagnés et l'intimité retrouvée, Maxime couché et endormi, Ava et Martin, épuisés, s'apprêtent à faire la vaisselle tranquillement. Leur fille les rejoint, sourire aux lèvres :

— Est-ce que Jérémie peut rester dormir ?

— Je vais aller le reconduire en auto, il n'aura pas à marcher jusque chez lui…

— Je veux dire, je veux qu'il dorme avec moi, dans mon lit…

Surprise par la fermeté du ton, Ava pose un instant son torchon. Mia a raison : se mentir empoisonne, on n'a qu'une vie à vivre et l'amour en constitue le meilleur fruit… Elle essaie de reprendre sa tâche où elle l'a laissée, sans parvenir à soulever le verre pour l'essuyer. La pièce s'éloigne et devient floue. Martin s'obstine en arrière-plan, tentant de défendre le point de vue moral et parental qu'ils ont jusque-là adopté. Puis, quand tous les deux s'étonnent de son silence et se tournent vers elle, Ava hausse les épaules.

— Qu'ils dorment donc ensemble. Et qu'ils en profitent…

Sur ces paroles, elle quitte la pièce, laissant Martin, Mia et Jérémie médusés.

Yves… Elle a mis du temps à l'appeler par son prénom. Mais elle a bien dû se rendre à l'évidence : chaque fois qu'il s'arrête à Montréal, à Québec ou à New York et qu'il l'appelle, Ava se précipite, invente n'importe quel prétexte et part le retrouver. D'une chambre d'hôtel à une autre, ils reprennent leurs ébats comme s'ils les poursuivaient de la veille. Chaque nuit écoulée dans ses bras comble ses sens, guérit ses peines. Son corps, son cœur et son esprit sont sous son emprise et pour rien au monde elle ne veut s'en libérer.

Yves illustre des livres pour les enfants alors qu'elle en écrit. Né dans le sud de la France, fils unique, marié et fidèle jusqu'à leur rencontre, père poule soucieux et impliqué, il assume difficilement leur relation, prétend souvent qu'elle s'éteindra d'elle-même… Mais quand Ava lui raconte comment déjà toute petite elle scrutait l'horizon en espérant s'y aventurer, quand elle lui confie ses ambitions, son désir ardent de s'évader, alors il s'illumine et complète les phrases qu'elle entame.

— Il me semble que mon pays n'est pas assez grand pour moi.

— Je partage ton sentiment ! Un artiste a besoin de communiquer avec le plus de gens possible…

— Je ne parle pas que de mon métier, je parle de

moi aussi… Je ne me sens jamais à ma place. Je me suis toujours sentie comme ça, partout à l'étroit.

— Pareil pour moi, j'avoue.

— Je désire une chose plus que tout, et une fois que je l'ai, ça s'effrite en miettes que je ne veux plus.

— Tu aurais l'âme nomade ?

— S'il n'en tenait qu'à moi, je partirais demain en quête d'aventures à écrire dans mes livres.

— Et si je quittais tout pour partir avec toi ?

— Avec moi ?

Les mots sont lancés. Pourtant, ils font mal en retombant ; ces mots sont coupants et tranchants comme du verre. Prise au piège, Ava ne sait plus que répondre…

Les pâtés à la viande empilés les uns sur les autres se trouvent dans le réfrigérateur qui longe le mur juste devant les caisses. Pour accompagner un tel mets, il faut acheter du ketchup. Catherine répète mentalement son plan, érigé patiemment, et que le moindre souffle pourrait ébranler. Dans sa poche sont roulés les quinze dollars du budget alloué à la visite de sa fille et de sa famille. Elle achète les meilleurs petits pois en conserve. Il manque encore les pommes de terre en purée, la boîte bleu et blanc, au dos de laquelle est inscrite une recette qu'elle ne peut pas rater.

Elle rentre à son appartement en nage et le cœur sautillant dans la poitrine. L'effort inhabituel s'ajoutant au stress du changement de sa routine quotidienne ont achevé de dérégler son corps usé par l'usage de médicaments et une alimentation déficiente. Catherine a perdu beaucoup de sa beauté, de sa santé, de sa vivacité, mais elle est toujours debout. Et cela suffit à l'emplir de fierté. Elle est allée au front, a mené son combat à sa manière et en est ressortie éclopée mais toujours vivante. La maladie mentale n'est pas une partie de plaisir. *Ah ça, c'est bien certain,* se dit-elle en posant lourdement son poing sur la table et en replaçant ses cheveux derrière ses oreilles. Elle s'affaire à vider les sacs de papier brun sur la table de la cuisine, sort le pâté de sa boîte, le pose sur la grille du four. *Quelle heure est-il donc ?* Il faut se dépêcher…

Ava, Martin, Maxime, Mia et Jérémie ont du mal à se tenir tous en même temps dans la cage d'escalier exiguë de l'immeuble. Pourtant, ils s'engagent jusqu'au troisième étage sans tarder. Ils sont attendus.

Catherine et le bien nommé « le grand Lulu », son amoureux, les accueillent. Gênés et maladroits, les deux hôtes font l'impossible pour que tout se passe bien. Maxime a vite fait de jouer avec le chat, tandis que Mia et Jérémie s'asseyent au salon devant la télévision allumée en permanence. Tout à côté, dans la cuisine, une nappe en papier fleurie accueille les invités.

Il y a si longtemps qu'Ava n'a pas vu sa mère ainsi ! Souriante et dévoilant ses dents abîmées, Catherine fait l'effort de demander des nouvelles, de s'intéresser à l'école de Max et aux performances de Mia en danse. Lulu n'est pas un grand parleur, mais il se montre attentif à la conversation, acquiesce à intervalles, donne un coup de main pour le service des boissons gazeuses et des chips.

— Le pâté à la viande est prêt, lance-t-il pour inviter tout le monde à passer à table.

Installés sur des chaises pliantes, les convives dansent sur leurs sièges, en quête d'une posture confortable. Néanmoins, les rires ne manquent pas et un certain bonheur non plus.

— On pense déménager à Sudbury. Lulu connaît quelqu'un qui l'engagerait sur sa ferme. Et moi, j'serais proche de mes sœurs… J'peux y retourner, à la ferme. J'suis assez forte.

Sa mère fait son annonce timidement, comme si elle demandait une permission.

— Viendriez-vous nous voir ? Là-bas ? À Sudbury ?

Ava s'extirpe de sa chaise, rejoint sa mère et lui colle un gros baiser sur la joue.

— C'est certain. Tu fais plaisir à voir, tu es belle, même, Maman…

Constamment en désordre, la chambre où crèche Martin a besoin d'aération, il en convient. Nonchalamment, il lance son linge sale dans le panier bleu aux fausses tresses de jonc en plastique. Il a terminé un enregistrement important aux petites heures, la veille, et a dormi pour compenser une grande partie de la journée. Octobre 2002 est gris, de toute façon, et il confond le jour et l'heure bleue. Affamé, il rêve d'une assiettée de crêpes aux myrtilles…

Ava profite de ces derniers moments de l'après-midi. Elle procède aux ajustements pour que son texte colle le plus parfaitement possible aux planches reçues la semaine précédente. Comme il va à la cuisine, passant devant sa porte, Martin la salue avec une tendresse dans la voix qui la désole et l'agace tout autant.

— Martin…

Revenant sur ses pas, il passe la tête dans le chambranle de la porte.

— Quoi ?

— Ne me fais plus ce sourire-là.

— Tant qu'on vit ensemble, moi, je suis content.

— Plus j'y repense, plus je me dis qu'il faut que je parte. J'ai quelqu'un d'autre ! Je peux pas rester…

Et le voilà qui l'interrompt, enclenche son argumentaire sur les crises de couples, normales, qu'il faut traverser. Elles se produisent tous les sept ans, en moyenne. Eux deux ont de la chance : la première panne survient après presque dix-sept années d'un ciel sans nuages. Habituellement, à cette étape-ci du discours, Ava se penche vers son clavier et se remet à taper avec vigueur, se concentrant sur son travail. Martin n'a rien ressenti de cet ennui éprouvé à ses côtés depuis si longtemps et dont Yves donne la mesure à Ava.

— Tu crois que c'est une passade. Moi pas.

Dehors, le bruit strident de la sirène d'une ambulance fige leur échange. Martin ne pleure jamais. Mais à cet instant précis, il devine sur le pourtour de son œil les larmes qui sont sur le point de le trahir. Il renifle avec vigueur.

— J'essaie d'y croire, de rester à ma place, de

continuer avec les enfants, avec toi… Mais ça ne peut pas durer, confesse Ava non sans peine.

— On devrait travailler sur un nouveau livre-disque, avoir du plaisir ensemble, comme dans le temps.

— Mais j'y arrive pas, Martin…

— Et si on partait au Mexique ? Un long congé, juste nous deux…

Ava, mal à l'aise, se mord la lèvre. Leurs nuits mexicaines reviennent, lointaines, éthérées. Elle ne veut plus faire l'amour avec lui. Elle fait non de la tête, puis pose son regard par terre, sur ce parquet de mauvaise qualité qu'elle rêve d'enlever depuis toujours et qu'elle ne changera pas. Martin reprend son chemin vers la cuisine. La porte d'entrée s'ouvre avec fracas : Mia et Jérémie lancent leur sac à dos. Ils ont croisé Maxime et le petit voisin, eux aussi de retour de l'école. Les rires fusent, les chaises de cuisine crissent sur le plancher, on ouvre le réfrigérateur. Martin propose de faire des crêpes. Ava, soupire, pose son front sur ses mains, désemparée, confuse, désarmée. Dans les journaux, on parle déjà du Salon du livre de Montréal de 2002…

Tout en rondins à l'intérieur, le restaurant Au Petit Poucet sert à ses clients un jambon fumé au goût unique. L'hôtesse, vêtue à la manière des colons d'autrefois, invite les deux femmes à la suivre. Au centre de la pièce, un feu de cheminée réchauffe l'ambiance. Bien qu'on soit en plein milieu de semaine, une partie de la clientèle, nombreuse à l'heure de midi, traîne encore avant de repartir terminer sa journée. Anaïs adore cet endroit où elle se réfugie souvent lorsque Bernard passe une mauvaise journée et devient irascible envers elle. Lui si doux, si patient, se montre parfois sous un jour qu'elle ne lui connaissait pas, transfiguré par les traitements. Ce midi-là, elle opte pour une table en retrait, près des fenêtres à carreaux.

— D'ici, on peut voir la forêt et la neige tomber. Ça te va ?

En guise de réponse, Ava se défait de son manteau lourd de gros flocons cotonneux et se laisse tomber sur la banquette de cuir bordeaux.

Respectant le silence de sa fille, Anaïs pose une main compatissante sur l'épaule d'Ava et la caresse. Ce geste tendre suffit à ouvrir les vannes. De gros sanglots trop longtemps retenus s'échappent. Anaïs donne le temps aux pleurs de libérer la tension. Ava extirpe une dizaine de serviettes de papier de la boîte en aluminium qui trône entre elles. Croyant sa crise de larmes passée, elle se mouche et s'essuie les yeux. Mais à peine a-t-elle terminé que les pleurs repartent de plus belle, se répandant sur le papier rugueux. Le chagrin coule encore un moment. Anaïs ne la quitte pas des yeux. Patiente, elle attend le moment des explications.

— Je m'excuse de m'être présentée chez toi comme ça, à ta porte, sans prévenir.

— Chut… Pour moi, c'est plutôt un compliment que tu sois venue, une marque de confiance.

Elle prend la main de sa fille dans la sienne.

— J'ai pensé à lancer ma voiture à toute vitesse contre un arbre. J'ai roulé avec cette obsession en tête. Sans m'en rendre compte, je me suis retrouvée devant ta maison. À Sainte-Adèle…

— Tu as bien fait.

Ava se confesse, remet dans les mains de quelqu'un d'autre cette faute qu'elle se reproche et qui la hante.

— S'il ne devait exister qu'un seul conte pour enfants, un seul, qui me représente, il n'y aurait que l'histoire du Vilain Petit Canard. Élevé parmi les canards, puis rejoignant les cygnes, il ne se trouve jamais heureux d'être ce qu'il est.

— Mais oublies-tu comment le conte d'Andersen se termine ?

— Tout est bien qui finit bien, comme dans toute fiction pour les enfants. Mais dans mon histoire à moi, ce n'est pas pareil. Moi, nulle part au monde je ne me sens à ma place et ça ne change pas.

— À la fin, le cygne rejoint les siens, précise Anaïs, et trouve le monde qui lui correspond.

— Je ne sais pas où se trouve le mien ! lance Ava en mettant ses mains sur ses yeux pour cacher son désarroi.

— Tu me rappelles ce poème signé par un sage de Perse… J'ai déjà joué un personnage qui le récitait. Je ne me souviens pas duquel, mais je n'ai jamais oublié les mots : « Les oiseaux font de leur liberté des grands cercles dans le ciel. Comment l'ont-ils appris ? Ils tombent, et en tombant, des ailes leur sont données. » Ça m'est toujours resté…

Touchée par la pertinence du propos, Ava se console tout net. Elle voit l'oiseau, elle voit la chute, elle voit les ailes…

Dévoilant son secret le plus intime, sortant son

grand amour de son écrin, elle poursuit ses confidences, incitée par la tendresse de sa mère. Le sentiment qu'elle éprouve pour cet homme l'enivre tout autant qu'il la plonge dans un malaise profond et dans les remords.

— Sans lui, rien n'a plus de sens.

— Tu es amoureuse…

— Oui, à en crever. Mais il ne peut pas vivre ici et je ne peux pas habiter là-bas.

— À cause des enfants ?

— Maxime ne supporterait pas un autre déracinement.

Pour toute réponse, Anaïs relate les bons moments de sa vie à Toronto, son travail d'hôtesse à la télévision, ses rêves de réussite. Elle en arrive à ce matin-là où, appuyée sur la clôture grillagée de l'orphelinat, elle a compris que sa petite fille lui avait été enlevée. La douleur, toujours vive, remonte à la surface.

— Mais je me suis dit que, pour toi, l'adoption restait la meilleure solution. Aussi terrible que cela puisse paraître, l'abandon valait mieux…

Les œufs dans le sirop d'érable et les pommes de terre au beurre sont avalés depuis longtemps. Les cafés se succèdent. La fin de l'après-midi sonne.

— Reste un jour ou deux. La maison est grande, on continuera de faire connaissance.

Ava pense que dans quelques semaines le Salon du livre de Montréal s'annoncera de nouveau, rendez-vous annuel des amoureux de la lecture. Et il sera là. Et elle voudra le suivre…

— D'accord, si ça ne te dérange pas trop, j'accepte.

À la maison, Anaïs invite sa fille à monter à l'étage pour s'installer dans la chambre d'amis. Ensemble, elles sortent des draps de l'armoire, des serviettes propres. Une odeur de lavande se dégage de ce moment si précieux. Bernard est couché. Elles sont seules. Ava a prévenu Martin. Elle s'accorde un temps de réflexion. Il comprend, comme toujours, et reste calme, gentil. Plus que s'il se montrait odieux, sa bonté l'énerve.

Le matelas est moelleux et le lit, immense. Un duvet de plumes d'oie boursouflé et bien dodu protégera la dormeuse. Une fenêtre entrouverte laisse entrer une fraîcheur automnale. Ava tient entre ses mains un roman-photos aux pages racornies comme il n'en existe plus, car la revue doit bien avoir dix ans. Sa lecture l'amuse au point que, pour une fois depuis longtemps, elle ne pense plus à ses dilemmes et n'a pas le ventre qui se serre. Anaïs cogne doucement à la porte et entre à pas feutrés, en chemise de nuit de flanelle.

— Je te borde… si tu veux.

Ava qui a tant écrit pour les enfants, qui leur a répété sur tous les tons qu'ils avaient droit d'existence et de parole, ne sait pas en être un. S'abandonner, faire confiance, se laisser bercer… Du regard, elle accepte et invite Anaïs à lui enseigner la tendresse. Sa mère effleure sa joue, replace la couette, range la revue, glisse les draps sous le matelas. Elle pose un baiser sur son front et lui dit combien elle l'aime. Lampe de chevet éteinte, il ne reste qu'une veilleuse.

Dans son cœur, Ava a quelques mois et elle retrouve cette maman qu'elle avait perdue…

18

La piscine est impressionnante, la cadence de celle qui y nage, beaucoup moins. D'une brasse à l'autre, Ava inspire, plonge la tête, expire, puis remonte à la surface. Elle retrouve son calme dans le bassin bleuté juché au sommet de l'hôtel. L'aube se lève à peine et elle nage de son mieux pour se remettre de ses émotions.

Il y a à peine dix jours, on lui a appris une nouvelle extraordinaire : son dernier ouvrage remporte ce que les artistes appellent entre eux le GG, abréviation pour désigner le Prix du Gouverneur général, une récompense parmi les plus réputées et les plus prestigieuses au Canada. La somme importante attachée à cet honneur constitue la consécration pour un auteur. Cela représente beaucoup pour celle qui s'estime bien trop jeune pour recevoir une telle reconnaissance. Pendant plusieurs jours, elle s'est sentie assommée, ralentie, amorphe. Puis, s'habituant à l'idée, une grande fierté a suivi. Des images de la ferme de Saint-Georges lui reviennent, ainsi que l'absence totale de livres dans la maison. Pour seule lecture, *L'Almanach du peuple*, celui que sa mère empruntait aux voisins. Avec cette impression de venir de très loin après avoir parcouru une route ardue, sinueuse et accidentée, elle a cherché longtemps cet endroit où on lui reconnaîtrait une valeur. Et ce n'est pas vanité que de savourer l'ivresse du coureur qui a enfin atteint son objectif.

L'eau glisse sur son corps, des frissons parcourent sa colonne vertébrale. Aux souvenirs des grands honneurs se superposent ceux de ses nuits, celles qu'elle passe dans les bras d'Yves, de retour à Montréal, comme chaque année. D'une rencontre à l'autre, tout devient impératif. Sa manière de poser ses mains sur elle, de frôler ses hanches du bout des lèvres, sa façon d'entrer en elle, tout la comble d'une extase qui met plusieurs heures à la quitter. Yves habite son âme comme un refuge longtemps cherché. Et la réciproque est tout aussi vraie. Elle sent qu'elle est arrivée chez elle. À peine se détache-t-elle de ses bras que l'idée de devoir le quitter lui mine le moral. Elle ne pourra plus revenir à son quotidien, à sa vie avec Martin, les enfants, le travail, la maison, les habitudes. Et cette seule évocation la plonge dans une angoisse intense.

Pointant les mains, ouvrant les bras, elle s'apprête à plier les jambes pour compléter sa brasse quand soudain son corps pris de panique s'affole. Tout se bloque et refuse d'obéir. Sa gorge se contracte, ses poumons cherchent de l'air, en vain. Ava coule lentement mais sûrement, emportée vers le fond. Elle voudrait crier, signifier sa détresse, faire un signe. Mais plus rien ne répond…

Au même moment, une employée de l'hôtel qui apportait des serviettes voit l'unique baigneuse mettre un temps anormalement long à remonter. Alors qu'elle s'apprête à sonner l'alerte, Ava réussit à s'accrocher à l'échelle et finit par revenir à la surface.

Une dizaine d'étages plus bas, Yves Cartier ne parvient pas à se rendormir. Depuis qu'il a quitté Paris, il n'a que somnolé quelques heures dans l'avion. Quand il sait qu'il va retrouver Ava, qu'enfin la distance entre eux va disparaître, il perd le sommeil et sa contenance. Il ne pense plus qu'à elle, ce qu'elle va dire, faire, proposer… Ses sens en alerte n'attendent que ces moments merveilleux qu'ils passent ensemble et au cours desquels il perd le contact avec la réalité. *Ça ne peut plus continuer. Je vais y laisser ma peau…*

— J'ai failli me noyer ! Je suis à bout, sincèrement ! déclare-t-elle, excédée, sur les nerfs.

Les cheveux mouillés et enroulée dans son peignoir duveteux, Ava ne retient ni ses larmes ni son énervement.

— Mon amour, calme-toi, tout va bien, là…

— Non ! Tais-toi ! Pas un mot. Je t'aime trop, tu comprends ? Et puis non, tu ne comprends pas.

Elle se retourne et s'engouffre dans la salle de bains pour sécher ses cheveux, se maquiller et retourner au Salon, où on l'attend dès l'ouverture. La glace lui renvoie l'image d'une personne qu'elle peine à reconnaître : une femme dont le regard trahit l'épuisement. Elle s'immobilise… À quoi bon continuer de se le cacher : son ancienne vie va la détruire si elle persiste à vouloir la préserver. Soit elle largue les amarres, abandonne le port et s'engage vers l'inconnu, soit elle rompt définitivement avec Yves et le quitte sans se retourner. Mais cette seule idée lui coupe le souffle. Résister au changement est parfois plus dangereux que de risquer. Elle en est là…

— Le 24 décembre prochain, je fêterai mon anniversaire. Le plus beau cadeau, ce serait qu'on ne se quitte plus. Tu prends ta décision. De mon côté, mon choix est fait : je veux vivre avec toi. Si tu refuses, on se quitte et ce sera définitif.

— C'est vrai que ça ne peut plus continuer et qu'on doit choisir…

— Le temps que je me sèche les cheveux et tu me le diras… Ensuite je rentre chez moi et j'annonce mon départ à mes proches, ou alors je repars d'ici et on efface tout, sans rancune.

Dans le canapé Bauhaus beige aux formes carrées de sa chambre d'hôtel anonyme, Yves observe sans la voir la vue qu'il a de la ville. Peut-il imaginer l'existence sans Ava ?

Tandis qu'elle agite le bruyant appareil à proximité de sa chevelure pour la sécher, la jeune femme se rappelle cet album qu'à la maternelle on lui avait lu : un fermier lançait sa première meule de fromage en espérant qu'elle roulerait jusqu'au bout de la terre pour retrouver la seconde. Fascinée, elle n'avait rien oublié du vertige inspiré par cette notion de l'immensité du monde cachée derrière la barre de l'horizon. Le souvenir est précoce, elle ne savait pas encore lire, mais déjà l'idée de l'inconnu l'interpellait avec force. Elle ne s'en rend compte qu'aujourd'hui. Quoi qu'il arrive, elle quittera le Québec qui l'a vue naître et partira avec ses livres…

— J'ai pris ma décision.

Le ton de la voix, très solennel, semble empreint de tristesse. Ava y voit un mauvais présage.

Martin achève le réglage de ses ordinateurs. Il s'attarde plus particulièrement à ce nouveau synthétiseur Korg pour lequel il a englouti une petite fortune, mais qui vaut l'investissement. En effet, depuis qu'il a fait cette acquisition, au début de l'été, les musiciens de Montréal se sont passé le mot et réservent leur place en grand nombre. Son studio artisanal, érigé pierre par pierre, s'est acquis une reconnaissance enviable dans le milieu. Plusieurs artistes de réputation nationale ont travaillé chez Sono Tube, son entreprise. Alors qu'il s'affaire à corriger une ligne mélodique, y ajoutant plus de basse et nuançant les cordes, la porte du studio s'ouvre abruptement. C'est Ava, l'air hagard, qui semble sortie d'une de ses histoires enfantines.

— La lumière rouge est allumée…

— Je sais, mais il faut que je te dise quelque chose. Maintenant. Et ici, je suis certaine que personne d'autre que toi et moi ne l'entendra.

— Vas-y. Qu'est-ce qui se passe ?

— Je m'en vais, Martin. Je pars. Je te laisse tout, la maison, les meubles, tout…

— Et nos enfants ?

— Je vais continuer de les voir ! Mais je ne peux plus vivre avec toi. Je suis désolée, j'ai bien essayé, mais ça ne colle pas.

— Pas de discussion ? Tu me plaques là avec les gamins ?

— Mia est presque une adulte. Et Maxime, lui, ne peut vivre un autre déracinement. J'ai vraiment essayé de continuer notre vie. Je n'y arrive plus. Je ne te demande rien, pas d'argent, pas de partage des biens, rien. Tu gardes tout.

— C'est ton Prix du Gouverneur général qui te monte à la tête ?

— Là, tu es méchant.

Blessée, Ava croise les bras sur sa poitrine comme cherchant à se protéger des coups. Elle veut aller jusqu'au bout. Yves l'attend dans la voiture, c'est elle qui lui a demandé de l'accompagner. Il restera des heures s'il le faut. Il a promis. Elle peut prendre le temps…

— J'ai beaucoup de tendresse pour toi, mais je n'ai plus d'amour. Et ça, je n'y peux rien.

— Tu peux la garder, ta tendresse. J'en ai assez de tes absences et de ton infidélité. Il faut que t'arrêtes de tout saccager. Tu nous détruis : moi, les enfants, la famille.

— Ce n'est pas ce que je souhaite. Et c'est pour cette raison que je m'en vais.

Il pose violemment le poing sur la table, se mord la lèvre inférieure.

— C'est ça, va-t'en ! Juste quand on a tout ! Deux beaux enfants, une maison, des carrières qui fonctionnent… Et là, quoi ? Tu t'ennuies ? Ta vie est trop facile ? Tu te cherches de nouvelles sensations ?

— Arrête, Martin…

— T'as raison : on n'a plus rien à faire ensemble.

— Madame Gabrielle va venir pour le ménage, les repas, les enfants. Je l'ai mise au courant. Et c'est elle qui vous servira à souper ce soir. J'aurais aimé vous quitter sans vous faire de peine, mais ce n'est pas possible. Si ça peut te consoler, j'en ai beaucoup aussi.

Elle l'entend qui maugrée contre elle tout en reniflant avec force. Elle ne revient ni sur ses pas ni sur sa décision. S'apitoyer ne sert à rien. Elle sort du studio décidée à combattre les remords, les doutes, le désespoir. C'est déjà dur.

L'avenue Outremont est tranquille en cette soirée glaciale du début de décembre. La maison d'Ariane accueille la nuit. En dépit du fait qu'elle est toujours déserte, la demeure n'a rien perdu de sa solidité. Elle a perdu de son lustre, comme tout ce qui n'est plus aimé. Devant, un passant marche à la hâte, une main sur sa casquette, la bouche dissimulée derrière le foulard de laine dans lequel il respire. Il fait nuit noire. La neige tombe dru, en traits serrés. C'est la première tempête de l'hiver.

Les heures passent. Personne n'est là pour le remarquer, mais depuis plusieurs jours déjà la chaudière de la maison inhabitée s'est arrêtée de ronronner, une fois parvenue au bout de ses réserves de fuel. Et cette nuit-là, dans la salle de bains, à l'étage, un des tuyaux longeant le mur extérieur gèle complètement, empêchant l'eau de circuler. Ici et là, avec le froid qui gagne du terrain, voilà que, les uns après les autres, des conduits gèlent et fendent. Et dans quelques jours, on prévoit un redoux. Ça coulera partout : dans et sur les murs, imbibant le plâtre et les quelques tableaux encore accrochés, sur les planchers de bois d'érable, sur les tapis élégants tissés à la main, mouillant les pattes d'acajou de certaines antiquités... Rien ne résistera à la force de l'eau qui se déversera encore longtemps sans que personne en soit alerté.

La semaine suivante, l'extérieur de la maison de l'avenue Outremont semble comme toujours rassurant et à l'abri des désastres. Mais c'est de l'intérieur qu'elle est brisée, abîmée et détériorée. Et quand Maître Boileau, notaire et troisième exécuteur testamentaire de la succession d'Ariane Calvino, se gare dans l'entrée pour faire le tour de la propriété, un mauvais pressentiment le saisit. Dès qu'il ouvre la porte, il ne peut que constater les énormes dégâts. Il y en a pour plusieurs milliers de dollars, peut-être plus. L'homme se désole de réaliser que la bâtisse sera vendue à perte. L'héritage se soldera par un déficit éventuellement refusé par les héritiers. Le bilan, négatif sur toute la ligne, conclura ce legs pourtant considérable au départ que sa cliente avait mis une vie entière à accumuler pour qui lui succéderait.

Dix jours avant la fête de Noël, Anaïs, appelée sur les lieux, constate le cœur noué l'ampleur du désastre. L'agent immobilier lui conseille de vendre tel quel et au plus vite. Ni les Lester, ni Claude, ni Henri n'entendent s'occuper de cette maison qui vaut désormais moins que ce qu'elle aurait pu rapporter. Elle doit se résigner à prendre la décision, celle qui va mettre fin à la guerre que les descendants d'Ariane se sont livrée.

— Plus vous attendrez et moins je pourrai vous en obtenir quelque chose.

— Et si je la remettais à neuf ?

— Vous y laisseriez votre argent et votre santé. Je ne vous le conseille pas.

Comment a-t-on pu en arriver là ? Voilà la question qui tourne en boucle dans sa tête. Anaïs a le cœur gros et, tandis qu'elle circule dans les couloirs de la demeure de son enfance, elle emporte les souvenirs qu'elle peut encore préserver de la débâcle. Loin de l'enrichir, l'héritage l'a appauvrie sur tous les plans. En plus du déficit financier, elle s'est brouillée avec ses deux frères. Même Claude, avec lequel elle a tenté de se réconcilier, a refusé de la revoir, prétextant à tort qu'elle avait pris le parti des Lester en ne s'alliant pas avec lui.

Son appartement n'a que trois pièces et est situé de biais avec la station de métro Laurier. De son balcon, Ava aperçoit les usagers émergeant de sous la terre. Un coin pour travailler, un coin pour dormir, un coin pour manger, il ne lui en faut pas plus. Le soir vient. Elle a préparé un filet de saumon et une salade verte, un menu qui n'a rien d'un repas du 24 décembre ou d'un souper de quarante et unième anniversaire. Cette année, elle passe outre les célébrations. Elle devait passer Noël et rester quelques jours chez sa mère, mais au dernier moment elle a changé ses plans et embrassé Anaïs pour repartir en direction de Montréal, vers son repaire.

— Reste donc. Ça me crève le cœur…

— J'ai des textes à finir, je serais occupée, t'en fais pas… Retourne à ta cuisine et à tes invités, avait-elle répondu en agitant la main.

Puis enfilant son manteau de plumes d'oie et ses bottes à talons, elle s'était engouffrée dans sa voiture. L'enfer, c'était avant, lorsque sa décision n'était pas prise. Affronter la solitude, c'est difficile, mais c'est préférable.

Yves et elle ont convenu de s'accorder trois mois pour mettre réciproquement leurs affaires en ordre. Ils ont rendez-vous à Paris à la fin de février, d'où ils établiront les plans de cette nouvelle vie qu'ils vont entreprendre. D'ici là, ils comptent régler la question de leurs divorces respectifs. Ava entend aussi obtenir ses papiers pour l'immigration, car elle ne veut pas se contenter d'un visa temporaire. Elle part, et c'est pour de bon. *Sans cœur !* diront certains. *Peut-être,* leur répondra-t-elle.

L'annonce aux enfants a été de loin le moment le plus pénible. Apprendre à sa propre fille, fût-elle en âge de se débrouiller sans ses parents, qu'on se déracine pour habiter un autre continent que celui où elle vit et respire l'a brisée en miettes. Mia n'a pas semblé surprise. Elle a pleuré, doucement. Puis elle a prétendu comprendre, ce qui a causé plus de douleur encore que si elle se fut effondrée… Quant à Maxime, une fois l'idée de la séparation assimilée, il s'est détourné d'elle, l'ignorant complètement et refusant de lui adresser la parole. Après toutes ces nuits passées à soupeser la question de savoir si elle devait entraîner ses enfants à sa suite, bouleverser leur vie, leur imposer son nouvel amour, les arracher de force à un père qu'ils aiment pour suivre leur mère dans une aventure où ils n'ont pas leur place, Ava a bien failli flancher et revenir sur ses conclusions. Non. *C'est moi qui pars. C'est moi qui subis les conséquences.*

— J'ai mis de l'argent de côté pour ton frère et pour toi. J'ai divisé ma bourse du Prix du Gouverneur général en deux parts et j'ai placé les sommes dans des comptes bancaires à vos noms. Tu l'utiliseras pour danser, pour venir me rendre visite ou pour ce que tu voudras. Pareil pour Maxime.

— J'ai jamais pris l'avion.

— Ça te donnera une occasion. Tu viendras avec ton amoureux, si tu veux.

En parlant, elle avait sorti d'un sac de papier brun une caissette de bois comme celles qu'on utilisait autrefois pour ranger les cigares. Elle avait déposé le boîtier sur le lit, puis plongé son regard dans celui de Mia, au bord des larmes.

— J'ai un trésor à te remettre, il t'aidera peut-être à comprendre, avait-elle dit en ouvrant le contenant et en dévoilant une pile de lettres écrites à l'encre mauve.

Sans attendre de réponse, elle avait expliqué que ce paquet lui avait été remis par sa grand-mère, il y avait plusieurs années, et qu'il contenait des lettres écrites par Alice Deusden à Claudio Calvino…

— Je les ai depuis une éternité, et pourtant je ne les lisais pas. J'attendais. Et puis, un soir où je me sentais particulièrement déroutée, je les ai parcourues une par une, pendant plusieurs nuits de suite. Et ç'a été comme si je faisais la rencontre d'une part de moi-même.

Soulagée par cet aveu de femme à femme, Ava lui avait confié avoir tout tenté pour se détourner d'un homme, mais elle avait fini par admettre son impuissance. Tout comme Alice.

— Pour décrire un amour qui souffle tout sur son passage, mon arrière-grand-mère n'avait pas sa pareille. Ma lecture m'a guidée et m'a indiqué la bonne route à prendre.

Attablée à sa cuisine, Ava agite une boule remplie d'eau avec, à l'intérieur, un paysage d'hiver, provoquant une tempête dans la sphère. Ce soir, elle a quarante et un ans, et pour son anniversaire elle souhaite que la paix revienne dans le cœur des siens. Et que même Martin finisse par lui pardonner, plus tard, quand il aura soigné sa peine et qu'il aura, à son tour, rempli ses jours d'un nouvel amour.

La sonnerie du téléphone la tire de sa rêverie. Yves ne s'habitue pas au décalage horaire et appelle parfois à des heures incongrues.

— Joyeux anniversaire, chantonne-t-il doucement, tu me manques. Plus le temps passe et pire ça devient.

— Je sais…

Au même moment, dans une chambre d'adolescente, Mia a glissé un doigt dans la première enveloppe et entamé une lecture passionnante. Elle y restera accrochée une bonne partie de la nuit. Sa mère avait raison : au petit matin, sa perception des événements a changé.

Catherine McCann fait ses cartons et les pose, les uns sur les autres, à l'entrée de son appartement. Son fils Frank répare le tuyau, sous l'évier, qui coule depuis toujours. Cela évitera une prise de bec inutile avec la propriétaire, une femme acariâtre qui ne manque jamais une occasion pour tomber sur le dos de ses locataires. Catherine trépigne : elle vide la place ! Et ce n'est pas une tempête de neige qui l'en empêchera ! Le 3 janvier n'est certes pas la date idéale pour déménager, mais Catherine déclare en haussant les épaules :

— J'fais jamais comme tout l'monde.

L'occasion s'est présentée, une de ses sœurs lui a déniché une maisonnette à quelques pas de chez elle, qu'il fallait louer rapidement. Et les choses se sont précipitées.

Son aîné, William, est venu de Floride avec un camion. Frank et lui chargent le sofa écorché, la base du lit, la table, trois chaises et les cartons abîmés. En une heure à peine, tout le barda se trouve à l'arrière du véhicule.

Sa mère a perdu une bonne trentaine de livres. Ava s'en fait la remarque lorsqu'elle la voit se déplacer d'un pas plus alerte. Catherine ouvre la portière et sourit de son regard de petite fille, celui des bons jours, qui ferait fondre la pierre.

— Tout le monde en voiture, lance-t-elle à la manière des cheminots.

Puis elle se met à siffloter, pinçant les lèvres de travers et se tortillant drôlement la bouche.

Ava pose sa main sur celle de sa passagère. Si la folie est un mystère, les raisons qui font qu'on y échappe le sont tout autant. Une bourrasque fait osciller la petite voiture, l'emportant de côté. Le chauffage poussé au maximum réchauffe l'habitacle tant qu'il le peut. La conductrice s'engage sans hésiter sur la route mal déneigée. Une tourmente météo, c'est de la petite bière comparée à ce que Catherine a traversé depuis qu'elle s'est séparée de Vince, qu'elle critiquait et décriait, mais qui constituait néanmoins son point d'ancrage. Il a fallu tout ce parcours pour se remettre de la rupture et apprendre à marcher de nouveau.

— Tu sais, Ava, moi, j'l'ai toujours su qu'un jour tu fouterais le camp bien, bien, loin. Sais-tu pourquoi ?

— Non.

— Parce que quand t'étais p'tite, tu disais souvent que t'avais hâte de t'en aller. Et j'sentais que c'était sincère. Et ce jour-là est arrivé.

— Je t'appelerai, Maman…

— T'inquiète plus pour moi. Promets-moi ça. Je vais bien maintenant.

— OK.

— Et un jour, j'irais te voir… Pour toi, j'vais prendre l'avion, et aller en France.

— Merci, Maman…

Elles mettent trois heures à franchir une distance qui d'ordinaire en prend une et profitent du temps qui leur est donné pour se faire des adieux sincères tout en se souhaitant mutuellement le meilleur.

— Bonjour, Monsieur. Je m'appelle Ava Gauthier. J'aimerais récupérer les livres de la bibliothèque de l'entrée, chez ma grand-mère, avant que vous commenciez les travaux. Je ne sais pas si c'est envisageable… Ma mère m'a laissé entendre que vous alliez vous en débarrasser.

— Par principe, je n'ai pas d'objection. Mais laissez-moi voir, Madame Gauthier, et je vous rappelle.

— C'est parfait, merci beaucoup.

À quoi bon récupérer ces œuvres, qu'elle ne pourra pas emporter de toute façon ? La pertinence de la question s'impose. Mais si elle n'a pu sauver les meubles, les tableaux et les objets de valeur du naufrage, elle entend tenter de préserver pour la postérité ces ouvrages, certains dont les pages n'ont pas encore été séparées et qui ont été dédicacés par de grandes personnalités du Québec. C'était une habitude d'Ariane que de demander à ces auteurs de signer leur nouveau livre dont ils lui faisaient cadeau. Ils s'y prêtaient avec plaisir, ajoutant souvent un mot, une réflexion sur la vie, une pensée amicale. Ava revoit Ariane lui montrant ces recueils signés et qui valaient pour elle bien plus que de l'or.

— Ma petite-fille, la culture d'un peuple est l'œuvre de générations qui se succèdent et qui y travaillent, posant rang de briques après rang de briques… pour construire des cathédrales. Mon père était avant tout maçon, et je n'ai pas oublié sa sagesse, sa patience et sa capacité à voir plus que les pierres.

Ava rentre à peine de Toronto, le cœur léger d'avoir installé sa mère dans un endroit confortable et de l'avoir vue en compagnie de son amoureux, un homme bon. Et lorsque Anaïs l'a informée de la vente imminente de la maison de l'avenue

Outremont, elle a tout de suite pensé aux livres. Ceux-là mêmes que sa grand-mère chérissait tendrement, comme des amis, et qui lui ont donné le goût, à elle, de se mettre à l'écriture. Elle a eu l'idée d'emporter tout ce qui restait des bouquins dédicacés.

Le déménageur a toutes les raisons de la prendre pour une cinglée. En plein mois de janvier, déplacer de vieux livres racornis relève d'une certaine folie. Mais au prix qu'il facturera son travail, il n'a qu'à se réjouir et se contenter de transporter les cartons. Ce qu'il fait sans mot dire.

— Nous nous rendons à la bibliothèque Saint-Sulpice, sur la rue Saint-Denis.

Une fois les visiteurs arrivés devant la porte de côté de l'édifice, un jeune homme les accueille, intrigué. Quand il apprend que les livres sont ceux de la bibliothèque personnelle d'Ariane Calvino, il semble transporté de joie et de fierté. Il ouvre un carton et glisse subrepticement une main pour saisir des ouvrages. Il s'extasie de parcourir des mots rédigés de la main de célèbres auteurs. Le jeune homme affiche l'air d'un enfant devant un train électrique. Non seulement elle fait un heureux, mais en plus Ava sait qu'on prendra soin de son précieux butin et que la récolte d'Ariane ne s'envolera pas dans la poussière de démolition. Elle règle la facture du déménageur l'âme satisfaite.

Les pages au ton humoristique dont Ava signe le texte et les illustrations, dans une revue destinée aux jeunes de huit à douze ans, racontent les aventures d'un frère et d'une sœur passionnés de science. Leur curiosité n'ayant pas de limites, ces enfants procèdent aux expériences les plus loufoques, dont les conséquences s'avèrent tout aussi absurdes. Au dernier Salon du livre de Montréal, une rencontre inspirante avec un grand éditeur européen organisée par Yves lui avait donné l'audace d'envoyer quelques-unes de ses meilleures planches en proposant d'en faire un recueil. Voilà qu'une télécopie lui était parvenue quelques jours plus tôt, l'informant que sa proposition avait été retenue par le comité responsable de la sélection des publications. Le matériel ayant été jugé d'intérêt, mais insuffisant, on lui accordait quinze jours pour envoyer une dizaine d'histoires supplémentaires.

Alors que tout son matériel était bouclé, prêt pour le grand voyage, Ava avait dû reporter son départ d'un mois, histoire de satisfaire cette commande de dernière minute qu'elle n'aurait pu honorer en pleine adaptation française.

Après avoir travaillé pour ainsi dire jour et nuit, ajustant les histoires au format imposé par les Européens, coupant souvent ses récits initiaux d'un bon tiers, parfois plus, elle avait fini par terminer son contrat.

— Viens ! Je n'en peux plus ! Je vais embrasser les arbres de Paris, si ça continue.

— Pas question ! Tu n'embrasses rien ni personne ! Le 15 mars prochain, je serai dans tes bras, promis, juré !

L'adrénaline aidant, elle s'était donnée à fond de

train, télécopiant les planches les unes après les autres au bureau de l'éditeur belge. Si, comme auteure, elle avait été encensée et reconnue, ses illustrations avaient beaucoup moins fait l'unanimité auprès des critiques et du public québécois. Aussi s'était-elle efforcée de ne pas réfléchir à son audace en soumettant tout de même ses dessins, si souvent décriés. *Un artiste doit avoir du flair, du courage et savoir saisir sa chance quand elle passe,* pense-t-elle pour justifier sa folle initiative.

Elle parvient au bout de son projet complètement vidée, mais surprise et ravie du résultat. Elle avait produit sans analyser ni se censurer, portée par l'énergie de son envol et par le désir de percer dans un nouveau marché, de s'ouvrir à de nouveaux horizons.

— Ava ? Je peux vous appeler Ava ?

— Oui, oui, bien sûr, lance-t-elle, troublée par l'énergie de son interlocuteur alors que c'est la fin de la soirée pour lui.

— J'ai su par Yves que vous arriviez bientôt à Paris ?

— Dans deux semaines, oui…

— Ça tombe tout à fait bien, j'y serai aussi ! Vous avez complètement séduit le comité avec ce que vous nous avez fait parvenir. Les illustrations surtout, elles ont un style unique.

La conversation se poursuit tandis qu'Ava se demande si elle invente ce qui lui arrive, si ses nuits blanches ne l'ont pas rendue folle. L'éditeur lui propose un contrat qui n'a aucune commune mesure avec ceux qui se signent au Québec et un plan de mise en vente hallucinant.

Elle raccroche l'appareil pleine d'une gratitude immense. Mentalement, elle récite une prière : *Merci, Anaïs, de m'avoir mise au monde, merci, Catherine, de m'avoir donné une enfance, merci, Ariane, de m'avoir appris le goût de la culture, et merci, Alice, de m'avoir inspiré le courage d'aller au bout de moi-même.*

Ava n'emporte que trois valises. La veille, elle est allée au cinéma avec Maxime, qui semble s'être remis de sa rage envers elle. Ils ont avalé des tonnes de maïs soufflé en suivant les péripéties d'un Hobbit minuscule au courage démesuré. Au mois de janvier, son fils a célébré ses huit ans. Elle lui a offert les patins à roues alignées dont il rêvait tant. Mia et Jérémie applaudiront quand il les essaiera cet été dans la rue. Le téléphone sonnera, dans le salon, et elle devra se contenter d'entendre sa voix cristalline et rieuse lui décrire ses prouesses. Ava s'agite. Le taxi klaxonne, elle s'empare de ses bagages et s'engage dans la cage de l'escalier.

Tandis que la voiture parcourt la distance qui la mène à l'aéroport, elle reconnaît les douleurs de l'accouchement, proches parentes de ce qu'elle éprouve. Ses entrailles se déchirent. Et pourtant elle sait qu'elle n'a d'autre choix que de continuer, d'aller vers l'avant, de poursuivre sa route jusqu'à la délivrance.

Dans l'avion, elle rejoint son siège et s'assied. Le corps rigide, elle garde le regard rivé sur la bande grise d'asphalte qui défile sous elle. Comme si le fil du temps se déroulait sous ses yeux. Elle imagine les gestes, les paroles, les levers, les couchers, les extases, les déceptions, les naissances et les morts qu'il a fallu de génération en génération pour faire d'elle ce qu'elle est, dans ce bolide ailé, l'emportant vers son amour et vers un monde nouveau. Elle n'est pas seule en son destin. Elle porte en son for intérieur l'histoire des générations qui l'ont précédée et qui ont posé les jalons des décisions prises aujourd'hui. Pour les femmes artistes de sa famille, qui l'ont portée à leur manière, Ava entend faire l'impossible pour aller au bout de ses rêves et de ses talents. Faire connaître son travail en France et dans le monde. L'enfermement ne peut être une option. La culture voit grand.

Les sept heures de traversée passent trop vite. Elle a tout juste le temps de faire le bilan que déjà l'avenir la bouscule et s'impose. Yves l'attend. Elle l'imagine s'agitant devant les panneaux d'arrivée, passant une main dans ses cheveux bouclés, attendant les voyageurs et priant pour que leur longue séparation se termine.

Le commandant annonce l'atterrissage. Ava sait qu'elle est prête, qu'elle ne regrette rien. Elle attache sa ceinture, imagine les bras de son homme s'ouvrant pour l'accueillir. Elle ferme les yeux, adresse une prière aux cieux et se souhaite la meilleure des chances. Pas un instant elle ne ressent de peur. Elle s'abandonne à l'inconnu, heureuse. Elle a rendez-vous avec le bonheur.

Épilogue

Saintes-Maries-de-la-Mer, le 25 août 2005

Chers lecteurs et lectrices,

Maintenant que je loge entre ciel et mer, au pays des oiseaux, des taureaux et des chevaux, que j'y possède une maison et que je renoue avec mes racines, je vous écris pour vous assurer que je ne vous oublie pas et qu'il me tarde de revenir à Montréal comme tous les ans, pour vous saluer au Salon du livre. Si mon cœur bat en Camargue, ma tête reste pleine des souvenirs du Québec, un pays tout aussi splendide que généreux.

Les aventures de Zoanette connaîtront une suite, je vous l'annonce, et elle se déroulera ici, du côté de la France, le pays de mes ancêtres. Mon héroïne habitera un mas, comme il y en a tant ici. Et pour m'inspirer, j'en ai visité plusieurs…

Celui que j'ai choisi pour y planter l'action appartient à une dénommée Alexandra Deusden, avec laquelle, par le plus grand des hasards, et après avoir mené des recherches, je me suis découvert un lien de parenté. Alexandra est une rauchera aguerrie âgée de vingt-cinq ans, de la lignée familiale d'une certaine Annabelle Deusden. Dès que je l'ai vue, j'ai compris ce qu'Alexandra et moi avions en commun : Alice Calvino, une grande dame qui nous a laissé en héritage l'amour des bêtes, des arts, de la Provence et de l'enfance. Et alors l'histoire de

Zoanette s'est imposée à moi. J'espère, chers amis, qu'elle vous plaira. Je me suis efforcée de faire pour vous autant que ce que vous avez fait pour moi.

Je vous embrasse et à très bientôt,

Ava

Remerciement

Si je ne peux nommer tous ceux qui m'ont soutenue et appuyée tout au long de l'écriture de la saga *De mères en filles*, il reste que du fond du cœur je les remercie tous.

Un merci plus particulier à mes grands complices : Gabrielle, Jean-Michel, Bernard, pour l'amour et les encouragements inconditionnels.

Merci à Johanne Guay, vice-présidente Édition, qui a cru à mon récit et m'a ouvert la porte de Groupe Librex. Merci pour cette confiance, tellement essentielle.

Merci de tout cœur à Nadine Lauzon, éditrice incomparable, pour m'avoir prise sous son aile et encouragée à donner le meilleur de moi-même. Merci pour l'intelligence, la gentillesse, la grande compétence. Un tel apport dans l'aventure n'a pas de prix et donne à la tâche un goût de bonheur. Je mesure ma chance d'avoir fait la rencontre d'une femme d'exception.

Merci à tous les gens de Groupe Librex, qui font un travail formidable. Je leur suis très reconnaissante.

Merci à Anne, François, Marie-Claude, Lorraine, Louise, Émilie, Annick, Suzanne, Ginette, Denise, Sylvie, Hélène, Yvan, Marie-Hélène, Geneviève,

Marie-Pierre, Annie, Michel et tous les autres, si précieux…

Merci aux amis et aux collègues, si généreux.

Un merci tout spécial à Chrystine.

Merci à Mia, ma grand-mère, pour ces histoires qu'elle laisse derrière elle et pour celles qu'elle a pris le temps de me raconter.

Merci enfin aux lecteurs et aux lectrices de saisir cette main que je leur tends.

Merci à ceux qui m'écrivent.

Merci à la vie de m'avoir permis de réaliser cette magnifique aventure jusqu'au bout.

À vous tous, un immense merci !

Composition et mise en pages réalisées
par Text'oh ! – 39100 Dole

Achevé d'imprimer par DUPLI-PRINT
en août 2016
pour le compte de France Loisirs, Paris

Numéro d'éditeur : 86358
Dépôt légal : août 2016
N° d'impression : 2016081294
Imprimé en France